至暗黎明

黄孝阳　陶林　著

北京出版集团
北京十月文艺出版社

献给为这片土地热血牺牲的人们，

每个春天，他们的队伍从土壤里复活！

目录

第一章

吴家桥

1

莲河镇北，王文举和何辅汉两人带着各自人马，呈“品”字阵形拦在大路上，阻住了新四军的去路。已经构筑好了防御工事，鹿角、铁丝网、轻重机枪、掷弹筒、手榴弹、迫击炮都摆好就位，只等上面一个命令。双方荷枪实弹地对峙着。

静默无声，只有群鸟在聒噪。

“你们是新四军哪个部分的？我们卫司令有话，友军到此，恕不接待。”何辅汉举着铁皮喇叭喊话，打破了平静，“请你们从哪边来回哪边去！否则因误会而产生摩擦，破坏统一抗战大事，全由你方负责！”

管蔚然就出面喊话："我方是新四军北上先遣纵队。根据我军军部与战区司令长官的商议结果，全军移防盐州敌后，请给我军移师的方便。"

何辅汉说："对不起，鄙人没有收到上面任何关于贵军移动的消息，不能放行！"

王文举这时候就笑眯眯地站出来调和了："对面应该是鼎鼎大名的管队长吧，大家都是自己人，兄弟我绝对不会为难你们的。烦你找找上面，从上面撂一句话下来，我跟何团长，一定会礼送贵军过境的。"

"王文举你这个王八蛋，你他娘的又回来守莲河啦！"丁聚元从新四军这边站了出来，气呼呼地骂，"耍了老子一把，你拍拍屁股走人，怎么今天还有脸做拦路狗！"

"丁大当家的！吕司令让你滚蛋，没想到你这个土匪，丧家之犬，居然去投了共。有你在，我想这个莲河，你们更过不去了！"

何辅汉举着铁皮喇叭嚷嚷，把自己的轻蔑也毫无掩饰地传了过去。

"何辅汉，你这个打黑枪都没能耐的㞞货！老子今天就在这儿，有能耐再来啊。你敢不敢让我向我的兄弟们喊话，看他们是愿意跟我走，还是跟你干！”丁聚元底气很足。

果然如丁聚元所说，王文举和何辅汉麾下很多士兵，听到了丁聚元的声音，纷纷互相转告：“丁大当家的回来了，他去了新四军！”

何辅汉转身看着这些人，大声叱责：“丁聚元是匪，是共匪，不许瞎传！违令者以乱军心论，立刻枪毙！”

双方骂战归骂战，仅仅只是在对峙。

王文举、何辅汉的人没人敢放一枪，管蔚然的新四军也没有再向前半步。直到中午，新四军两千人的先头部队悄无声息地集结完毕，士兵们利用树木、芦丛和草丛作为掩护，吃着干粮。

管蔚然的电台收到了上级的命令，后续第一批五千人的部队已经在下游的江都全部渡江完毕，两位老总也已经安全过了江，新四军东进的三分之一主力已经到达江北，江南军部也在皖南向东慢慢移动，如果先锋开路部队走得顺利，后续的人马按计划也会走这条路北上。

管蔚然顿时感到自己肩上的担子沉甸甸的。

不过，有七千人的精兵强将做后盾，他还是自信满满的。上级来电还说，韩光义部已经和日军小野部交火，立足江北，首当放下成见，驰援韩部。

电文说得明白，可是莲河被吕、黎的人硬生生地拦着，怎么过？总不至于硬闯吧。管蔚然踌躇不前。

王文举又举着铁皮喇叭出来喊话：“新四军的兄弟们，我们吕司令传来话了，你们可以过平州了。不过，要按照我们指定的路线走，如果你们同意，我即刻给你们放行指路！”

管蔚然一时不知底细，忙找老余、丁聚元来商议，会不会是吕天平给自己下套。

丁聚元的意见很明确：“平州的底子不过五六千人，以我们新四军的实力，他们要十倍于我们才能吃得下。况且，我们后续还有五千精兵，怕他们个鸟！再说，还有那么多我的老部下。老管，向前冲，不怕！”

有了丁聚元的这番话，管蔚然吃了个大定心丸。他一推自己鼻梁上厚重的眼镜，下定决心，道：“不耗在这儿了，走！”

王文举让人把铁丝网和鹿角给搬开，让出一条道来。

管蔚然令人吹集结号。很快，他的先遣纵队就集结完毕，各部按照两人队形，背着枪械行囊向莲河镇开拔。

王文举握着管蔚然的手，讪笑道：“管指挥，一路走来，辛苦了。你们真厉害啊，就这么不声不响地过了江，到了莲河。要不是你们主动派联络官来找我们，可能过了莲河，我们才发现。”

管蔚然笑笑说：“行脚四方，过贵宝地。化个缘，唱个喏，也是必须的！”

王文举解释：“我真不是刻意为难管兄，实在是守土一方，责任在肩。吕司令派罗耀宗飞马驰来，让我们放行，你看，我一刻都不会耽搁。还有，既然你来了，老丁也在，大军先开到五里铺去休整一天，你老管一定给我面子，晚上到望江楼，嘿，兄弟们好好喝一顿。那里，可是咱黎司令开第一枪杀鬼子的地方。咱们一杯酒尽释前嫌，酒足饭饱，明天继续上阵杀小日本！”

管蔚然被王文举这番热情搞得有点头大，推辞不好，不推也难办。何辅汉则在一边冷着脸，不愿与新四军的任何人搭一句腔。

2

吕天平秘密召集卫长河、黎有望等一干人开会。

这阵子，他这个新上任的游击总队司令忙得焦头烂额，一边与许卓城周旋，一边关注着新四军的动向，一边还要应付大量拥进平州的东南以及东部集镇的难民，一边还要为游击总队筹措军费。战区三千支枪的到达，意味着至少可以再扩充五千人的兵力，五千人的饷银、粮草，又是一个新的负担。偏偏这个时候，他收到了来自韩光义的求救电报："175师冯沅率部突进吴家桥，被日军钳形包围，危矣，望汝部速施援手！光义。"

吕天平在卫长河、黎有望面前摊开地图，"我派出了侦察员，得到的确切消息是，韩主席本来命令冯沅带着所部三个团到新化南一带摆开阵势以拒日军的小野师团。当冯沅得知小野只带了一个大队过江，甚至没带太多重武器之后，有了奇袭立功的心理，竟然快速突进到了吴家桥，想快进快出，打小野一个措手不及。没有想到，日军的乱象只是小野的诡计，他迅速钳制住了冯沅。正赶上几天的暴雨，吴家桥四周河水暴涨，冯沅进退不得，数倍于敌，却被硬生生分割包围在了孤岛里。"

卫长河拿放大镜看了看地图，大摇其头，"冯沅这人素来就好投机取巧。在南京时，挑到燕子矶布防，结果唐生智命令一下，第一批渡了江走人。到今天这一步，完全是他咎由自取。吴家桥犯孤险之地，他也敢走，天王老子也难救他啊！”

他是给自己定调子，也是在给吕天平明示，绝不可能用78师所属的纵队去支援冯沅的。

吕天平安能不懂，他就向着黎有望说话：“我们必须要驰援175师，抛开老赣军的兄弟情分不说，那也是一支抗日的力量。要是被全歼，或者投降了鬼子，我们有愧。必须让冯沅顶住，我们增援。”

软话，不是命令，带有请求的味道。

吕天平其实不用对黎有望说这句话。175师，直罗山里那支苦命的杂牌队伍，永远是吕天平和黎有望的牵挂。

“是，吕司令。”大道理，小道理，黎有望都懂，但他还是提出了自己的担忧，“可是，据前线情报，兵临许庄的酒井中队也有整装待发的姿态。如果我们往吴家桥增援，他们出许庄、过田汊，向北突袭，断了我方援兵的后路怎么办？这分明是小野围点打援的奸计啊。我们的电台都是明码发送，基本上就是在跟鬼子做广播。如果明示冯沅，我们要去增援，这不是明摆着自投罗网嘛！”

黎有望说得句句在理，就算心里有小九九的卫长河也不免连连点头，表示赞同。

吕天平反问黎有望，那你说怎么办，绝不能坐视不管。黎有望说：“我们去吴家桥也得是征调船只，水陆并进。全军赶过去至少要一天半的时间。他们围点打援，我们就围魏救赵，以拳头对拳头，集中兵力打许庄冒头的酒井中队。”

“那么，冯沅就不用救了？假如我们和酒井中队僵持在许庄，小野也死死不撒手吴家桥怎么办？”卫长河逼问道。黎有望立刻说：“那时候，卫师长还可以出兵吴家桥嘛！”

绕了一圈，黎有望还是想把自己拖上战场，卫长河轻轻一笑说：“如果我们把平州的兵都搬空了，平州就成了一座空城，日伪方面再从维阳方向背后捅我们一刀怎么办？那时候，伪军只要一个团，就能轻松拿下平州。”

这的确是一个现实的问题。

吕天平陷入沉思，最后把铅笔摆在了莲河北的五里铺，“我们还有一支预备队，让他们去打吴家桥！”

卫长河赶忙提醒他说：“司令，王文举和何辅汉的两个纵队要留着守莲河。那个方向上更不能丢。一旦丢了，难以收回，平州门户洞开。”

“不，让他们去打，那里有一支新四军，我们给他们画个道，去吴家桥。是骡子是马，拉出去跑跑，验验他们对敌作战的诚心和能力。”吕天平坚定地说，“已经开战，不容迟疑了。黎有望带上黄开轩，以及朱子松和叶桂材的两个纵队去许庄，王文举、何辅汉守好莲河。周朝的人守好平州城，并作为总预备队，随时做好支援的准备。”

“吕司令，卑职不得不再提醒你一句，请神容易送神难啊。新四军擅离防区，就这么不声不响地到了我们平州，到了地头上才来打声招呼。我们没有武力驱逐他们，已经算是相当客气了。如果他们打赢了，救了冯沅的急，赖在吴家桥不走，我们如之奈何？”

卫长河摘下眼镜，小心地用手绢擦拭着，似乎在暗示吕天平，眼光要放明了。

当年，年轻的吕天平冒死脱离军阀部队，带着三千赣军子弟南下广州投身革命，又回师北伐，才挣得了175师这个“杂牌精锐”的名头。冯沅以进步青年面目投军，深得吕天平器重，将治军心得倾囊相授，虽无师生之名，但有师生之实，他由一介文书官极速被提拔为副师长。

谁想冯沅为了赚得175师师长的位子，暗通韩光义，坑了吕、黎二人。这已是军中人所共知的事。

“救急如救火，我们不能坐视175师被吃了。吴家桥巴掌大的地方，现在挤了三个旅在里头，小野就是放开手去啃，也要啃一阵子。”

卫长河完全没有料到，吕天平真能捐弃前嫌，出手救冯。

“至于说战后怎么处置新四军，这个由韩主席说了算，也由新四军自己说了算。火燎眉毛了，先打鬼子再说。这一仗南北出击，南北都要胜。新四军打不赢吴家桥，那是冯沅的命劫；黎有望要啃不下许庄，小野必定调酒井中队北上增援，那就前功尽弃。是死是活，全由自己定。吕某人和卫师长坐镇平州，静等消息，如果全输了，与日伪的谈判周旋，怕是只有走李鸿章的路，把平州拱手相让了。诸位，那时候，大家就该考虑是否得效法张自忠将军，杀身成仁，还是舍生取义，二选一了！”

吕天平的这番话不重，但太狠了，连一直漫不经心的卫长河都凛然一栗。

“跟小鬼子们干！”

一直沉默着的黎有望突然猛一拍桌子说："老子已经请人通知小野了，让他等着我来！中国男子汉，说话要算话，舍生取义要干，杀身成仁也要干！"

3

小野行男把自己的野战司令部设置在吴家桥和许庄的中间点上，远离繁华、靡乱的清江县城，搭建了几个野营帐篷，用树枝和草叶覆盖，做了颇为粗放的伪装。附近几个村子的人都被日军野蛮驱逐到由铁丝网和岗哨所组成的集中点去了，小野并不担心行踪泄密。

小野行男从锡城亲自带一个大队渡江北上，原本想迅速解决江北问题。到了地头上才发现，这里正规军和杂牌军犬牙交错，就像江北纵横的河网、芦荡和泥沼一样令人眼花缭乱。除了蒋军十万人的正规部队，还有各种各样说不清来路的小游击队、杂牌军骚扰。若非伪清江县政府连连向南京政府告急，南京催促侵华日军华东司令部，华东司令部催着小野，他才不愿轻易踏足江北——得让那些少壮旅团长好好去建功立业。

小野是个颇为低调的师团长，早年担任驻法武官，对法军的堡垒战术和机械化程度颇为赞叹，但参观过马其诺防线后，就预言若有战事，法国人肯定不成，这么多先进装备在手里，只能做最懒惰、最消极的防御，简直是马鹿至极。在他到德国参观军事训练后，更坚定此念。如此眼界的人返回日军之中，深知自己国家与主流强国的差距，很难唱高调。因此，他被任命为乙种师团的师团长，而他同届的帝国陆大同学，几乎都是甲种师团的师团长、方面军司令，甚至是参谋本部的高官了。

小野先带了一个大队到清江，本拟再抽一个大队携带辎重渡江，择机或西进攻击平州，或北上攻击韩光义。突然接到密报，江南有大股新四军在移动。他不敢掉以轻心，将剩余的联队继续保留在江南，在接到黎有望送还的士兵坂冢小次郎之后，自己也准备回锡城坐镇。万万没想到，韩光义部的冯沅自不量力，送上门来给他一块肥肉吃。

吴家桥，小野一遍一遍地在地图上看着这个小集镇，暗笑了起来。

日军所用的军事地图比冯沅所用的不知精确多少倍，环绕吴家桥的等高线，河流的宽度、深度都标明了。小野计算了几天的降雨量，立即明了，到时候这个集镇就会成为一个孤岛。他急速命令武田达也大佐带领两个中队，携工兵搭桥速渡，冒雨包围吴家桥，虽然人数上远不及冯军，但是日军有充足的弹药、机枪和迫击炮，加上空军的助战，已经给冯沅造成极大损伤。

正在他策划对吴家桥最后一击时，有参谋官报告在许庄的酒井中队遭遇一股平州方面军的攻击。根据影佐少将在平州城内传出来的线报，带兵前去的，就是两胜日军的黎有望。

小野一愣，用铅笔圈出了许庄，“又是这个平地冒出来的黎有望，我还以为他要去吴家桥！”他沉思了片刻，让参谋拨通酒井中队的电话，直接下命令给酒井俊中佐：“酒井君，黎有望没有中计。听说他是一员猛将，喜欢猛打猛冲，你构筑好防御工事，以逸待劳即可！”

酒井在电话里嚷嚷：“不，将军，您不知道，他连一次冲锋都没有发起，只是拿着缴获我军的各种炮，不停地轰击我军。我，我快顶不住了……”

电话没说完，就中断了。

小野愣在了那里，随即摇了几次电话，都未能再度接通酒井。

他立即摇动另一部电话，打给包围吴家桥的武田大佐，问:“武田君，你们那里情况怎样?”

电话里传来武田得意扬扬的汇报:“报告将军，非常顺利，我们的工兵把周围所有的桥都爆破了。这个冯沅没有足够的船，他几次想突出吴家桥，都被我们轻易地打退了。仗打得很顺利，我们在岸边集中了足够的火力，冲锋舟来去自如地在水面驰骋，支那人的尸体漂满了水面。哈哈。”

小野本来想试探着让武田退回来，一听到他这么兴致勃勃、稳操胜券，话到嘴边又克制住了，只是嘱咐:“武田君，务必要小心，平州方面会有人从你背后突袭。”

“嗐，将军，您真是太谨慎了，难怪源田会抗命出击！这种平原水泽地带，他们突袭我们的散兵包围圈，只能找独个堡垒打，是找不到重点的。在外围，我会用游击战对游击战。只要我们的飞机能够再集中轰炸冯沅几次，吴家桥就将被夷为平地了。”

小野知道这位年轻气盛的大佐又要犯轻敌的毛病了，山本、源田、小渊都是他曾经的部下。他沉默了片刻，用命令的语气对武田达也说:“如果发现有人突袭，立刻撤出吴家桥，向许庄方向靠拢，与酒井俊合兵，吃掉黎有望。不求歼敌数，只要拿住这个人，把皇军的威名打回来。你，明白?”

武田也沉默一小会儿，随即在电话里重重地说:“嗨，明白，我!”

武田的句法很奇怪，只有小野知道，一个“我”字后面省略掉的，是武田要帮自己的下属们报仇的决心。正因为他没有说出口，小野这才放心地挂掉了电话——武田已经明白，什么是这场仗最重要的目的，那就是抓住或者杀死黎有望，把他的头砍下来，挂到平州的城门上。

挂了电话后，小野随即命令参谋官给海军航空兵发一份求助电报，趁着短暂的晴天，紧急呼叫上海陆基俯冲轰炸机低空俯冲轰炸吴家桥。顺带把自己指挥部的坐标也给发过去，防止误炸。口述完这份命令，小野突然心中一慌，问参谋官那个被放还的小兵坂冢是个什么兵种。

参谋官想了想，报告:“是通信兵!”

小野犹豫了起来。参谋官问，还继续呼叫俯冲轰炸的支援吗?

小野抚了抚指挥刀的刀柄，闭目良久，长吸一口气，说:“呼叫，你去发报吧。”参谋官垂头说:“嗨!”转身退去。

平州城内，罗耀宗守在从日军那里缴获的电台前，看到电台的红灯亮了起来，“滴滴”作响，慌忙戴上耳机，记录发报内容。许久，他打开一张小型地图，在上面用圆规和直尺比画，找了一个点，匆匆写下了一张纸条，对一位自己训练出的通信兵下令：

“急发前线黎司令，三个字：野46。”

第二章

乱象生

1

和谈之中突起战火，何志祥这位谈判副使在平州城内似乎无所事事，每日在东亚大饭店的包房内喝茶，看还珠楼主的《蜀山剑侠传》消遣。

本来，作为副使，完全被许卓城夺了大权，何志祥就是个陪衬的角色。他内心怨气重重。他在南京伪政府下水做汉奸的资历，怎么说都比许卓城深，却只能陪衬来做说客，实在太憋屈。到了平州才发现，他能寄望于说降的对象黎有望也被吕天平给夺了权，自己连个谈判的对象都没有。眼见许卓城和吕天平一次又一次秘密会谈，自己连个到场说话的份儿都没有，更是郁闷。他对来监军的李香菊更是不屑一顾，日本人竟然派出一个风尘女子、一个婊子出身的女人看着自己！尽管也素喜风月场，但心高气傲的何志祥连话都懒得与她说。本来想自己提前回南京，日本人也不省心，正谈判着，小野师团居然又跟韩光义打起来了，平州立即全城戒严。何志祥进退不得，闭门谢客，倒也闲适自得。

这天，他却一反常态地早早出门去。

随行的警卫兵拦在他门口，冷冷地说：“何副秘书长，没有许秘书长的批准，不能随便离开这个饭店。您是知道的，三天前枪击，郎四被割喉了。这都是为了您的安全。”

何志祥猛然瞪了警卫一眼，“闪开，许卓城是什么东西，号令到我的头上来了！老子枪林弹雨走过来的，也是像他那样的𡋯包吗?”

何志祥独自离开了东亚大饭店，看了看阴霾重重的天空，又瞄了一眼不远处教堂的尖顶，嘟哝了一句：“臭枪!”

他叫了一辆黄包车，给了三块钱，对车夫说：“拉我在平州逛一圈，然后到小校场的大元茶楼去。”车夫得了钱，十分高兴，说：“好嘞，客官！不过，前方打仗，城内多处街道军管着，不让过。”何志祥说：“好，那就绕着点。”

车夫带着何志祥在城内七拐八弯地逛了一圈，最终把他拉到了小校场边的大元茶楼。

一路上，除多了些士兵荷枪实弹巡逻，人们似乎若无其事，照常生活、交易，好像隔着百十公里外的战争跟平州毫无关系。何志祥感叹国人的心真大。他在茶楼外买了一份平州救国军的报纸看着，吹着口哨上楼。

到了二楼的包厢外，何志祥留心看着外面有没有暗桩盯梢，随后一路吹着口哨逡巡。这时，一个包厢内也传出了口哨声，是一首非常小众的20年代末期日本流行的和风J-POP音乐，跟何志祥的口哨声对上了。

门是虚掩的，何志祥推门而入，里面坐着一个穿西装、戴礼帽的男人，在安安静静地擦拭着眼镜。他面前摆放着几样茶点，皇桥烧饼、山楂糕、枣片、瓜子、驴打滚，还有一壶热滚滚的龙井茶。所有东西，那人是一样没动。

“是你？”何志祥一愣，“怎么会是你，是万里浪让你来的？”

“何秘书长，别来无恙。”那个男人也一愣，然后笑着，“别那么大声。看来，何秘书长脚踏两只船，也在帮军统做事啊。”

那个男人，正是刘清和。

“很好，是你，就对了。”何志祥笑了笑，“因为我知道你要什么，正好我可以给你。现在，我可以明确，我们都在为军统做事吗？”

刘清和摇摇头说：“是你在为他们做事，我是为我自己。谁能给我一条生路，我就为谁卖命。”

何志祥哈哈大笑，说：“哈哈，刘清和，我回南京后摸过你的底。你的父亲是北洋军阀，你的母亲是个日本歌姬。你名字里的‘和’字，就是这么来的吧。好啊好，上次来平州，你是个小跟班，我们帮日本人做事。这次，我是个小跟班，但我们都得帮军统做事了。你是许卓城的干儿子，中统的叛徒，在76号拿薪水，偷偷为梅机关效力，现在又投靠军统。一群鳄鱼头顶上跳芭蕾舞，你可真有胆啊！”

“清和，是四月的意思。现在，我究竟是谁，自己也搞不清楚了。不过，敢问何秘书长，你，是老K本尊吗？”刘清和询问。

何志祥愣在那里，说：“我不是。恐怕，是老K安排我俩见面的。”

一早，何志祥在房间内吃早餐，咬了一口大饼，竟然发现里面夹着一张纸条，上面只有一个汉字“蜀”，以及署名“K”，后面是一行密密麻麻的数字。敏锐的何志祥立刻把随身带着的《蜀山剑侠传》翻出来看，每一段数字都对应着页码行数和列数，拼出来就是一封信:“蓝，大元茶楼包厢见你之助手，用梅机关暗号，可知后事。”

何志祥背后的冷汗，如涓流一般淌了出来。

十七年前，何志祥在上海任招商局小职员。因报国心切，热血澎湃，他秘密到湖州八雀寺，跟从过“暗杀大王”王亚樵。王亚樵把他编入最早一批“铁血团”核心七人小组，用“赤橙黄绿青蓝紫”七种颜色为代号。王亚樵自领“赤”，何志祥为“蓝”。后来，王亚樵的结义兄弟“橙”戴笠倒向蒋，主持军统，想方设法除掉了王亚樵。

何志祥也跟着倒霉，被逼走投无路，只得投降戴笠。在戴笠的安排下，心不甘情不愿地投到韩光义军中做监军的少校副官。

精明过人的韩光义有所觉察，处处打压何志祥。最终，还是成功地把他给逼走了。

军统屡屡策反投靠汪伪的何志祥。何志祥都拒绝，表示“大行无胆，小忙可帮”。他也听说一位资深的军统元老老K到了平州。

这次，他能准确称呼自己为“蓝”，一定是直接得到戴老板的授意出手了。

“那么，老K给了你我什么指示？”何志祥直截了当地问刘清和。

刘清和说：“杀许卓城，搞乱吕、黎，实在搞不乱，都杀了。”

何志祥一头雾水，问：“他们要杀许卓城，我还能理解。搞掉吕、黎，这是为什么？”

刘清和说：“他们的人想要接手平州，建江北忠义救国军。”

何志祥若有所悟地点了点头，“你行动了吗？”

刘清和说：“开了一枪，但没打中。”

“原来是你的臭枪，不足千米的狙击，还没打中。自己的干爸，下不了手？”何志祥讽刺道，“那么，我负责什么？”

刘清和说：“付钱！你想办法从许卓城冻结的账户里划出五十万给我。如果你答应了，第二枪，我会打中的。”

“军统倒是会做无本的生意。好，我答应你。那么，杀了许卓城，你怎么跟日本人交差，怎么跟76号交差呢？”

“做汉奸的，能有什么好下场？”刘清和幽幽道，“日本人也喜欢许卓城的钱一直被冻结着，你懂的，仗打到今天，他们也缺钱。至于76号那边，还不是你何秘书长一句话的事。许卓城的死，无关紧要。我反水中统投靠他，也是为了钱！他要是诚心拿我当干儿子，会把我这么一直往火坑里推？”

2

下午，徐永财带着警察们气势汹汹地来到了平州小学堂。他们不顾校工阻拦，硬生生冲进校园，到了三年级甲班捉拿白露。

白露正给学生们上着国文课，突然见到这么多警察闯进来，并不惊慌失措，而是有礼有节地质问：“徐局长，光天化日，平白无故，你凭什么抓我？”

徐永财冷笑着说：“白教员，你做了什么事，你自己居然不知道吗？你是什么身份，你自己心里有数吧？现在吕司令也知道了。我们高度怀疑你勾结刘清和，参与刺杀南京特使许卓城未遂。作案动机，是为了掩盖你自己的可疑身份。带走！”

两个警察连忙去抓白露。白露拼命挣扎，说：“别碰我，我倒是想杀了这个狗汉奸。可是，我还没来得及干。不是我！”

“听真了。”徐永财冷笑说，“所以，才叫‘未遂’嘛。先带到警察局里，慢慢审！”

他们刚把白露押着出了课堂，就遇到了闻讯赶来的左月潮和唐晓蓉。

左月潮怒斥：“你们逮捕本校教员，都不跟本校长说一声。你们有什么证据？”

“左校长？明目张胆的赤色分子，还有脸跟我说证据，要证据是吗，我现在给你？”徐永财拔出佩枪，直指左月潮的眉心。

白露挣扎着怒吼：“徐永财你个王八蛋，汉奸刘清和就大摇大摆地在平州待着，你连一根毛都不敢动他，倒是敢到小学堂来作威作福！是黎有望给了你这个能耐吗？”

“不好意思，收拾不了日本人，收拾不了汉奸，但是收拾几个穷酸小教员，我还是有点能耐的，不需要谁给我胆子！”徐永财笑笑说，“别废话了，走一趟吧。兴许，黎司令打了胜仗回来，这事情能弄清楚了。但是，胆敢有阻拦逮捕者，就地枪决！”

他用枪在左月潮额头上点了点。

左月潮微微一笑，“徐局长，如果你要问询白教员，应该是客客气气地请她去。至于说你要是对我有什么成见，请冲着我来，不要牵连到白教员，更不能吓着其他的老师和我的学生们。”

这时候，许多老师和学生都纷纷应和起左月潮来，把他们团团围在中间。人群中也有唐晓蓉。

徐永财看了周围的人一眼，“你们都嚷嚷什么！别的地方我不清楚，小学堂我还不明白吗？你们当中绝对不止四五个共党，把你们统统抓进局子里都不冤……”

“我们是新四军武工队。”

他的话刚说了一半，就觉得自己腰眼上被什么硬的东西一顶，一个声音在他耳边轻轻说：“我们奉命保护左校长安全！带着你的狗快走。”

徐永财转过头一看，是几个校工打扮的人，都穿着灰土布短衣。

其中一人，他是认得的，前莲河镇警队的警长赖贵明，正是他用枪顶着自己。枪上遮了一块破抹布。徐永财冷峻的脸立刻转为谄笑，“我当是谁，老赖啊，你不是离开莲河了吗，怎么不声不响地又回来了？你个死癞子，神气啦，投了共……党了？”

赖贵明笑笑说：“徐局长，我知道你在警察局做的那些破事，拉帮结派，卖官鬻爵，瞒上欺下。我对你的警局早失望透了。你为了取信于黎司令，把我的哥哥赖贵生给拿了。他连辩解的机会都没有，就被枪毙了。这是旧事，我且认了。可要是你敢动左校长一根毫毛，我们的人会让你知道，新四军武工队的枪子是不长眼睛的。”

这番话听得徐永财冷汗淋漓，他慢慢垂下枪，慌忙辩解：“赖兄有所不知，贵我两党合作抗敌，城内日伪汉奸特务众多，我这是一直保护着左校长。至于白露教员，她，她……她跟贵党无关，她，她是汉奸许卓城的亲生女儿，是一名潜伏在平州的日伪特务。我有确凿的证据，不然，她为什么会平白无故地从游击总队退役？否则，黎司令那么向着她，我怎么敢动她？徐某人做事可能有点冒失，但心里不是没有谱！她想暗杀掉许卓城，掩盖自己的身份！我听说你们新四军的武工队，也在江南干了不少锄奸的事，好，我们撤，把她交给你们。我倒要看看贵党、贵军是不是真心抗日。”

众人听了徐永财的这番话，顿时起了哄，议论纷纷起来，原本紧围着的人不自觉地都向后退了几步，让出了很大的一个圈来。

白露张嘴想辩解，最终，泪如雨下。她绝不能在徐永财面前承认自己其实是一名共产党员，那样更有说不清的麻烦。

左月潮冷静地说：“好，那就有劳徐局长先回去吧。关于白教员的事，我先慢慢了解一下，然后到游击总队司令部跟吕司令、黎司令、徐局长再说，好吧？”

徐永财瞟了一眼白露，也各看了一眼左月潮、赖贵明，最后一扭头明示手下的警察们说：“我们走！”警察们慌忙撤退。

其中有些警察认识赖贵明，偷偷拍了拍他的肩膀，微笑着向他挤了挤眼。

等警察们都撤出了校园，左月潮吩咐所有教员和学生都回到各自教室去继续上课。众人散尽，操场上只留下了五位武工队队员。左月潮主动伸出手，与赖贵明一握，“赖队长，幸会，昨晚刚进城，今天就遇到这事，辛苦你们了！”

赖贵明向左月潮敬了一个军礼，“我们奉命保护您出城，江北的侦察任务已经完成，您没有必要留在平州了。可以转移到大后方去。”

左月潮摇了摇头，“对不起，赖队长，我想这是来自你们新四军的命令，不是省委的命令吧？你看看，白老师还在，我的学校和学生们还在，我是不能走的。我还有事情要做，也是非常重要的一些事情，我得留下。如果你们东进、北上，同志，祝一路顺风！”

看到徐永财带着一队警察撤出了平州小学堂，在对面阁楼上用望远镜观察着的刘清和微微露出了诡笑，暗骂:“中统的人，果然还是一群废物!”

3

前线战事正酣，吕天平似乎倒悠闲了起来，与刘琴秋过了几天夫妻该有的甜蜜日子，让他稍稍体味到了家的温暖。天近晌，他特意嘱咐刘琴秋不用备饭，自己来到王怀信新迁入的府邸之中，登门为他道贺。

王怀信借住的是詹耽敏家。作为本城头号大地主，詹家自然也有很大的一片墙院。在轮船局唐家暴发起来前，詹家大院一直都是平州城最大最好的院落。后来唐家靠办洋务兴起，扩张的风头一度超过了詹家。直到唐经方手里，唐家大家族要搬到上海租界的洋别墅里去住，卖掉了不少庭院，詹家大院才又重归平州首大的位子。

王怀信就住在詹家大院后门临善贤街的一个雕梁画栋的侧院里。这里跟吕天平所居住的平州吕家老宅相距不过数百米，是詹耽敏主动提出来要借给王总参谋长住的，方便两位指挥走动。吕天平的祖父和父亲都是不第的秀才，终身以做私塾先生为业，学问不大，但为人勤勉，累两世才在平州城内攒下一个四合院，留给了吕天平。

与上海长租的吕公馆相比，平州善贤街上这套祖上的院子才算是吕天平真正的私邸。

吕天平来找王怀信商议军费的事情。吕天平在客厅里一落座，就说："黎有望这小子轻松啊，自己拍拍屁股上了前线，一大堆旧账丢给了我们。我刚刚帮他擦完了屁股，用军费赎回了前段日子守平州时给乡绅们打的借条。这小子太实诚，筹军费干吗要自己签大名，想赖都赖不掉。难怪有人会诬告他贪污，他们是不知道打个仗，花钱多凶。现在，我们的钱粮空了，军饷、公饷、赈灾、练兵，各处要钱用。成立大会那天，捐款总数不过三万元，真是打发叫花子的。怀信，我们下一步继续劝捐，还是发债呢?"

"吕公，还发什么债啊。打土豪劣绅，现成的好办法啊。"王怀信笑笑，"你要善待百姓，不等于善待这些土豪劣绅。新四军为什么这些年能发展迅猛，就是他们打土豪，分田地，让穷苦百姓有口饭吃。有我们在平州，他们这些豪绅不但日子过得太平，连个人财富都在增长。这可是在打鬼子最艰难的时期啊，这帮家伙！对于这样的富户，还用客气吗，直接吃他们就是了！”

说着，王怀信掏出了一个账本递交给吕天平看：本县某乡绅新讨小妾花了多少钱；某乡绅新买田地，又花了多少钱；某乡绅强卖谷物，赚了多少钱；某乡绅涨了地租，又赚了多少钱；某乡绅偷种了罂粟，熬制了鸦片，赚了多少钱；等等。一句话，对这些乡绅的家底如数家珍，对这些人干过的坏事件件记录清楚。

吕天平翻看账本，问：“怀信，这个账本从哪儿来的？”

王怀信低声说：“是詹耽敏詹老派人收集而成的。吕公啊，这些可都是来钱的依据啊！”

吕天平叹息一声说：“土地与农民，穷户和富户，收入与分配，任他什么时代，都是头号大问题啊。我们江北和江南不同。江南的乡绅、地主世代积财，地就那么多，钱没处使，就纷纷投入实业。江北多水患，土地就容易兼并，大地主多，豪绅也多。你说的办法对，但咱们也得有拿来主义的学习精神。当然不能照猫画虎，得先挥大棒，再给胡萝卜。打完杀威棒后，依托游击队搞个商贸公司，给这些乡绅参股的机会，学李鸿章如何动员民间资本，自愿，不摊派，建立互信。当然，民间资本对官办总是有警惕的，做个局，与几个乡绅达成协议，让他们挑头先缴，起一个带头作用，再贴息退还。”

王怀信哈哈大笑，“吕公，你啊，还是放不下在上海做生意的积累啊。我看你啊，早已经不是一个军人，而是一个生意人了。你摆这么个局，他们肯入套吗？”

这时候，房间内有人也笑了，“前方打仗，后方算账，自古皆然。既然吕司令有心这么干，老夫当仁不让要带头了。否则，我会是你要打倒的头号土豪劣绅。”

詹耽敏摇着一把扇子从内厅走了出来。

王怀信笑着解释：“詹老会长，中午来看看我们一家在新宅里的起居情况，没想到你会突然造访。只好让他暂且回避一下。”

“不是。”吕天平用手指了指王怀信，“怀信，你刻意安排的！”

三人继续坐下来，喝茶议事。

詹耽敏先是痛骂游击总队成立认捐会上的众乡绅，说他们鼠目寸光，表示自己固穷，也想尽力捐纳为抗日大业出力。他问：“那个唐经方说要拿二十万出来，怎么样，吕司令，你拿到钱了没有？”

吕天平不言语。王怀信说：“那是给他女婿卫长河的，难落到游击总队的口袋里啊!”

詹耽敏心知肚明，朗声道:“这种买办是靠不住的，靠着洋人做着流水的生意，连祖宗的土地都不要，不如双脚踏在这土地上的人来得可信。唐经方总笑老夫没办实业。其实，这平州第一台蒸汽机，第一间生丝加工厂、棉纺厂、机械面粉厂、五金工厂，哪个不是我们詹家两代人做出来的？只是，竞争不过这些洋买办，国内亦无保护之法，都夭折了而已。若吕司令真有心重振平州商贸实业，老夫愿为马前卒。”

吕天平板下脸来质问詹耽敏说:“詹老，我那个内弟，一直控告您趁着他到上海与我会面之际，策动了兵变，他虽拿不出什么铁证，但言之凿凿。这件事，我一直没有机会跟您细说。如果您真心想跟我合作，我觉得现在是该说说的时候了。您老听说过76号的‘千手观音’计划吗?”

“没听说过，观音庙我倒是晓得。”詹耽敏摇头,“我说天平啊，旁人的风言风语，我不以为意。可是，我跟令尊吕鼎铭公，可是颇有交情的。你也别忘了，当初，你带着北伐军到平州城下，也是老夫劝说北洋镇守使罢兵，为你开的城门!”

吕天平岂能忘。从南昌开拔后，他重获蒋的信任，作为先锋军过南京、入江北、抵平州。詹耽敏代表全城士绅，劝说北洋军投降。他才能不费一兵一卒，获得一生中最高光的荣耀。得平州后，江北闻风靡降，他被尊为“光复江北首席功臣”。

“不错，那次兵变是我参与策动的。我是害怕平州乱起，再度落入丁聚元这样的匪徒手里。我这是为平州计！与之相比，跟汪伪和谈并不是最坏的一条路。最坏的，是平州陷落到匪徒的手里，那样才是万劫不复。既然你们抗敌缺钱，还可以向上面要嘛。恐怕你们都不知道，我的小儿子孝光在财政部应差，专署江浙一带的财税，现在内迁在重庆，深得孔财长的赏识。日前，他还有信辗转寄到家中来问候。这方面，我可以帮你们再想想办法。”

吕天平和王怀信面面相觑，交换了一个眼神。似乎詹耽敏并没有说谎，兴许，他也是被人利用了。

第三章

争许庄

1

日军在许庄的酒井俊中佐被彻底地打蒙了，对手人多势众，火力也猛，完全不见冲锋，只是一轮一轮地炮击。对方所用的，显然是缴获自家的迫击炮和41山炮。用得很出色，炮弹落点极准，酒井俊的前沿指挥所差点被掀了。自侵入中国以来，还没遭受过这样被对方火力压着打的局面，酒井只有暗骂小野师团长急着渡江北上，没有把炮兵联队拉过江北。他只能用本队携带的迫击炮还击。

许庄是一个点，对方是一个面，还击了几轮，自己一旦喘息下来，对方又开炮，炸死炸伤无数。与野战指挥部之间的通信时断时续，酒井一直请示小野是否撤回清江县城，小野给予的答复是：“坚持两天，武田大佐吃掉了吴家桥，就来与你合围黎的人马。”

这两天十分难熬。

白天一直在打炮，到了晚上，休息充足的中国人会发动突袭。

酒井俊的神经一直紧绷着。突入己方阵地里的中国人太可怕了，他们几乎不携带步枪刺刀，而是拿着毛瑟手枪冲锋，到战壕里直接拔出亮闪闪的大砍刀猛砍一通，很多士兵的人头直接被他们给削去了。这唤起了酒井俊的恐惧记忆，在华北长城的喜峰口战场，他的部队也曾遭遇过二十九军的大刀队。七年过去了，没想到在号称更“文明开化”的江浙地区，他又遭遇这种疯狂的进攻。用刺刀白刃杀人，是日军训练的日常科目之一。可是中国人的大刀又厚又狠，一刀砍下来，能连刀枪都劈断，令人望而生畏。

帮助黎有望训练大刀队的，是那些流落到游击总队里的西北军战士，包括乌力吉在内的一群人。黎有望向他们请教白刃战法，他们几乎不约而同地吟诵出：

“迎面大劈破锋刀，掉手横挥使拦腰。顺风势成扫秋叶，横扫千钧敌难逃。跨步挑撩似雷奔，连环提柳下斜削。左右防护凭快取，移步换形突刺刀。”

这个战法口诀，让黎有望大喜，亲自上阵，搜罗城中废铁，用木炭煅烧，打出了千口大刀。许庄实战一用，果然不同凡响。

黎有望却不恋战，突袭就是突袭，宰了一些日寇，破了外围防线后就撤退，不拿战士的命往堡垒森严的许庄中心地带冲。那样必然是一场用生命换胜利的苦战。他另有谋划，在等着清江北端吴家桥的消息。

到了第三天，久等的消息终于来了。

一坏一好。

坏消息是日军出动了海军航空兵，用颇为精准的俯冲轰炸，把盘踞在吴家桥的冯沅炸得焦头烂额。镇子外围，武田达也的进攻一日不息。

冯沅不断拍电给韩光义请求支援，韩光义的回复一直是死守待援，冯沅甚至电示“如不支，可否缓和”。韩光义不准。所谓的“缓和”，就是“投降”的意思。电文都是明码，多方可以接收到。无论是在前线的黎有望还是坐镇平州的吕天平读了，都对冯沅颇为不齿。

好消息是，管蔚然的新四军先遣纵队已经逼近吴家桥，一口咬在了武田的腰上。

武田对平州来袭倒并不是完全没有戒备，但一点儿没有想到来战的却是在江南的老对手管蔚然的新四军部队。在江南时，武田曾经多次西向出击，“清剿”管蔚然盘踞的三个县的自卫民团，每次都是铩羽而归，无功而返。

日军来，他们就化整为零，潜入湖荡、丛山、竹海密林之中，以游击小队方式四面出击。日军退，他们就整编为大股部队整军追击。日军佯退反扑，他们则立刻整军化零。任何轻重武器都不管用，搞得武田达也头疼不已。

这次跨江攻击吴家桥，武田也跟着中国的游击队学了一手，用来对付冯沅。他把所部编在几十条冲锋舟上，轮番登陆吴家桥攻击175师，成效十分明显。加上海军航空兵九九式俯冲轰炸机的精准轰炸配合，以少吃多，灭掉冯沅的两千多号人只是时间问题。

幸赖冯沅这两天的苦撑，总算为自己赢得了一线生机。他闷在吴家桥镇上一个酒窖子里躲着日军轰炸的时候，副官给他带来了一份电报，汇报：“师座，我们得救了，我们就要解围了！”

冯沅摔下手中的酒瓶子，通红的脸上顿时有了光彩，“好啊，77师还是78师来增援了？”

副官犹豫了一下，如实相告："是新四军，他们在猛攻武田！我们的侦察兵发现，好像听到新四军的名头，武田就开始有计划地撤退了。"

冯沅恨不得扇副官一个耳光，"蠢驴，新四军还在江南，怎么会跑过来救我？肯定是他们看错了。"即便如此，想到自己能获救，他还是颇为欣喜，连忙拎起一顶飞碟钢盔，跟着副官到地面上，爬上了一个目标不太明显的屋顶，举着望远镜向镇子外看去。

果然，他发现原本四面围着的日军几乎不见踪影了，冯沅欣喜若狂，高声对身旁的副官说："快，快，传令，能跑的兄弟都出来，向北突围！"

副官慌忙要下屋脊，传他的命令。天空中传来一声闷雷，接着是一束连贯而沉闷的啸叫。副官警觉，高声嚷："不好，师座，鬼子又来俯冲轰炸了！"

冯沅顿时吓得屁滚尿流，慌忙按着头盔从屋脊上向下滚，到了竹梯边往下滑，几乎是以狗吃屎的姿态摔到了地面上。从梯子上滑下的副官慌忙把他拉起，两人连滚带爬地向前冲。一架涂成墨绿色的日军九九式陆基舰载俯冲轰炸机像幽灵一般从云层里钻出，调整好角度，冲着那栋房子猛然俯冲下来，引擎的啸叫声越来越刺耳。到了低空，飞行员迅速拉开炸弹挂杆，释放炸弹。随即，一颗250磅重的高爆弹呼啸着落下，像长着眼睛一般，准确地落到了屋顶。

猛烈的爆炸将整个屋子掀了起来，砖石、瓦片、泥土如开花一般四处飞溅。恐惧激发了本能，这电光石火间，冯沅和副官两人猫着腰，手足并用，竟然溜了近两百米，被气浪给掀倒，为泥土碎片所覆盖。

轰炸机飞行员想必是对自己这次轰炸十分满意，在爆炸点上空盘旋了一圈，摇了摇机身，志得意满地拉升，钻进了云层，向南飞去。

从泥堆里爬出来的冯沅吐了口中的沙泥，对着远去的飞机比画中指，骂骂咧咧道："小日本，老子操你妻女！"

副官拍打着他身上的泥土，说："师座，这是今天最后一架飞机了，咱们赶紧撤吧。要是鬼子换重型轰炸机来，咱们就全完了！"

2

入夜，黎有望咬着粗粮馍馍，在一盏马灯下，掏出一张颇为潦草的平州、清江交界地图。地图上纵横草绘着十个坐标点，他用一把刺刀脊在坐标点上比画，找出了4和6经纬线交会的点。

黄开轩、朱子松和叶桂材三人围在他身边。叶桂材问黎有望：“已经第三晚了，黎司令，今晚用不用发动一次全军冲锋，一举拿下许庄？”

黎有望摇摇头说：“不成，卫长河的人按兵不动，就是想让我们的队伍打光了。要是硬冲许庄，以敌人以逸待劳的火力点设置，少不得要再丢二三百个兄弟的性命。不值得去搏！”

黄开轩反驳：“酒井已经暴露了怯象，要赌就赌一把大的，兴许就是几十个兄弟，兴许伤亡更少。就算牺牲了二三百弟兄，可我们要是取得了许庄大捷，三战胜日寇，名扬天下，又何惧卫长河的掣肘？”

“不成，生龙活虎的兄弟们，不能为我们求功而枉死。”黎有望猛然一拍手边的地图说，“田汉乡东北二十公里，清江县小王庄附近，小野行男的野战指挥部就设在那里！我带着百十个弟兄，夜袭小野，保证一举端了他的指挥部！”

黄开轩又反驳：“不成，这样更冒险。要是小野重兵防守，你有去无回，怎么办？”

“能端则端，不能错失战机。”黎有望说，“你记得在直罗山，王怀信，呃，王均如把自己的指挥部就设在最前沿的高地上，用三个团伪装成五个团轮番攻击我们。其实在他走马灯的间隙，我们若冒险往高地突击一次，也就能活捉他了。至今与他复盘当年，他还嘲笑我敢打死仗却不敢打巧仗。现在，换成小野，我要敢打一次。我意已决，不用多言。”

到晚，黎有望就点了一百人马，带上足够的子弹和手榴弹，集中三十挺汤普逊冲锋枪，领着朱子松一起，由老乡带路，向小王庄方向突袭而去。

到大致位置上，黎有望就让大家下马，跑步前进，不打手电，不照火把，摸黑前行。果然，在一处宽敞的林木之后，他们看到了星星点点的亮光，一看就不是老乡家的油灯火，而是行军汽油灯、马灯的光。

黎有望学了几声蛐蛐叫。这是口令。让众人嘴里都含上一枚小雨花石，倒在草丛间匍匐前进。在接近那处野营之地的时候，黎有望突然吐了嘴里的石头，大声喊：“兄弟们冲，活捉小野行男！”

却是一座空营。营地里的灯都亮着，通信设备和文件都匆忙带走了，留下了行军床之类的什物和一些用具，粗木搭建的桌子上，一个铝制的行军水杯里还冒着丝丝缕缕的热气。

黎有望端起来闻了闻，是一杯红茶。红茶下面居然还压着一张纸条，竟是小野行男手书的一封信，完全用汉语语法书写着："黎司令，见信已迟，吾军已撤至清江城内，下次再晤！小野行男奉上。"

黎有望一拍脑袋，骂道："小野这个老鬼子，娘的，赶快往清江方向追击！"众人慌忙收队，准备追击。黎有望想了想，又举手说，"算了，不用去了，怕是留了个口袋阵等着我们钻！回许庄，看看能不能吃上许庄的鬼子一口。"

一队人马匆匆赶回许庄之时，天已经放明，一夜扑空，人困马乏。

黎有望陡然发现许庄外围已经被突破了。可游击总队的人正与一支新四军部队，在薄薄的晨雾之中各自举枪对峙。

黎有望摘下钢盔摔在地上，大声质问："怎么回事，这是怎么回事？"

黄开轩无声息地到他身边，"在小王庄扑了个空吧？鬼子偷偷撤了，是吴家桥和许庄的鬼子都撤了，撤退到清江县城里去了。吴家桥的鬼子是被打退的，这儿的鬼子是夜半偷偷撤的，我们没来得及觉察，就被一个老熟人又捡着了一个大便宜。"

黎有望一愣，说："新四军里有哪个老熟人，管蔚然?"

"黄副司令，当着黎司令的面，话可不能这么说啊！谁捡谁的便宜啊，我们是冲进许庄后才发现是空城的!"

满面春风的丁聚元从新四军的队伍里走出来，迎向黎有望。如今的丁聚元依旧脸挂伤疤，形容消瘦，但较之原来模样有了很大改变，原来玩世不恭的表情变得严肃多了。

"丁聚元，我猜你就去投管蔚然了，果不其然。当上新四军了，威风啊！五根黄鱼花哪儿去了?"黎有望见到丁聚元，兴致立刻起来了，上前去捶了他胸口一记。

丁聚元哈哈大笑说："交给管政委当军费了。得要谢谢吕司令不收之恩，让我找到一支喜欢的队伍。"

黎有望说："你们不是攻打吴家桥去了嘛，怎么会出现在许庄?"

丁聚元说："管政委见武田悄无声息地跑了，怕他们集中兵力到许庄，让我带五百人尾随追击，驰援你老黎。这不，就跟你又碰头了！虽然没打着鬼子，老兄弟相见，格外亲啊。听说你去奇袭小野的指挥部，怕是也扑空了吧。以后有这样的活儿，通知兄弟一声，一起去，我们夹击，指不定就逮住小野那老狐狸了。"

黎有望弄清楚原委，颇为羡慕地拍了拍丁聚元的肩膀，“恭喜啊，投着了一支好队伍。虽然没活捉小野，好歹我们联手打退了鬼子，算是一次小捷吧。不过，贵军这赖在许庄不走是怎么个意思？”

丁聚元哈哈大笑说：“不是不走，是想向吕司令、黎司令借块宝地待待，作为我军的江北根据地。鬼子撤退后，冯沅屁滚尿流地逃回新化去了，管政委已经开进吴家桥了。我跟他一南一北，借个地盘歇歇脚，确保我们后续的大军能平安过境，抵达海滨盐州换防。”

“丁兄，你们这如意算盘打得也太精明了吧？”黄开轩忍不住说，“就算吕司令、黎司令能同意，韩光义主席能同意吗？你们要往北走，拦在面前的，那不就是韩主席的防区嘛，你们可有本事过得去吗？”

3

丁聚元说：“我们后续还有五千人马，精兵强将，过得去过不去，可不是由韩主席说了算的。他要是拦着，得有些本事。”

黄开轩冷笑说：“连前带后七千人，少倒是不少。不过，跟韩主席的十万人马比起来，还是有点自不量力吧。为了丁兄计，我觉得你们不要走这条道。”

丁聚元仰头看看天，“二当家的，这事嘛，你我说了都不算，天意算。我们谋自己本分的事。黄副司令这架势，是不给我们在许庄待着是吧？”

黄开轩把手按在枪匣子上说：“倒不是，我觉得你丁兄要是想歇歇，可以直接去清江县嘛！虽然那里城坚兵多，可是宽敞啊，有吃有喝。你们待在打烂了的许庄，还要时刻提防着鬼子来突袭，睡得也不踏实。”

丁聚元真没想到此刻的黄开轩会这么不顾情分，有点心寒，拔出了一支左轮手枪说：“有你们这么打仗的吗？不顾老百姓死活，也不注意转移群众。许庄的百姓欢迎我们新四军，送吃送喝，不成吗？小鬼子敢来，叫他听了管政委的名字就跑。我们在江南怎么招呼他们，在这里也一样。”

黎有望连忙调停黄开轩和丁聚元，道：“都是自己兄弟，怎么说着说着枪子味就翻上来了？我个人，绝对同意丁兄在许庄。不过，这事，还是要问问吕司令、卫师长。咱们都是生死交情，总不能一大早地在这儿干瞪着，招呼兄弟们都把枪放下，先整一顿热腾腾的面条。吃饱了，慢慢聊。”

黄开轩不服这口气，不管黎有望调停，迅速拔枪指着丁聚元，道："姓丁的，真当我不敢杀你吗？"

丁聚元瞪了他的枪口一眼，隐忍着说："黄兄，我这个人好玩枪，以前逼着黎司令玩过几把。今天，要护着黎司令的面子。所以，我邀请你玩一把。一粒子弹，谁赢了，或者说谁是幸存者，谁就占许庄。"丁聚元倒掉五粒子弹，转枪膛，对着自己额头开了一枪，是空枪，又把枪递给黄开轩说，"你可以不玩，但，许庄是我的。"

黎有望笑着上前要拿枪，"又来了，这枪哪儿来的啊？老丁，来，我继续陪你玩。"

丁聚元摇头表示这是他与黄开轩的事，黎兄就别掺和了，一枪断恩义。

黄开轩看了黎有望一眼，收了自己的盒子炮，接过丁聚元的枪看了看，说："看来是从鬼子手里缴获来的，二六式拳铳，老枪啊。威力不够大，但能杀人。"黄开轩朝自己开枪，也学着丁聚元的话说，"你可以不玩，但，许庄是我的。"

也是空膛。他随即立刻对空开枪，说："下一枪，实弹！"

果然是实弹，"啪"的一声响，众人震惊。倘若这一枪黄开轩继续交给丁聚元自己来打，丁聚元必死无疑。

黄开轩接着又装入一粒子弹，拨转了左轮交给丁聚元说：“这一枪给你来！”

丁聚元问他是什么意思，冷笑道：“黄司令，你这算是救我一命，还是饶我一命？我可没有你这样的手上花活。”

黄开轩摇了摇头，“刚才一枪，算是送给丁兄的，恩断义绝。这种游戏是老毛子玩剩下来的，还是一战时俄国那支早已被失败击溃的沙俄军队玩出来的，跟许庄有个屁关系。别他妈来这一套！”

马蹄声响，却是何辅汉带着所部的人马赶到。何辅汉高声喊：“本纵队奉卫师长的命令，自莲河火线驰援许庄！”

黎有望看着马上趾高气扬的何辅汉，哭笑不得，“卫长河倒会挑日子出战，仗都打完他来了。何团长你才从莲河赶过来，打扫战场吗？”

丁聚元看着人马越聚越多的平州军，不由得哈哈大笑，“你们这是要仗着人多，跟我强抢吗？我们新四军别的本事没有，一颗子弹消灭一个敌人的本事还是有的。”

何辅汉冷笑说：“丁先生，我们吕司令、卫师长已经同意贵军在吴家桥暂时休整了，你不去找你们管指挥会合，跑到许庄来赖着不走，还想怎的，耍无赖?”

“好吧，今天，我老丁就要耍无赖了。”丁聚元挥了挥手中的枪，“我的要求不高，既不要枪也不要钱，只要你们的吕总司令过来，当着大家的面对我说一声，对不起。这样，我就把许庄双手奉还。我丁聚元是当过土匪，但打鬼子不是尿货孬种，被你们这帮小人排挤，灰溜溜地走了，我不服!”

众人寂静。这时候，又有一匹快马赶到，这回是一名新四军队员。他下马后，立刻对丁聚元耳语：“管政委接到陈、粟两老总的命令，在吴家桥集结等待后军赶到。管政委让你立刻退出许庄，撤回吴家桥。”

丁聚元得令，顺手就卖人情，道：“今天就看在黎司令的面子上，我们撤出许庄。不过，有一句话也烦带给吕天平：他欠我老丁一声道歉!”

这时候，又一匹快马到，骑马的却是罗耀宗。

他喘着气，晃着一纸手令，高声喊：“吕司令有令，吴、许大捷，振奋人心，暂容新四军在吴家桥、许庄就地休整，游击总队所部不得为难。后续事宜，交由战区顾司令长官、省府韩主席及新四军长官协调解决!”

黎有望、黄开轩和何辅汉听到这个命令，都各自震惊，各有心思。

还是黎有望最先打破了尴尬，他耸耸肩，哈哈大笑说:“大伙看，这不，都没事了！老丁，老黄，也别玩什么俄罗斯轮盘了，瘆得慌，咱们一块搭个灶，煮点面，吃早饭，复盘战事。搞酒，必须有酒。小鬼子被咱们活生生地吓跑了，这等高兴事不庆祝，自己兄弟在此挤对，你们都是娘们儿!”

“你小子，想死兄弟了，我还欠着你一个娘们儿呢!”丁聚元也哈哈大笑，猛拍黎有望的肩膀，勾搭上了，“听说你拿着那十门小钢炮，炸得酒井哭爹叫娘啊，炮弹都打光了吧？在你手上就是一堆铁桶了，能不能匀个三四五六门给咱的队伍呢?”

黎有望得意地笑着说:“是，莲河库存的二百发高爆弹全用光了。还剩三发，是源田剩下的毒气弹，用不着了。不过，我干吗要送给你!”

两人架着胳膊往到处是残垣断壁的许庄集内走，真像是失散多年的亲兄弟。

第四章

饮间道

1

作战的三天，平州流言四起，太多的人在传这次鬼子派了一个师团来攻打平州城。还有人说吕天平把自己所倚仗的队伍都派出去打鬼子了，有人就会趁机把他给拿下。还有人说鬼子是配合和谈人员来打平州的，打输了，吕天平要赤裸上身，跪行到和谈代表驻地乞求投降；打赢了，吕天平要杀和谈代表祭旗。

流言蜚语自带腿脚，跟真正的战局毫无关系。

这些真真假假的流言，搞得许卓城的心很慌，他不断催促吕天平尽快弄出一个初步意见来，要不然就送自己出城回南京。吕天平回复许卓城，局势太过微妙，非他一人所能决定，此刻如果放他回南京，和谈之门怕是要永远被关上，不如等个结果再说。

至于许卓城一行的安全，他吕天平可以拿自己的人头担保，绝对安全。许卓城不信。吕天平说："那我就亲自为许特使做警卫吧。我们一起等前方消息。"

果然，第三天一早，许卓城就从房间的窗帘后看到吕天平真的来了。吕天平招呼王怀信，让他在东亚大饭店对面的小酒馆门口摆一桌酒，摆上几把条凳。然后，施施然坐下，独自就着花生米，烫了一碟干丝，烧了一盘小杂鱼喝酒。

都是平州特色的早点小菜。王怀信陪在他身后，汗都出来了，这若是有人一枪暗中射来，如何是好？王怀信说："吕公，你这么做，太不安全。我们再派些人手，给许卓城加强警备就够了。"

吕天平不动声色地看了他一眼，摇摇头说："今天应该就有消息。我也在看着他。"

王怀信没啥说的，就站在吕天平身后一脸警惕。

两人就这么待着。只见一个穿着青翠色丝绸上衣、黑色百褶长裙的女子撑着一把油纸伞款款而来。等她坐到了吕天平对面，吕天平和王怀信才看清，原来是白露。

王怀信的手摸向自己的腰间佩着的勃朗宁手枪，白露侧抬起头瞪了他一眼，王怀信收起手，挡在嘴唇边咳嗽一声。

白露把油纸伞搁在一边，取碗倒酒喝了一口，柔和地说："嗯，女儿红，真甜。吕司令，我到处找您，没想到您在这里唱空城计啊！"

吕天平说："是。"白露问："有用吗？"吕天平笑笑说："到今晚，我若还没死，那就说明有用。"白露说："这城里什么妖怪都有，您不怕死？我听说，要是黎有望这次出征不利，您可就要死了。"

吕天平扬了扬眉毛，"死，是一种很奇怪的东西。越怕死的人，死就越喜欢找上门。平州虽不太平，但我是很安全的。因为目前，谁也不会从我的死中得到好处。"

白露问："我的身世，您知道了吧？"吕天平点点头，"略有所闻，深表同情。"白露说："那么，您该知道我为什么来了吧？我要见许卓城！"吕天平张开嘴，随即一笑，摇摇头说："不可以，如果你要见韩主席，我可以派人把你安全送达！"

"吕天平！"白露拍案而起，"你们太过分了。完全是以小人之心度君子之腹。我要进东亚大饭店，跟许卓城把话说清楚！"

王怀信慌忙拔枪，被吕天平回手制止。吕天平依旧在笑，说：

"现在，也不是你说清楚的时候。说不清楚的事，不要去说，会做错事。"

白露慷慨陈词："今日之中国，为什么会积弱？就是像你这样畏首畏尾的人太多了。又想要抗日的美名，又不敢跟日寇、汉奸撕破脸。首鼠两端，举棋不定，还对别人疑神疑鬼，我要找许卓城证明我的清白……"

白露越说越激动。这时，徐永财带着一队警察荷枪实弹地沿街跑步来到吕天平身边。徐永财高声吼道："拿下嫌疑分子，保护吕司令！"

警察们立刻蜂拥而上，簇拥到吕天平左右，枪指着白露。

吕天平连忙朗声说："徐局长，根据教堂马修礼神父的目击证词和现场脚印的比对，刺杀许特使的嫌疑人是刘清和，不是白教员。不要再为难她了。"

徐永财敬了个礼，"吕司令，还有另外的嫌犯把许特使的一个警卫割喉了。白参谋同样有配合刘清和作案的嫌疑，他们都与许特使有扯不清的关系，急于杀人灭口。"

吕天平说："警卫的尸体我请法医一起查验过了，刺杀者是先从背后捂嘴，然后割喉，并抓住了警卫挣扎的手腕。刀口侧上倾，手掌握痕宽大，身高明显比一米七五的警卫要高，且孔武有力。肯定是个男人，绝不是白露教员。显然，是刘清和有同党，并有意嫁祸于她。这些，我恐怕徐局长自己也一清二楚吧。我说，不要再为难她了。”

“是，属下明白!”徐永财立刻换了张脸，对白露笑着说，“白小姐，本人只是努力尽责行事。多有得罪，请你移步吧，我还有公务要向吕司令汇报!”

白露瞪了他一眼，拿起油纸伞就走，撂下一句话给吕天平：“吕天平，你们这样对我，我一个弱女子都为你们这帮老爷们儿感到脸红!”她说完就想冲向东亚大饭店，化装成路人的周朝特战营便衣立即聚集拦住她。白露眼见这堵人墙，一脸不屑地走了。

见白露走远了，徐永财慌忙凑到吕天平耳边汇报：“吕司令，大事不好了，新四军武工队的人混入咱平州城里来了。他们找到了那个老共党分子左月潮，躲在小学堂里，不知在搞什么名堂。属下很担心他们会危及您和平州的安全啊!”

吕天平摇摇头，“新四军在帮我们打吴家桥，救韩主席的175师冯沅。他们能不知不觉潜入城来，若真要取我和你的人头，还要客气什么？来的都是客，都得供着啊。徐局长，我奉劝你少操点心，如今平州这个局面，稍越雷池，我们都不知道会犯什么样的错。只有不动以应万变，你觉得呢？”

徐永财点头，又敬了个礼，“吕司令明示，属下明白。”

2

许卓城在窗帘后看到吕天平独自坐着喝酒，为自己镇守。白露来了，他一惊。她显然是来找自己的，但显然也被吕天平给挡了回去。他也看到一个警察局局长带着警察来了又走。按照事先了解的情报，这个局长应该叫徐永财。等到徐永财走了，许卓城决定，下楼去会会吕天平。

许卓城的警卫长正坐在客房门口，用凡士林给手枪擦油，见他出来慌忙起身，问：“先生这是要出门吗，出饭店？”许卓城点点头说：“不用紧张，我到大街对面会会吕司令，他的警卫力量在，我很安全！”

许卓城乘着吱吱作响的电梯到了一楼大厅，几个警卫簇拥着他走出饭店。出了饭店的门，周朝的便衣立即围上来。许卓城戴上礼帽，深深吸了一口气，“我透个气，这么好的天气，不透个气，实在是浪费啊！”

许卓城径直走过街道，来到吕天平面前，也坐下，笑着问：“吕司令，可饮一杯无？”吕天平摆摆手说，请自便。许卓城直接用白露用过的酒碗倒酒，边倒边说：“让吕司令亲自给我当警卫，许某歉疚啊，特来敬吕司令一盏。”吕天平微微一笑，举碗回敬。两人都知道对方这样做是什么意思。

喝完酒，许卓城才低声说：“吕司令恐怕不是为我站岗这么简单吧。你是怕我跑了，还是在唱空城计？”吕天平说：“我只是想让许特使绝对安心，绝对安全。”

许卓城指了指自己的耳朵，说：“我已经有了消息，你们在许庄跟鬼子打上了，而且是与新四军打了联手，让他们去救吴家桥的175师。我真有点看不懂了，吕司令，你一边和我谈着，一边听命于韩光义，一边还跟新四军眉来眼去。你这是想在几条鲨鱼背上跳来跳去啊，踩翻了哪一条，都不会有什么好结果吧？你究竟准备站哪一边呢？”

吕天平不动声色，慢慢地说："这不是正给许特使扛着刀，留您好好谈谈嘛。"

许卓城说："嗯，老吕啊，有话好好谈。我们都是中国人，不用拐弯抹角。你是军人，我是政客。从华北到华东，我是一个旋涡跳到另一个旋涡里，早已厌倦官场生涯。这年头城头变幻大王旗，什么主义啊大东亚共荣圈啊都是假的，能够自保且全身而退才是真的。这次来说降，也是情非得已。你拖着我，无非是指望黎有望在前线取得胜利。胜了又如何？几万、几十万人次的大会战都打不赢日本人，你们依凭这一万人不到的杂牌队伍，在日本人重兵集结的腹地，取得一两场无关紧要的胜利，有什么意义？"

吕天平说："岂不闻蒋委员长提出的战略上初期之'以空间换时间'，第二期之'以小胜积大胜'，以配合盟军之整个战略？胜利虽小，积累则多……"

许卓城嗤之以鼻，说："老蒋的话，恐怕他自己也不敢信。盟友，哪来的盟友？德国咄咄逼人。英法自顾不暇。苏联到处签订互不侵犯条约。美国人还是中立原则。只有狼群在结盟，日德意越走越近，我们中国人孤立无援，就像奥地利、波兰、捷克斯洛伐克这些弱小国，无人眷顾，独自面对这一场世界性的战争。如果你相信正义必定战胜邪恶，那可能要等到我们死了之后才能见到吧。这么一说，我突然想起一个人。一个古人。”

“谁?”

“陆游，陆放翁。他一辈子盼望收复中原，一辈子都见不到，所以有‘王师北定中原日，家祭无忘告乃翁’。但是王师北定中原了没有？没有。到头来，只有陆秀夫带着宋朝的小皇帝跳悬崖。陆游的儿子，甚至他儿子的儿子，都没法在家祭上告诉他什么。”

许卓城对自己的三寸不烂之舌充满了自信。这的确也是他所笃信的一套。

“许特使此言差矣。”吕天平笑笑说，“王师如何，赵宋如何，哪里是陆放翁能够左右得了的。但是陆放翁自己如何，汗青自有后见。人生在世，所为皆是‘修我’，到今天，我们并不在乎赵宋王朝，更关心的，还是那个赤胆忠诚的陆放翁本人，难道不是吗?”

许卓城本欲喝酒，听了一愣，慢慢回味吕天平的话，最后，长叹息一声，“我听说吕公义（吕天平，字公义）是一员儒将，今天这个特殊的情境下，交心一谈，果然如此啊！果然如此！这么说，其实你就是想拖着我，我们没得谈了。”

吕天平学着许卓城的口吻说："我听说许特使是一名风流才子，今日一见，也果然如此啊。既然说到赵宋，我们不妨掰开来说说。文天祥临死前，有人教他'大光明之法'，心存大光明，受死无惧。我也试试看，我心中的大光明，就是这平州几十万父老的平安，不管什么情况下，都不要再像国都那样，生灵涂炭了！能如此，我死而无憾。"

许卓城又一愣，喝了口酒，抬起头死死盯着吕天平的眼睛看，许久，他才现出了一丝诡异而欢快的笑，"我在北平、在南京，与同僚们说得最多的就是佛法。既然吕兄也萌生了禅修觉悟，这么说，我们还是有得谈的。我不入地狱，谁入地狱。干！"

两人碰杯，一饮而尽。

许卓城悄声说："人逢知己千杯少啊。告诉吕公一件事，其实跟着我来的那个女人，李香菊，并不是我的四姨太，而是日本女间谍，负责监视我的。在新京，那女人就是一个歌伎。他娘的，小鬼子就派了个歌伎骑在我头上。是可忍，孰都可忍。哈哈，我请她出来给我们唱上一曲助兴如何？"

吕天平低声道："李香菊，真名松下姬衣，算是川岛芳子的左膀右臂。父亲是日本人，母亲是中国人。母亲被父亲抛弃，以至于她未及成年，就不得不在长春的欢娱场里谋生。因此被川岛芳子相中、培训，专门送到了你的身边。”

许卓城一惊，“你居然全知道，厉害啊！”

“我们也要搞情报的。”吕天平喝了口酒，依旧面无表情，“为了接近你，她还认识了为你效力的干儿子刘清和，并且似乎与他颇有纠葛。你们这一家人你算计我、我算计你，这是在唱哪出？我实在看不懂。”

许卓城又是一惊。真真正正地大吃一惊。

吕天平知道的太多了，令他瞠目结舌。这时候，一骑从街头奔出，到此慢慢控马减速。马上人是罗耀宗。他喘着粗气向吕天平汇报：“报告吕司令，许庄大捷！黎司令已经带着人马回到平州城南了！”

吕天平微微一笑，“传令下去，说前方儿郎已克敌！”

3

倘若许卓城真的派人去请李香菊来唱曲助兴，一定会扑空。

这天一早，她也在早餐的烧饼里吃出了一张纸条，约她到平州大酒楼304房小聚，署名“青禾”。李香菊不用跟许卓城通报，自己带着包，用一块黑纱巾蒙着头，从饭店后门走了出去，来到平州大酒楼。

李香菊到了酒楼想敲门，发现门没有锁，径直推门进入，十分警觉地把手伸进了小包内。她弓着腰，轻声喊：“青禾。”

突然一个阴影从门后袭来，想拦腰抱住她，把她按住。李香菊避让反击，身手极是敏捷，迅速拔枪后抵。只见寒光一闪，一把短刀架在了自己的脖子上，然而她的南部小手枪也死死抵在了后面人的脑袋上。

“姬衣，我们都慢了一秒钟!”那人放开了刀，李香菊也撤下了枪。果然是刘清和。

“青禾君，我知道你会来这一手，你吓不着我!”李香菊转身把房门踢上，就要顺势拥抱刘清和。刘清和却推开了她，说：“坐吧。你是我的上线。上线得有上线的样子。”

李香菊有点失望，也有点气恼，寻了张沙发坐下，气势汹汹地问：“为什么要擅自对许卓城动手，我们的计划里可没有这一条。芳子长官要知道了，怎么交代?”

刘清和在她的对面坐了下来，说："你别忘了，我现在是76号的人。听命于谁，并不完全由你们做主吧？我跟许卓城有私仇。我沦落到今天这样子，完全是他害的。我难道不能公报私仇？"

李香菊笑笑，说："你要杀他可以，但现在还不是时候。许卓城是来说服吕天平易帜降汪的。我们的目标是吕天平。这个战略性的节骨眼上，你可不能胡来。"

刘清和说："吕、卫、黎三人，表面一团和气，实质上互相猜忌，相互提防，貌合神离。我想，过不了多久，就会有个契机导致他们相互火并，三只狗互相咬。到时可轻取平州，何苦如此大费周章。要跟他们谈什么！你们来，他们只会卖力地演各种双簧给你们看，拖着你们，漫天要价。我杀许卓城，也就是想给火上浇点油而已。"

李香菊骂道："你还真会火上浇油啊，擅作主张！小小一个平州，我大日本皇军不费吹灰之力即可取之，为什么不取？因为军部定下'以华制华'的策略，而汪精卫政府需要吕天平这样的头面人物归降。吕天平便是第一块多米诺骨牌。那么多省份，那么多地方杂牌派系，都可顺风解决。汪精卫要游击队，更需要吕、黎两人，尤其是吕天平。他一个人的价值顶得过一个军。这是解决支那最好的办法了。"

她说得很有“道理”。刘清和依旧认为是妇人之见，道:“吕天平，是人雄；黎有望，是枭雄。他们在平州联手，众多蠢蠢欲动之心也就犹豫了。此时若电令和平建国军进攻，平州唾手可取。如果真让他们在许庄又胜一局，这说降的价码可就水涨船高了。在今天的环境下，招降平州是个能立功捞钱的肥差，其实76号那边有人也想杀了许卓城，另派自己的人来招降建功。南京方面就不应该找许卓城这种人来招降。这种人有奶就是娘，什么时候，他把日本人给卖了也不是不可能的。”

“都到这个时刻了，我们在支那节节胜利，没有谁能比皇军给的奶更多。”李香菊颇不以为然，“许卓城是一个识时务的人，也是一个合适人选。南京以前来联络平州的那帮人只顾着自己从平州捞钱，毫不顾及帝国的利益。指望他们，平州问题或许永无解决之日。许卓城不同，他的钱被我们扣着，他要解套，饥饿得很，不得不拼命。我大日本皇军的战斗力难道你不清楚？哪怕被十倍军力包围，他们也能固守待援起码三天。游击队被打残了，谈判很顺利的。你要是再敢擅作主张，小心我向芳子小姐揭发你。你可别忘了，自己身上还流着大和民族的血。大和民族的优良品质就是绝对地效忠，绝对地服从。”

刘清和由衷地看不起这个女人，“你可真看得起自己啊，一口一个支那，一口一个皇军。还大和血？我父亲是中国人，你母亲是中国人。咱们说到底，都是夹在两头受气的野杂种。虽然中国现在这么不堪，我倒从来没觉得自己不是中国人。你不了解中国人，我们虽是一群绵羊，但若有了一头狮子带领，就会成为一群嗜血的狼。黎有望就是这种狮子。我可以跟你赌一场，你赢了，以后行事就听你的；你若输了，以后请你这位流着大和血的贵女子不要对我颐指气使了，我们互不相欠。干完这些脏事，我就远走高飞了。”

李香菊的语气立即变得柔和起来，“清和，日本女人从来不赌，只跟随强者。如果你坚持要走，请带上我一起走嘛。”

刘清和意识到自己话多了，不由得咳嗽了一声，“不杀掉许卓城，我怕是走不了。平州，将是我的坟墓。”

“你放屁，你撒谎，你心里是牵挂着那个女人！别以为我不知道你的心思，她就在平州。在北平时，我就知道了，一清二楚。你挨的那一枪，其实应该是她的。你他娘的都上了我的床，还是放不下她。真当我是个婊子吗？你这个混蛋！”李香菊有点气恼了。

气恼情绪就像流感，很快从李香菊身上传染到刘清和身上，“你们利用我去套许卓城，难道那时候，我就不知道？对不起，你就是个婊子货。你不提这茬儿还罢了，提这茬儿，我更要杀了他。”

“好吧，我就是婊子，但是我这个婊子爱上你了。”李香菊咬牙切齿，“怎么样，我一定会缠着你的，直到天涯海角。只要战争不结束，我们两个杂种是免不了要纠缠在一起了！来啊，是个中国男人，还敢来吗?”

她撕开了外衣，露出洁白的胸脯。

刘清和像是一头被激怒的公兽，他红着眼，喘着粗气，猛扑到了李香菊的身上，疯狂地撕咬着她的身体……

第五章

都天会

1

许庄大捷，退了鬼子兵。平州城禁开放，全城又一次沸腾了。

老百姓热闹着，但军中不能懈怠。

吕天平特意召集游击总队全体将领到慈云寺召开会议，统计战果，检讨得失。卫长河的部属，哼哈二将周朝、何辅汉也一并参加了会议。这对于他们而言，简直是一种羞辱。但是卫长河安之若素，笑嘻嘻地坐在二把手的交椅上，一起分享胜利的荣光。

吕天平的人马自然不放过这样的机会。王文举赞美黎有望怎么力挽狂澜，王怀信则歌颂吕天平吕公能够运筹帷幄，决胜千里之外，还摆空城计，唬得各路宵小不敢动弹。

吕天平告诉大家说："我在街边摆桌，不是唱空城计，是为了看着许卓城，各方势力人马都在这平州城内潜匿，游击总队有多少斤两他们会不知道？我要向各方传递一个明确信号：第一，我吕天平与黎有望生死相共，他若战死，我不独活；第二，游击总队必赢此战！"

众人，特别是黎有望明白了吕天平的心意，不由得发自真心地鼓掌。

吕天平继续说："这场仗虽是一次胜利，却是一次侥幸。我们只是退了鬼子，并没有造成多大的杀伤。我们对小野的实力有所误判。鬼子共有一个大队一千二百余人的兵力，北围吴家桥，南犯许庄，摆出了至少一个联队的阵势。这让我们胆怯了。而此战胜利之根本有两点：一是游击队打得坚决，短时期内集中了优势兵力，许庄方面，是敌人兵力的四倍有余。二是黎有望战场指挥能力强，以炮击为先驱，令我军之伤亡少至不可思议之数；黄开轩又能根据战场形势灵活用兵，率领大刀队猛砍猛冲，今日之猛恶来。特别是何辅汉驰援及时，帮上了关键性的忙。但经此战后，日军必会提高对游击总队的重视度，接下来的反扑将是恶仗。"

吕天平这番话有水平，既能指出事实，把这场大捷的过程简约精当地描述，让大家心服口服，还能让两边不闹别扭。

何辅汉有点汗颜，他的所谓“驰援及时”，完全是吕天平封的，是给卫部人马的面子。他眼见卫长河依旧在笑眯眯地鼓掌，打心底里叹服师座的心理素质真好。

轮到黎有望发言，他先说吕、黎是大脑与手足的关系，与将士上下同心，才能赢得这一仗。最后说：“小野是个贼将，特别精明，是个难缠的对手。他不好赌，不恋战，不贪虚功，进退自如。我原本是可以端了他的指挥部的，可是功亏一篑。可惜啊，太可惜了！”

大家说来说去，就是没有人提到新四军。仿佛解开吴家桥之围，与平州兵相持在许庄的管蔚然、丁聚元那两千多号人马并不存在一般。

这个有趣的僵局，最终被黄开轩打破了。会议即将结束的时候，黄开轩抱怨：“诸位长官，新四军还在平州、新化、清江三个地区和我们交界。此役之中，他们帮冯沅解了围，但背后也捅了我们一刀。诸位长官认为，下一步，我们该如何处置呢？”

一句话如一颗炸弹，触及下一步的关键问题，会议立即冷场。

沉默不语的卫长河终于开腔了，他不急不缓地说："诸位，新四军在江北的存在，已成既定事实。目前，他们的先驱纵队，暂在吴家桥休整。我得到准确情报，后续的五千人马已经在江都渡江，大摇大摆地沿着汪伪防区南沿向我平州方向开过来，由两位身经百战的老将领指挥，气势汹汹啊。当然，他们的军部、机关以及大部人马，还在江南皖南山区里走着。一军跨江分为二，也是一着险棋啊。"

既然打开了盖子，吕天平索性也说开了："此次支援吴家桥，新四军也出了大力。所以韩主席也同意他们暂时在吴家桥休整。他们的目标地是海滨的盐州，我个人认为，如果他们的后队要来，拦客不如送客，让他们也去吴家桥会合，一起北去得了。"

卫长河阴阴一笑说："吕司令的心可真大啊，都知道金平州、银莲河，如果他们反客为主，赖着不走，我军如之奈何?"

吕天平立即表示他会派人去新四军那边讨个准确说法，不然的话，只有先礼后兵了。

卫长河否决，"那么，就算他们不待在平州，北上要经过的可是韩主席的防区。若韩主席不借道，大家擦枪起火，闹起摩擦来，我军又将如之奈何?”

吕天平算是终于听懂了卫长河话里的意思。这是逼着自己表态啊。

他只有以长官的身份反问他:“我已经表过态，这样的大事，我们区区一方游击总队，不必拿主意，交给韩主席并战区顾司令长官乃至重庆去裁度，我们等命令就是了。那么，卫副司令，依你之见，你觉得该如何处置?”

卫长河依旧把球踢给他，“如果先下手为强呢?”

吕天平点醒他:“不要轻敌，他们好歹有七千人马，而且绝非孤立无援，南下的八路军，也在向长江一线不断靠拢，等着跟他们会师。还有很多我们看不上眼的各种七八条枪、三五十人的小队伍在不断投奔他们，所到之处如海绵吸水。另外，新四军渡到江北的两位指挥长官，不知卫副司令有所了解否，你自信是他们二位的对手否?”

“有些事，不试一试，怎么知道结果。”卫长河往背后的椅子上仰了仰，似乎在自言自语，“好吧，还是按照吕司令的命令执行，我们就坐等吧。兴许，他们会从维阳方向北进。汪伪没有任何动作，日寇也没有任何动作，他们就是想把新四军赶到我们这条路上来啊！”

“卫司令，你话中意思，是不是巴望着日伪联手灭了新四军才心满意足呢？”

黎有望实在看不惯卫长河这副目中无人的姿态，忍不住拍案而起。

吕天平慌忙挥手制止黎有望继续说下去，道：“我已经派出了一个绝对中立、绝对适宜的人去找他们的指挥官沟通联络了，我们不妨也等等她带来的消息吧。”

卫长河立即警觉地问：“谁？”

吕天平说：“战区顾司令长官的表妹、《大公报》记者刘琴秋女士。我的女人。卫司令，派她去，你应该放心了吧？”

2

翌日，吕天平就在小校场召开贺捷大会，庆祝许庄大捷。会上，他转达第三战区嘉奖电令，在抗战如此艰难之时刻，嘉奖取得胜利的江北游击总队指挥部暨麾下各部。分别颁给吕天平一等云麾勋章、黎有望二等宝鼎勋章，以及部下若干勋章。

众将士无不欢欣鼓舞。

面对众人，黎有望真心地说："没有那些战死的兄弟，就不可能有许庄大捷，更不可能有游击总队的今天。这枚勋章，黎某得之有愧，它该属于所有战死的兄弟，应悬挂于英烈碑上。我宣布，阵亡将士抚恤金标准从即日起提高一倍，伤残者一律由游击总队安排，出任平州县乡各级公职。"众人掌声雷动。

吕天平上台，表示自己也把勋章献给战死英灵。他说："当年，蒋委员长在江西搞新生活运动。本司令来平州久了，发现战乱中，乱象起，本城民众或许有朝不保夕之感，战火愈炽，行乐之风愈烈。诸位啊，战火之下，我们应不忘建设我们的生活，应愈挫愈勇，永葆积极明德之心胸。不论敌人是否兵临城下，我们都理应把平州建设成一个模范区。今日起，平州继续施行新生活运动，要点就四条：不抽鸦片，不赌博，不嫖妓，不酗酒打架。"

轮到卫长河，他很简洁明了地说："同意吕司令的意见，当然剿匪的经验，就是攘外先安内，安匪先安民。平州也一样，治城先治人。我们要以振作之精神、饱满之士气，为即将来临之匪患做准备。我们与重庆虽然相隔千山万水，有日寇、汪伪之阻隔，但是，领袖之精神与意志一样作用于我平州。”

授勋之后，黎有望却并不怎么高兴。

无形的裂痕已经在整支游击队里四处蔓延，本来就各怀心思的众人，经历这次大战后并没有把心拧在一起，相反，更加各执一词，各有主张。这令他感到隐隐的不安。他鬼使神差一般来到平州小学堂外。求知书局的门仍然敞开着。他一喜，连忙进门，却见一个小兵端坐在正厅之中认认真真地翻着书看，一支中正式步枪搁在他脚边。

黎有望一愣，随后想起来这是奉他之命来帮白露做警卫传令兵的鲁培林。见黎司令来，鲁培林慌忙起身敬礼。黎有望就问他：“怎么，刚打完仗就来读书啊？”鲁培林说：“回司令，小说就要看到结尾了，全连的弟兄等我回去讲结局呢。”

黎有望嘉许，“很好，原原本本地讲给他们听。回头有空，我也到你们那儿去听。”

随即问白露在不在，鲁培林说应该还在小学堂上课。

黎有望就从小学堂一个隐秘的侧门进了校园。白露的课堂在一层高小部。她正在给小学生们上公民课，解释为什么今天要在学校张灯结彩，说我们的队伍打胜仗了。小学生们欢呼雀跃。她随即教唱另一首抗日歌曲:《抗敌歌》。

童声清澈，佳人婀娜。黎有望侧身躲在教室外的阴影里，鼻子都看酸了。

有个清脆的声音轻轻袭来:“黎司令，你怎么在这儿?”

黎有望转身一看，竟然是唐晓蓉亭亭玉立地站在面前。他一时尴尬，有点语塞。唐晓蓉往教室内看了一眼，立刻心领神会了，微微一笑说:“来找白教员的，是吗?”

“不是，巡视本校教育。”黎有望拉了拉军帽，尴尬地看了看唐晓蓉上方的楼梯口。唐晓蓉用手头拿着的教材捂嘴一笑，说:“听说黎司令又打了个大胜仗，大家都很振奋啊。怎么样，我做的事帮上忙了没有?”她指的，显然是密码翻译工作。

黎有望立刻换上一副笑脸，用恭维的语气说:“还是发挥了作用的，只是我没有把握好战机。我说唐小姐，你和罗参谋两人合作，简直是珠联璧合，总能帮我们的大忙。既然说到了罗参谋，你可别小看他，他可是姑苏大丝绸商罗家的公子啊……”

黎有望莫名其妙地开始絮絮叨叨起来，也不知道自己想要说的是个啥。

唐晓蓉依旧保持着礼貌的微笑，“好啦，我要去上课了，黎司令啊，如果还要再翻译一些材料，就叫我。我随时准备为抗敌效力。唉，我走了，不然白小姐会误会的。她出来了。”

黎有望顺着唐晓蓉的目光转身，果然白露站在了自己的身后。黎有望有点尴尬，用一本正经的口吻说：“昔日巾帼战将，此时不得不教稚子业，白参谋，委屈你啦。”

白露与擦身而过的唐晓蓉相视一笑，随后半开玩笑地说：“能看到你活着回来，我就不觉得自己有什么委屈的。得胜将军啊，来找我这个小教员干吗？”

黎有望看了看左右，吆喝教室里嚷嚷着、扒着窗户看热闹的学生都坐好了，随后说：“我们征战的这几天，刘清和这个狗汉奸没有来骚扰你吧？”

“没有，他突然安分得很，好像消失了一样。”白露说，“你们一回来，鲁培林就来站岗放哨，我更不怕他了。”

“还因为，学校里有新四军武工队的缘故吧……别装不知道啊，我一回来，徐永财就跟我汇报了，要我端了学校。这事怎么可能，我干吗要跟新四军老朋友过不去。”黎有望自顾自地说，“看来把你拜托给左校长是正确的。听说，新四军是十分讲理的，武工队的人应该没有为难你吧？”

“他们为什么要为难我，就因为我是汉奸许卓城的女儿？像你们这样深怀成见？”白露睁大眼睛，带着笑意故意反问道。

“我听吕司令说了，你去找过许卓城了。他拦住了，没让！听我劝，别找他了，你要是找他，很多事就更说不清了。”

“你来找我，就为给我下这道命令？”白露装作生气地质问。

“没有，没有，绝对不是！感觉自己还活着，就想见见你而已。我也说不清为什么。”黎有望说，“想告诉你一件意外的事，你绝对想不到，丁聚元居然投奔新四军了，还人五人六地当上了什么副队长，好像投对了队伍，神气得很呢。”

“我知道。没有别的事，我得回去继续上课了。”白露说完，转身就返回课堂去了。

黎有望挠了挠自己的脑袋，用蚊子一般的声音哼哼，“哎，别走啊，晚上我想请你聊聊的。”他完全没有把握白露究竟有没有听到自己的请求。

3

如吕天平所担忧的，获胜后的几天里，又赶上民间都天会，平州城陷入一种近乎狂欢的气氛里，好似真靠一城的力量挡住了日军的千军万马，甚至扭转了中国战局一般。己方伤亡了二三十人，救了冯沅的175师，消灭了近百鬼子兵，把日军打得躲在清江城里，头也不敢露，这战功，着实是厉害了。得意便忘形，便有认识上的假象：日军也不像一直吹嘘的那么强悍，有了骄傲轻敌的念头。

再次安葬了一批阵亡将士后，黎有望满心忧虑。

全城只有黎有望一人心知肚明，这一次吴家桥、许庄的胜利，一是靠新四军助战解围，二是因为小野本身就是一次试探，他必定在观察局势，等待组织下一次更大的进攻。倘若自己只是救吴家桥，或者只是打许庄，胜算可能很大，如果分兵两头，多半要吃大亏。战功乃是浮光掠影，并不能算是取得了关键的胜利，只是两次恶战之中的喘息。况且城内谍影重重，暗流下的较量并不会因为这次胜利有什么改变。

将领们为争这种虚功有分歧，底下士兵因为这仗可是打出了交情，勾肩搭背，开怀畅饮，今朝有酒今朝醉，所有人都当吕天平倡导的什么新生活运动是个屁。甚至连黄开轩、朱子松、叶桂材、王文举等属于黎有望心腹的人也开始在一起饮酒作乐，轮流坐庄吃喝。

朱子松、叶桂材酒喝多了，就信口议论战事。

黄开轩则一直沉默不语。叶桂材瞧不起此战之中卫长河部的表现，觉得吕天平屁股坐歪了，何辅汉的驰援简直就是一个笑话，鬼子的面也没见着，结果他也被授予一个三等宝鼎勋章，冲锋陷阵的黄开轩却没有被授任何的勋章。几个人就把话题往这方面扯去，猜想黄开轩闷闷不乐的原因一定在此。

叶桂材喝得半醉，说，要去把黎有望拉来喝酒，一起快活。

黄开轩压低声音说："我看就不必了，黎司令每战后总要闷着自己，总结作战经过，我们不必打搅他。"朱子松哈哈大笑，"没有的事，我的人瞧见他下午偷偷溜到小学堂去找白参谋了。哈哈，兴许晚上他们就搅在一起了。"

一提起女人，话匣子立刻被打开了，众人兴致勃勃，各自聊自己的情史。王文举的妻儿老小在西北，大后方，儿子成家，女儿出嫁，他无牵无挂。叶桂材的老小在广西独山，也是后方，已经留后了，也是战死无憾。只有朱子松和黄开轩两人还都单身。朱子松是跟着黄开轩的老部下，他忍不住说：“黄副司令，自我认识你以来，就没见过你接触什么女人，半生戎马，连女人是啥味道都不知道，太可悲了啊。我们去花街如何？”

叶桂材附和说：“一起扛起枪，一起嫖过娼，那才叫铁哥们儿嘛。”

黄开轩开始有些犹豫，被大家一鼓动，便动心同去花街快活。

花街是平州有名的欢娱一条街，依着内城运河稻河支流夹河而建，自古对齐的是维阳城繁华的花柳界，如今对齐的是上海滩十里洋场的欢娱所，与世界同步。自古运粮或者运货的船从西北门入平州，到人工挖成的塘湾里卸了货之后，宽阔的水面收紧成散入城中的几条支流。大船进不去，也不必进去。水手、货主会搭乘各个花楼来拉客的小船往城内走，探寻平州隐秘的欢乐所在。几乎是从城西北曲折地来到城东北，在文庙和贞德碑林后不远，一大片区域就是花街了。

平州自古繁华。平州男人都知道，在平州有三桩事逃不脱：三奶奶的手、抱月楼的水和花街的女人。“三奶奶”是接生婆的代称，生到世上，自然逃不脱；“抱月楼”是澡堂子的代称，平州最古久的澡堂子叫抱月楼，信奉“上午皮包水，下午水包皮”的平州男人泡澡堂绝不可免；花街的女人，就不用说了。虽然历代朝廷都明文禁止嫖娼，但那是官顶子们骗人的规矩。寻常百姓，吃喝足了，到花街寻点小欢，人生这卑下的乐趣足矣。平州人能宽容花街的存在，正如他们一样宽容和尚能吃肉、娶老婆。

这一伙人换了便装后，摇摇晃晃到了花街。临到街头那巨大的“人间乐境”牌坊下，一阵冷风吹过，黄开轩突然冷静了下来，对其他的人说：“今天酒多失态，不奉陪诸位了，我还要值班巡城，你们尽管去。但最好悄悄的，不要惹事，毕竟吕司令的话已经撂下了，被警察或者宪兵营查到可不好。”

黄开轩是头一回来花街，看到这个牌坊，两边一副对联“真真假假毕竟一夜鸳鸯　正正经经不妨两相共枕”，不由得想起了平州的一句俗语：“既当婊子又立牌坊——理直气壮”，不禁哑然失笑，再无放纵之心了。

朱子松自己就是宪兵营营长，大声嚷嚷：“没事，黄兄，兄弟们今日也准休假了。”其余人千拉百拽，黄开轩就是不去，最终还是告辞走人。缺了黄开轩这样闷闷的伙伴，大家感觉更为轻松了，找了一家最靠里的花楼。

老鸨见是一伙虎背熊腰的醉汉，心中猜着十有八九是当兵的，立刻冷下脸，说："客官，最近从战场上撤退归来的军爷特别多。吕司令已经传了令，花街里当兵的一概不许接待。现在平州太平，四方的客官多，姑娘们忙着呢。你们要喝花酒，须得把赏钱先摆进花盘里，姑娘们才能安心伺候几位！若是遇到部队或者警察来巡查扛枪的人，我可把话说在前头，人我不保，赏钱也不退的。"

朱子松受不得气，就嚷嚷说："当兵的怎么了，没有我……他们浴血沙场，挡着小鬼子，你还能在这平州城内做生意？老子虽然不是当兵的，但你这副声口，老子看不惯！"说着就要动手打人。

老鸨急了，忙跑到门外嚷嚷道："不好了，当兵的闹事了啊！"仿佛是配合她的叫嚷，几乎在一瞬间，门外响起了"嘟嘟"的警哨声。徐永财兴高采烈地带着一伙警察从主牌坊那儿冲了过来，一边吹哨，一边说："不许放他们走后门跑了！"

第六章

末世城

1

黎有望跟着鲁培林一起在求知书局里看书到天黑。半年之前，他就过的是这般静好的日子：进书、卖书、读书，周而复始，外面的暴风骤雨似乎全不关心。

鲁培林皱着眉头看厚厚的《子夜》。黎有望读的是几本当店老板时没来得及看完的翻译小说，写的是苏联和东欧一些国家游击队和战士们的故事。这些人打的仗，要比自己在平州艰苦得多，但似乎他们总是那么信心满怀，在密林、大雪、深山里与敌周旋，永不言败。身为军人，他以前时常想，微不足道的一支队伍，微不足道的破袭战，跟千百万大军团大混战相比，小小的胜利和失败，对于整个战局而言有何意义？但是他们的毅力与品格，是远远超越战争本身的意义的。战争，说到底还是信念和意志的较量。

平州的这支游击总队有信念，有意志吗？

和众人一起开过贺捷会之后，黎有望深感困惑。

这的确就是一群各怀鬼胎的乌合之众，就跟当年簇拥到直罗山山沟里的那支拼凑而成的89军一样。每个人都计算着自己的利益，要谋取最大的好处，在必要的时候干出意料之外的事。只知冲锋陷阵的黎有望就像个傻子。他还曾为自己那样的傻而自鸣得意，甚至愤愤不平，但是现在只有面红耳赤的份儿。

六年过去了，国难当头。世界并没有什么变化，所有的人也没有什么变化。只有黎有望觉得自己变了，变得像个局外人，洞悉一切，无力改变。

白露上完课，在学校批改了一些学生的作业才回到自己的寓所，也就是求知书局。当她看到黎有望和鲁培林两人还在空荡荡的堂屋里看书时，颇为意外。

鲁培林终于看完了《子夜》，为书中人物而感叹一声“原来富人家要败了，也这么快当啊，我只道咱穷人家抗不住风浪一拍呢”，随后高高兴兴背起大枪回营去给弟兄们说书了。只留下黎有望颇为尴尬地合上书，也准备告辞而去。

白露则笑眯眯地问他："怎么，你这是要加房租，还是在等我啊？"

黎有望看了看天花板上的电灯泡，支支吾吾地说："你要是不忙，我想跟你随便聊聊。"

"这么闲啊，黎司令，当心小鬼子反扑啊！"白露拍了拍身上的粉笔末，依旧在笑，似乎"汉奸女儿"的嫌疑正如这些浮尘一样，对她而言轻松就拍净了。

黎有望说："有新四军在吴家桥挡着，小鬼子一时半会儿是不会轻举妄动的。当初，我们是跨着江南江北配合。现在背靠背，更可信。"

白露说："算是找着一支可靠的盟友了。可是，新四军会走的，他们不是说要往盐州去吗？"

黎有望突然反问道："你是怎么知道的，难道有什么人跟你透露了吗？"白露眼睛一转，很快回答说："左校长提到过一点点。"黎有望看了看门外，压低声音说："这么要紧的事都说。那么，他有没有拉你进共……党啊？"

“我可是大汉奸的女儿啊，他怎么会呢？共产党的锄奸队，厉害着呢！”白露故作夸张，“你要专门问我这个，我可要休息了啊。天要黑了，男女有别，请便吧。”

黎有望挠挠头，有点失望地说：“不是，我就是顺嘴问问，你有没有空呢，到河边走走，我们再聊聊？”白露点点头，笑道：“只要你不觉得跟我这样的人走在一起，被人瞧见了，说你暗通汉奸，我无所谓的。已经陪着你走了多少路了。”

最后一句话，白露是无心而出，脱口之后，却不禁眼眶一湿。从直罗山到平州，意外地相识，意外地重逢，的确不知不觉走了很远。她自己都觉得不可思议。

黎有望并没有那么纤细敏锐的感觉，接不住白露的话，只是像个大男孩一样，闪身出了门，回头笑着对她说：“那么，请白小姐，一起欣赏这美妙的平州夜色吧。还想请你到斌园看场戏，说姑苏来了一个昆曲班子，唱得好听着呢，就像是画眉鸟叫一样。”

白露从门后捞出一把油纸伞，“我还是遮着点，别让黎司令被人笑话！”

两人一起把求知书局的门板收好，沿着尚义街向西，故意绕了一圈，贴着稻河边临水的街道走。这条路线，正是丁聚元劫城时，黎有望让白露先走自己断后的路线。倏忽光阴，短短几个月之间，大家的命运已发生了翻天覆地的变化。

黎有望一念起，就聊起了小学堂的教员张德文，说到了他慷慨赴死的真相。白露也证实，那天她被困在观音庙，的确隐隐约约听到丁聚元在跟张德文长谈，并没有殴打他的情况。黎有望摇头叹息道:“丁聚元这个混蛋，早就找好路子了。”

聊起丁聚元，他还是忍不住赞叹他算是柳暗花明又一村，投了支好队伍。

“凭什么就判断新四军是支好队伍呢?”

“我观军容很有眼力，一支队伍怎么样，看两眼就有数了。他们的军服都很破旧，很多人还穿着草鞋，人人身材消瘦，要是不报姓名，看不出谁是官，谁是兵。他们的枪械也破旧，负重也多，可无论行进撤退速度都飞快，冲锋掩护，协同极好。最关键的，每个人都精神焕发，双眼里都闪着那种必胜的光。我看，这才是我要的队伍，有精气神，游击总队跟它不能比。”黎有望边说边比画，忍不住竖起了大拇指。

白露掩唇而笑，“黎司令，可要注意你的言辞啊，你是国军游击总队的副司令。”

“副司令怎么了？自从当上了这个副司令，我感觉自己窝囊得连一头猪都不如。”黎有望满脸的颓废，“我负责侦缉，忙了这么久，查了这么多的各方线索，越查越心惊，越查越觉得这里又是直罗山的迷魂阵。算了，不跟你说这些不愉快的事了。我还是想劝你离开平州，这里在酝酿着一个更大、更深的旋涡。但又不希望你走。”

白露侧着头故意鼓起嘴，问：“为什么？”

黎有望说：“我实在搞不清我该相信谁，该怀疑谁。但坚信，唯有你值得信赖。什么都不说，能这样看着你，也真好。”他动情了，语气中有了蜜味。

“不介意我从将军的女儿变成汉奸的女儿了？”白露得寸进尺。

“你现在是白露，是白教员，是你自己，谁的女儿都不是！”说话间，黎有望有一种强烈的冲动，要张开手臂去抱一抱白露。

一个警察风风火火地冲着他跑来，说：“黎司令，黎司令，徐局长差我到处找您，您的两位军爷跟我们局子的兄弟干上了！”

黎有望一阵气恼，感觉血涌脑门，骂道：“这帮㞞货，永远不肯消停！”

2

两人匆匆忙忙随着警察一路小跑去花街，沿途一处人群聚集，是两伙人在互相拉扯，中间居然有个穿黑袍、戴白头巾的修女在拉架。

警察挥舞警棍高声喊："黎司令来了，黎司令来了，听他处分!"

黎有望进入人群一看，却并不是他的部属军官，而是两个士兵在跟几个地痞拉扯。他掏出手枪，对空开了一枪。所有人立刻松手。地痞头子是平州本地有名的无赖汉柳五。柳五一见黎有望就说："黎司令，这不关您的事。这是卫师长带进城来的两个兵，抽了老板的大烟不给钱。"

黎有望抬头看，果然是烟馆“吞云轩”。

平州人都晓得，这是宋醒吾的产业。只是他不居台面，法办不着。柳五是宋醒吾的代理人，地痞就是柳五所雇的打手。烟馆的日常经营由他们出面负责。两个士兵一副萎靡样，脸面上都流着血，打着哈欠说："老子在前线卖命奔突，一夜行军上百里，就是要吸几口烟土才得劲。日他的，到你这儿抽一筒，还问老子要钱！黎司令怎么了，就是卫师长来，俺们也不怕。凭你们这伙鳖孙，也想动手打俺们，先问问俺们的拳头中不中!”

一口河南腔的老兵油子，原属卫长河的人马。

黎有望一脸冷霜，问老修女:“嬷嬷您好，您所见证，是谁先动的手?”

老修女手持一本《圣经》，一脸虔诚地说:“我的天，司令官，您宽恕他们吧。他们都是罪人，现在这个城简直变成了索多玛，所有人都在疯狂。神会宽恕大家的!”这个修女每天晚上都会在沿河街道上布道、感化，特别是对烟馆进出的那些瘾君子。显然，她不愿告密，说出谁先动手。

黎有望就问:“宪兵营呢？朱子松呢？宪兵营的人不巡街?”

那两个士兵中年轻的一个弱弱地说:“俺就被分编在宪兵营，放假三日。”宪兵营是朱子松带的，黎有望脸上青一阵红一阵，不再多言，立刻低声喝令:“快给老子滚回营去!”他自己从口袋里掏出十块钱给柳五说:“拿去!”

柳五为难地说:“黎司令，不够啊，还有两个兄弟身上落伤了!”

“竹枪一支，打得妻离子散，未闻枪声震地；铜灯半盏，烧尽田地房廊，不见烟火冲天。”黎有望眼睛一瞪，缓缓地说，“我任城防司令时，已经下令关了烟馆，你们怎么又偷偷开张了？柳五，我警告你，现在平州虽然不是我做主，但你再多一句废话，你和你的人，我全拉夫入伍，编到我的敢死队里去爆破鬼子碉堡。不信你试试?”

地头蛇斗不过强龙，柳五鼻子一捏，拿了十块钱招呼手下走人。黎有望也让人押送两个士兵去军营的羁留所先关禁闭。

处理完了这件事，他们才到娼寮前。白露不愿在花街里走，只在牌坊处等他。

满街的莺莺燕燕听闻黎有望来，纷纷打开窗子嚷:“哎哟，大英雄黎司令居然来逛花街了!”“黎司令上来撒，太仰慕你了，不收你钱，保你一夜酥到骨头里!”……不堪入耳。

到了那间花楼，黎有望见徐永财十来条枪羁押着两个人。居然是朱子松和叶桂材，更是气得火冒三丈。其实本应该还有王文举。奈何这位“混江龙、不得罪”人脉极广，花楼老鸨熟悉，警队的人也熟悉。他得了个空，早早就溜走了。只有朱子松、叶桂材两个丁系旧部，在棺材铺就跟徐永财有旧仇，被看得死死的。

黎有望拿了一盆水就浇在醉醺醺的朱子松头上。

朱子松彻底醒了，认出了黎司令，顿时羞愧难当，支支吾吾地说："我，我只是来逛逛街，连手也没摸上!"叶桂材则不好意思地低头不语。

黎有望问军纪该如何处置。朱子松结结巴巴地说军纪里没有明文规定不准嫖娼。黎有望吃了一个噎，冷笑一声，转脸问徐永财这种在公共场合闹事该当何罪，是不是可以追究一个寻衅滋事罪。

徐永财赶紧表示说："回司令，咱平州暂时也没这罪，也就不用罚钱。参军作战，饷银都是用命换来的。如果要罚，不如就找一牌子，在上面写着'我是军人我招妓'，让两位军官脖子上挂着，在城里走一圈示众如何?"

黎有望深知这是徐永财故意使坏，要出自己的洋相，鼻子哼了一声。朱子松慌忙求饶，表示那还不如杀了他，赶紧向徐永财赔罪，愿意赔钱给花楼。徐永财也知道事不能做绝，出了恶气，点到为止，连忙卖个人情说："司令，都是一时冲动，精虫上脑，跟这里的妈子赔个不是，这事就算了，我也不会提交到吕司令那里去的。"

黎有望又哼了一声，不表态。

朱子松慌忙起身，生硬地对老鸨拱了下手，“得罪了，我们不对！”叶桂材也拱手，说：“一时糊涂，错了！”

黎有望不再说什么，低低地说了一句：“回营吧，昨天还是战斗英雄，今天就这副样子。我们军人的脸都让你们给丢尽了！”

说完，他转身掏出一枚弹壳，凑到鼻子下嗅了嗅，低声对徐永财说：“徐局长，我正要找你。这是出战许庄前，刺杀许卓城的人在教堂钟楼落下的枪弹壳。是我们军械修理厂所产的复装弹，复装的是黑火药而不是无烟药，要装汉阳造的狙击步枪上。我们营里用的狙击弹一发不少。我记得你的警局狙击队也用这种弹，怎么到敌特手里的，你得给我一个解释！”徐永财顿时瞠目结舌，汗如雨下。

黎有望头也不回就走了，也不理睬一路上还不断有花楼的女子高声嚷着：“黎司令，上来啊，被子都给你铺好了，身子也洗干净了，只待你啦！”……

在远离花街的地方，黎有望又找到了白露。此刻，他面色铁青，心如冰塞，只好说送白露回家休息。白露问明白原委，忍不住哧哧地笑，“看来，吕司令要发动新生活运动还是有点道理的。这样的队伍，的确太松弛了。”

“这就是我说游击总队不是我想要的队伍的原因。几千年克己复礼那一套有用吗？个个调子唱那么高，但做出的事，永远那么腌臜。新生活，什么新生活？没有全新的精神，就不可能有什么新生活。不能以上率下，如何能做得好？”黎有望恨恨地说，完全自言自语。

“何止新的精神。新的生活，要有新的制度、新的法度、新的文化，苟日新，日日新，造就一批全新的人。这是一个革命性发展的过程，要时刻防止旧的反扑，旧的蜕变。不是喊几句口号就能做到的……”黎有望挑起话题，白露却不禁滔滔不绝起来。两人交心长谈，不知不觉就到了求知书局门口。

“最后一个问题，修女嘴里不停说平州是索多玛。什么意思啊？”黎有望疑惑不解地问。

“这是《圣经》里的一个典故，说一个城罪恶太多太重，上天便降火毁灭了它。以后，这个名词就指代那些罪恶太深的地方。”白露解释道。

黎有望摇摇头说：“如此说来，她说得不对。平州不是索多玛，混乱只是暂时的。发起战争的那些人，他们的城才是，最应该受到天火的惩罚。”

3

第二天，黎有望找到吕天平，开诚布公地说：“自从那么多身份叵测的人来到平州，平州城越来越混乱，越来越腐败。我很担心等不到日寇来犯，平州城就会起内乱自灭了。”

吕天平说：“这就是我倡导新生活运动的意义所在。我知道你为什么一大早来找我说这件事。朱子松和叶桂材昨晚的事，我知道了。他们两个纵队的带兵权，我暂时收了吧。不是徐永财告诉我的，是黄开轩告诉我的。他也参加了酒宴，酒后不乱性，还知军人的廉耻，没敢踏入花街。纵然有军功，丢了这么大的脸，我是不会护短的，我想，你也应该不会。”

黎有望被他这番话一讥讽，立刻变得激动起来。他争辩说：“你要把两个纵队的兵权交给卫长河？”

吕天平冷冷地说：“不，给王怀信代管。他是老军人，老成稳重。”

黎有望说：“为什么不给黄开轩呢，他不是没有踏足花街吗？”

吕天平说：“知而不劝，等于同罪。他的纵队和九龙湖支队的兵权，交给你代掌！”

黎有望还是意难平，说：“你应该彻查卫长河的人马，他们有很多士兵吸鸦片！”

吕天平说：“他们的人，不要你操心。你有空还是去九龙湖里的二龙山巡视巡视，训练好游击战术，做好湖防，那可是平州北部的屏障。你以前在平州搞的禁烟很好，我还会继续做。我已经让人去查平州地面明的暗的大小烟馆，查到一家封禁一家，没收所有鸦片。至于花街上的妓寮，采用规劝停业的办法。有人建议我兴办几个被服厂，为全军置办军服。妓女们视其个人意愿，愿意者编入被服厂；不愿意者由县政府发给遣散费。我觉得这个主意不错，将试着施行。”

黎有望无话可说，只是闷闷地问：“让我管二龙山的人马，是不是也是对我的一种惩戒？”

吕天平把身体前倾，目光炯炯地盯着他，反问：“你自己认为呢？”

黎有望立即直立敬礼，说：“我甘愿受罚，即日起离开平州，驻防二龙山！”

吕天平说：“你有空去巡视巡视就够了，人暂时不要长时间离开平州。新四军的后续队伍，也到我们平州界了。五千大军，两位名将指挥，行军迅速。汪伪的和平建国军派了赵汉生带两万人跟着他们，却一枪不放，就是要送他们过我们平州，看我们怎么办。你说我们怎么办？我是犹豫万分啊！”

“他们的前队已经在吴家桥，后队必定要找前队会合。不过平州，也没有其他的路可走。我们暂且借道吧。”黎有望真没觉得有什么可犹豫的地方。

吕天平立即从抽屉内掏出一封密信摔在桌上，摆了一个请的手势。黎有望迅速展开信，一看之下，抽了一口冷气。这是一封韩光义亲笔写的密信。在信中，他宣称是代为转达战区司令长官的密令，要求吕部人马做好集结，阻止新四军北上。如条件允许，可择机与韩部人马配合，在平州、新化间解除江北新四军部武装。韩光义自己的要求是，放新四军至郭店、皇桥、吴家桥三个乡的狭长地带就地休整，劝其放弃武装，退回江南，如果不从，则以破坏统一抗战之罪，武力解决该部。如果成功，韩光义将令卫长河所部退出平州，冰释直罗山前嫌；还将把175师全师移交吕天平，提请国防委员会将之升格为175军，并以人格担保，绝不食言。

黎有望几乎是嚷着说：“这不是农夫与蛇嘛，新四军刚帮他解了围，他就来这手。韩光义安的是什么心啊，这究竟是战区长官的意思，还是他个人的意思？”

吕天平示意他克制、小声，随后慢悠悠地说：“所以，你以为我是夺你兵权，是坑你吗？我是在救你。这是党国的意思，是重庆的意思，也是南京的意思。你总是说我们还在直罗山兜圈子，是的，的确如此。人还是那样的人，事还是那样的事，不会因为日寇入侵发生什么天翻地覆的变化的。韩光义没有任何原则，唯一的原则就是认定他的中正校长。他是不会考虑什么民族大义、共御外敌的。所以，小野不是败退到清江城里的，他是以退为进，让出一块地盘来，留给我们各方，让我们内斗，鹬蚌相争，渔翁得利。”

黎有望额头冷汗如雨，“这么说，我们必须与新四军一战了？新四军目的是北上，去日寇侵犯的区域。他们与平州无冤无仇，我们把他们截留在此地，是自找麻烦。还要乘人之危，背后插刀，这种事情，大概只有韩光义能做出来。他或许想同时收拾掉我们和新四军吧。”

“明白就好。你是不是总觉得有什么大旋涡，我也这么觉得。现在它慢慢露出狰狞来。我已经请刘琴秋前去与新四军接触了，等她带回来他们的意见吧。就目前而言，他们前后队的会合，是不能挡的。挡也挡不住，他们会前后夹击我们……”

黎有望焦虑地抢过话题说：“如果让他们全军在吴家桥会合，那不等于把他们送进韩光义的口袋阵里面了？纵然我们不动手，卫长河也不会善罢甘休的。我终于看懂，为什么韩光义要把他的两个旅塞给你了。他们如果得手，下一步要解决的，还是我们。卫长河不会那么轻易就走的，175师也不会那么轻易就给回来。如果我们拒不做他们的帮凶，那么你就会是第二个吉鸿昌。我想这一次，不仅仅是把你我赶出军界这么简单了。”

“你我如何，还是小的，如果我们跟着韩光义一起与新四军拼得两败俱伤，那么汪伪和日寇将笑到最后。他们会轻而易举地全取江北之地，本省反抗之本将全失，抗敌火种将全灭，再也无人能撑得住这至暗的国难。”

吕天平的脸上显露出前所未有的忧虑来。

这种忧心神情既让黎有望感到同情，也感到可靠。在这个纷繁错综的局面里，吕天平最后想到的，还是一个“国难”。他不由得感叹：“这一纸信来，真的就把我们平州变成了末世之城索多玛了！”

“什么索多玛?”吕天平颇不解。

“一本书上的典故……没什么。那么，我们该怎么办?”

吕天平的忧虑神情很快就消退了，深思了良久，“跟新四军交底，放他们来；也回复韩光义，执行他的命令；与日、汪周旋到底，保平州到最后一刻。苟为国家计，必然要牺牲一端的话，到时候，怕只有我自己了。”

第七章

弦上箭

1

白露下课经过小学堂茶房时，被一个校工叫住了。这个校工是武工队赖贵明装扮的。局势如此混乱，左月潮不撤走，他也暂时不能撤走。赖贵明说有人留了一封信给白露。白露一愣，接过信来看，只有一个字：“情。”

她一惊，慌忙谢过赖贵明，匆匆地向绿柳晴旅馆赶去。

到了旅馆门口，见还是“绿柳晴”三个字，她才稍微心安了。她见到了老钱，来到地下室。老钱忧心忡忡地说明情况：“映雪同志，你忙着教学，可能不知道，新四军后续主力已经到平州境了。他们跟吕天平沟通好之后，将去吴家桥，与先遣纵队会合，再向东北方挺进。拦在他们面前的，正是韩光义的防区新化。这一关不好过啊。有人给了我可靠的信报，韩光义准备对新四军动手了。”

白露一惊，“新四军可是解了他们的围啊，他怎么能这样？你的信报来源准确吗？”

老钱说：“韩光义这个人，是个死硬的顽固派，也擅长背后捅刀。他做什么事出来，都不奇怪。不过上级并不惊慌，有礼有节地与他周旋就是了。此人军事素质并不过硬，真产生了摩擦，也不怕他。只是眼前有一个问题很麻烦，如果平州这边和韩光义那边夹击新四军，我们两头作战会很被动。韩光义把卫长河放到平州来，其实很早就布下这个局了。”

白露忙说：“那么，我们只能眼睁睁地看着自己的同志往口袋里钻了吗？”

老钱说：“所以，这边的关键，要看吕、黎二人的态度了。他们要是被胁从作战，新四军到江北来的火种恐怕就会有危险。以我观察，一直以来，他们跟新四军的关系似乎并不坏，做过交易，十分礼待。先遣纵队过境时，他们也没有为难，还一起协同作战打出了许庄大捷。我很想探探他们的底。”

白露说：“老钱，有个事我得跟你汇报。丁聚元这个人你知道吧?”

老钱说:“知道，不就是劫城杀害赵松和张德文的那个土匪嘛，前不久被吕天平赶出了平州。他怎么了?”

白露说:“你说过一句话，我印象深刻，不要被表象迷惑，要洞察表象下的波澜。张德文之死，是全体江北地下党的一次集体牺牲。但现在，丁聚元已经投奔新四军了!”她随即把从黎有望那里听来的事情经过转述给老钱，随后说,“吕天平非常反感丁聚元。丁聚元在新四军那边，还因私废公，与黎有望争夺过许庄。这对于新四军的名声，乃至吕天平对新四军的亲和度，我担心都会是一种损害啊。我觉得，新四军也该把他给赶走!”

“是你个人不喜欢丁聚元这个人吧?既然情况是这样，更不能轻易下判断了。”老钱一愣，盯着白露的眼睛看了几秒,“兴许，是吕天平有意把他赶向新四军呢?如果是，那么左月潮和他的同志们做了这么大的牺牲，才给新四军部分主力抵达江北做好了充分的铺垫。我们应该尽我们所能，不要让这种铺垫变成一个陷阱。吕天平内心真实态度怎样，我们不能乱猜。但是最近有一个动向很特别，他借助一件很小的事情，把黎有望部三个纵队的指挥权都交到了王怀信的手里。”

白露大为惊异，说：“就是朱子松、叶桂材他们在花街丢丑的事？”

老钱点点头说：“是啊。正如你上次猜中的，王怀信是我们的人。在闽赣边，还叫王均如的王怀信，带着三十路军残部想找红军会师，被韩光义堵在了直罗山。当年，也是你那支如椽大笔，把他的旧军阀做派给兜了底，几乎让他身败名裂，只有投降下野，流落上海。在上海时，他被组织吸纳。不过，还在考察期。他一直与共产国际联络着，为我们抗击日本法西斯争取一定的国际支援。吕天平应该是知道王怀信的身份的，他肯把三个纵队的指挥权交在王怀信的手里，你说，他的倾向究竟如何呢？”

提起往事，白露也是唏嘘不已。但是，她还是要陈述自己的意见：“这么说，吕天平应该不会对新四军背后捅刀了。这样一来，关键又全系于王怀信身上了。自从被驱逐出军界，他可是一直没有再掌握过任何一支队伍。如果在关键时刻、关键地点上他一人的抉择，能决定新四军北上将士命运的话，我觉得还是不要冒这个险的好。我们还不如争取一下黎有望，那三个纵队可是他一刀一枪拼出来的。”

老钱严肃起来，“到目前为止，组织通过对王怀信的考验，觉得他还是可以信赖的。如果他不可信任，那么，黎有望就可信任吗？三个纵队都是他的人，他一声令下攻击新四军，会不会又出现截然不同的结果？”

“他应该可以信任的！”白露忙说，“老钱，我以个人人格担保，黎有望绝对无意于与我们作对。我太了解他了。他是我们的朋友。甚至，他对我们很有好感，在积极向我们靠拢。你应该能感觉得出来，如果没有他的保护，无论是左月潮，还是平州地下党，都要牺牲更多的同志。”

老钱点点头，“我早就知道黎有望并不是个小肚鸡肠的男人，没有一定的心胸，他也不会站出来敉平平州之乱。我也知道，你和他之间有感情。”

白露立刻脸红了，用蚊子哼哼般的声音说：“其实，是他一直在向我主动表示好感。”

老钱笑了，就像是一个长辈看着小儿女的恋情，随后又认真地说：“可是感情不能代替理智啊。黎有望是个难得的军事人才，千军易得，一将难求。到时候，他若再次挺身而出帮助新四军，那么他以后的处境一定会非常危险。他不是我们的同志，没有必要让他做无谓的牺牲。必要时，你可以带着他一起去延安。可是若他在关键时刻，为了私利，一刀捅向我们的队伍，我们应该会毫不犹豫地除掉他。这点，你能接受吗?”

白露如被一桶冰水从头泼下，浑身冰冷。她隐隐感觉到老钱为这番谈话应该酝酿很久了，所以才在通联信件上写着一个“情”字，的确是大有幽意。

老钱说:“映雪，你不必立刻回答我。现在，我们再说另一个人，许卓城。现在，他被吕天平变相地羁留在平州城里，还在进行和谈。吕天平这真是多处下注啊。”

白露把自己从纷乱的情绪中拔了出来，“吕、黎是靠抗日起兵的，绝不可能易帜。”

老钱说:“降日不可能，降汪未必不可能。汪精卫那套和平救国论还是有很大市场的。他们不倒向韩光义，倒向南京汪伪，对全国的抗战来说也将是一个麻烦。”

白露犹豫，问组织上是不是已经下发了刺杀许卓城的命令。老钱摇了摇头，表示说:“没有，就算有，也不会让你来执行这个命令，也因为一个‘情’字。我听说你去找过他。既然他是你的亲生父亲，你最好也要避这个嫌。”

白露问："我若试着去说服他离开呢？"

老钱摇摇头，说："没有这个必要，走了许卓城还会有张卓城李卓城来平州。关键的，还是在吕、黎二人，他们会怎么选择。还有，就是对我们新四军意志力和战斗力的考验了。我军不自强，无人能帮。"

2

大变在即，箭在弦上，吕天平没有整军备战，却突然宣布在平州中心的小校场发起轰轰烈烈的新生活运动。这让包括黎有望在内的所有人都看不懂。

运动的第一件事是开大会，开全民公审大会。

在会上，吕天平高陈道："平州之治，与日寇、汪伪治下的周围州县有什么不一样吗？从我到平州来看，没有不一样。抗战到如今，如此艰难，日寇和汪伪兵临城下，平州苟安一隅，却依旧这样醉生梦死，烟土一样在贩卖，笙歌夜夜不断。富人奢靡，公人贪污，军人腐化，这样的平州投不投降，归不归顺汪伪，有什么区别呢？所以我们在平州城要搞新生活，在平州的乡村要搞建设，多办学堂，多建医院，多开农民夜校，要禁烟，要劝阻不良妇女，要多宣传抗日，让民众始终不忘抗日的大敌当前！从今天开始，我们对着英烈的碑石发誓，要把平州建成一个模范区，朴素，高效，廉洁。有了这些精神，不管明天平州是不是还在我们手中，我都有信心，这里会深深埋下不屈抗敌的种子！”

吕天平的话说完，一挥手，几个警察押着五花大绑的柳五来到台中央。平州城上下这才知道大名鼎鼎、欺男霸女的“柳五爷”，原来并不是排名，而是本人就叫“柳必五”。

紧随其后上台的警察局局长徐永财高声宣读：“兹查明本城惯犯柳必五明目张胆从事鸦片贩卖，有案兹多，怙恶不悛，平州三十八个集镇，每个集镇里都有他的货。据此，县法院陈世瑜推事裁定，根据国民政府禁烟委员会颁布的《禁烟治罪条例》第五条第一项及第十九条做出判决：没收其全部家产，判处死刑，立予枪决，以示惩儆。”

瘫软成一团的柳必五被拖下主席台，看见队列前排站着的黄开轩，也不知哪来的力气，结结巴巴道：“我是帮宋老板出货的，我冤啊！黄队长，救救我……”

黄开轩不作声。

一脸晦气的宋醒吾冲上前，就给了他一个大嘴巴，振臂一呼：“打倒柳必五，还我国人健康体魄！”

一次公审，令平州所有人的心都极大一震。

黎有望也是慢慢才回味出吕天平的用意何在，整顿精神是一方面，另一方面他或许想借助这样轰轰烈烈的活动，分散各方对新四军的注意力。

在公审大会召开后，徐永财的警局和朱子松的宪兵营奉命开始在全城查封烟馆娼寮。一阵子鸡犬不宁，鸡飞狗跳。朱子松属于戴罪立功，带着他的宪兵报复性地巡查。他被免除了兵权，每天不用到营内操练士兵了，心中更为愤愤然。这次，他和黄开轩两人的兵权同时被免除，他觉得是吕天平有意为之。吕天平一贯不喜丁聚元，黄开轩、朱子松都是丁聚元的旧部。这点无人点破，但是朱子松心中了然。

连续多日，士兵把收缴来的烟土堆积在一个宪兵营指定的仓库里，由警局和宪兵营共同看管。负责监守的警察和士兵都感叹，这个柳必五真好大手笔，这些烟土若按市价计算恐怕不下六万大洋。

其中一个谙行的老兵油子偷偷对朱子松说：“朱队长，我这就要入账了，数量全在我们这帮兄弟的一支笔底下。上缴一半，剩下的大家分分，绝对是一笔好买卖。”

朱子松瞠目而视，“狗胆包天！不怕有命贪赃，没命花钱？这若让两位司令知道了，你我再长十颗脑袋也不够！不要再提这些事情。”

老兵油子笑着说：“朱队长，你要忌惮那些警察的话，我拿人头担保，他们可以搞定，而且这就是他们提出来的。货交由他们出。平州这么多瘾君子，关了烟馆，等于要他们的命。为了保命，他们什么黄货白货都肯拿出来。我们打仗是为了什么，不就是赚几个钱，你我一月薪水也不过二十块大洋。你害怕的话，我们拿出四成，不行，三成也可以。”

朱子松听了火冒三丈，简直想立即枪毙这个老兵油子，枪拔一半，又放回了匣子里，冷冷地说：“据实登记，我会请法院的人来抽验，给我把事情干利索了。”

朱子松随后即到慈云寺向吕天平复命。

在那里，吕天平正在召集黎部连以上人马开着一个新生活运动会议。吕天平开诚布公地说：“现在平州内外都是事，偏偏在这么忙乱的时候，我还要搞什么新生活运动，这是无事生非，拿着陈年的旧账簿子算新账。诸位，吕某人不是心血来潮，也不是疯了。平州至今还未建立起一个战时的体系，大家都揣着明白装糊涂，明面上觉得平州永远不会落入日寇之手，但很多人已经相信它就在日寇手中了。

“我们要通过这场运动充分动员民众，建立起一个高效的、有强大后勤供给的战时体制。我们现在一个纵队实际上就一个团的兵力，把杂七杂八的民兵都算在内，平州到了底不足十个团。日军一个师团来，就是十六个团。不要说武器装备和训练水平，连拼人海战术都谈不上。现在部队刚打完许庄，要急速扩军，放手招兵。四十万平州人全部武装起来是不可能的，但我看至少得备有二十个团，才能真正与他们一搏。只有打鬼子与分土地这两件事才能真正动员群众，让他们为民族而战，尤其是为自己的土地而战。但现在还不是搞‘土改’的时候。灾民这么多，我们可以从中募兵，提出‘跟着游击队天天吃饱饭’，让平州每个地方都知道，搞好征兵扩军的工作。只要能把民众搅动起来，不管他们最初的愿望是什么，善加引导，就可以纳洪流于堤槽，使之成为水利。”

众人听了，无不信服吕司令的意见。

黎有望知道，吕天平这是准备扩充自己的力量，以备未来有变之时，有压倒性的力量去与卫长河以及韩光义对抗，不禁带头为吕天平欢呼。

“黄开轩！”吕天平的长篇大论引得群情高昂之际，他突然在会场上直呼黄开轩大名。闷在一角抽烟的黄开轩一惊，连忙站起来说：“有！”

吕天平抛出一沓材料丢到黄开轩的面前，道：“我削了你的兵权，很多人为你打抱不平，觉得我对你部有什么偏见。今天，我就开诚布公地说。这是你的部下与柳必五勾结，贩卖烟土的证据。我们总以为莲河方向是交通要冲，烟土必然会从那里走，没有想到，这个柳五爷会从特别偏僻的田汉—郭店一线，通过黄队长的防区倒烟土。你可知情否？”

黄开轩呆若木鸡，完全没有想到吕天平最终会查到自己这里。他支支吾吾想辩解几句，转头看到黎有望死死地盯着自己，眼神中百感交集，惊愕、猜疑、惶恐，难以置信。

犹豫再三，黄开轩说：“下属知情！那是为救国军筹军款，不得已而为之！”

3

众目睽睽，黄开轩直陈其事，朗声说：“救国军初创，我负责整体内部事务，人马渐多，军饷完全不够用。为了不让指挥作战的黎司令分心，我只是在过境的烟土上抽取厘金，以资我军用。其中很多钱，我用来添置通信器材，购置药品和小型军工器械，还有与韩光义的部队换军火了。否则，枪支够用，弹药也不够，弹药够用，药品也不够。黎司令建立的通信连、军械修理厂、军医院、士兵俱乐部，哪一块都要用钱的，包括打许庄时那十几挺立下大功的民二四式机枪，火力一开，打出去的可都是钱。吕司令既然查到，还请明鉴，下属没从中贪墨一分钱，否则，可枪毙我。还有，现在打仗，战士多有负伤，很多士兵是活活疼死的，只要控制好用量，烟土也是可以镇痛、救命的。”

整个会场的气氛几乎凝固了。黄开轩依旧直立着，大家的目光在他身上和吕天平的脸上游动着。

黎有望站起来表态：“吕司令，我现在明白为什么有人举报我贪墨公帑了。属下有过，主官其责。开轩的事，理应责罚我，什么样的罚，由我先当。”

“我已经罚过了，不用再罚。先罚责后明理，是因为我有私心，偏袒诸位。过去之事，既往不咎。规矩已立，从此照办。”

吕天平冷着脸说，随即起身离去。

等吕天平走远了，大家立刻嚷嚷了起来。

有人为几个受了罚的军官打抱不平，报怨：“吕司令也只晓得在上面指手画脚，尽提一些不切实际的东西，这个新生活运动纯属狗屁！”有人则建议黎有望寓禁于征，开征烟土税与花捐。鸦片与卖淫确实丑恶，可也完全不必一禁了之，前者是财源，后者可鼓舞士气。七嘴八舌，如群鸦聒噪。

黎有望反问众人：“新四军那边有鸦片与卖淫吗？他们的军饷寥寥，有时候连一口饭都吃不饱，为何能打能胜坚持不倒，还不断发展壮大？”

众人语塞。

“吕司令拿小节责罚我部，其实是在这个关键当口，帮大家免除掉更大的罪责。”黎有望说，“军法明令禁止军人参与烟土交易。救国军时期，我们还是支野队伍，谁也管不着。成立了游击总队，就是一个有名号的队伍了。今天杀这个柳必五，就是杀鸡给大家看，懂不懂？再出这样的事，我难保诸位了，不仅仅是指挥权的问题，而是身家性命了！”

众人都沉默，无以再应对黎有望。

所有的军官都散尽回营了之后，黄开轩单独和黎有望抽烟、说话。黄开轩从怀里掏出一份密件，一册图画本，递给黎有望说：“黎司令，谢谢你帮我在吕司令面前挡着，要是没有你，我怕命都会没了。现在，吕司令夺了我的兵权，甚至连二龙山也拿去了，让你兼九龙湖支队的支队长。这里是一份我手绘的二龙山布防图，二龙山周围的水域深浅，水道的走向，苇丛的厚薄范围，山里的壕沟、暗堡、营地，都一清二楚地标示着。你可以拿去，熟悉山寨，以备后用。”

黎有望拿过来翻了翻，不由得眼睛一亮，赞叹道：“这要说军事绘图，还属你黄子亭（黄开轩字）有一手。当初老丁，丁聚元准备劫城之前，估计整个城图也是你绘出来的吧？对了，还有他手头那份周边形势图。我跟罗耀宗两人描着地图画地图，差之毫厘失之千里，活生生放跑了小野。”

黄开轩笑了笑，道：“雕虫小技，也派不上什么用了。黎兄别提老丁了，吕司令这么不待见我和我的一帮兄弟，还不是因为我跟过老丁做匪？他这是顺坡下驴，把归属你的全部军权给王怀信，不就是收在自己手上了。”

黎有望凝视手中的地图片刻，陷入沉思，随后抬起头来对黄开轩说：“他这么做，有必要，也迫不得已。有必要，是因为平州城在和平的幻影里泡得太久，有点麻痹了，颓靡了。迫不得已，是因为韩光义又要动手了！”

随即，他把新四军前后队吴家桥会师、韩光义发密信让平州出兵的事跟黄开轩大致上说了一下。

黄开轩自然是十分震惊，香烟烧到了手指，吃了一烫，才慌忙甩开，道：“照这么说，吕司令想让王怀信带兵作壁上观了？他这样举棋不定，会给自己惹大麻烦的。不信任你这个内弟，却把宝全押在王怀信身上，这不是跟当年在直罗山，他无端地信任冯沅一个情况吗？王怀信是党国的弃将，当年在直罗山就因为首鼠两端才不为老蒋所容。他这样的人，吕司令就信得过？如果他带着队伍投了新四军，或者变节投了汪伪，我们如何才能自保？”

黎有望思索了片刻，说：“可以这么说，一夜间，平州似乎全系于王怀信了。毕竟，他是正牌的师长出身，打过很多硬仗，指挥三个纵队野战，他比你我都有经验。否则，直罗山，我也不会输在他手上。以我的观察，王怀信这人年过半百，新娶娇妻，贪图安逸，应该不会跟清苦的新四军走，我只怕他临阵倒戈投汪。”

黄开轩说：“我刚才还在郁闷，我秘密筹备军款的事，会有谁向吕司令揭发。想必，就是这个接了军需处的王均如师长。他包揽了我们的军权，必定有什么想法，黎兄，我们都得小心为上。”

“黄兄，你不带兵也好，可以专心帮我搞侦缉工作。别忘了，这个平州城内还有很多的敌人要对付。不过从今天起，我们做个约定如何？不要再像通过柳必五筹军款那样瞒着我这么久。我们可是肝胆相照的兄弟！”

黄开轩犹豫了片刻，垂下头，道：“好！那是明知你会反对，不得已而为之。”

黎有望开心地笑了起来，掏出黄开轩的刀交给他，“谢谢兄弟手绘的二龙山地图，这把刀真不错，一直没用得上，还你！”

“都是兄弟，分什么你我，喜欢？你收着，我还有。”

黎有望哈哈大笑，弹出刀刃，“这是什么？这是朔。我那酸溜溜的姐夫，说话太绕。这刃上有什么样的毒？毒性如何？”

黄开轩说：“我江西老家梨桥县龙虎山上的五步蛇毒。小蛇的毒，没试过，不知道。这蛇很奇怪，一生蜕皮七次，每次蜕皮都变一种颜色。面貌变化太大，大蛇都不认识同类的小蛇，见之则要猎杀。然而，每次蜕皮，它的毒性都弱一点，若自噬小蛇，危险极大。小蛇是青蛇，毒性最强，老蛇是白蛇，毒性最弱。这也算一种天演中的平衡吧。你说有趣不有趣？”

“有趣，有趣极了。只是蛇认得出颜色来吗？”

第八章

阴阳间

1

许庄大捷，平州欢欣，整个城里的人们又一次沸腾。

许卓城掀开窗帘一角，看了看街道上巡游庆祝的人群，冷笑几声。自己粘了个假胡须，戴上一副平光眼镜，带着两个警卫从东亚大饭店出来，去往观音庙拜菩萨。

出门，就见李香菊也从自己的房间里走出来。她质问："许先生，你这是要去哪儿？"

许卓城推了推眼镜，"你监视我？我要看看平州，看看现在它是什么样的局势。"

李香菊提醒他："许先生，你应该知道，说服平州归降皇军是一回事，但私下里和平州做交易是另外一回事，小心皇军要了你的脑袋。”许卓城冷笑一声，“小娘子，本官人又不是被吓大的!”李香菊依旧拦着他说:“那个枪手还在这城里!”

许卓城自有其敏感，他盯着李香菊几秒，目光好似要扒开她的皮，“你应该见过刘清和了吧。警告他，老实点，我当他那一枪是给我报信的。一直是我罩着他，我要是死了，对他可是一点好处都没有。”

许卓城终于还是走出了东亚大饭店，周朝特战营的人，也随即贴身跟着他。许卓城没有让司机开着他的轿车出去，而是叫了一辆黄包车，在一群人的簇拥下直奔观音庙而去。临近观音庙，他找了一个香烛店买了些香烛，随即步行到观音庙中。

庙中只有四个女僧，正在行早课，在观音大士的座下诵经。许卓城先向看门的居士奉上香火钱，随后屏住呼吸、轻手轻脚地进入院中，伫立在一棵古槐树下默默听女僧们诵了几遍《观音经》。听真了“人离难、难离身、一切灾殃化为尘”几句，他不由得唏嘘不已，叩门拜佛。

许卓城奉上的香火钱足有三百大洋，观音庙住持净尘师太不得不亲自出面谢布施。许卓城双手合十，问："法师，弟子有惑，求解脱。"净尘就问："因何等因缘起？"

许卓城说："困于色相，五蕴不明。"

净尘缓缓地说："若有众生，多于淫欲，常念恭敬观世音菩萨，便得离欲。若多嗔恚，常念恭敬观世音菩萨，便得离嗔。若多愚痴，常念恭敬观世音菩萨，便得离痴。无尽意，观世音菩萨，有如是等大威神力，多所饶益。是故众生，常应心念。"

许卓城再拜，"南无观世音菩萨，弟子明白了！弟子扰此法境，也为查访一个人。"

净尘一愣，抬头睁眼，瞅了瞅许卓城，幽幽地说："今天是国历8月18日，农历中元节，百鬼夜行。你来查访的，该是个死者。"

许卓城点点头默认。

"你是北平来的许先生吧？真没想到，你这么快就来了，我以为等不到你了。"净尘终于点破了关节。

许卓城心一惊，把手伸进怀中，那里有一把德制的瓦尔特小手枪。净尘转身回去，从观音像下一个蒲团内抽出一封信，交给了许卓城。他伸出手，双手接过。净尘再拜一下，说："这是净凡居士让转交给你的。此信转交，老衲无牵挂了！阿弥陀佛。”

许卓城慌忙拆开信，不由得浑身战栗。这正是净凡居士，也就是白淑怡的亲笔。她写道：

> 卓城，见信我必不在了，不要再找我了。我已不能知你是怎么到平州找着我的。自我与光义离婚后，你一直在找我。你寄到我平州老家的那些寻访信件，其实我都收到了。你已有家眷妻室，我已负光义，不愿再负你，也不愿为多妻之一，故未曾回复。你觍颜事伪后，更无可能。一段孽情，我并不悔，日日青灯事佛，尘劫已消。留此信与你，是答汝信中之疑。雪子的确是你的骨肉，勿复疑虑，更不可加害之。你悔改吧。

一封信，读得许卓城五味杂陈，天旋地转。他忍不住老泪纵横。另有一个知客的女居士来问许卓城，需要不需要做法事。

许卓城环视了观音庙一下，“有位净凡居士的牌位是不是供奉在这个庙里？我只想去烧一炷香。”

那个女居士点点头说：“是的。您和她什么关系呢？一早上，她的女儿就来供奉过了，马上就要来换供，您要征得她的同意吗？”

“我是她老家人……”许卓城想了想，最终摇摇头，“算了，就不叨扰亡魂了。谢谢。”说完，他合十一拜，转身将信塞入口袋，离开了观音庙。

许卓城刚出观音庙庙门，就见白露撑着油纸伞，从石拱桥下走了过来。那容貌和神情宛似白淑怡还活着。许卓城一下子看呆了。下了桥的白露也看到观音庙门口四处警戒着的一群人。她一眼就看到了许卓城，连忙加快步伐。两人遥遥相望。

几个周朝特战营的便衣认得白露，迅速拔枪把她挡在了远处。许卓城朗声说：“不要拦她，她是我的女儿，我和她有话说！”

即使他有令，便衣们也只是让白露靠近了一点儿。

许卓城说：“我只是想在你母亲面前烧一炷香。”白露冷嘲道：“你就不必黄鼠狼给鸡烧香了。我也不是你的女儿，你不配。”她这么一说，许卓城心中反而了然了，显然是白淑怡或者其他什么人已经告知白露，自己才是她的亲生父亲。

许卓城咳嗽了一声，隔着便衣对白露说：“雪子，我在跟黎有望和谈。他是个人物。满城里都说他有意于你。我看这人不错。我们老家淮城的婚娶，做爹的是要把女儿的手交到女婿手上的。你娘不在了，我可以做主。认了这么多年的干女儿竟是亲生的，我还派人去杀你，想想真是罪疚。”

白露突然哽咽了，爆发了，说：“你不配做爹，你不配，你不配！想想你，盗妻叛国，我就觉得恶心！”

她还想向前冲，几个便衣铁面无情地将她给拦住了，几支烤蓝的枪管冷冷地对着她。有人低声吆喝：“再近一步，就开枪了！”

沉闷的天空开始淅淅沥沥落起了雨。

许卓城一直沉默站着，任凭点点雨滴落到自己的身上。白露转身离去，头也不回。许卓城望着她的背影，一声长叹。

2

王怀信约黎有望家宴，说是同僚交流感情。不用说，黎有望也知道王怀信是几个意思，他获得指挥权的三个纵队，全是黎系人马旧部。虽然说是暂时代为指挥，可这个“暂时”到什么时候，全看吕天平和黎有望两人之间的博弈。这三个纵队里，人数最多的还是平州所募的民兵，他们从当兵起就认一个“黎”字。王怀信知道自己指挥不动，自然要笼络黎有望。

黎有望也不拒绝。他对王怀信有莫名其妙的好感，特别是通过监听，确认他的那个老婆真的只是个普通舞女，而不是汪伪或日寇派来拉他下水的美女特务之后。老K很早就告诉自己王怀信通共。通共怎么了？当年在直罗山，打了那么多莫名其妙的仗，枉死了那么多战士，就为了拦住三十路军和红军的会合。内耗有什么用，大家好好谈不成？

正因此，吕天平把三个纵队交在了王怀信的手里，黎有望才不吵不闹。若是给了卫长河，估计他八成会武装抗拒。这就是吕天平手腕的高明处。

黎有望找了家花果铺子，买了两盆万年青，几斤鲜果子，提着到了王怀信的府上。

这宅子，是詹耽敏借给王怀信住的，冲的是吕天平的面子。黎有望稍稍犹豫了一会儿，还是打了门。来开门的是王怀信的妻子肖含玉，一见黎有望，她脸上笑成了一朵花，连忙招呼他进院。

一个院子有个精致的上海女人就很不一样，原本阴森森的詹家老宅，顿时透出雅致的生活气息。黎有望左看右看，赞叹王师长真是有福气啊。王怀信穿着严整的军装在正厅堂内等候。黎有望入内，才惊讶地发现，白露居然也在。白露似乎也并不知道黎有望要来，看到他一怔，“你！”

黎有望也问：“你怎么来了？”白露说：“是肖女士三番五次邀请的。”肖含玉慌忙笑眯眯地打圆场说：“哎哟哟，黎司令你有所不知，我跟白小姐以前就认识的撒。在北平就认识。这么有缘。若非为寻怀信而来，没想过今生今世还能遇上她。”

王怀信请他们坐下，春风满面，“这个世界就是这么小啊，在直罗山，我虽然没有跟黎司令和白小姐打过照面，可因黎司令的枪、白小姐的笔，那以后我人生境遇大变，不能不说是莫大的缘分啊！”

黎有望不禁侧目相视，道：“王兄莫不是对我们还怀有什么芥蒂吧？”

王怀信一边给黎有望倒酒，一边说：“怎么会呢，相遇就是因缘。我不仅没有芥蒂，还要感谢二位。你看这中元节刚过，外面的月亮不那么圆了，但还是很亮堂。这人生啊也一样，不要求圆满，圆满易缺。只要能看见光亮，就足够了。”

黎有望颇为不解。白露却抢话了：“王先生言下的意思，是我们害得你人生有缺了？”白露之所以接受肖含玉发出的邀请，完全是在和老钱谈话后，有心想主动探探这位“王同志”的底细。

王怀信哈哈大笑，连连摆着手，“岂敢岂敢，是谢你们成全。莫大的成全。人间大多数事，不那么明亮，也不那么黑暗，居于阴阳之间。人不能总背阴，要见阳啊。你们二位让我找到了光亮。”说完，他举杯向黎、白两人敬酒。

一桌的酒菜，都是肖含玉亲自下厨做的，精致的海派小菜，甜而不腻。

黎有望说：“王兄请我们来吃饭，大概不是专门为了说这番人生高论的吧？”

王怀信笑而不答。

肖含玉忙抢了话头说：“自然不是了，是我倡议的。我跟黎司令第一次见面，是在那个大富翁唐、唐老板家。黎司令果然是一表人才，不虚英雄之名。还有那个唐老板，哎呀，真是有钱人啊，别看人待在平州，在阿拉上海滩，也绝对算得上是坐头排交椅的一个大亨啊。这么个有钱人家，要把如花似玉的二小姐许配给黎司令，都在说什么，什么金玉良缘哩，要你跟卫师长做连襟。我就看不懂了，哎哟喂，我们的黎司令居然不要哩，一口回绝了，面子里子都不给大家。我猜黎司令一定是心中有人了，而且是用情很深的。会是什么样的人能让黎司令这样子哩？后来，怀信就告诉我噢，是我们的白小姐啊！哎呀呀，这真是天造的一段姻缘。”

肖含玉这么快嘴快舌地说着。黎有望不禁看向白露，发现白露的目光正炙热地注视自己，双眼闪闪烁烁，似有无限的幽意蕴含其中，惊、怜、爱和嗔怪，无比复杂，却直击心扉。他慌忙避开。

肖含玉喋喋不休道：“我们就看，黎司令、白小姐都说小不小了。黎司令这边呢，个个都巴望他能娶唐家的二小姐，金玉良缘嘛。而白小姐却是孤身一人在平州，没有长辈帮衬，也没有亲人关照，更没人帮着说道说道。凡事啊，要说个破，不说破了，男男女女就都这么端着。一直端啊端的，一不小心啊，好姻缘就滑过去了，是不是啊？我和怀信啊，就当白小姐是自家的亲妹妹唻，要为她提一提！”

话到这个份儿上特别明显了。黎有望沉默不语，白露则垂着头，脸红如桃花。

时机恰恰好，王怀信举杯打破尴尬，“我和含玉两人，都是客在平州，靠着吕司令的信任，还有就是黎老弟的支持，才能有口饭吃。队伍是你创建的，我指挥不动，只是代管，非常时期非常之任，你尽管放心，关键事情，请你给话。干了这杯酒，为黎司令的许庄大捷碰杯，咱们以后都是自己人!”

黎有望不得不与王怀信碰杯。气氛极其融洽。

酒过三巡，黎有望才试探着问:“有件事我一直疑惑，是谁举报黄开轩从烟土中抽厘金的？为什么不先跟我通一声气?”王怀信一皱眉，说:“我知道你会怀疑我。不错，我代管军需。可是柳必五是认人不认职，又不向我交款，我怎么能这么快挖出他来呢？兴许是徐永财，兴许是那个军统的老K。”

黎有望就不再提这话茬儿了。

接手侦缉以来，他有了一个重要的心得：越是复杂的局面下，遇到疑惑越需要沉静。如看不到一个完整的线索，首先，得让所有的事实堆积在心底，它们慢慢会聚合到一起。沉静才是最大的力量。关于吕天平，关于詹耽敏，关于王怀信，关于平州的变局，每一步都需要如此。

3

晚宴毕，肖含玉“善解人意”地扶酒醉的王怀信入房休息，也就早早地让两人出门。微醺的黎有望和白露并肩出门，一起踏着月光散步。欢愉的心绪依旧，仿佛要继续几天前那次被草草打断的散步。

漫长的沉默后，还是黎有望低声先打破了尴尬："月亮真好啊，纵然不是七月十五的月亮，缺了那么点，还是好。"

白露抿嘴一笑说："是啊，月亮真好。"

黎有望又说："说到月亮，我想起来了，好像斌园又推出了一出新戏，是昆曲《长生殿》，要不要一起去听听？票有点贵，起座两块钱，詹耽敏这老狐狸真黑。"

白露又哑然失笑了，"在北平，追梅老板、程老板的戏，末座五块大洋还一票难求。不过，我不爱听旧戏，喜欢看电影和文明戏。就免了吧。"

"我只恨不能每一分钱都用在抗敌上。里里外外都是敌人，这日子，每一晚都无法睡个好觉啊。"黎有望知道白露笑自己穷酸了，辩解遮脸面，"你说说，这个王怀信到底是什么颜色的，黑的，白的，还是红的？"

"自从被你们清退，我每天都能睡个好觉。"白露故意揶他，随后才说，"我看这个人啊，复杂得很，或许正像他自己说的，处于阴阳不定之间吧。”

这一说倒提醒了黎有望，他忍不住询问道：“那么，你呢？上次跟刘清和配合刺杀许卓城警卫的人还没有查明。监视许卓城的人说，你在观音庙外见过他的面了。你不会真的想杀了他吧？”

白露真的不高兴起来了，“这种事，你用脚指头也想得出是谁干的，他们‘千手观音’计划中的其他人呗。”

黎有望迷惑不解了，“刘清和为什么要这样做？非要在我平州地盘上火并吗？”

“这我就不知道了，你不是游击总队的侦缉总指挥吗？”白露双手一摊，“这么威风凛凛的一个抗日英雄，去把那个刘清和抓起来问啊。你不是要抗日吗，怎么平州城里的两个额头上贴着标签的汉奸，居然还可以大摇大摆地走啊？对了，我还是大汉奸的女儿，你跑过来这样问我，落在有心人眼里，不合适吧？”白露排山倒海一阵数落。

黎有望也不知道说什么好了，支支吾吾道：“我只是心中疑惑不解，千头万绪。看来，真是要去找找刘清和解疑了。这小子像条疯狗，发起疯来还挺让人怕的。”

“知道是条疯狗，你还让我跟他走，这是安的什么心啊？”

黎有望耳畔却是审讯室里刘清和那狂妄的笑声和叫嚣，“我比你更爱她”。老半天，他才不禁自言自语：“其实，是我更喜欢你。”

白露又喜又恼，怔了半天，问：“你说什么呢？”

黎有望这才回过神来，酡红的脸更红了，说：“我，比他更喜欢你。”

白露把头低了下来，说：“你该不会打算娶我吧？”

黎有望抬头看月亮，说：“如果算是证明，我是有这个打算。”

白露扑哧一笑，说：“打算，打算过多久呢？”

黎有望不敢看她，自顾自地说：“可能很快，也可能要很久。总之，要那么一点时间吧。”

白露追问道：“这一点时间是多久，总不会要等到把鬼子赶出中国吧？”

黎有望摇摇头说：“不用，我们的事，别提鬼子。生死都不惧了，还管什么鬼子。王怀信有句话说得对，打鬼子重要，家也重要。就算他们十年二十年地没被赶出去，中华得有后，也得要有人继续打鬼子啊。”这话有点赤裸裸了，“得有后”是几个意思？他越说声音越小。

“那究竟是什么时候啊？”

黎有望说：“快则数月，慢则一年，看我什么时候离开平州吧。”

白露好奇地问：“你也要走吗？”

“难道你真不准备走吗？”黎有望问，“平州已经是兵临城下，朝不保夕了。平州的队伍，也不是我想要的那支队伍。还有多少人，多少事，值得我们羁留？”

“走，要去哪儿？”

“继续打鬼子，哪里有队伍在全心全意打鬼子，我就走到哪里，走向他们。哪怕是天涯海角。你，会跟我一起走吗？”黎有望低声试探着问。

“那，你得先娶我。”白露微微低头，背着手，步伐一跳一跳，内心有点激动了。

“嗯嗯，只是，有一个问题让我非常为难。”

“什么问题？”

“我还真弄不清楚自己该向谁去提亲，是找韩光义呢，还是找许卓城？”

“你这个人，坏死了，你怎么能这么坏呢！”

白露气得眼泪下来了，举拳要打黎有望。那欢愉的一瞬间，黎有望也突然想明白什么是爱。爱就是在一起，一起悲，一起喜，天涯海角在一起。

在石拱桥下，两人相拥相吻。一吻定此情。一片白月光笼罩着肃杀的平州城，有风吹过，静静的水面上泛起点点涟漪，为这夜平添了无限的柔情蜜意。

第九章

事变起

1

借着许庄大捷的气势，吕天平和许卓城在东亚大饭店里开始第三轮的正式谈判。

双方开出各自的条件。吕天平提出，自己可以不与汪伪和日军为敌，但要求保证平州的足够自治，可以缴纳一定的安保税费，但日伪不得进驻平州。许卓城提出，游击总队需要通电归顺南京政府，日军可以暂时不进驻平州，但是南京方面将派出部分官员（包括军官）到平州来“协助”工作。缴纳税费额度可以协商，但是平州必须编户到南京政府名下，并且共同开展“清乡”与“剿共”。

吕天平听了许卓城的要求，觉得如听天书般荒唐。

“你们还不如干脆派上十万八万的大军前来，踏平平州。在这时候，我要是提什么‘剿共’的话，在吴家桥的七千新四军可不是吃干饭的，许先生不是拿我的人头开玩笑吗?”

许卓城笑笑说:“可以缓一步，先解决新四军嘛。这七千人马在吴家桥一带休整，就是养了七千条饿虎啊。我估计，就算你吕司令没什么想法，韩主席那边也会视之为眼中钉、肉中刺的。我想，以老韩的脾气，过不了多久，他就会动手的。”

“难道共产党跟许先生有什么生死过节吗，你偏要拿他们开刀？我去惹他们，不是捅马蜂窝吗？我得如实向你通报，这城里可是有新四军武工队活动的。你这个态度，也要当心自己的安全啊!”

许卓城打哈哈，“那么，此事可以暂时搁置。我们坐等韩主席那边有什么动静再说。我提出的几条里，只要吕司令点头两条，我就可以回去交差了。”

“通电归降，我还有什么退路可言？这城里无论是共产党的武工队，还是军统的锄奸队，明天就可以让我横尸街头。所以，为什么不是许先生答应我的条件呢?”

吕天平摊开手，表示谈不拢。

许卓城一愣，盯着吕天平的双眼，问：“这么说，到现在这一步，我们是谈不下去了？吕司令如果觉得凭着许庄那边虚晃的一枪，就能漫天要价的话，我真恐怕，你会失望的。南京方面，并没有给我太大的弹性空间。反共你不同意，归降你也不同意，吕司令，这平州可不是悬在半空中的。我们，也不是只能跟你谈的。”

吕天平抱着无所谓的态度，“那么，就请许先生再斟酌斟酌，也可以探探其他人的口风。先不急下定论嘛。如果你觉得待在平州不安全，可以先回南京，考虑成熟了，再过来谈。”这简直就是在打脸逐客了。

两人正对峙着，突然一个传令兵匆匆进入会场，交了一函电报给吕天平。

吕天平匆匆扫视，脸色一变，但瞬时又收敛了起来，继续抬头微笑对着许卓城说：“刚刚收到前方急电，是外围的部队提请回到平州城轮休事宜。这些老爷兵啊，享福惯了，待野战地待久了，就要瓜熟而代了。”

许卓城笑眯眯地点头不语，看着吕天平脸上僵硬的笑容，准确地猜测到他完全是在扯谎。他和吕天平继续谈了谈，果然发现他的语气缓和了许多。他的微表情下蕴藏的一定是一条非常重要的情报，重要到肯定能影响和谈的进程。

老政客许卓城焉能错过机会，他随即向吕天平表态：

“我有耐心，也绝对相信吕司令的诚意。这样子吧，我们先休会，各自回去再商量，再斟酌。我呢，也用自己的电台跟南京方面沟通，把吕司令的意见传达过去。我用明码，不用密码，说什么，都是开诚布公，你们也不用费力监听了，哈哈！吕司令要相信，我是带着满满的诚意和耐心而来的，没有一个结果，我就做好终老平州的准备了。哈哈！”

第三轮正式谈判结束。

许卓城回到客房立刻叫来李香菊，把会谈的结果通报给她，并指示她说：“松下小姐可是专业搞情报的。下一步该是你大显身手的时候了，弄清楚卫长河和黎有望两人的真实态度。我不相信这个乌合的游击总队，在归降的问题上，一点缺口都没有。这是其一。其二，弄清楚吕天平究竟收到了什么情报，导致他信心动摇了，看看下一步，我们可以采取什么有效的应对策略。”

李香菊说：“川岛指挥官派我来时，可没有给我这么多的任务。”

许卓城冷笑道：“哼，她只给了你一个任务，就是监视我。可要是平州这里谈不成，我就是脱光了，把骨头掏出来给你看着，又有什么意思？送给你一句中国的古话，用人不疑，疑人不用。别忘了，你还是我名义上的四姨太，不肯陪我睡也罢了，总得帮我做事吧。”

李香菊对许卓城的冷言冷语不屑一顾，“我会想办法的。”

“另捎一句话，让刘清和给我消停点。我不知道你们在搞什么鬼名堂。不过，他再乱来，我可对他不客气了。”

2

吕天平收到的，是一封来自韩光义的密电。他告知吕天平，他已经跟新四军下过通牒，必须从89军的防区吴家桥撤出，撤入平州境内，不得由新化北上盐州。

新四军照办，已经撤到了皇桥—郭店一线，盘踞在一个很小的范围内。此两地属于游击总队的防区，按照战区司令长官的部署，韩光义下令游击总队必须驱逐新四军回江南去。如果新四军抗命，他可以施以援手，共同解除其武装。

真是怕什么来什么。吕天平慌忙召集卫长河、黎有望和王怀信，商议如何应对。

卫长河显然先行收到了韩光义的密令，“既然韩主席有令，我等还犹豫什么，发照会给新四军两个领兵的，限他们三天之内离境，要是发生摩擦，由他们全权负责。”

卫长河的反应倒丝毫不出意外，当初韩光义把他借兵两个旅到平州，兴许就是为了布下这局棋。剩下要看黎有望和王怀信两人的态度了。

黎有望直截了当地说：“我们疯了，卸磨杀驴，过河拆桥？为什么早不让新四军走人，偏偏在大捷过后这么做，岂不是被天下人耻笑？我们要是就这么动手，岂不是干了日寇和汪伪想干而没干成的事？”

令吕天平和黎有望都很意外的是，王怀信的态度却很暧昧，“我们可以先找新四军谈谈嘛，万一他们肯撤回江南呢。孤军悬在江北，跟他们的军部隔着江，也是不安全的嘛。能不能前进，全凭韩光义的态度，这是受制于人。”

“吕司令不是派了夫人去找新四军接洽了吗，她回来了吗，带回了什么消息呢？”卫长河点醒。

“新四军暂时留着她，对她《大公报》记者这样中间人的身份不怎么信任，认为她无法全权代表我们平州的态度。我找三位来，就是要拿一个统一的态度，好由她直接传达给新四军的长官们。”

“吕司令是不是比较怕新四军啊？怕是怕不走他们的，要是他们挑起摩擦，我们有的是办法对付他们。郭店到皇桥，非常狭小的一块地，挤着他们的大军。韩主席背后有十万人马，我们两边夹击，就是关门打狗，硬挤也把他们给挤扁了。况且，我们可以使用围剿时期的战术，步步为营，以堡垒和阵地向前推进。我们的给养充足，平州囤的粮食太多了。而新四军在那螺蛳壳大的地方，只能吃土。”

卫长河志在必得。

吕天平冷眼瞅着卫长河，“我提醒卫司令一句，新四军是背水一战。我听说，在江都的时候，日伪军也尝试着进攻他们，三百人佯攻，结果全被新四军给反抄了。三官殿大捷，打得鬼子也怕。鬼子们这才决定，把他们‘请’到我们平州。这是明摆着要挑起我们抗日力量的内斗，我们何必明知仇者快，还要让亲者痛呢？”

一贯微微带笑的卫长河突然把脸给冷了下来，“吕司令要是想拒绝韩主席，你可以直接回电给他。我卫某人绝对不会说个不字。

但我得再次提醒你，共产党绝对不是我们的什么‘亲者’。他们精通武装割据，永远是党国的大患。”

黎有望又耐不住，嗖地站了起来，一拍桌子，“永远容不得异己，才是国家的大患，鬼子就在我们鼻子尖下，明目张胆地说‘以华制华’种种，我们还要内斗起来，那是正中他们的下怀，平州绝没有好果子吃!”

卫长河斜过头，阴森森地说:“黎司令，你这是对我拍桌子吗?不要冲动啊。我听说当年，吕司令就是在委员长面前拍了桌子，才让你们去了直罗山。很巧，那次军事会议，我正担任着参谋书记，负责文书纪要，也算是个见证者。冲动是魔鬼，不要再犯第二次了。”

骂人不揭短，打人不打脸，卫长河这么说，分明是让吕、黎二人下不来台。

黎有望想要开口骂娘，却被吕天平伸手示意坐下。

吕天平心平气和地说:“都是过去的事了，卫司令提他做甚?这样吧，我和卫司令各出两个纵队的人马。我这边呢，由怀信指挥，你那边呢，由何辅汉或者周朝指挥都成，你来定。我们把人派到郭店观察，看看新四军有什么动向，或者韩主席、顾长官有什么新的指示，再做下一步的决定好吧。我们游击总队自己内部的事，大家好商量，不要伤了和气!”

吕天平说到这一步了，卫长河自然也收敛了一下，恢复了笑眯眯的神态，“悉听吕司令的指挥。其实长河自回平州驻防以来，向来都是以团结为重，以和气为重，一切事务都是吕、黎两位司令在张罗。这是考验诸位对党国忠诚的时刻，但是到了今天这一步，是箭在弦上，万不得已不得不发。长河完全是为党国大业考虑，而非个人意气用事。如事有所成，韩主席绝不会食言的，游击总队，可以编为一支正规军。吕司令见谅，失敬了!”

黎有望非常想反唇相讥:“原来你蛰伏着，从来没想过打鬼子，就是处心积虑要对付共产党的!”话到嘴边，硬生生地给咽了下去，他和这位笑面虎般的卫长河师长之间的嫌隙，终于在今天暴露了出来。

吕天平不让黎有望带兵到郭店，算是对卫长河的妥协与退让。黎有望闷闷不乐，话不多说，甩了膀子，拂袖而去。

卫长河看着他的背影，推了推眼镜，露出了一个含义复杂的冷笑。

3

韩光义已经决心武力解决新四军北上的问题了。黎有望匆匆赶回到慈云寺自己的办公室内，他第一个念头是想找左月潮通报情况，让他去联络新四军，至少让对方有所准备。仔细一想，左月潮被徐永财死死监视着，找他太容易暴露。

思前想后，他只有差自己的警卫乌力吉，把在城内搞流动监听的罗耀宗找来。

罗耀宗大汗淋漓地赶了回来，询问黎司令有什么吩咐。

黎有望问："罗老弟，你是黄埔九期的高才生，入伍就在中央军嫡系，起点这么高，却屈居在我这一个小小的游击队内整天忙前忙后，是不是觉得委屈？以你家的背景，去大后方做事，岂不美哉？"

罗耀宗一愣，说："黎司令找我来，就为说这个？为抗日效力，只有距离鬼子最近的地方才是最值得待的。你们，吕司令，不都在这里吗？为什么偏偏是我要到后方去？"

黎有望哈哈大笑，"我们这伙杂牌军，是无处可去。最近忙得有什么收获？跟唐小姐配合得还算好吧？你应当留心留心，她可是个很不错的姑娘哦。”

罗耀宗会心地一笑，“唐小姐把剩余的日军资料都翻译出来交给我了。拿着他们来往的电文，我大致上能判读出他们这套密码的一些套路。他们应该把德国人的东西简化了不少。可惜，我一个人实在脑子不够用，想要准确判读、破解他们的海陆密码，恐怕真是做不到。不过，通过现有的一些资料来看，鬼子似乎在积极准备向南方用兵。他们在做不少的准备，比方频繁提及采购奎宁之类的药品、短军衣之类的热带作战服，训练登陆作战，做俯冲轰炸之类的准备。”

“做不到就算了。战争，还是要一刀一枪地靠血和肉去拼杀。知道鬼子们要干什么又如何，他们还是很难啃。南方，南方，他们还要向南多远？不管他们了。除了这些，你还有什么收获？”

“我基本可以确定，徐记棺材铺是军统的一个据点。兴许，徐老板就是黎司令一直念念不忘、孜孜以求在寻找着的老K。最近，他发出的电文特别多，应该在向戴老板详细汇报平州与汪伪和谈的情况。”

黎有望哈哈一笑，“不用费脑子就能想到。这个老徐，气味太大了，棺材铺里的松香味那么重，死人都能被熏活了，我第一次登门就注意到了。就算写密信，都能嗅出独一无二的味道。这个军统徐老K把我们耍得团团转，还赚了我们那么多的棺材钱，倒是两不误。不要惊动他，让他安安静静地密报着。其他还有什么？”

罗耀宗说：“最近平州大大小小的电台，开机都很频繁，好像蛰伏着的势力全冒了出来，联络各方的都有，我都有点忙不过来了。还有，我们布在绿柳晴旅馆的两套监听一直闲置着。我想，是不是想办法移出来，安装到平州大酒楼或者东亚大饭店，去监听刘清和或者许卓城？”

“挑最要紧的说。”黎有望摸出了一盒香烟，亲自点上一支交给罗耀宗，自己则另点了一支。

罗耀宗其实不抽烟，既然黎有望以这种方式表达亲近，他也只好咳嗽着抽下去，沉思了良久，道：“我截获了一条韩主席给吕司令发的电文，因为没有他们之间准确的密码本，内容不大敢肯定，不过我方的密码简单，容易猜，可能是说要……”

“你猜得对，他要我们对新四军下手！”黎有望没等罗耀宗说完，就给了他一个肯定的回答，接着说，“我已经不知道该相信谁，怀疑谁，只觉得罗老弟你不会欺骗我。你怎么看？”

“黎司令怎么就知道我猜得对呢？现在既然你直截了当地告诉我了，其实就是想听听我的心里话。是吧？”

“以老弟的能力，肯屈居事鄙，不计地位，一定是胸怀大志，那是为国为民。我知道以你的身份，不应该公开对新四军表示出什么好感。它也是一支抗日武装，我们自己打起来，火并光了，只有汪伪和日寇渔翁得利。这个大道理我也不必多讲。你能不能晚上骑我的摩托，秘密去一趟皇桥，向他们通报一声。”

这番话说出来，就是泄露军情。可以说，完全是杀头的话。

黎有望既然对罗耀宗张口，罗耀宗也明白，是把自己当成掏心窝、托性命的兄弟。

罗耀宗沉思须臾，“黎司令可能忽略了一点，我们游击总队不缺人向新四军通风报信。你也知道的，王怀信是通共的，而且吕司令还派他的夫人在跟新四军谈着嘛。我觉得，你不必冒这个险。”

“王怀信这人，似有东山再起的野心。他通共，说不定只是权宜之策。刘琴秋是顾长官的表妹，吕司令投靠顾长官，让她去谈判，指不定是招降新四军，这叫先礼后兵。火并一起，多少兄弟又得无辜枉死，就像我当年在直罗山一样。死一个，就少了一个抗日的战士。多往新四军发一枪，就少了一颗打向鬼子的子弹。遇到盘查，你就说是我派你去策反丁聚元的。我写封给丁聚元的信。事情败露，把全部责任都推到我头上就是了。”

黎有望说的是大义。一场火并，无论死者属何方，都是中国的抗日战士。

罗耀宗真的被黎有望给感动了，随即试探道：“黎司令，你是不是准备离开平州？”

黎有望一怔，没想到罗耀宗真的聪明过人，准确说中了自己的心思。他也不隐瞒，道：“耀宗，夺莲河要塞，其实是跟你隔空配合，十分默契。你是条潜龙。是潜龙，更应该看到平州这样苟且偷安，人心离散，不得长久。抗战战局虽大，平州却不是战场，而是一枚棋子。棋子的命运在他人的摆布之下。我想做战士，不想做棋子。就算是棋子，我也是个过河的卒子，要舍命向前拼。”

罗耀宗郑重表态，道：“既然黎司令如此推心置腹，小弟我愿与兄共存亡。我会尽力通报给新四军。至于用什么法子，黎司令可以不必知道，但一定会非常稳妥。不需要你写信冒险。日后有人追查，你只用说，你让我发一些欺骗电文，来验证日寇是否在监听我们的电台。”

黎有望懂了，主动伸手与罗耀宗相握，“谢谢兄弟深明大义。”

两只有力的手握在了一起，瞬间觉得彼此不但是战友，还是肝胆相照的兄弟。

有传令兵通报：“黎司令，有个自称李香菊的日本女人求见！”

第十章

新生活

1

李香菊大大咧咧在黎有望对面坐下，拉开了天鹅绒蕾丝边的披肩，跷起了二郎腿，将半条雪白的大腿暴露在了他的眼前。

“许四夫人，你不陪着许特使跟吕司令谈判，到我这破庙里来有何贵干啊?”

李香菊说:“黎司令，不用揣着明白装糊涂。你知道我的身份。我从许卓城，也是迫不得已。”

“不好意思，四夫人，我还真不知道你什么身份。只是觉得孤男寡女，你找我有什么可谈的。谈情说爱吗?”黎有望换了一副轻佻的表情，慢悠悠地说。

李香菊哈哈大笑，“看不出来，黎司令还这么解风情。我是许先生花了三百块大洋买来的，连妾都不是，只是他蓄养的歌伎玩物。假如许先生要把我送给你，你收不收呢？”

“不好意思，我这里不是婚姻法庭，管不着你的家事。”黎有望目光炯炯，“至于我嘛，你也看出来了，穷军官一个，浑身家当都不值三百大洋。你这身价，我收不起。”

李香菊抛了一个媚眼，“穷富之变，于黎司令易如反掌。我略懂一点中医养生之道，就谈话间，我见黎司令你肝火太旺，目赤，特别想做一锅滋补鸡汤，给黎司令调养下身子。需要枸杞、当归、附子、党参、川日金加上鹿鞭、肉苁蓉一煮，自然有了血气，能做个顶天立地的大丈夫了。”

“嗯，苟且归附，参加日军，果然是一味好补药。四夫人这是来招降的吗？”

黎有望听出了话外之音。

李香菊又媚笑了，“听说黎司令不但一表人才，还特别机智，今日一聊，果然如此。那么，你愿不愿意服下我这味壮阳鸡汤呢？”

黎有望立刻冷下脸来，说：“那么，四夫人是代谁来送这碗鸡汤的呢？许先生，还是川岛芳子女士？”

对方仗着势强，摊开来做戏。索性，就面对面摊开来。这是黎有望的心计。

李香菊也冷笑，“黎司令果然是门清啊。我说你是揣着明白装糊涂吧。今天你们至少有四个纵队开拔出城了，出的是东门。日、汪都没有来进攻，那么，想来是往郭店、皇桥方向去找新四军的碴儿了。平州将要有大变动啊。吕天平这老狐狸，跟我们百般拖延，在谈判桌上虚与委蛇，已经渐渐磨掉了我们对他的耐心。现在平州空虚，黎司令要是顺从我们，只要一道命令，你就是讲和的首功。”

黎有望抬头，看了看房梁，反问：“我若要想投降，何必等到吕天平来平州呢？”

“那是你之前对与日军为敌还充满幻想，以为凭借一己之力、一州之力能够有什么作为。却没想到自己的赫赫战功，却成了吕天平和卫长河垫脚的石头，自己也成了一枚随时可以被抛弃的棋子。我这么说，应该不错吧，黎司令？”

黎有望哼哼一声，不回答。

李香菊说：“我不代表许卓城。我代表的，是大日本皇军。数次交手，你杀了不少日本人，但是交还尸骸和战俘，表现出了一个文明绅士的风度。大日本帝国和皇军对你这样的绅士还是十分欣赏的，你是建设王道乐土的理想人才。”

黎有望依旧是哼哼一声，并不回答。

“你知道我们的计划叫作‘千手观音’。为什么是千手观音？那就是我们其实并没有一个确定的方案，一切观平州情形而动。在我们下一步的计划里，可以启动‘神光’作战，就是炸平平州，让你们都死无葬身之地；可以杀掉吕天平，就说是你为姐报仇与他火并，然后策动他的人灭了你；也可以杀了你，散发吕天平与汪精卫的秘密协定假传单，说吕天平对你不放心，下了毒手，再策动你的人灭了他；还可以另找识时务的人选，把你和吕天平都灭了，让和平建国军顺势进攻，顺顺当当接管平州。千手观音，千手齐发，天罗地网，你们没有选择。”

咄咄逼人。

黎有望看了看左右，“四夫人，我这是什么地方，这里是慈云寺。这是佛门。你拿着菩萨的大名，跟我说这么歹毒的计划，你不怕惹佛祖和众阿罗汉的天怒吗？”

“是啊，所以嘛，我还有一碗鸡汤奉上给黎司令滋补。你若诚心顺服，咱们温柔地解决事情，会有一大笔钱给你。连我，也可以归你，让黎司令舒舒服服地投入皇军的怀抱。到时候，你可以将吕天平礼送出境。比较起来，这算不算最好的解决办法?”

“阿弥陀佛，色即是空!”黎有望说,“四夫人，既然敢跟我把‘千手观音’计划和盘托出，想必是对拿下平州把握十足了。佛祖脚下不打诳语。四夫人你先回去吧，容我考虑几日如何?”

李香菊到黎有望面前，伸出手指勾了他下巴，触到毛茸茸的一层短须髯，再补温柔一刀,“人家都把牌给你摊开来了，你还想拖下去。还想我宽衣解带吗?拖得越久，对你可越不利哦。要是暂时不想投降皇军，你收了我也成。你要是觉得许卓城拦着我们的床榻，大可以干掉他。不过，千万可别当皇军是病猫。这可是你在平州最后的机会了!”

李香菊走后，罗耀宗从内室走出来。

黎有望问:“耀宗，你说说，她为什么要来找我?”

罗耀宗说:“看来，汪伪和日寇对吕司令的耐心真的快用尽了。我侦听到南京发给许卓城的电报，一再催促他拿出结果来，不要被吕司令和你给耍了。许卓城回电恳求再宽限数月。南京方面同意了。”

黎有望点点头，道："数月之内，关于新四军，一定会有一个结果，许卓城这是在观望。日本人真是有恃无恐，什么都摊开来跟我们玩，难道我们真的束手无策？"

"杀了许卓城，会怎样呢？"罗耀宗沉思良久，试着问。

2

手中重新掌握了兵权，王怀信从一个客籍参谋长，一下子变成了炙手可热的重要人物，一时间来访之人络绎不绝。直到他领兵出征之前，都还在走马灯似的接待访客。

首先，是近水楼台的詹耽敏。他给王怀信送来了两个好消息，第一个是他在重庆做事的小儿子詹孝光给他回信了，如果坚持在东线御敌防共，可以考虑从财政上帮助游击总队，拟拨款五十万法币，可以用划拨给战区的物资抵扣。果然，作为孔财长的秘书，能量真的是通天。蒋委员长对杂牌军向来是一毛不拔，川军出川抗日，向他申请军火补给，他还开出一发子弹五毛钱的价码。能拨给五十万法币，当真是天大的面子。

王怀信听后叹了一声，心中犹豫着"防共"二字该如何理解，是防而不打，还是刀兵相向？詹耽敏带来的第二个好消息，是一连串的示好：“我家中蓄着一个优伶，名唤枕月。我老了，耳朵背，听不清戏了。大敌当前，也没什么心情。我看王夫人独自一人忙里忙外的，实在辛苦，就让这个枕月帮忙服侍服侍王先生吧。”

这显然是拿女色来笼络王怀信。

一直过着清苦、郁闷生活的王怀信，知道自己有贪财好色的毛病。倒是有一丝念头想到自己是个“共党”，可是组织上只给过他只言片语的指示，让他追随、帮助吕天平去平州。

吕天平并不是本党的同志，他的游击总队也是国民党的武装。这些东西，不收白不收。他只是犹豫了片刻，就笑纳了詹耽敏的“美意”。

到了下午，身材瘦长的枕月就住进了王怀信的院子，还带着詹耽敏相赠的“礼妆”，一盒金银珠宝。

肖含玉不痛快了，劝诫王怀信：“怀信，无功不受禄，天下哪有这样豪爽的出手。你到平州才几天，借住人家府上，已经是天大的面子，你怎么就能随便收人家的东西……还有一个，女人。我怕要你还时，代价不是一般两般。”说着，她就抹起了泪来。

王怀信挠挠自己的后脑勺，“詹老诚意相赠的，纳之有何不可？你一个人忙里忙外，太辛苦，有个女伴，帮帮手罢了。我要是不收下，这样如花似玉的女子就会被老詹扫地出门，只能到花街去谋生，境遇甚至还不如你在天乐门呢。你说，我于心何忍呢？”

肖含玉顿时无话可说，不过是数月之前，王怀信还信誓旦旦地说两不相负，稍稍得志，就这样忘形。她无从知道自己是否看人走眼了，只是有了一个风尘女本能的不安与惶恐。倒是那个枕月，对自己的境遇浑然不觉一般，笑眯眯地称肖含玉“夫人”，把一身戏服穿在身上，婷婷娉娉地对月蹁跹，像是闹了鬼一般。

到了半夜，肖含玉想用自己的身子留住王怀信。可稍一入睡，就发现枕边人已经起身，溜去了偏房。她不禁垂泪不止。

明日即将出发，王怀信在家里用放大镜静静地看着郭店周边地图，努力默记主要村庄、河流、高地，考虑火力和兵力的配给。此时此刻，他已完全恢复了一个老军人之态，如蛰伏的老虎，没有人敢打扰他。

肖含玉坐在院子里生着闷气，切菜。枕月则在自己的屋子里无止境地化着戏妆。这时却突然有人打门造访。肖含玉起身问王怀信见不见客。

王怀信让她出门传话：“除了吕司令，来人一概不见。”

那人让肖含玉传一句话：“乱飘僧舍茶烟湿，密洒歌楼酒力微。请夫人转告，是洪钧启先生托我来找王先生的。”

肖含玉学不来这两句诗，只能含含糊糊念了给王怀信听。

听到提及“洪钧启先生”，王怀信脸色大变，立刻让肖含玉在门口把风，把那人请到内室说话。枕月在自己屋内，侧过镜面远远地看着人来人去，不动声色地描眉。

来人一身长袍，见王怀信一脸茫然，忙摘下自己的礼帽和一副浓密的络腮胡须，挺直了假意驼着的背，露出微笑，道：“王师长，恭喜你终于又真的执掌虎符了。”

王怀信立刻认出了他，哈哈笑道：“原来‘石僧’就是你啊，钱老板！哦，应该叫老钱同志。石僧，我还以为会是乔装的和尚之类的人。住在‘绿柳晴’的时候，你真是瞒得滴水不漏啊。不过，我猜到组织上让我住那里，一定是有用意的。很高兴以上下级的身份见到你啊，老钱同志。”

来人，正是绿柳晴旅馆的钱老板。

钱老板也笑笑道：“若非事关新四军安危的特别时刻，我是不会这么冒昧登门惊扰你的。”他主动伸出手，和王怀信握了握。王怀信的手，特别冷。

两人坐定，王怀信直入主题，“我知道你的来意，江北的局势，你我都清楚。我初掌兵权，手头三个纵队，都是黎有望的旧部，我没把握将他们带向新四军。”

“暂时不需要。”老钱摇摇头说，“韩光义是不是约请吕天平一起，准备对新四军动手了？”

王怀信犹豫了片刻，最后勉强回答：“是。我被派向郭店，就是为这个准备的。”

老钱就问：“你是怎么想的？”

王怀信有点为难地说：“难办啊，我相机行事吧。”

老钱说：“虽然不用你把人马带向新四军，但绝不能眼睁睁让这支刚刚过了江的队伍被包了饺子。组织上和我都信任你。我这是命令，也是嘱托。”

“老钱，这平州，这条线上，除了你我，还有其他的同志吗？关键时刻，多点自己的同志做帮手，我才能踏实啊。”王怀信没有立刻表态。

老钱沉吟了片刻，最后轻轻地摇了摇头，说:“没有，没有其他人了。平州地下党已经暴露，被‘冰封’很久了。我们俩孤军奋战。”

就在老钱沉吟的片刻，王怀信已经得到了想要的答案，他故意提高了嗓音，说:“老钱，请你放心，请组织放心，我一定不辱使命，绝不会与新四军为敌的!”

3

距离和韩光义所约定的出击新四军的时间越来越近了，吕天平却越来越不忙正事，不问军务，反而在城里大讲特讲什么新生活运动，并且越搞越认真。

这天，他把县府官员和暂时停职的一帮军官都召集起来开大会，包括黎有望、黄开轩、朱子松、叶桂材，也请来了詹耽敏、宋醒吾、唐经方等地方士绅代表，甚至还请来了左月潮、唐晓蓉和白露等文教界代表，一本正经地在县政府小礼堂做动员。

吕天平做纲领性发言:“平州的新生活运动，并不是什么空架子，是一次认认真真的运动。运动之主旨、目标与任务，是改造一个新平州。自宣统皇帝退位以来，平州的辫子剪了，不停地你杀我，我杀你，但生活其实没有任何的变化，我们一样不知道文明的、体面的、有尊严的生活该怎么过。搞新生活，不是一个口号，不是光靠县府发布一个条令就可以的。必须发动民众：一是纲领要简洁易记，那就是‘改造旧生活’；二是不要让警察成了人们行动的监督者，而是要依靠民众开展各种运动，尤其是街头戏剧这种，让百姓参与其中，寓教于乐；三是坚定地铲除平州地面上现有的烟馆娼寮；四是要真的改造生活，做到卫生、文明、有礼，要纪律、品德、秩序、整洁。大家都说说自己的意见吧。”

宋醒吾第一个站起来表示：“鄙人非常赞同吕司令的意见，鄙人不抽烟不赌博不酗酒又不嫖娼，属于热烈欢迎新生活的民众，愿为吕司令做先驱模范。”

他这番话，简直是平州城里最大的笑话。立刻有人反唇相讥，朱子松诘问：“宋老板果然很新啊。那么，柳必五贩运的那些鸦片，是在别人家的烟馆出卖的吗？”

大家都哄笑了起来。詹耽敏轻蔑地哼了一声。

宋醒吾掏出手绢，擦擦自己额头上的汗珠，向四座鞠躬道：“所有烟馆，我都关闭了，可以改作民众教育室。由鄙人带头，学习礼义廉耻，培育亲爱精诚。”大家依旧哄笑。

黎有望发言了：“鸦片烟，我是深恶痛绝的。虎门销烟以来，国人一直为摘掉‘东亚病夫’的帽子而搏。不赌博，这个应该能管得住，赌是万恶之源。酒呢，可以适量喝，以不打架闹事为底线。整顿了烟赌酒，平州就太平得多了。”

叶桂材附议黎有望，他红着脸说：“各位老总，我和朱子松有过察看。其实呢，不嫖娼这个，我也不反对，但没有家室的兄弟们的生理问题需要如何解决？能否拟设军中茶室，专门解决官兵的生理需要？吕司令是不是可以考虑让人以招服务员的名义，本着自愿原则在街头招聘流浪、贫苦妇女，或者女性犯罪者可自愿以此抵罪呢？”

真是个鬼主意。大家又哄笑了起来。

白露听不下去了，忍不住站起来，道：“不可。妓女多半是为生活所迫而不得不操此贱业，可以把她们组织起来，做做服装生产乃至伤兵救治等。我们说民众的力量，她们也是民众的力量之一，要解放她们。我们可以遵循国母教导，组织起抗战妇女救国会，宣传、募捐、救孤、慰问，也可以为战士们说媒结亲，真正地安定军心。”

詹耽敏立刻大摇其头，表示反对，说：“不可不可，女为坤德，守阴则安。女人家女人家，好好待在家里才叫女人。我不反对你们清理花街，让那些女人去做军服。但要搞什么妇女救国会，实在多此一举。”

唐经方忍不住讽刺说：“詹老，你家女人是不是有点多，怕被组织起来后对付你，你老吃不消啊？”

众人也哈哈大笑起来。

詹耽敏怒目相视，反唇相讥：“唐老板的姨太太怕也不是什么省油的灯吧。小心自家，前面砌墙挡虎，后舍篱笆蹿狼，乱了辈分，后院起火啊。”

众人不知他说些什么，场面一下子冷了起来。

唐经方哼一声，话是自己挑起的，却不再多言，只点起一支雪茄抽上。

吕天平慌忙接过话头，咳嗽了一声，说：“抗战妇女救国会的提法很好嘛，白教员如果有兴趣，我想请你出面做这个妇女救国会的秘书长。”

他话音刚落，角落里不知谁弱弱冒了一句："汉奸的嫌疑女儿，哼哼，抗日救国?"

白露立刻被激怒了，又一次"嗖"地站起来质问："谁说的？给我站出来！你哪只眼睛看真了我是汉奸女儿？我们一人提把枪，出门就去清江找鬼子拼命，你个不要脸说阴话的，敢不敢?"

无人回答。

黎有望慌忙伸手拉白露坐下。她依旧愤愤地说："敢说不敢做，还算不算个爷们儿!"

吕天平又得来补场，道："诸位，提及妇女工作，在此，我要感谢唐晓蓉女士。她组织起了妇女护救小队，帮助我们救治了很多的伤兵。大功不言啊。最近，平州的流行病又有冒头的趋势，年初，各乡就报有鼠疫。战乱一多，进城避难的人也多。大战必有大疫。大疫一至，死的人比战火毁伤的还要多。我们的运动，要重点搞好卫生，做好防疫。我想成立新生活卫生会，请唐晓蓉女士做秘书长，组建防疫队，战时平时都能发挥作用。"

唐晓蓉只是安静地听着，完全没想到吕天平会突然在那么多人面前点自己的名，红着脸站起来摆手说："吕叔叔，救伤我该做，秘书长却不敢当的。不用不用。"

唐经方为自己女儿撑场面，道:“晓蓉啊，是吕司令点将，造福桑梓，不用推辞的!”

吕天平抬手示意唐晓蓉坐下，又看着稿子说:“战时之教育，左校长功不可没。我听说日军飞机飞过，左校长临危不惧，没一天耽误课程，这是对国民高度负责的态度啊。有关新生活的教育，左校长有什么意见呢……”

吕天平的话还没说完，罗耀宗匆匆跑入会场，跟他耳语汇报:“韩光义的冯沅部又开进了吴家桥，在向皇桥逼近。他们要提前动手了！卫长河已经去电，下令周朝、何辅汉他们在郭店攻击新四军了!”

众目睽睽之下，吕天平惊诧失色，匆忙宣布立刻散会。

第十一章

战郭店

1

周朝、何辅汉两人万万没想到，自己近五千人马养精蓄锐、以逸待劳，在郭店乡这个自己的地盘上，会这么不堪一击。他们胸有成竹，想搞突然袭击，两人做钳形配合，南北合围新四军的尾队。这支担任警戒的尾队仅仅有一千多人，由老冤家丁聚元率领。

面对78师人马的突袭，丁聚元似乎有备而战，用小股兵力疑作主队，依托郭店集镇抗击。大股人马跃出钳口打游击，专门盯着南路的何辅汉打。新四军的反击果断又勇猛，把突袭的何辅汉纵队咬在了郭店之外的方沟集。

丁聚元端着望远镜看何辅汉旅，咧开嘴笑，颇为叹服，“粟老总神算，服了服了！他们果然图快，一心想追击，没带什么重机枪。”

他把手头的轻重机枪集中起来，回手就给何辅汉一顿好招呼，把他们打得抬不起头来。随后丁聚元就在阵前喊话说：“何辅汉，新四军丁聚元在此！你这个狗杂种，打老子黑枪一把不成，还能让你成第二把，你当老子是窑姐吗？这次不给你白嫖了。你们被包围了。中国人不打中国人，我们二龙山的兄弟，赶快到老丁这儿来，大家重新聚义。”

对何辅汉杀伤力最大的，正是丁聚元这一通的喊话，远超过他那几十挺轻重机枪。

被混编在他纵队下的原丁系人马，听到喊声立刻呼应：“丁大当家，果然是丁大当家的！”

不声不响之中，就有人开始开小差，开溜逃跑。何辅汉的营连长们开始鸣枪示警，自家阵脚大乱，更给了丁聚元反击的机会。他组织了三个百人分队，从三个角度试探着冲锋。果然，不明就里的何辅汉最终选择了撤退。

丁聚元立刻召集所部杀回郭店。一次反突袭，只牺牲了三名战士，结果多出两百余人来。他大喜过望，更是一鼓作气杀向了周朝。

周朝已经获知何辅汉溃败的消息了，郭店已经被他团团围住，只要再猛攻个把小时，就有十足的把握拿下。尽管他麾下兵强马壮，但弄不清丁聚元指挥的新四军是三千人还是四千人。搞这种摩擦的起意在于突袭制胜，如果突袭不成功，反被对方包了饺子，笑话就闹大了。就在他犹豫不决的时候，丁聚元又跑到他背后喊话。

这次喊话的，并不只有他一副嗓子，还有百十人的喊话队："丁大当家的加入新四军了，兄弟们快过来聚义吧！我们都过来了！中国人不杀中国人！"

这一喊不要紧，周朝麾下的人马也开始乱了阵脚，又重复了何辅汉的败局，有人开小差了。周朝一边鸣枪维持阵列，一边暗骂："吕天平搞的什么东西，三股人马打散了混编，他娘的埋雷！"他一边迅速下令整军撤围，向平州方向退，一边差人与王怀信联络，催促他的两个纵队攻击郭店。

王怀信前晚还躺在枕月的温柔乡里，今天就匆匆领兵到郭店布防。他故意让队伍走得慢，让立功心切的周朝和何辅汉打前阵。他准备看菜下饭。如果周、何二人打得顺利，他就跟着打；打得不顺利，他就"完成"组织交代的任务。结果刚接上火不到三个小时，就传来了周、何不利的消息。这时候，他们哥儿俩才想起来把自己往前推，真当打了多年恶仗的王均如师长是个“戆大”。

参谋问他该如何处置，他沉思了片刻说：“如果对方来追，在郭店外二十里摆开一个长阵，对空鸣枪，火力要足够强，最好震天动地，但不许往新四军方向打一发子弹。”

果然，丁聚元解了郭店的围，收罗了诱饵兵力，又添了投诚过来的本部人马二百多人，信心大增，爽快地骂一句：“他娘的，打得过瘾，老子索性去收了平州！”也不向上级请示，亲自给队伍散了一圈香烟，讲话，“同志们，咱们新四军南征北战，到江北打鬼子，救友军。他们倒好，一声招呼不打就想吃了咱，这是农夫与蛇啊。奶奶的，不带这么欺负老实人的。咱们要好好给他们展示展示铁军的军威！”

说完，他就带着人马向西杀去。果然，他遭遇到了王怀信的阻击，一线长龙不断地鸣枪，轻重武器齐吼。丁聚元不敢贸然冲锋突击，在一个柴草垛子顶上举着望远镜看了一小会儿，心有所感，大声对部下说：“狗日的，打怕了这帮龟孙，鸣空枪吓唬咱们呢！他们足有三千多号人。算了，不追了，回郭店戒备待命。”

丁聚元看出来这支部队不是周朝和何辅汉的人马。他猜测应该是黎有望的人，对空鸣枪是打给周、何二人听的，也是向自己打招呼。这份人情，丁聚元还是心领神会的。他把手里的盒子炮插进枪匣，暗喜："黎有望这小子厚道。嘿嘿，他要跟了我新四军才更好。"

王怀信的侦察兵回来通报，追击过来的新四军已经撤回了郭店。一个参谋官问他要不要追击。王怀信想了想说，不急，我们还是请示一下吕司令吧。参谋官说，将在外君令有所不受，新四军连续作战肯定十分疲惫，追击必有战果。正说着，通信兵报来了吕天平的命令说："吕司令来电，所部纵队驻防郭店外野，不得与新四军摩擦交火。"

王怀信拿到电文，满意地笑了笑说："多请示吕司令，准没错。"

周朝和何辅汉刚刚把各自的队伍整顿好，就都骑着马到王怀信的指挥部来。刚下马，周朝就质问："王指挥，您老为何止步不前，不去追击敌军？"

王怀信扬了扬眉，"没有我及时殿后，你们的人差不多折光了吧？你们这气势汹汹地过来，是在问我的责吗？"

何辅汉说："我们分别跟敌军缠斗这么久，一定把他们折腾得人困马乏了，正是你出击的好时机。苦头我们先吃了，你可以顺势摘果子。你这按兵不动是几个意思?”

“有多久?”王怀信低头摸出怀表看了看，叹息，“三个小时。我的天，真是漫长啊。你们知道鄙人当年在直罗山跟吕司令对弈了多久，一个月，昼夜不歇。两位还是少管我怎么指挥，去好好整顿自己的部属，考虑一下怎么回去跟吕司令和卫师长交战报吧!”

两人自讨没趣，尴尬不已，心情灰暗极了。

2

许卓城派出联络人员，请吕天平赴东亚大饭店继续非正式会谈。

等吕天平忧心忡忡地赶到他的房间，许卓城就丢出一份报告给吕天平看，问:“南京方面在不断催促，吕司令究竟有没有诚意和平解决平州问题呢?”

吕天平说:“现在江北局势太过于微妙，希望许特使有点耐心，再给我一点时间。”

许卓城点点头说:“嗯，时间啊，时间，在平州每一秒都像被拉长成了一分钟，我天天听广播，看报纸，人都被困傻了。吕司令究竟在等什么呢？”他又掏出一份文件来，摔在了吕天平的面前。

吕天平打开看，竟然是日军华东军司令部参谋部拟定的一份《神光作战计划》。简而言之就是总结了吴家桥作战经验，准备出动小型俯冲轰炸机，精准轰炸平州军营、城墙、县府指挥部、慈云寺等重要地点，这样既能保存平州经济元气，也能准确打击敢于反抗的游击总队。《神光作战计划》配上了平州城防图，重要地点被圈画得一清二楚。吕天平看了这份计划，额头上不禁汗如雨下。

许卓城在一边说风凉话：“许庄大捷，吴家桥解围，你以为你们讨到大便宜了吗？真以为干得过鬼子？那是日军一直没有对平州露出真正意义上的獠牙。他们在按照自己的棋局下棋。打许庄时，如果日军放弃吃掉冯沅所部，一开始就集中力量扑向许庄，这仗你吕天平打算怎么样打？他们之所以这么打，是在练兵。练他们的航空兵。现在知道，下一步他们怎么走了吧？”

吕天平说：“很好嘛，你为什么还要向我泄密呢？”

许卓城哈哈一笑说：“日本军部的内部意见不统一。高层有相当一部分势力主张要‘以华制华’，要扶持汪伪政权收编杂牌军。这一派坚决想试试不费一枪一弹收下平州，所以才会出现这样明显的拖延。另一拨主战派的人耐心可不多，这日军对平州的《神光作战计划》就是他们拿出来的，如果这次我还不能成功说降，平州化为瓦砾之地为期不远。”

吕天平把《神光作战计划》放到茶几上，用手绢擦了擦汗，“这么说来，你我都没有什么时间了？”

许卓城笑笑说：“不用在我面前扮猪吃虎了，难道你不知道这种结果吗？像刘清和这样的情报人员，可以大摇大摆在平州城里逛，日本人画出这张作战图又有何难。或者说，平州根本就是不设防，你没打算坚守它。我，没有说错吧？”

“你强我弱，随你怎么说吧。平州几十万张嘴要吃饭，不可能因为战争的剑拔弩张，因为几个间谍闹腾，就顾不上灶台里的热浆水。完全城禁了，军管了，依赖工商业谋生的平州人怎么办？日子总得要过。”吕天平一副苦脸。

“嗯，命好拼，家难当。”许卓城表示赞同，“有个事我可以向你透露，我这边南京方面给出的筹码更高。你可以进中常委，在南京方面排进前二十号。怎么样？已经居我之上了。汪主席看重的，是你手底下的一两万条枪。这一杯，已经是最后的敬酒了。你要是再不端起来，下面真的是罚酒了！他们可真不是没办法的。”

吕天平皱了皱眉头，“办法多的是啊。比如你这边，恐怕已着手安排人刺杀黎有望，然后逼降我吕天平了。”

许卓城语塞，又说：“上面的确是有这层意思，但我是不会动手的。”

吕天平让许卓城说出理由。

许卓城长叹息一声，道：“我想，白露的真实身份，你们都知道吧。这个关键时刻，一定是有人蓄意放出这样的风来。不过，不是什么坏事。是真相，总得大白于天下。白露居然是我的亲生女儿，这件事至今我还没有缓过神来。这些日子，我在平州也没闲着，一直在反思自己。所谓国事，现在在我眼里，是不能与家事相提并论的。我知道你那个小舅子和白露已经是日久生情了。老实说，黎有望这个人，我也喜欢。他呢，单纯，不像我，也不像你。我已经负了淑怡和白露，再也下不了手，去杀白露喜欢的人。只是若你总是这么拖着不降，我许卓城不动手，可不等于汪伪那边不会另派人马来动手。谁让他年纪轻轻就出尽了风头呢？你们这一山的二虎，只能容一个。除非，他先动手杀了你。但如果他能这么做，我想，他也不会是白露喜欢的那个黎有望了。”

他的这番话倒大出吕天平的意料。吕天平反问道：“难不成，许兄在反思之余，还想出了其他什么好办法？”

许卓城说：“我们做长辈的，就多担待一些吧。我看这样，你吕司令还是降汪不降日，不过暂时不用发通电，做足了表面文章，签字归顺即可，我到南京后再斡旋，尽量确保将对你的冲击降到最低。你呢，也不要拖泥带水，不要解释，直接把黎有望与白露一对鸳鸯礼送出境，送到上海去。我会设法送他俩去海外，去美国。牺牲我们，成全年轻人。这算我们的秘密协定。吕兄意下如何？”

吕天平沉吟不语。

许卓城察言观色，最终甩出了他最后一张牌：“天平啊，我知道你很难。在郭店，已经跟新四军接上火了是不是？卫长河的两个旅折了，王怀信按兵不动。这一仗下来，平州城脆弱的平衡已经没有了，下面将是一连串失控的反应啊。股票交易所，你去玩过没？高入低抛，追涨杀跌，玩股大忌，万事同理啊。我先回客房了，你再斟酌斟酌，考虑考虑。”

3

大早，天刚亮，街上并没有什么人。徐永财躲在绿柳晴旅馆对面的民房内，抽着烟，看着钱老板从屋子走出来，用带钩的竹竿挑下“绿柳晴”的招牌擦拭。一切如常。

徐永财在门缝里露出了一丝诡异的微笑，将头上戴着的毡帽向下拉了拉，拔出腰间的勃朗宁手枪，轻轻拉了栓。随后，他闪出了门。

刚出门，就有人一把拉住徐永财的衣领，高声嚷嚷："太君，太君，这里有个共党，我抓住共党了！"拉住他的人竟是穿着单衣在街上游走的谭傻子。徐永财抡起巴掌，给了谭傻子一记结实的耳光，骂道："滚你妈的蛋，别碍事！快给我闪开！"

等对面的钱老板从容不迫地将“绿柳情”三个字给重新挂上，一队便衣才从徐永财的身后蜂拥而出，猛扑向正在转身回旅馆的钱老板。一伙人把钱老板团团围住，死死按到墙上。钱老板惊惶地说："你们要干什么，光天化日的，要抢劫吗？"

徐永财一脚踢开抱着他大腿鬼哭狼嚎的谭傻子，飞速跑到钱老板身后，用枪抵着他的脑袋说："一条大鱼啊，藏得真深，老子真没想到是你。老实点，你们的地下据点被破获了。”他随即一甩头，示意另外几个便衣警察，道，“不要惊动房客，进去搜地下室和顶层，看到电台就给我搬出来带走。”

钱老板抗议道：“凭什么抓我，凭什么抓我！”

徐永财冷笑道：“凭什么？凭你是共党间谍！共党的新四军连一声招呼都不打，就在郭店袭击咱们的队伍，破坏了抗战团结。你要是像左月潮那样摊开身份，公开说自己就是共党，没有吕司令的手令，我还真不敢拿你怎么着。可惜啊，你是秘密间谍，老子抓的就是你！”

钱老板争辩道：“你得拿证据，拿证据！”

“证据，会有的，先跟我到局子里去尝尝我的几样手艺再说。”

进去搜查的便衣警察出来汇报了，他们陆续说“报告局长，搜了地下室没有发现电台”，“报告局长，搜了天台阁楼，也没有发现电台”。

徐永财一愣，质问：“你们他妈的都搜仔细了没有？所有暗室、阁楼、廊道、杂物间，一条缝都不要放过！”搜查的便衣警察纷纷摇头，互相做证表示的确没有发现任何地方有电台。徐永财又问厕所、水缸、厨房、粮食筒里有没有。他们还是摇头表示都搜过了，真的没有。

眼看着街头开始有行人。

徐永财匆忙下令："把这个姓钱的先带到局子里再说，留一班的兄弟在这里慢慢搜查，一个房间一个房间地搜。还要蹲点，看看还有什么人会来找这姓钱的。一旦来问，不管是谁，就算是吕司令，是我亲妈，都要给我先拿下！"

三个便衣回答"遵令"，便又潜入旅馆内。

"钱老板，得麻烦你跟我走一趟了。"徐永财回过头对钱老板说，"这城里，有你们新四军的武工队，被他们撞见，大家就得当街火并了。咱做事，得干净利索，尽量不叨扰他人，对不？"

随即，警察局的一辆厢式福特小卡车开了过来，徐永财让人把钱老板押进去。临走前，他还特意到街对面拎着谭傻子的衣领，用枪口拍拍他的脸，威胁道："傻子，你要是把今晨看到的事情到处乱嚷，老子一枪崩了你的脑袋。懂不懂，轰！"

谭傻子被吓怕了，摇头如拨浪鼓，"太君，我绝对不说！不说，打死也不说！"

徐永财点点头，说:“对，这才是一个聪明的傻子，哈哈!”

徐永财志得意满地坐在了副驾驶的位置上，对自己此番雷霆般的行动颇为满意，以为神不知鬼不觉。殊不知当谭傻子的第一声叫嚷起时，街对面的阁楼上就有一双眼睛在审视着他的全部行动。

那是罗耀宗的双眼。

罗耀宗冷静地傍着阁楼窗户，面无表情，默默地看着钱老板被带走。他用一架小望远镜，注意观察着宽良街的动静。在隔着几个门面的徐记棺材铺，有人探头探脑，似乎也在查看这边的动静。罗耀宗看了看手表，耐心地等着。

钱老板被押走后一刻钟左右，他的监听机器红灯亮了起来。罗耀宗迅速回到椅子上，戴上耳机，听着“嘀”“嗒”，记录下点和画。他花了一个小时破译出这条电文，内容是:“已按计划破获P共谍秘密据点，黄雀。”P，显然是平州的代称。

破译出电文后，罗耀宗又来到窗前观察。此时街上熙熙攘攘，来往的人已经很多了，谁都没有注意到绿柳晴旅馆发生过什么样的变化。罗耀宗看到三个便衣在旅馆大厅里进进出出，买了油条、米饭饼之类的早饭进门去吃。他才觉得自己也饿了，正准备下楼到后巷买点吃的，忽然看到人群中有一把油纸伞特别眼熟。他立即调整望远镜，看向街东。是一个女子撑着油纸伞悠悠然地在街上走着，边走边向街北探望。突然，她像发现了什么似的加快了步伐。

罗耀宗惊讶。他又看了看绿柳晴旅馆，感觉那个女子的目标正是它。当他再回头看时，也看到了东街口有另外一组两个便衣从鱼汤面馆里闪出来，手都插在怀中，想必是握着枪，正远远地尾随着那个女子。

罗耀宗会心一笑，心想徐永财果然是徐永财。这条宽良街上，他至少布下了三组暗桩。他又把目光聚焦到那个撑着伞的女子身上，她已经把伞给收拢起来了。罗耀宗清楚地看到了她的脸，是白露。他一点也不意外，非常有耐心地等着看最后的结果。表情紧张的白露跨过街走到一个巷口时，突然有一只胳膊伸了出来，把她一把给拉到了巷子里，随即不见。

罗耀宗一愣，揉了揉眼睛，连忙举起望远镜又看。大街上人来人往，已经看不到白露的身影了。两个跟踪的便衣好一阵子才发现目标丢失了，跑过来看，也是前后四顾，一脸的茫然。

“有意思，有意思！”罗耀宗放下望远镜，叹息，神情之中满是戏谑与轻松。

第十二章

绿柳情

1

一大早，白露就从来书局读书的警卫兵鲁培林嘴里，隐约获知了郭店前线的战报。

白露晨起早读完，锁好楼梯的锁，准备去买早点。鲁培林又佩着枪，急急匆匆来看书。最近，他迷上了《基度山恩仇录》，这是他平生第一次看翻译小说，没想到居然看进去了，还如痴如醉，茶饭不思。白露就问他："你几天前说将有军事任务，得闭营操练。你们现在是没有军事任务了，还是完成了？"

鲁培林挠了挠头，"四个纵队去郭店打新四军了。可偏巧，吕司令没有点中咱们纵队去郭店，我这不还得来给白参谋您站岗放哨嘛。”

“要去打新四军啊？新四军招你们惹你们了，好好的，出四个纵队去打人家干吗？你哪是惦记着给我站岗，你是惦记着看书吧。”白露不动声色。

“是是，基度山，刚看了个开头，后面故事太挠心了，全连的人都被挠着，连长催着我看完回去说呢。”鲁培林哧哧笑，“我也闹不清为啥打新四军，怎么中国人自己打起来了，怕是嫌咱吃军饷的闲着呗。听说也没落着什么好，先头部队被新四军狠狠揍了一顿。”

“你早饭吃过了没？要不要我给你带点？”

鲁培林摇摇头说，一早晨练结束喝了大灶玉米棒子加山芋干稀饭，吃的粗粮馍饼，很饱。说完闪身进门，到书架上找书去看。

白露跟他打声招呼，从门口拿起油纸伞遮脸，急匆匆地往绿柳晴旅馆赶去，想跟老钱通报这个极其重要的情况。

走到宽良街东街口时，白露故意放慢脚步，装作悠闲而若无其事逛街的样子，向“绿柳晴”靠拢。她完全没有察觉身后还有两个便衣在跟踪自己。渐渐靠近绿柳晴旅馆，她还是习惯地抬头先看招牌。当看到“绿柳情”三个字的时候，她简直不敢相信自己的眼睛。

“老钱出事了！”白露心想。按照约定，只有这一个信号。但老钱这个老地下怎么可能暴露？尽管老钱要求过，看见“绿柳情”三个字，她无论如何都不要再管了，可是白露还是加快了步伐，要到旅馆里一探究竟。

白露的名字，早也在这两个便衣的手账名单上。假如她就这么一闪而过，他们没什么理由跟踪她。但显然，她似乎要向绿柳晴旅馆而去，这正合徐永财的吩咐。

他们互相对视一眼，果断地贴近她。

就在白露匆匆走到一个巷子口的时候，她突然感到一股奇大无比的力量拉住了她的胳膊，把她拉进了里巷。她脑袋飞转，心想，不好，遇上特务了。正准备反手还击，突然看清拉拽自己的人居然是谭傻子。他低声说：“有鬼，跟我来！”

白露顺着他手指的方向往回一看，看到了两个警察局的便衣，就顺从地跟着谭傻子往巷子深处走，并在巷子里左一拐右一拐，穿过一个月洞门，拐进一个大杂院子，又在院子最隐蔽角落里推开一个木门，进入另一个小院子中的一侧厢房里。

谭傻子点起一盏油灯，伸手示意白露小声，随后严肃地说：

“白露同志你好，我也是老钱的下级。”

白露一时无法反应过来。谭傻子居然一点都不傻，甚至说自己是老钱的下级！她一脸惊愕，瞠目结舌：“你你你，你不是谭，傻子吗？”

谭傻子苦笑，“我是傻子，只是现在不傻了。这就是证明。”

他端起油灯，往房间里照。白露循着灯光一看，大吃一惊，老钱地下室的那些秘密电台设备全放在了这间不起眼的废屋之中。

“现在，你相信我的话了吧？”

白露极其勉强地点点头，扭头问：“你究竟是谁，老钱出什么事了？”

谭傻子请白露坐下说话，用手指拢了拢自己凌乱的头发说：“我的确姓谭，以前在商务印书馆做小伙计，是比较早的一批老党员了，偷偷印刷上海地下的《新声报》。我的脑子的确也曾经伤过，是被日军的炸弹给震荡的，一度神志不好，被送回平州老家休养。几年中慢慢恢复了，时好时坏。老钱找到我，恢复我党员身份时，我已完全好了，本来急着要去延安，但听老钱讲了他的任务之后，考虑再三，我留了下来，装疯卖傻做掩护，为老钱做外围工作。”

白露听了，忍不住伸出手，“真没想到，你，老谭同志，你居然会做出这样的牺牲！”

老谭手脏，没跟她握，只是微微一笑，眼睛里放出坚毅的光芒，“比起那些付出生命代价的同志，我这点牺牲，算不得什么。老钱在内，我在外，我们在平州配合得很好。几天前，他冒险登门去找王怀信，究竟是为了什么，你应该知道吧。”

“王怀信他们要对江北的新四军动手，搞武装摩擦，是吧？我来找老钱，就是为了报这个信的。在郭店，他们没讨到便宜，被新四军给打退了。”

“但是韩光义的主力人马已经又全部从吴家桥向皇桥压了过来。这个，你还不知道吧？”老谭捻了捻油灯的芯，继续说，“江北形势极其危急。可偏偏这时候，老钱被捕了！”

“老钱，真的被捕了？”白露一阵天旋地转，忙问，“你们一点没有觉察吗，是不是王怀信出卖了老钱？”

老谭摇了摇头，“现在，暂时还不能下这个结论。我们收到了一点预警，所以老钱前晚找我，把全部的电台设备转移到了这里。今天，我也很早就发现了徐永财一伙人准备抓捕老钱，给他报了信，但他没有逃，坚持把‘绿柳情’招牌换上后，才从容受捕！你既然已经看到了招牌，为什么不按老钱的要求去做？徐永财已经布下了口袋阵，就等着你去钻呢！你大概不知道，他的人跟踪了你很久。”

白露一拍桌，“我怎么能逃之夭夭，我们得想法营救老钱！城外有我们的新四军，城内有武工队，我们怕他们什么？给我一支枪，我立即冲到警察局去，把老钱给救出来！”

“韩映雪同志，非常时刻，非常之地，非常任务，不计个人之安危。老钱是老地下，自会周旋。不过，按照组织规矩，老钱不在了，我是你的上级，我恳请你，要么继续潜伏待命，要么立刻离开平州！”

老谭瞬间变得极其严肃认真，和十几分钟之前的那个“谭傻子”简直判若两人。

2

听说在西边的郭店，平州的游击总队已经与新四军接上了火，立功心切的冯沅指挥着休整扩编后的175师重回了吴家桥。吃一堑，长一智，这次他带来了一支四处征集来的小渔船组成的浩浩荡荡的船队，随着步兵一起进攻。可惜这几天，陡然秋高气爽了起来，前番困住他的大水已经消退得无影无踪。

冯沅考虑到整个师往一个小镇里拥显然施展不开，在进入吴家桥之后，他把所部人马重编了一下，合成了一个加强旅，在韩光义的催促下，向皇桥继续开进。这次，冯沅并不怕驻清江的日军会北上突击，再次切断并分割他。因为在他的身后，既有宋敬涟的整编77师，还有韩光义集结的近五万人的杂牌武装，其中包括陈泰德的第八游击军。七八万的部队砸向皇桥五千人的新四军，就是硬生生地推挤，也会把他们统统推挤到长江里去。

新四军已经退出了吴家桥，集结在皇桥严阵以待。

10月4日这一天的拂晓，冯沅指挥着全师发起了对皇桥的第一波攻击。在给重庆的战报中，韩光义狠狠地参奏了自己一本，把吴家桥失利的罪过全揽在自己头上，委员长指示“原职不动，戴罪立功”。这是韩光义借力敲打之术。

冯沅立下了军令状，让所部只带三天的口粮，做了破釜沉舟的打算进攻皇桥。冯沅立功心切，全速进军，只求跟新四军拼个你死我活。

韩光义并没让冯沅白打头阵，他总结上次冒进吴家桥的不足，得出重要教训：火力配给不充分，没能短时间解决日军，陷入胶着。为此，韩光义把自己为数不多的28门野战火炮都给了冯沅，指示他“要打就要狠，火要猛”，但同时一再要求他“稳打稳扎”，猛火慢进，等前后部队可以相望、左右两翼可以呼应之时再发动进攻。

冯沅不听。

当冯沅发动进攻的消息传到韩光义这里时，他隐隐觉得不安。吕天平集合了近五六千人打新四军一千多人的尾队都没讨着任何便宜，冯沅又一次冒进，会不会再次犯错呢？前思后想不放心，韩光义特意让副官刘精忠叫来爱将宋敬涟，要求他必须放下对冯沅的成见，抽出兵力赶上去为侧援，确保万无一失。

尽管一千万个不愿意，宋敬涟还是抽出了自己独立旅的悍将翁逵，率领所部三千精兵编为独6旅，火速驰援皇桥。这才让韩光义稍稍心安。冯沅的一个师在中线，陈泰德的杂牌军在北线，翁逵的强化旅在南线，三线夹攻，江北这一小撮新四军必然能被吃得死死的。

越是听说南北两线有援军，冯沅越是志在必得。他急于在援军到达之前解决新四军，指挥所部猛打猛冲，直逼皇桥镇。双方在开阔的平原展开了剧烈的撕扯。28门野战炮，是韩光义用以看家的全部家当，交错发炮，轰击得皇桥血肉横飞。

新四军散在了镇外的玉米和高粱地里。冯沅猛攻时，他们静默无声，一旦冯沅发动冲锋，他们便从四处射出子弹，在天空撕开一道又一道的血痕。

这是韧性。他们比日军更强韧。有韧性的队伍，咬中了就死死咬住，不会松口。

冯沅对于这种韧性有点胆怯，但他相信自己弹药充足，火力全开，光凭耗也能耗尽对方。临行前韩光义告诫他，对方指挥是陈、粟二将，在茫茫南国打了多年游击，身经百战，百战不倒，用兵出神入化，切不可等闲视之。冯沅还是有点轻敌了。上次攻击日寇，对方的指挥官小野行男是个颇有战功的师团长，甚至可以说是日军一位低调的名将，自淞沪会战后横扫江南无敌手。况且水中汽艇、天上飞机、岸边大炮，立体化打击，败在他手上，也不太丢人。新四军的装备水平甚至不如一些武装良好的杂牌军，凭什么不能一举拿下?

冯沅就和新四军胶着在了皇桥镇东，他靠着士兵的血肉，一点点向皇桥推进。他坚信，新四军的主力已经被自己牢牢地看着，看死了。退一万步来说，即使自己进不去皇桥，等过一天，南北两支援军抵达，钳形阵口一收，他们也是在劫难逃。

然而，冯沅还是失算了，没等到4日的夜过完，他收到了一个震惊不已的消息：驰援而来的独6旅，翁逵所部在严李庄被新四军设伏全歼了，旅长翁逵举枪自戕。

“围点打援、围点打援！他娘的，老子还没被围，正吃着他们，新四军难道能从天上借兵去打援！”

冯沅得到这个消息有点蒙，有点慌，有点恐惧。他怀疑是情报兵搞错了，又派人再去侦察。他从战壕里钻出来，举着望远镜察看夜色中新四军的还击。曳光弹在夜空中时不时地划出一条条死神的亮线，有几颗子弹“嗖嗖”地飞过冯沅的耳畔，吓得他立刻缩回头，问自己的参谋官：“你确定江北的新四军只有七千人？”

参谋官也有点头皮发麻，说：“他们过平州时，卫长河师长秘密派人统计过他们的行军灶、扎营帐篷和野营盘面积，不会超过七千的，只有少，不会多。”

冯沅就吼道：“那你给我解释解释，怎么让七千人的轻火力打出这么猛的气势，我用火炮都压不住他们？还他娘的能分出兵去吃了翁逵的一个旅？这他妈是一支什么样的队伍？”

参谋官汗如雨下，“师座，卑职也难以置信。皇桥近在咫尺，可是这么打下去，就远在天边了。我们再向韩主席求援，让他把后队也压上来吧！”

“后队？再上后队，就是韩主席自己带人上来了。陈泰德的北线什么情况？”

“听说翁旅长被伏击，他按兵不动了，害怕再向前自己也遭遇同样的口袋阵！”

“操他妈的陈泰德！杂牌军就是杂牌军，烂泥扶不上墙！他手下可有三万人，新四军要多少人才能把他给合围起来！”冯沅急了，心中隐隐感到一丝不安，“催平州的吕天平再出兵，只有东西夹击才能乘势吃掉新四军！快！”

3

皇桥战事陡起，吕天平这几天也几乎没怎么合眼，和衣在作战室内查看地图，听取前方的最新战报。收音机里不断播放重庆方面的声明，说一小撮不遵守防区规定的新四军在江北挑起了摩擦，遭到了韩光义主席的严厉惩罚，委员长一直呼吁以抗战大局为重，但似乎某些党派并不能节制好自己的队伍云云。

“这怎么能算是摩擦？这简直又是一场内战，亲者痛，仇者快！”

熬红了眼睛的吕天平对黎有望、黄开轩等一帮战将说。几位年轻的参谋官把双方的作战推进情况在地图上一一标示。黎有望也是头一次观摩如此紧张的战局。他完全没有料到，为了对付区区七千新四军，韩光义肯下这么大的赌本，几乎把自己的全部家当都押了上去。

一万余人的冯沅打前锋，韩光义率领两万人做后队，一万人的宋敬涟做预备队，三万人的陈泰德北线配合，三千人的翁逵奇兵偷袭，这看上去真是一场非常完美的作战布局。黎有望想挑毛病都挑不出来，七万灭七千，标准的“十倍围之”。在开战的第一天，黎有望为新四军捏了把汗。他和众人的猜测大致一样，新四军被围歼只是时间问题。到了第二天，前线传来翁逵被伏击全歼的消息时，黎有望和众人一起惊得下巴都快掉了。

翁旅可是宋敬涟最得意的一张王牌，一直在养精蓄锐，号称是韩光义“坐镇江北的压舱石”。结果一场伏击，连翁逵本人都没能幸存。重兵合围之中，本来应该是新四军被“围点打援”，但区区七千人马在冯沅的猛攻下，居然能腾出手去干掉翁逵。

所有的人都叹服不已。这个用兵之法，用兵之锐，即使相当优秀的军事将领也不能及，简直是极富想象力的天才所为。

翁逵的死和翁旅的尽失，可谓一石激起千层浪。

吕天平料到冯沅会向自己求救，拍着地图说："战况如此颓靡，冯沅、韩光义都会催我们出击的，我们怎么应付？"

众人面面相觑。最后，朱子松轻声道："我们跟新四军有这么大的血海深仇吗？打不过，就让路呗！"黎有望立即附和："他们能腾出手打翁逵，怎么会不防备着我们抄后路。"吕天平点头，"诸位明智，我们在郭店已经败了头阵，何必再自讨没趣呢。先看看再说吧。"

众人正商议着，卫长河带着几封加急电报来了。都是明码发送的电报，核心只有两个字：求援。手下两个强旅在郭店新败，让卫长河在这些老抗日救国军的人面前有点抬不起头，但是战事紧急，他不得不向吕天平低头，道："吕司令，现在容不得你我保存实力了，新四军吃了翁逵，和冯沅僵持在皇桥。纵然他们是铁打的，现在也该绷得快断了。吕司令，当机立断，就在此时啊！"

他简直是低三下四在求吕天平了。

吕天平说："卫师长不必多虑。陈泰德将军所部跟皇桥只隔着一条河，他稍一出力，皇桥就能被拿下。我部怎么能轻易动？我已经让叶桂材又带了一个纵队在王怀信背后再构筑一道防线，如果新四军在皇桥溃败，必然要退向我平州，那时候我们以逸待劳，一举解除他们的武装岂不更好？如果此时我们把兵力全扑上，日寇再由清江西出，取莲河，攻平州，我们拿什么来防？"

吕天平说得极为认真，滴水不漏，也天衣无缝。

卫长河捏着电报，推了推眼镜，盯着他的双眼看，最终还是放弃了，生硬地笑道："是，这确实是万全之策。无论是向韩主席，还是向顾长官都说得过去。冯沅这人，也不值得去帮，哈哈，全看他自个儿的造化吧。我只想说，175师，可是吕司令、黎司令，还有诸位的175师啊。"

一向心高气傲的卫长河头一次笑得这么勉强，这么苦涩。他环视了一圈屋中的人，第一个看了看黎有望，黎有望把头仰起来，瞅着房梁，一副事不关己高高挂起的态度。他又看了看黄开轩，黄开轩不好意思地低下了头。只有朱子松心直口快，道："卫师长，韩主席器重你。我看，你劝劝他，放新四军一马，北上走人算了。"

卫长河摇摇头，说："放他们与南下的八路军会师，这党国的江北将永无宁日。”

这句话说得极重，整个屋内顿时一片肃静。

只有脑子难转过弯来的朱子松憋了许久，才又说：“自打鬼子横行江北以来，这里本来就没有宁日啊。要是别跟新四军打成这样，就会多很多人手打鬼子啊！”

黎有望咳嗽一声，偷偷用拳头捶了捶朱子松的胳膊。

卫长河冷笑一声，蹦出个“好”字，没再多说一句话，转头就离开了。等他刚出作战室的门，朱子松就在屋子里咋呼：“78师的两个旅也没损失多少人，他为啥不带着他们往皇桥冲呢！”

最后是黎有望喝道：“朱子松，你这喝花酒的猪脑袋，少说两句会死啊！”

第十三章

断皇桥

1

冯沅还是收到了吕天平的回电，电文说:“我部新败，但以大局为重，已经整饬残部，奋力向郭店—皇桥一线靠拢，望冯师长坚持攻击，不日可挫彼军之锐。”

冯沅一边催着自己的人马，一边回味吕天平的电文，最后，对自己的参谋官说:“妈的，吕天平这老狐狸，他肯定来不了。我知道他这人品行，若愿意干，电文简洁明了；不愿意干，就会酸溜溜地转文。咱们得靠自己，把主力集中到皇桥东，跟新四军拼了。”

除了在南京城被日军把旧175师全吞了之外，冯沅平生还没打过这么死硬的仗。翁逵的自戕，并不影响他对于取胜的信心。

参谋官一再提醒他，新四军无退路，只有背水一战，所以一定会死防死守，我们适宜缓兵，在目前的战线上跟他们僵持。等到把新四军打疲了，耗累了，自然能赢。冯沅不听，一心想靠楔形战阵硬生生插入皇桥，之后分割开新四军，逐一灭之。

冯沅的这套计划似乎起了作用，到了第三天，他的尖刀团给他带来了好消息，说已经十分顺利地接近了皇桥镇区。他大喜过望。

这天上午，参谋官又给他递来了新情报："新四军又秘密从江南拉来援军。"

这条军情把冯沅吓得不轻，他慌忙揪着参谋官的衣领问："他们来了多少人?"

"大概是两三个营!"参谋官如实禀报。

冯沅长长舒了一口气，说："他娘的，吓死老子了。看来他们要撑不住了。所以江南新四军也舍不得下血本救场了。给我打，豁出去打，一定要活捉两个领头的，替翁旅长报仇!"

于是，冯沅下达了一个将自己彻底交待了的命令：将师指挥部前移，尽最大可能靠近皇桥。随着师部的前移，175师与后续部队之间的连接带又被拉长了。

参谋官依旧苦苦劝谏："师座，我记得吕师长指挥本部时，一再告诫我们兵阵要首尾呼应，前后相连。若我们太突前，新四军出奇兵切割我军怎么办?”

冯沅有点不耐烦，道:“你小子好像是新四军的参谋，专门给他们出主意？我若无与前线将士共存亡之心，他们就会疲沓，不肯卖力猛攻。一旦让新四军有机会休息，等他们再扑上来的时候，我们的压力可就大多了。”参谋官无话可说了。

28门野战炮的炮弹都打光了，新补充的弹药要在翌日上午才能送到。冯沅让522团替换521团往皇桥镇中突击。522团是当年在直罗山黎有望带过的团，素以勇猛闻名。但时过境迁，全团从战士到军官早已经不是那支队伍。用他们替换下521团，也并没有讨到多少便宜。进入夜间，新四军继续有条不紊地组织反击。

战斗一直持续到了凌晨两点，连冯沅本人都扛不住了，在师指挥部里和衣打起了瞌睡。这时候，一通电话惊醒了他。负责殿后的部队发现身后的下水村出现了新四军。冯沅一惊，瞬间就醒了，慌忙查看地图。还没等他弄清楚是怎么回事，替换下来的521团驻地也发现大股新四军穿插渗透，已经难支，团长请求冯沅把522团撤回来重新构筑一道环形防线，防止新四军的反包围。

“他娘的，新四军统共就那么点人马，怎么反包围?”冯沅怒斥，“他们是铁打的不成，连续恶战了两夜，一点不歇着? 我他妈不信！给我继续打，坚持到天亮！韩主席的后援一定会上来的。”

这道死命令一出，整个175师的人心都凉了下来。

陪着冯沅出生入死的参谋官还是忍不住苦谏：“师座，用兵之法，在于彼急我缓。现在，我们没法快速啃下皇桥，反遭新四军多点突击，正是兵线不牢的缘故。新四军伏击，吃了翁旅，此时必然士气高涨。不如就按照团长们的意见，收缩成一道环形防线，反攻为守，就地休整，就算他们来包围我们，也是狗咬刺猬，无从下口。”

冯沅并非没有考虑到这一点，但他反驳说：“我们只带着三天的口粮，一旦他们来围我们，耗上一天还能忍，要像在吴家桥被日军所围那样，耗上十天，我们没被打死也被饿死了。我不能再冒这个险了。”他还是不听。

没到凌晨，整个521团就崩溃了，团长向新四军投降。因为与521团失去了联络，冯沅并不知道这一点，还在指挥部催促着522团向皇桥镇进攻。经过血战，522团终于如愿以偿进入皇桥镇内。可等待他们的并不是胜利，而是四处密集而来的枪林弹雨，他们从野战泥沼里又陷入巷战困局中。

冯沅像个赌输了的狂徒，还在谋划把自己的预备团和独立旅拉上去。忽然，指挥部北边枪声大作，警卫营的营长匆匆跑进来说：“不好了，师座，新四军杀进来了！”

冯沅一惊，道：“怎么可能！”他迅速提着枪，戴上钢盔，走出指挥部，用望远镜向北查看。北边火光冲天，枪声大作，他疑惑重重，心里想着521团哪里去了。突然，听到参谋官在背后大喊：“师座小心！”

一团火光之中，冯沅看到有一束成串的光芒正冲着自己飞来，像一连串美丽的流星，一群萤火虫。这是他在人间看到的最后一束光亮，他心中“咯噔”一下，知道那是一串弹头涂着白磷的曳光弹，兴许是从一挺捷克式轻机枪里吐出来的。

冯沅可以嗅到磷火燃烧时那致命的芬芳，耳朵里却是海通老家潮涨潮歇的轰鸣，紧接着，胸口仿佛被沉沉地打了一拳，他抛开望远镜，重重地向后倒了下去。

2

冯沅的死对于所有人而言都是一个意外。

新四军的作战计划里，对于高级军官，一律要求生俘后放还，禁止击毙，但冯沅还是不幸中流弹身亡了。接替指挥的副师长、参谋长和各团长迅速决定向新四军投降。这场仗已经完全没有必要再打下去了。观望战局的陈泰德暗自捏了把汗，他与新四军往日无冤近日无仇，被捆绑着才到皇桥来，庆幸没交上火。这支悍军战力如此惊人，三四天工夫灭了一个旅和一个师，根本不是韩光义嘴里说的杂牌窜匪那么简单。

红了眼的韩光义都出离惊愕了，出师接连不利，是他领兵作战十几年以来从未遭遇过的。这令他的信心严重动摇了，手头还有三四万的残余部队，一时不知是该打下去，还是让路放行。

连坐镇清江、作壁上观的小野行男也震惊了。他让参谋尽量复盘新四军的作战，十分冷静地说:“从今以后，我们要把在江北的新四军、八路军作为主要敌人来对付。务必在他们成气候之前先剿灭之!”

吕天平获知冯沅死讯后，心中百感交集。这一战，175师算是全完了。败得一塌糊涂，败得不明不白。

新四军灭了冯师之后，十分沉寂。侦察兵回来说整个皇桥鸦雀无声，新四军好像凭空消失了一样。吕天平知道，连续战了四天，他们一定是在全军休息。按理说，这是偷袭的好机会，可谁还敢去惹这只睡虎？

这一仗的结果，让江北局势全变了。平州也被丢在了一个更加微妙的境地里。吕天平和黎有望及一干军官连夜翻看作战地图，商讨变局。

“第一个问题，新四军是不是还要打下去？”吕天平问各位。

黎有望说：“仗不是他们挑起的，韩光义不打，他们肯定不打。”

“好，第二个问题，他们会不会按照既定计划去盐州？”吕天平又问，“韩主席之所以拦阻他们北上，无非是不愿他们与南下的八路军会师。现在他们立足皇桥，吃下了整个175师，周围几个县州都是唾手可得，包括平州。下一步，至关重要。”

“我判断，他们还是要走的。”黄开轩说，“平州未曾与他们为敌，取平州无理。韩主席的防区肥沃，但为人家所固有，他们也是取之无理。”

吕天平点点头，道：“那么，他们走了，我们该怎么办？”

“吕司令，什么怎么办？”朱子松想不通了，“我们还是好好守着平州呗。”

吕天平摇了摇头，“平州怕是守不住了。”

众人皆惊愕，忙问为什么。吕天平解释说：“这次摩擦，韩主席元气大伤，几乎再无力单独抵抗日寇。日寇必然以新四军为重要之敌，为了扼杀新四军，必然需要平州作为一块基地和跳板。他们将没有什么耐心和诚意与我们和谈了。”

他这番话极富远见，所有的人都震惊了。会场内的气氛变得异常凝重。吕天平环视大家一圈，说出了一句更刺心的话：“不出几天，这平州城中，甚至我们的人当中，怕是有人会急不可待地要倒向日寇了！”

众人面面相觑。这时候，通信兵报告说警察局局长徐永财请见。吕天平正好放下一干军官，给他们思考的时间，回到自己的办公室去见徐永财。

徐永财敬了个军礼，然后十分严肃地汇报说：“报告吕司令，两天前抓获了一个共党谍报人员，属下正在处理之中，特向您汇报！”

吕天平一惊，问：“是个什么样的共党谍报分子？”

徐永财压低声音说：“是绿柳晴旅馆的掌柜，钱文江。这是个化名。”

吕天平又一惊，说："'绿柳晴'？就是那个救国军指定的招待所绿柳晴旅馆？"

徐永财微微一笑，说："正是！"

吕天平非常反感徐永财这皮笑肉不笑的态度，反问："你两天前抓获的共党，为什么今天才向我通报？拖了这么久，还要等我的什么意见？"

徐永财有点尴尬，道："吕司令不是一直在关心着皇桥战况嘛，属下不敢轻易打搅您，怕分了您的神。"

"嗯，你也关心皇桥的战况？"吕天平瞪起眼睛质问，"那么徐局长，我问你，为什么偏偏在这个时候把共产党抓起来？我倒不是在乎你眼里有没有我这个城防司令，而是想问问，新四军在城外接连搞了那么大的动静，你却在城里抓共党，是不是嫌我命太长？"

徐永财慌张了，结结巴巴解释说："属下隶属中统总部直管，徐恩曾长官直接授命，要关注共党活动。共党在皇桥可把我们上万的国军都摩擦掉了，拿掉他们个把谍报人员，永财只是例行本分而已。"

吕天平叹了一口气，说："好吧，各在其位，各谋其职。那么，你目前是怎么处置这个共党的，有没有动刑？"徐永财继续结结巴巴道："没有，大概是，没有怎么动。"

吕天平一听，冷汗冒出，知道他肯定是动手了，问："打成什么样子了？"徐永财说："还好，还好。气还足，我下手知道轻重，无大碍！"

"放屁，放狗屁！赶快请医生诊治，养伤康复。"一向温文尔雅的吕天平难得骂出脏话，"你的项上有几颗脑袋，在这个时候给我惹事？这个共党要是活不成，你也别想再活着见到你的徐长官。这城里有几派的间谍，我比你清楚。关键是，哪一派我们惹得起？"

"是，属下明白。"徐永财说，"我尽力妥善处理。"

"还有一件事，刘琴秋找到了没？"吕天平忧心忡忡地问。他派出刘琴秋与新四军秘密谈判，交换了初步意见之后，刘琴秋却一直没有按期回到平州。她突然没了音信，让吕天平焦灼万分。可他一直努力压着这个消息，只延请徐永财在秘密调查。

"她会不会是被新四军给……"徐永财压低声音，做了个杀头的手势问。

吕天平摇摇头说："不会，她从新四军那里离开之前，跟我联络了一次，说对方待她十分友好。不可能是新四军动的手。徐老弟，这个节骨眼上，我不想惊动大家，你尽力暗查出她的下落。我担心，她遭到了绑架，很可能还是刘清和干的。”

徐永财用力点头，说：“我多派人手，日夜监视这小子，有什么异常，会及时向司令汇报。”

3

吕天平去见徐永财后，众人都问黎有望有什么办法可以应对现在的变局。

黎有望笑嘻嘻地问了大家一句：“诸位，我们为什么不能投降新四军，跟着他们一起打鬼子呢？”

众人更面面相觑了。

最后，还是朱子松说：“黎司令不是在开玩笑吧？听说他们没军饷，甚至连饭都吃不上。”黎有望哈哈一笑，不置可否。

黄开轩随即岔开话题，道：“新四军是老资格的游击队，刚到江北就给我们上了一堂课，的确不可小觑。大家觉得下一步，韩主席会怎么应对？”

黎有望掏出一支烟点上，吸了一口，“无非是包抄与反包抄。新四军在休整，韩光义丢了冯沅的175师，也要迅速调整布局，以保证自己的安全。韩这个人，玩政治很在行，军事战略却非他所长，不过起码的理智还是有的。我猜，他经过慎重考虑之后，会选择让路的。”

正说话间，罗耀宗闯进来说：“有军情汇报！”众人都看向他。

罗耀宗被这么多双眼睛给看愣了，不知是不是该等到吕天平回来再说。黄开轩有点迫不及待，催促他说：“有什么军情快说！别磨磨蹭蹭的。”

罗耀宗慌忙汇报：“韩主席指挥所部人马撤出了皇桥和吴家桥，往新化东退去了，通电说此次摩擦事宜，提交军委会和委员长裁决。新四军也通电，表示要交还部分战利品和军官，让出皇桥和吴家桥，继续往盐州进发。”

一切尽如黎有望所料，他忍不住得意起来，说：“我猜得不错吧？再打下去，韩光义输不起了。他没有这个胆子。”他这种幸灾乐祸的语气，仿佛自己是新四军，打了大胜仗一般。在众人注视之下，黎有望知道自己有点过分了，轻轻咳嗽一声，说，“结果出来了，今天的会议就到此为止吧。大家看热闹也看累了，散了，回营休息吧。”

黄开轩欲言又止。

黎有望心里头清楚，这帮兄弟想听听他下一步的打算。黎有望心中有一轮新日在升起，但是他什么都不想说，平州即将大变，所有人一时半会儿是走不脱，也走不了。恰如吕天平所说的，江北这抗日力量之间的一场摩擦，正中小野行男的下怀，他必然会不失时机地出击，寻找机会卷土重来，再犯平州。

未来的那一仗，不论胜负，都将是一切谜底揭晓的时刻。现在，说什么都为时过早。

夜深了，黎有望心情十分轻松地离开县政府，向自己的慈云寺司令部走去。无职一身轻，他走着走着，突然想到，吕天平在这个节骨眼儿上夺取了自己所部的兵权，交给王怀信，必然是深谋已久。吕天平好像能预知今天要发生的一切，在风暴到来之前，把自己从风暴眼中给拉了出来，避免自己成为卫长河的靶子。否则，他掌着几千人马去郭店，该战，还是该看，真是天大的难事。这个姐夫啊，用心还真是良苦。

黎有望突然又想到，逼走丁聚元，恐怕也是吕天平的一步棋。他似乎洞悉一切，知道丁聚元走了之后会去哪里。想到此节，黎有望不禁浑身一个寒战，闭着眼努力想复盘自吕天平回到平州后所有事情的头绪，越想越觉得有意思，忍不住暗自笑了。他就这么轻松地走着，突然见迎面匆匆走来一个戴着礼帽、穿着长衫的男子。

黎有望见来者赶路匆急，习惯性地侧身给他让路，也本能地警觉，把手压在腰间的手枪套上。

那男子与黎有望擦身而过，没有任何异样地继续向前行走。在走过黎有望三五步之后，他突然轻声说了一个名字："白露!"

黎有望一愣，喝问："什么?"与此同时，迅速地拔枪转身，却见那男子已经拐弯到一个巷子里了。黎有望扣下枪的击锤，迅速贴着墙边走，摸向巷子口。到巷口后，发现空空荡荡的什么人也没有。他愣了几秒钟，忙一拍脑袋，匆匆向尚义街求知书局赶去。

已经接近午夜，黎有望知道前方有个陷阱在等着自己，可是想及白露的安危，他觉得还是要冒险去一探究竟。他气喘吁吁到达尚义街时，发现整个街道漆黑一片，路灯似乎都被人给破坏了。他小心翼翼地踏步向前，眼睛里不肯错过任何一点微光，耳朵也不放过风中任何一丝声音。慢慢地，他感觉自己听到了，四个人，如魑魅魍魉，从四个方向上向自己靠拢。他抬头看看阁楼上白露寓所的灯光，心中突然有点愧疚，这几天，他和吕天平一起沉浸在东线的战事中，无暇顾及其余。自己已经和白露确立了恋爱关系，一吻定情，就有义务好好保护她的安全。必然是刘清和趁机又要了什么花招。

他举枪走到求知书局的门外，用脚踢了踢门板，锁得结结实实。他仰了仰头，对着身前身后的鬼影说："出来吧，你们!"

街对面某处突然亮起了一星火光，是有人擦起火柴点了一支烟。那人说："黎司令久经夜战训练，靠你太近，肯定会被你的快枪干掉。离你太远，在黑暗中又没把握杀了你。所以呢，我们兄弟还是擦亮了光见面比较好。黑灯瞎火的，瘆人得慌！韩光义那条老狗，现在魂断皇桥基本已是定局了。真他娘的痛快啊，痛快！没他这块烦人的狗皮膏药缠着，是不是我们兄弟就可以好好说话了？"

令黎有望大出意料的是，说话的人并不是刘清和，而是他的旧识何志祥。

黎有望喝问："你对白露下手了？"

何志祥仰头瞧了书局阁楼一眼，"白小姐嘛，我可没怎么着她。在你的地盘上，你的女人，你的面子，我都要护着。不过，只要你黎兄肯跟我走一遭，说说话，我敢保证她安全无虞。"

黎有望将枪举起，说："走!"

果然有四个暗影从角落里闪出，迅速逼近黎有望，撤下他的枪，交给了何志祥。何志祥拿着枪晃了晃，笑着说："还是我的那把柯尔特，黎兄真是恋旧啊！我喜欢这样的汉子。"

第十四章

背叛者

1

黎有望被带去的地方，居然是绿柳晴旅馆。

进门后，他第一眼就注意到柜台上服务的掌柜，并不是那个畏畏缩缩的钱老板，竟然是徐永财手下的便衣警察。这令他大为诧异，怎么也想不明白发生了什么事。

他们进的，还是上次给何志祥开的那间房。这也曾是王怀信与肖含玉结为秦晋之好的那间房。

何志祥在房间里四处探看了一下，说："'绿柳晴'，是你们抗日救国军的指定招待所。不知黎兄你知不知道，这里却是中共谍报人员的一个窝点。"

黎有望一愣，“窝点，中共，谍报?”

何志祥笑笑说：“我就当你不知道。今天我请老兄来，还是老生常谈的话题，两个字：合作。从直罗山一直到这个平州，我们真像是拆不散的鸳鸯啊。”

“都是你在找我，我可没兴趣找你，何副秘书长。”

何志祥哈哈一笑，说：“你这人，倔脾气。合作有什么不好，对你有着性命攸关的大好处，当然，对我本人也有好处。两好合一好，好上加好。”

黎有望抬头看了看天花板，隐约可见吊灯上的那条暗线。他突然觉得有点好笑，脸上忍不住露出了一丝笑容。

何志祥见他笑了，跟着笑，“怎么，黎兄这算是同意了?”

黎有望转移了话题，说：“你们是怎么破获这个中共的谍报窝点的? 老实说，我真的不知道。把这里指定为招待所，是因为它要价便宜。信不信由你。”

何志祥哈哈一笑，说：“这个我信，你进门以来的神情已经回答了我。至于说怎么破获的，那可不是我的功劳。这是个秘密，你得拿秘密来换。”

黎有望毫不犹豫地说：“好。在这条街上，与这里隔着六个门店有一家棺材铺，徐记棺材铺，那里的老板和伙计，都是军统的人。那里有军统的秘密电台。”

何志祥一听，扬眉点头说：“哦，的确是个秘密。不过，我早知道，却不感兴趣。”黎有望死死盯着何志祥，说：“你知道！你是怎么知道的？”何志祥是明摆着要无赖了。

何志祥哈哈一笑，说：“说正事吧，你帮我们杀个人，这个人是你现在想杀的；我也来帮你杀个人，这个人是你早晚想杀的。”

黎有望问第一个人是谁。何志祥说，许卓城。黎有望问：“他是和谈代表，大家还没谈崩，我为什么要杀他？”

何志祥把一份作战计划抛给黎有望，说：“大概还因为他是白小姐的亲生父亲吧？这是日本人刚刚制订的‘神光’计划，许卓城拿出来叫板吕天平的。你应该看看。再不杀他，你们就没时间了。日本人的俯冲轰炸有多精准，那个挂掉的冯沅应该最清楚不过了。我想提醒你，日本人可不会等着你们和谈的结果，再决定轰炸时间哦。嘿嘿，他们才不在乎信义。指不定就是明天。”

黎有望翻了翻白眼，道：“我们藏兵于野，躲着他们的飞机就是了，深挖洞，广积粮，怕他们个鸟。”

何志祥冷笑一声，说：“为了配合日本军部制订的计划，南京修改了对平州工作的方针，简而言之也就是九个字：杀黎有望，逼降吕天平。过去是说降，现在是逼降，一字之差，你黎大司令的脑袋就没了。这个意见马上要到许卓城手里了。也就是说，过几天后，南京方面，就当你是个死人了！”

“谁会来杀我，许卓城，李香菊，还是你？我的脑袋，还能在我这肩膀上头待几天？”黎有望如说贯口一般，丢出一串问题。

“还能是谁，杀了你对谁最有利呢？当然是首席和谈代表了。所以，我劝你先下手为强，杀了他。对于我而言，第一，我不想看到黎兄死，许卓城是正牌的汉奸，他该死；第二，许卓城死后，我是首席代表，我跟你谈；第三，许卓城整天躲在龟壳里，我没法下手。你来杀他就很方便了，可以名正言顺地杀，杀出花样，杀出一个大解脱。”

“我要是就不杀他呢？”

“许卓城是逼降的执行人，后天接到计划正本后，会布局杀你黎有望的。‘一山不容两虎，除非一公与一母。’现在平州城里都有了这样的童谣了。吕天平是何等精明之人，为什么变着花样搞什么狗屁的新生活运动，还不是要彻底肃清你的影响力。他吕天平就算是刘备，你黎有望愿意做关羽、张飞吗？就算你愿意，那些跟着你打下平州的弟兄愿意吗？别忘了丁聚元是怎么被逼走的。”

黎有望哼了一声，不接何志祥的话茬儿。

幸好两个小时前离开县政府的路上，他已经想通了一些关节。不然，又要被何志祥给绕进去。他沉思了片刻，道：“杀了许卓城，夺了吕天平的权，对你有利，可对我有什么样的好处呢？还不是一样要跟你谈投降。”

“看着一样，但又不一样。黎兄以为我何某是什么样的人？”

“你？一个卖国求荣的人吧，还能是什么人。”

何志祥摆手否决，小声说：“我当年在上海招商局可有一份人人艳羡的采办工作，可惜啊，‘精忠报国’四个字误终身，脑子一热，去八荒寺投了王亚樵先生。那以后的路，就由不得我了。现在，我姓戴，代号是‘蓝’。”

黎有望一惊，简直要从椅子上跳起来，“你是军统的人……你就是老K？”

何志祥摇了摇头说：“我是不是老K并不重要，最重要的事是，你必须是我们的人。我们的‘黄雀’计划才能完美地运行起来。”

2

王怀信连夜赶回平州，他带着一肚子的前线消息，要向吕天平汇报。新四军吃掉了翁逵和冯沅，吓退了韩光义，经过休整，已经开拔继续北上，去向盐州白马镇。在江北，已经没有人能拦住这支队伍与八路军会师了。王怀信颇为胆战心惊，庆幸自己没有真的与新四军作战，无论是向组织上，还是对自己的处境，都算是逃过一劫，想想也是后怕。

几天不沾女色，王怀信有点火急火燎的。他得意扬扬地想，不管先遇到肖含玉还是枕月，进门第一个撞见的女人，直接拉进房。王怀信进了院子，就发觉有什么不对劲，他连声高叫："含玉，含玉！"无人回答。又改口叫："枕月，枕月！"也无人回答。

王怀信迅速拔出身佩的鲁格手枪。两个宪兵手持着两把汤普逊冲锋枪从影壁后闪了出来，枪口指着王怀信，喝令："不许动，放下枪！"王怀信一惊，疑惑地问："宪兵，干什么的，是吕司令派你们来的？"另一个宪兵说："少废话，进屋说话。"

王怀信交了枪，极度疑惑地被两个宪兵押着进了屋。

进屋一看，有一位军官正在欣赏屋中的古玩陈设，旁边还站着两个荷枪实弹的士兵。那人听到王怀信进门，头也不回，说："王师长素以骁勇善战著称，可现在这么一枪不发，一人不伤就算打了一仗回来，真是叫人看不懂啊！"

王怀信听出了来人的声音，竟然是卫长河，有点意外。转念一想，也没什么意外的：出去四个纵队，周朝和何辅汉都铩羽而归，卫长河必然憋了一肚子的火。他解开了自己军服上的风纪扣，笑着说："我当是哪位贵人造访，原来是卫师长。我没有打胜仗，可也没有吃败仗，与新四军对峙僵持，顺势收复了郭店、皇桥和吴家桥，完成了参谋部既定的作战任务。卫师长可别忘了，为争郭店，周、何两位可输得狼狈。为争皇桥，韩主席可折损了翁、冯两员大将。现在，这些地方可都在我手上了。你要是以作战不利追究我王某人的责任，对照作战计划，说不过去吧？"

"是你收复了这些地方？那是新四军主动撤走的吧，让你生生捡到了这个大便宜！"卫长河倏地转身，满脸极力压抑的怒色。

王怀信笑笑说："请问作战计划上，有不允许我王某乘势收复皇桥、进驻吴家桥的规定吗？这些道理且找吕司令去议论吧。我连续多日指挥作战，也累了。卫师长若是没有别的什么事，且让我先稍作休息吧。”

卫长河调整了自己的情绪，长吸一口气，换了一种缓和的语气，道：“今天，我倒不是为作战方面的事来找王师长，而是为别的。有人控告你王师长贪污受贿、私吞公帑、不法纳妾。诉状已经递到了县法院推事陈世瑜的手里，他转交我游击总队军法裁度。如果没有说法，状子会一直送到重庆去，到最高法院起诉。我是为这件事来找你的。”

王怀信一愣，脑子飞快地转了转，径直弄了弄桌上的茶盏，发现还微热，倒了一杯茶，自顾自地喝了一口，说：“卫师长，咱们都是老江湖了，说话能不能不兜圈子？你想我犯那些罪名，一定是证据满满的。不错，我住了詹耽敏的这屋子，那是他借我的，吕司令为证。我也收了他送的女人，但并不准备纳为妾。军人不得纳妾，是委员长的要求，我也是晓得的。我有正根的太太，她若要回去，或者枕月想走，我也不会拦着，分明小事一桩嘛。”

卫长河冷笑了一下，“嗯，都是小事。那么，新生活运动收缴来的那些烟土，被你伙同一些老兵油子给倒卖掉了一半。这，算不算大事呢？”

王怀信又喝了一口茶，不紧不慢地说：“所以，你把我的女人都抓了起来，协助调查这件事？”

卫长河摇摇头，在王怀信身边坐了下来，自己也斟了一杯茶，道：“王师长想错了。其实，贩卖点烟土，弄点大洋花花，小事。不过，我得告诉你另外一件事，你掂量掂量它的分量：绿柳晴旅馆的掌柜钱文江被我们给抓起来了，他是中共地下间谍！”

王怀信端起的茶盏悬在半空，叹息说：“哦，这么快？你们的动作可真利索啊。可是，你来告诉我这事干吗呢，我只是在他的旅馆小住过一段时间。因为那是黎有望司令指定的招待所嘛，一个便宜的小破旅馆。”

“他的代号叫作‘石僧’，是中共从延安直接派到平州来的。他有一条下线代号‘木师’，木头的木。这，算不算一件大事呢？”

王怀信侧过头，注视着卫长河的双眼，不慌不忙地问：“堂堂卫师长怎么会干起这种侦缉反间谍的脏活了？你们，没杀了这个‘石僧’吧？”

卫长河说：“没有，新四军城外有枪，城内有人，干吗找死？我听说，王师长在三十路军的时候，一度跟中共走得很近。这个

‘木师’，会不会跟王师长有关呢？”

王怀信仰头长叹，“卫师长说得好啊，当年啊我是一时冲动，脑子一发热，就走了一段歧途，老本赔光了不说，还差点丢了身家性命。很多悔事，不提也罢。是枕月那个戏子向你们通风报信的吧？婊子无情，戏子无义，诚然啊。”

卫长河会心一笑，“如此说来，对于枕月是我们的眼线，王师长是心知肚明了？”

王怀信嗤鼻一笑，“美人投怀，管她什么来路，今朝有酒今朝醉，岂不美哉？至于她能向你们通报什么，可不在我的考虑中了。”

卫长河拍拍他的手说：“王兄可真是浪子回头金不换啊。说吧，有什么要求，尽管提。江北的局势陡变，党国将要在平州实施新的计划了，缺的就是像王师长这样历经浮沉、有心归来的忠臣良将！有什么要求，尽管说。”

王怀信点点头，说：“詹耽敏的小儿子詹孝光在重庆出力，财政部若能拨给五十万军饷，我希望能交到我名下。若举事，没有钱，是寸步难行啊。”

“可以，钱是小事，我还能保证让你有朝一日东山再起！”

卫长河兴致勃勃表态，语气间，损兵折将的晦气一扫而空。他拍了拍手，两个士兵推着捆绑得结结实实的肖含玉从内房出来，她的嘴被布条给勒住，双眼之中充满了惊恐，闪着一点泪花，拼命地摇头。

“不过，我更希望早点看到王师长襄助我卫某人的诚意。”

3

吕天平听着从前线风尘仆仆赶回的王怀信汇报完战事详情后，唏嘘不已，“七千人，在他们的运筹帷幄下，比七万人更有战斗力，我宁可不要什么富庶城池，也想要这样一支队伍。不过，你确信新四军完全撤走，去往盐州境了吗？”

王怀信低声汇报：“大军的确是撤走了。不过，他们还留了一个小尾巴。”吕天平问：“哦，是什么样的尾巴？”王怀信声音压得更低，说：“据可靠信报，丁聚元带着一个支队留了下来。”吕天平略点头，疑惑地问：“有多少条枪？”王怀信说：“大概百十人，又可能不超过三五百人。我派出的侦察兵没摸得那么透，他们潜伏了起来。”

吕天平叹息道：“丁聚元凭着一声招呼，就把周朝和何辅汉两个纵队里几百号旧部给拉走了。整个丁部人马，混编在各个纵队的还有多少人?”

王怀信说:“留下来的，大概还有四百人。人心不稳啊，我那三个纵队，每天都有丁部的逃兵。吕公，现在一场恶战，几个镇的流民增加了几倍，募兵非常容易，物资紧缺，就是不缺人手。我们是不是可以将这些老兵油子集中起来，全部——”

他做了一个“杀”的手势。

吕天平摇头否决，“留人当留人心啊，一夜之间杀这么多人，会举国哗然的。拟定一个退役方案，将他们都送走吧。王兄辛苦了，多在平州待几天，不着急到吴家桥去。”

王怀信略点点头，说吕天平气色欠佳，劝他也注意保重，随后告辞而去。

王怀信走后，最近一直在失眠的吕天平按了按四明穴，后仰在太师椅椅背上，无端的疲惫感和无力感汹涌袭来。吕天平在牵挂失踪的刘琴秋。他派她去和新四军谈判，她秘密传递来了“新四军暂借皇桥，不拟入平州城”的情报之后，就杳无音信了。他秘密派出第二拨特使到新四军那里询问，得到的回答是“新四军已经派人将刘琴秋女士安全送到了平州城郊，她自己要求独自乔装进城”。

新四军不会，也没有必要撒谎。

刘琴秋的真实身份，吕天平心知肚明，她也是一个中共地下党员。那么，刘琴秋究竟是在近郊被劫持，还是入城后被劫持，或者她带着某个任务突然离开了平州呢？这对吕天平来说成了个谜。

刘琴秋抵达平州较隐秘，只与吕天平温存了两天，就被他派出去找新四军谈判。两天期间，吕天平并没有让她接触任何平州地方人士。包括卫长河的宴请，也被他给推掉了。知道她的人少之又少。因为黎有望姐姐黎雨萍的原因，加之日汪造谣生事，所有人都不会刻意在吕天平或者黎有望面前提及“刘琴秋”三个字。如此周全的安排，究竟是哪儿出了岔子，吕天平百思不得其解，也十分焦虑刘琴秋的安危。最令他痛苦的是，这件事要不要公开化，或者应该怎么公开化。吕司令的女人被派出去与新四军秘密谈判，结果回来的路上失踪了，这件事绝对会成为一个能把平州城都炸翻了的重磅炸弹。

真是明也难，暗也难。吕天平此生还是第一次遭遇这样棘手的事。

就在吕天平心神不宁之际，有传令兵通报说：“南满商贸会社华东分社刘清和经理求见。”精神恍惚的吕天平身躯一震，从椅子上弹跳起来，“我倒是想去找他，他竟先来了。让他来！”

刘清和依旧是那身一丝不苟的打扮，进门后礼貌地寒暄。

吕天平想探他的口风，刻意谦让了许多。刘清和也不客气，直陈来意说：“吕司令，我来的目的，你也清楚，依旧是说降。目前江北的形势，吴家桥内战，打残了韩光义，遁走了新四军，你们平州军一军独大。但有什么用？你们还是不敢越雷池一步。因为日本人要来了。水陆空三面齐进，你们拦不住。纵然玉石俱焚，也拦不住。他们会搞俯冲轰炸，会围城长困，把攻占平州的损失降到最低。”

吕天平点头，说：“我知道，‘神光’计划。那就来吧，玉石俱焚吧。”

“看来是许卓城向你漏的信。”刘清和微微一笑，“他太想立说降平州的功了。可惜啊，他手头并没有什么好牌。吕司令倒不如杀了他，以快打慢，借兵变和平息兵变的理由，把锅都栽在黎有望的头上。我待在平州也不是一天两天了，据我的观察，你和黎有望迟早要分家的。何故？治城与治军方针不同。你是政治家，他只是个军人，你们根本不会一起走到最后。不如一举拔除黎有望在平州的势力，连他在内，再加四个纵队队长，定点清除，把影响控制在最小范围，然后真正掌控这支游击总队。”

吕天平哑然失笑，道：“刘先生，你这种挑唆恐怕是太赤裸裸了吧？黎有望视我如亲兄长，你凭什么认为我们一定会分家？”

“因为在你和黎有望两个人当中，日本人现在只想要一个。不是黎有望。再拖些日子，恐怕连你也不想要了。”刘清和依旧那么赤裸裸，“那么，可能就没什么地方能容纳你吕司令了。如果你不听我的话，必将成为悔不听蒯通之言，在未央宫里被剁成肉酱的韩信。再说什么你是大脑，黎有望是手足，都改变不了这个即将发生的事实。这是势。势不可挡。”

刘清和等着吕天平下逐客令，却没有想到，这一次吕天平倒没有暴怒。他点点头说：“容我考虑考虑再说，好吧？我向刘先生打听一个人，刘琴秋，在你手上吧？”

刘清和一愣：“怎么，尊夫人来到平州了？”

他眼珠一转，随即明白吕天平这次见面中对他谦和客气的原因了——必定是他秘密把刘琴秋转移到了平州，但因为某种原因，她又失踪了。自己的疑虑显然已经向吕天平表明，这事并不是他刘清和干的，但他还是利用这点做起了文章："不在我手上。但如果这次，我帮吕司令查出刘琴秋女士的下落，你会不会考虑我的意见呢？"

吕天平点点头说："我会考虑的。"

刘清和知道不必再多说什么了，满意地笑了笑，起身告辞。

第十五章

隐身人

1

刘清和吹着口哨走出平州县政府兼游击总队司令部。他心情好极了，大致上猜出是谁扣押了吕天平的老婆刘琴秋，能做出这件事的，无非是军统老K。“千手观音”计划和“黄雀”计划并行到了一条轨道上，这简直是最好的结果了。就在县政府的门口，刘清和与一个匆匆行走的军人撞了个满怀，把自己的礼帽也给撞落在地。他匆忙弯腰捡起，鞠躬向那个军人和声赔礼：“失敬，失敬！”

那人也连连赔礼说：“不好意思，腿快了，眼没跟上，得罪！”两人四目相对，几乎同时蹦出了一声惊叹：“你！”与刘清和相撞的不是别人，正是黎有望。他的脸立刻像变了天一样，喝问：“刘清和，你来这里干什么？”

刘清和依旧保持礼貌的微笑，拍了拍礼帽上的灰，“原来是黎司令，我来找吕司令商量一些事情。哦，刚刚还说到你，没想到出了门就撞到。你看看，真是说曹操曹操到啊。你是来找吕司令的吧，他就在办公室。”

黎有望说：“你不好好在酒楼里待着，来找吕司令干什么？”

刘清和戴上礼帽，说：“黎司令认为我要干什么，我来是做什么的？我请他杀了你，然后向大日本皇军投降。他们可就要来了，天上地上到处是。哈哈，失敬，这事没法跟你先商量。”

黎有望受到了刺激，就想立刻拔枪教训他，“别他娘的跟老子来这一套，只有杀了你，这世界才真正清静。就算投降鬼子，老子也要先杀了你！”

“好，投降就好，我死不死无所谓。”刘清和哈哈笑着，“大名鼎鼎的黎司令也考虑投降了，好得很。其实我们不必这么杀来杀去的，有话好好说。白露最近怎样了，我很想去看看她，又怕惹你黎司令不高兴。”

县政府门口来往有士兵，经过有百姓，见两人这么斗嘴，都远远扎堆着看。黎有望竭力遏制住自己的怒火，抓起刘清和的胳膊说："你猖狂不了多久，我在你对面的楼上布着狙击点，平州有任何风吹草动，第一个先打死你再说！"

刘清和笑笑说："很好，正好徐永财局长也送了我一把好步枪，我们比比谁更快。当然，如果你不在乎刘琴秋的安全，我可以和黎司令玩到底！"他推开黎有望的手，扬长而去。黎有望没有反应过来，也不想再跟刘清和纠缠，他急着去找吕天平问一些事，便喝开那些看热闹的人，大步流星，进了县政府。

吕天平依旧在假寐，被风风火火闯入的黎有望一惊。黎有望一进门就高声喝问："刘清和跟你谈了些什么，这么志得意满地走了出去？"

吕天平有点烦他这种质问的语气，说："你是找我来兴师问罪的？他还是老一套，逼降。"

黎有望问："你答应他了？"

吕天平反问："你会答应他吗？别说这个话题了。你找我什么事？"

黎有望这才想起正事来，一拍自己的脑袋道："徐永财抓了绿柳晴旅馆的钱老板，说他是中共谍报人员？"

吕天平说："徐永财是中统的人，查找共谍是他的本职工作。这有什么奇怪。"

黎有望说："我不是说徐永财，我是说钱老板，他怎么就是共谍了，有什么证据吗？"

吕天平说："徐永财没有搜出证据来，但钱老板也没有矢口否认自己是共谍。我让徐永财等他伤养好后，由警察局出面赔一笔钱，把他礼送出境。这个敏感时刻，哪一方我们都不能得罪，这个道理，我懂，不要你来说。"

黎有望说："怎么，还打人了，刑讯逼供？我的天！日寇和汪伪的特务，你当佛一样供着，抓到一个共谍嫌疑就礼送出境？吕司令，你别是欺软怕硬吧？共产党和新四军可不软啊。赖贵明带着他们的武工队还在平州城里。"

"同样是共党，我不是让左月潮安安稳稳地在平州小学堂待着且奉为上宾吗？情况不一样。你别管这些事。就当是一次误会，一场小摩擦吧。平州的局势，由不得我们了。"吕天平的情绪有点低落。

黎有望看着他日渐消瘦的脸，觉得自己的这个姐夫从来没像今天这样目光无神、心事重重过。他觉得自己的情绪刚刚被刘清和牵过去了，忙镇定下来，说：“刚才我遇到刘清和时，他提过一句刘琴秋。她还没回来吗？”

正中心事，吕天平沮丧地摇摇头说：“没有。新四军方面说已经把她送到平州城郊了，但至今毫无音信。”

“那就是刘清和又绑架了她！”黎有望一拳砸在桌子上，“我带几个人把他给拿下，也用徐永财的办法让他开口。”

“从刚才的交谈中，我确信不是他干的。应该另有其人。或许，他们就带着刘琴秋待在这个平州城中。我让徐永财去查了。”

黎有望万分诧异，“让徐永财去查？我怕保不准……”他硬生生咽下了后面的话“就是他干的”。看到吕天平为刘琴秋失魂落魄的样子，想起死去的姐姐，黎有望心中有种莫名的失落感。他心中一念生出：或许吕天平真爱的，就是刘琴秋。而姐姐黎带娣，一直是他背负着的沉重负担。该苛责吕天平吗？但自己对于这个形象模糊的姐姐，又了解多少呢？黎有望也惘然了。

这一念，瞬间就被他给压了下去。他本来还想问问吕天平，暂交给王怀信的三个纵队的兵权是不是可以还给自己的人了，见他魂不守舍的样子，也觉得不是提这话的时机。

最后，黎有望表态：“我负责侦缉，我也有责任追查刘女士的下落。我会帮你找到她!”他心中已经有了个模糊的目标，猜测到这件事十之五六应该是谁干的。

老K。这个极其顽固、难缠的隐身人。

2

“你是一个隐身人，厉害的隐身人!做一个隐身人的好处，是别人难以发现;坏处是你死了，谁也不会在意。一切静悄悄。”

在警察局的审讯室内，徐永财笑眯眯地对绿柳晴旅馆的老板钱文江说。

老钱手脚被绑着。他已经受过了几种常人难以想象的酷刑，浑身伤痕累累。可他依旧神志清醒，目光坚毅。他笑了笑，沉默不语。徐永财从口袋里掏出一方手绢，上前给他擦了擦唇边的血迹，虚情假意道:“不好意思，钱兄，兄弟们手重了，多有得罪。我也是刚刚才知道，你真名钱壮图，是中共地下‘龙潭三杰’之一钱壮飞的堂弟。我徐某人能与你打上照面，还真是三生有幸啊。”

老钱还是轻轻一笑。他的牙齿被硬生生拔掉了两颗，半边脸肿了起来。徐永财说:“对你这样的老地下，用刑什么的，简直是侮辱。你是个刚强人，若没做过受刑的训练与准备，也不会干这份差事。所以这样吧，我给你三个问题，你随便回答一个。随便，我的意思是说，就算你乱答一个，我根本无从核实其真假，我也放你走。还有这条小黄鱼，算是对你伤了身子的赔罪。”

徐永财从口袋里掏出一根小金条，搁在老钱的面前，又掏出一张事先写好的纸，展开了，给老钱看。老钱并不去看两件东西中的任何一件。徐永财这才想起什么，慌忙又从口袋里掏出一副崭新的眼镜，亲自戴到了老钱的鼻梁上，说：“打坏了你的眼镜，我这儿给你赔一个全新玳瑁框的，美国货，US made。”

老钱瞥了一眼纸面上的三个问题：

一、中共对平州及江北有何企图？

二、吕天平、黎有望、白露、王怀信、黄开轩、刘琴秋中，哪些人是共党？

三、“木师”和“沉冰”都是谁？

三个互不关联却很有用意的问题。老钱忍不住说话了：“这三个问题，应该是军统的老K转给你问的，是吧？”

徐永财一愣，正被老钱说中了。他慌忙用笑声掩饰过去，然后踱了几步，从审讯桌后拎出两块铁皮招牌来，正是“绿柳晴”的“晴”与“情”字。

“这两个‘晴’字被你用隶体写得这般相像，不仔细看，还真看不出区别来。我们的人像傻子一样蹲了三天，鬼影子都没有捞着。还是段位不够啊！不过，我们可以逆向思维，以往与你频繁交往过的人，最近突然不找你了，是不是有嫌疑呢?”

徐永财用一支铅笔点了点“白露”的名字。

老钱沉默了足有几分钟，突然说:“我可以回答你两个问题。”

徐永财一喜，做了一个请的手势,“请快讲”。

“王怀信是我的下线,‘木师’是他的代号。并请徐局长转告王怀信，叛徒是要付出代价的。玩这种障眼法，骗不了我。”

徐永财有些尴尬,“是。那么‘沉冰’是白露，还是另有其人?”徐永财正是通过老K的线报，了解到代号“石僧”的钱壮图有两个在关键时刻会启动的下线,“木师”和“沉冰”。“木师”是王怀信，但“沉冰”是谁，暂时不得而知。

“问题我答了。现在，我就真知道你掌握什么了。”老钱笑了，胜利的微笑。一问一答间获知，果然是王怀信出卖了自己。

“对，君子一言，驷马难追。”徐永财脑子不够用，一会儿才转过弯来，自己被老钱耍了。随即哈哈大笑，“还有一件事我要告诉钱兄。本战区将启动一项全新的‘黄雀’计划，其中有一步叫作‘关门送客’，就是要在计划启动前肃清城内全部的共党，明的暗的，都要杀光。没办法，你们的新四军太能打了，霸气外露。恭喜钱兄的是，这一步还没开始实施，吕司令要我将你礼送出境。我只能遵照执行，马上派人礼送钱兄出境。临行前，有没有什么要对我说的？”

老钱听懂了徐永财话中的意思，微微一笑，“礼送出境，也就是把我送到平州之外再秘密处决了，是吧？我无话可说，只是奉劝你们别太猖狂了。这力气，要用在日本人身上，不要窝里横。”

徐永财点点头说：“好！”

他按了电铃，两个警察拿着黑头套走了进来给老钱戴上，把他架起准备带走。死亡的黑暗瞬间笼罩了他。就在老钱要走出审讯室的时候，徐永财高声喝道：“且慢，摘下！”警察一听，连忙摘下了老钱的头套。

徐永财从口袋里又掏出一张照片给老钱看，板着脸说：“现在，你只要点个头，我保你性命无虞！就是点个头的事！”

那照片是一群穿着土布制服的学生合影，题名为“陕甘宁边区战时儿童保育院小学开学典礼纪念”，黑白照。其中一个女学生的头像被用红笔圈了起来。老钱看了一眼，问：“你们有特务潜伏在延安？”

“都是隐身人，彼此彼此。”徐永财笑了笑，又拿出一张吕天平、刘琴秋和囡囡今年新年在上海霞飞影楼的纪念合影，“我要问的是，这个小女孩，怎么看起来这么像吕天平和刘琴秋生的那个小女儿囡囡？大名叫什么来着，吕萍秋。他们的孩子怎么会出现在延安？那么，吕天平是不是沉冰？”

老钱轻蔑地瞪了徐永财一眼，“胡说八道，血口喷人，我看不出来像在哪儿。我看你的面相，真像东厂里的太监。你是吗？”

徐永财无奈地收了照片，冷笑三声，最后下令：“带走，送客，礼送出境！”

送走了老钱，一无所获的徐永财有点气恼，在办公室内烦躁地转着圈。这时候，罗耀宗带着几个士兵来求见。徐永财立即满脸堆笑相迎。

罗耀宗不客气地说:“徐局长，奉黎有望司令命，接人!”

徐永财一脸迷茫,“罗参谋，您这是到我局子里来接谁?”

罗耀宗说:“绿柳晴旅馆的老板钱文江。”

徐永财连忙笑着解释说:“哦，钱老板啊。不好意思，有点小误会，那不是搞什么新生活运动大清查嘛，有人举报他在旅馆里私藏私售鸦片。这还得了,‘绿柳晴’可是咱游击总队的指定招待所。结果一搜呢，有是有点，是他自己用的，还够不上量刑。我就按照吕司令的命令，把他客客气气地礼送出境了。早走了。”

罗耀宗瞪了徐永财一眼，丢下“哼”一声鼻音，头也不回，带着士兵离开了。

3

王怀信在家里志得意满地喝着酒。肖含玉忙碌着给他添菜。

经历过卫长河的劫持后，肖含玉像变了个人似的，对王怀信冷冷淡淡，有敬而远之的态度了。她总觉得心目中的抗日英雄，应该像西洋电影里的骑士或者牛仔。王怀信意志消沉时，像一只豹子，静默不语，英气内敛。一旦得志了，却像是一条蟒蛇，变得阴冷诡谲，让肖含玉整个感觉都不对劲了。

这晚，她与王怀信行房，在激情最高潮时冷不丁问："怀信，你莫不是要干什么坏事吧？"

王怀信瞬间就没了兴致，道："能干什么坏事，还不是为咱们的明天。"肖含玉说："枕月失踪几天了，你好像毫不关心。"王怀信说："嗯，她回娘家去了，怕是再也不回来了。"肖含玉说："别馋她的身子，她可不像是个好女人。"

王怀信不耐烦地把手从她的胸前抽出，"嗯，她是个过客，你是我老婆。她应该不会再出现了。"肖含玉突然问："怀信，你是共产党吗？"王怀信不耐烦了，说："你别管这么多的事，女人家知道太多不好。睡吧，我实在太累了。"

第二天一早，王怀信在院子里用牙粉刷牙，突然听到门外有人高叫："卖五香小狗肉，香辣小狗肉，红烧小狗肉，小狗头。"边叫边敲着竹筒。

"小狗肉"是平州人对野兔肉的称呼，并不是真的小狗或者狗肉。野兔属于山珍一类，寻常人家享用不起一整只兔子。不知从什么时候开始，聪明的小贩想出了这种走街串巷零卖的办法。买主根据自己囊中的孔方兄数目，可以买一口尝尝味，也可以买几块开荤，买半只待客。这样，很多人都能尝一口山珍，皆大欢喜。而算下来，小贩也比整卖更赚钱。

王怀信倒不怎么对兔子肉感兴趣，他只是仔细听小贩的叫卖声音，三短一长，再敲两声竹筒。他一惊，慌忙招呼肖含玉出去买兔肉。肖含玉嘟哝着说“一早吃什么小狗”，便出门去探看。谁知门一打开，就有两个穿着短衣的壮汉各持两把盒子炮冲了进来，吓得肖含玉哇哇大叫。王怀信也不惊，从容地用毛巾擦了擦嘴。

紧随壮汉之后，是一个穿长衫的男子。王怀信说：“老涂，屋里说话，别吓着我太太！”那人摘下自己头上戴的毡帽，露出了一张像木匠之类的手艺人的黧黑的脸。他是上海地下党特派联络员老涂，代号“木匠”，组织上派遣他与王怀信联络。

两个持枪的人把肖含玉押入厨房。

等入屋坐定了，老涂直陈来意：“在上海我收到了‘石僧’最后一份电报，只有两个字：破冰。说明他已经暴露了。我急匆匆赶到平州一看，果然如此。我们的联络点被破坏了。”

王怀信摇摇头说：“我并不知道我的上线‘石僧’是谁，但是我听说这城里绿柳晴旅馆的老板因为共谍嫌疑被抓了。难道，他就是‘石僧’?”

老涂点点头说:“他就是‘石僧’，怎么，他没有联系过你吗?”王怀信摇了摇头，露出极度惘然的神情。

老涂陷入沉思之中，随后说:“因为失去了电台联络，我只能冒险跑这一趟了。那么，我就代表上级直接把命令传递给你吧，从今天起，正式启动‘木师’。”王怀信镇定地点了点头说:“我就是在等着这一天。”

老涂说:“一是尽快重建平州地下党情报网，二是铲除许卓城。组织已经从内部得到情况，日伪那边联合搞出一个‘神光’作战计划，核心就是让许卓城杀掉黎有望，逼降吕天平，精准轰炸平州。不能让敌人的阴谋得逞。”

“好。建地下情报网这事我并不谙熟，一直是在利用自己的特殊身份，发展吸纳有革命倾向的同志，重建大概是个时间问题。不过杀掉许卓城，嘿嘿，我把握十足。这城里想杀了这位特使的人很多。”王怀信说，“‘石僧’在平州有没有其他的帮手，我该如何与他们取得联系呢?”

老涂想了想，再嘱咐道：“除了你，还有一个冰封着的关键人，沉冰。至于是谁，我还没有收到上级的指示，也无法告诉你。不过，据我了解到的，你现在的工作卓有成效。吕天平已经把三个纵队交到你的手里，还把整个东部平州一大块的防区也交给你了。我给你一个频道，你每天晚上9点调到红点波段，如果听到广播里放送一首苏联诗人普希金的《假如生活欺骗了你》。你迅速把能带走的人马都带走，去往盐州白马镇与新四军会合。”

他从贩兔肉的提篮里取出了一个小巧的铁盒收音机，在某个频道上标示着一个浅浅的红点，交给了王怀信。

王怀信接过收音机，抚摸着金属质感的收音机，询问：“苏联诗人普希金，《假如生活欺骗了你》。真的有这首诗吗？”

“当然有。不过一般介绍，应该是俄国诗人普希金。”老涂笑了笑，“另外，你身边的人也要当心。你娶太太的事，‘石僧’已经向组织上汇报过了。我刚刚看了她一眼，不像是坏人，不过你也要注意警惕防范。”

两人又寒暄了几句，老涂随即告辞。

走出了王怀信家后，老涂习惯性地左右一瞥，就发现不远处有个蹲在墙角抽烟的挑担汉子在向这边探看。

老涂对紧跟在他身后的队员说："过路口，我们分头走。你们在城南马场外等我两天。两天后，我要回不去的话，想办法联络新四军的武工队，除掉王怀信。"

老涂吩咐完，从容地走到巷子口，南转沿着街边走，故意逆向走。

他走得不紧不慢，像是闲庭散步，在避让行人的时候用眼角余光向后探看，发现并没有什么"尾巴"跟踪自己，便长长地舒了一口气，觉得或许是自己多虑了。走到一家茶庄门口时，突然有一个魁梧的大汉从茶庄里闪出来，拦住了他的去路。

老涂心一惊，背后有人一拍他的肩，笑道："我看得绝对不错，你就是上海威海卫路上福声无线电行的那个老板。真是想请请不到，你自己长腿脚屈尊来平州了！"

老涂说："你认错人了吧，先生？"

那人低着头在他耳边小声说："不会认错人的。我知道你要找谁，我可以帮你找到她。但是你若不听我劝，这平州，怕是进得来，出不去了。盯着你的尾巴，我已经让我的人给拍晕了。跟我走，你现在绝对安全。"

老涂说：“你这是光天化日劫道啊，我要是不跟你走呢？”

那人笑笑说：“我的警卫乌力吉不答应。”

老涂背后，那个高大魁梧的汉子把双手捏在了他的肩上。

第十六章

十三邀

1

老涂被黎有望和乌力吉带到了慈云寺秘密通讯室内。

整个房间里，只有黎有望、老涂以及罗耀宗三个人。乌力吉在门外把着风，不让任何人进入。

黎有望开门见山地说："我派人盯着王怀信，没想到见到了你，蒋老板。哦，你应该不真的姓蒋。我在上海做了套西服，裁缝铺隔壁就是你的福声无线电行。那半天，你在无线电方面露的两手技术给我留下的印象太深了。我是不会认错人的。你一出现，很多事，我就豁然开朗了。救命恩人啊，真是有缘千里来相会啊。"

老涂从容地说："你就是平州城鼎鼎大名的黎有望司令吧？在

上海，还跟我说是邮政所无线电股的。我和王怀信算是旧相识了，怎么，来平州探探老友有什么不应该吗？”

黎有望笑笑说：“王怀信是共产党，你也是吗？”老涂镇定地说：“旧相识而已。不管黎司令准备搜查、用刑还是请王怀信先生来对质，这都是事实嘛。”

黎有望摇摇头说：“你恐怕误会了，蒋老板。我请你来，是有事求教的。我不在乎你是什么身份，也不在乎你找王怀信干吗。你是个一流的无线电专家，枉死在平州太可惜了。请你来，我会保证你的绝对安全，并在事成后重谢，这是其一。其二，请你来指导破解日军密码之事，是为抗日做贡献。我想，你应该不会拒绝吧？”

老涂被他诚恳的言辞说动了，也是技痒难耐，忍不住问：“哦，黎司令有什么法子能侦听日本人的电码？”

黎有望与罗耀宗相视一眼，点头说：“有，我们攻破过日军的一个基地，拿到了日军的密码本，甚至密码机，还有一些往来电报。关键问题是，破译这些电码很难。你看到的这些电台，有一部分就是日军用的，还有一部分是我们自行秘密采购的。另外，我们还请人翻译出了日军的文件资料，你看看，能不能从中找出什么破解之道来。”

老涂一听，眼神里陡然放出了一种别样的光彩，道："既然黎司令信任我，这些东西不妨让我过过目。或许，以我从业无线电行业这么多年的经验，能管窥其一二。"

黎有望听了，一拍手说："蒋老板，我就知道你不会拒绝。具体的东西，我的副手罗耀宗上尉会跟你对接，你们都是专家，交流起来比我这个外行方便。我可以给你十天的时间，你慢慢研究。若有所获，我以百元大洋相赠。"

老涂连忙摇头说："对不起，我可没有那么多时间。"

黎有望忙问："那么，你能有几天时间？"

老涂竖起了两根手指，"两天，只有两天！"

"好，两天就两天。一言为定。无论成否，我都会把你安全地送出平州的。这个你绝对放心好了。"他生怕老涂反悔，旋即对罗耀宗说，"耀宗，我就把蒋老板交给你了。我让你见识见识，什么叫作强中更有强中手。"

黎有望要告辞，却被老涂一把拉住胳膊。他问："黎司令说我还要找什么人，呵呵，你是随口诓我的，还是真的有所指呢？"

黎有望说："嗯，难道你不想再见她吗？在上海，从76号手里救了我命的人，还不是你们!”老涂微微一笑，说:“那你跟她说，木匠从老家捎话，请多保重就成了。我就不见她了。”

黎有望点点头，会心一笑。一切果然尽如自己所料，心中不仅释然，且很愉悦。

离开了慈云寺，黎有望就去找吕天平。吕天平见他的第一句话就是:“怎么，刘琴秋找到了?”黎有望摇摇头说:“没有，不过有线索了，我差人在各个门打探，遇到一个泼皮说见到刘琴秋入了城，但被三个人给拦下来，然后拖到一个巷子里绑走了。”

吕天平心一惊，问:“什么样的人，那个泼皮看清楚了没有?”

“我花了十块大洋才从他嘴里问出来。领头指挥的那人，是个生面孔，非常年轻。我拿了一堆照片给他指认，包括许卓城、卫长河、徐永财、刘清和，也包括我们的所有人，他都说不是。”

吕天平深深吸了一口气说:“就算是绑票，也会发个鸡毛信，开出个价码。会是谁呢?他们的目的又是什么?”

黎有望安慰他说:“你不用太焦虑。我特意请唐家二小姐按照那个人的描述，画了绑匪的颜面，悄悄交给把守四门的兄弟观望过，似乎他并没有出城去。我看着这个人，的确有点眼熟，只是想不起来在哪里见过。”他说着，从怀里掏出一张铅笔素描递给吕天平看。

吕天平翻出老花镜，仔细端详那张脸，最终说：“我也觉得眼熟，似乎有过一面之缘。既然我们都有这个印象，看来这位来客并不是为了别的原因，就是冲着我们来的。”

“既然如此，我们再下城禁令。马修礼医生说现在城内出现了鼠疫迹象。我们不如趁机禁城，以防疫为名，逐户搜查，说不定能有什么意外收获。”

吕天平摇摇头说：“把城门看严了再说吧。禁城令一下，日本人实施起‘神光’作战计划来，更是有恃无恐了。炸弹落下，你躲都来不及，无辜百姓们还要跟着遭殃。他们既然有目的，就不会拿刘琴秋怎样。”

黎有望知道再也劝不下去了，想告辞走人，但临走前还是忍不住把憋在心里的话问了出来：“姐夫，你实实在在跟我说，刘琴秋是不是一个女共党？”

吕天平一惊，道：“她是战区顾长官的表妹，《大公报》记者，怎么会是女共党？你是怎么突然冒出这个念头来的？”

黎有望笑笑，吕天平的答非所问已经给了他答案。他最后说："姐夫，交好共党，也不是什么丢面子的事情，多踩一条船，多一条活路。共党还是够朋友的。很多事，不摊开来讲，隐患甚大。警察局里的线人告诉我，徐永财审了'绿柳晴'的钱老板。钱老板是怎么暴露的？他找过王怀信。王怀信是什么人，你比我清楚。他们中有人叛变，出卖了自己人。步步见险，步步惊心。很多人宁可看你投日，也不容你跟共党靠得近，你多当心就是！"

2

入夜，在东亚大饭店的松鹤厅举办了一次非同寻常的晚宴。

第一个到场的是徐永财，之后陆续到场的人有周朝、何辅汉、何志祥、刘清和、李香菊、宋醒吾、詹耽敏、王怀信。到场众人疑惑不解，互相询问才知道，他们都收到了一份请柬，邀请人署名"老K"。至于为什么老K要请大家，众人都不明白。他们三三两两散开坐着，不敢轻易交流，甚至连彼此的寒暄都免了。

尴尬了许久，餐厅门"吱呀"一声被推开了，一个军人闪身进门。大家一看，竟然是游击总队的师长卫长河。一见卫长河，众人都肃然起立。何志祥笑着说："真没想到啊，原来卫师长就是大名鼎鼎的军统老K。"

卫长河示意大家落座，"很好，看来大家都收到了老K的邀请函。首先要澄清的是，我不是军统老K。"他在主桌旁的一张椅子上带头坐了下来，并招手示意其余的人都坐下。十三个座位，连卫长河在内十个人。

东亚大饭店的老板宋醒吾忙要出去，招呼服务生撤掉三个座位。卫长河拦住他说："不急撤，还有客人来，他就到!"

众人一听，相互对视，心想，来人必定是老K本尊无疑了。

不一会儿，门又被推开了，一个年轻人闪了进来，穿着一套不起眼的灰布长衫，剪着板寸短发，目光有神，腰板挺直。众人都惊异，真没料到神出鬼没的老K竟然是这样一个年轻人。卫长河忙介绍说："这位，是我们韩光义主席的副官、特派员刘精忠少校。是我们的客人。"

来人正是刘精忠。他习惯性地冲着大家欲敬军礼，忽又觉得不合适，在卫长河指引下坐到了主座旁的客席上。

等他坐定，卫长河介绍说：“刘副官是将门之后，也是韩光义主席最为信赖的副手，他来，如韩主席亲临。”

何志祥就有点不快了，说：“就算韩主席亲临又有什么了不起的？他还没被新四军揍舒服，还想派条狗来遥控指挥平州？”

“韩主席就算是只有一条狗跟着他，也还是国民政府任命的本省主席。他的意见，我们总得要听听，是不是？”卫长河道。何志祥哼了一声，不说话，用筷子敲了敲碟子。卫长河说：“何先生，总要有个机会给韩长官捐弃前嫌是不是？”

座中唯一的女士李香菊忍不住发话了：“你们这帮支那人都是大日本帝国的敌人，居然凑在一块，还有胆请我来。这个老K是不是脑子发昏，想让我把你们一网打尽啊。”

卫长河说：“松下女士，你此次前来平州的目的是什么？不就是劝降吗？我们今天凑这个饭局，就是跟你和何副使把这件事说明白的。如果我们不能好好谈谈，你们的‘千手观音’计划是不会有什么好结果的！”

李香菊白了他一眼，取出一支细细的女士烟自己点上，“好，你们这帮大老爷们儿谈，有了好结果告诉我就行了。”

刘清和悠悠地问：“那么，老K究竟来不来了？他煞费苦心把我们给凑起来，不会就是为了找一帮互不搭噶的人斗嘴吧？”

卫长河摇摇头，笑道：“刘先生，你错了。我们这帮人并不是毫无关联，可以说，我们都有共同的敌人，而且不止一个。”

王怀信冷冷地说：“卫师长，我没觉得跟日本人或者汪伪汉奸有什么共同敌人啊。你们怕是弄错了吧？”

“有啊，怎么没有！”卫长河竖起了右手三根指头，说，“第一，是共产党，他们是我们的生死大敌。”

徐永财笑嘻嘻地说：“王指挥，你就是一个共产党吧！”

其余的人几乎是不约而同地发出“哦”的惊异声。

王怀信面不改色，把玩着手里的外贸瓷酒杯。卫长河为他解围道：“迷途知返，不翻旧账。我听说76号的两位，甚至南京目前的二、三号人物，以前都是共产党。哈哈，有什么不妥的吗？只要肯回头，就是忠臣良将。第二个敌人，是许卓城。”

李香菊一拍桌子站起来，“你放屁，竟然视和谈特使为敌！”

卫长河摆摆手说：“松下女士，勿要激动。许卓城是敌人，不是和谈的特使。不理解？他不是什么特使，是卡着平州和谈进程的一块绊脚石。”

李香菊眼睛一转，身子柔柔地坐了下来。卫长河仍然有一根手指竖着。他环视了大家一下说:“第三个敌人，是——”空气突然安静了下来，大家都侧耳倾听卫长河要指向谁。他故意卖了个关子，慢悠悠地说:“吕天平和黎有望!”

众人一惊。

这时候门又被推开了，一个挺拔的身影闪了进来，朗声赔罪说:“叨扰，叨扰，来迟了!”

3

来人竟是黎有望颇为信赖的参谋官罗耀宗。他一身笔挺的军服，虽然佩的只是上尉军衔，但是依旧目光炯炯，自信而礼貌地笑着说:“奉命而来，怕有陷阱，踌躇再三，还是过来了。见到诸位，耀宗心里踏实了。”

何志祥忍不住起身质问:“你就是老K?”

罗耀宗摇了摇头说:“老K资历之高，区区后辈岂敢冒充。我只是青浦班里的小学员，辗转调入平州复命，非常时刻，受到上级指派赴会。”

何志祥连忙追问："你的上级是谁，是吕天平还是黎有望？还是，老K？"

罗耀宗一脸茫然。

"是我。"又一个人闪进了餐厅。大家循声看去，一个消瘦的身影鬼魅一般进了屋。宋醒吾忍不住惊呼说："徐老板，你怎么来了，推销你的棺材吗？"

来人竟然是徐记棺材铺的徐老板。

徐永财匆忙站起来，向大家郑重介绍："不好意思诸位，我的这位族叔，并不姓徐，而姓戴，军统江北总站的上校站长，可全权代表戴老板和重庆。"

徐老板始终保持着生意人的微笑，大大咧咧在头座上坐下，道："惭愧，惭愧，我没什么能力，只是在南京鸡鹅巷跟着戴老板早了一点。事不危急不出头啊，奉命邀请大家来吃这顿饭，就是想请大家一起商量商量平州的前途问题。"

经过徐永财的介绍，没有人再开口追问徐老板是不是老K。这是秃子头上的虱子——明摆着的。徐老板究竟姓不姓徐不重要，但是此刻亮出军统江北站站长的身份，真是天大的震慑。

他用略带南京腔的细嗓子不紧不慢地说："座中，鄙人的军衔、职务、声望都不算最高的，但诚意是最大的。平州之于党国，现在几近鸡肋。赋税不能取，坚守亦无援。所以，我们希望和多方磋商，有条件地移交平州。总裁谆谆教诲，共党乃是心腹之患。不幸的是，在江北，这个心腹之患发作了。一位旅长、一位师长，惨遭屠戮。这个家门之内的仇，是要报的。因此，在这种情况下，我们希望能够和诸位携手，办好这件事。"

李香菊立即询问："徐站长，你是准备将平州移交给大日本帝国啰？"

"是奉命交接给大日本帝国，但是，得通过南京汪先生的手。我被授权，仅仅交给南京的特使。"徐老板并不正眼瞧李香菊。

何志祥会意了，说："只能交给我，不许交给许卓城！"徐老板微笑不语。

詹耽敏捋了捋白须说："如此甚好，能和平保全平州，不使生灵涂炭，老夫代百万黎民谢过了。宋老板，你怎么看？"

宋醒吾长叹一声道："于我个人，也是迫不得已。我的金融产业，我的平州银行，大头资产都在南京被冻结着。如果南京和平州一直这样僵持不下，一天一天地拖下去，大量的信贷就成了不能动的死钱。对各位股东、储户和投资人都是看不见却摸得着的损失。我，自当极力促和。光唱高调，不是最终的办法。”

卫长河借机说：“战不易，和更难。形势和人心都使我们只能选择和。非常事态，我们都得有非常的担当。战区顾长官希望我们能够矢志不渝、精诚团结，把防共的责任承担起来，平州移交南京后，应该立即清乡、扫荡，篦清共患。首要一点，就是把境内流窜的新四军丁聚元残部给肃清了，把城内的共党全部挖出、消灭。”

周朝和何辅汉是卫长河的铁杆下属，自然表示随长官共进退。

刘精忠站起身来，朗声宣布：“韩主席兵退新化，痛定思痛，认为吕天平、黎有望两人首鼠两端，据城自保，军阀做派，又暗通中共，导致我军损失惨重。对于新四军，战区将拟定全新的处置计划。对于吕、黎，我们给他们最后一次机会，如果不服从，那么山东的韩复榘就将是他们的前车之鉴。无论是韩主席，还是顾长官，两位都是举大义而不避亲、不护短。目前，我已经将吕天平的现任老婆、找新四军谈判的刘琴秋截下。现在韩主席听说他的女儿白露有通共的嫌疑，他下令，但有风传，一并拿下，宁可枉抓，不可错放！”

这时，一直冷眼旁观的刘清和冷不丁道："哼哼，大家都风传白露是南京特使许卓城的亲生女儿，这个，韩主席听说了没有？戴了这么久的绿帽子，他遮得可真凉快。"

刘精忠有点尴尬。

尴尬归尴尬，话还得继续说："白露目前在平州小学堂，靠明面上的共党左月潮，还有新四军的武工队保护着，怎么拿下？"

徐永财连忙说："刘副官，前些日子，我们抓住了一个共党谍报分子，是绿柳晴旅馆的钱老板。他就算被打得皮开肉绽，也坚持说白露不是共党。对于她，是不是要缓一缓？还有，左月潮这个明面上的共党，是不是明天就拿下，迅速处决？"

对于白露，徐永财的心情极是复杂。他好色，也颇喜欢白露。本地游击总队这块，就没有人不喜欢白露。老的当她是女人，年轻的当她是女神，小孩子敬她是教员。她也为平州出过不少的力，倘若风暴之中把佳人乱枪打死，实在是可惜了。

卫长河清了清嗓子道："肃清城内外共党，大家不用这么心慈手软。有半点嫌疑的，统统抓起来，要有'清党'时的决心和勇气，绝不轻留后患。"

王怀信说:“诸位，我就是共产党。我想要回我自己的前途，我会公开宣布脱离共产党，但不想背叛党组织，更不想杀害我的同志。君子断交不恶声。共产党，杀是杀不绝的。所以，我奉劝大家悠着点。所有人等可抓可礼送，不要轻易杀。否则，就先从我开刀!”

王怀信底气十足，他的手下有吕天平托付的三个整建制纵队的兵力，整个平州北部要冲都被他牢牢控制着，的确像是楚汉之争中的韩信，倒向哪边，哪边的胜算就更大。

卫长河沉思片刻，与徐永财交换了一下眼神，表态说:“好，先控制起来再说!”

最终，一直旁听的罗耀宗抬头看了看天花板上的吊灯，说:“就算是对于吕、黎二人，也要这么办吗?”

“不!”卫长河狠狠道,“擒贼先擒王，一旦控制住他们，立即秘密处决!”

第十七章

余官庄

1

黎有望和黄开轩几乎同时摘下了监听器的耳机。完整地窃听了这场夜宴的密谋，他们都听出了一身冷汗。

黎有望暗自庆幸，自己先前一手移除监听台是明智的。在绿柳晴旅馆的钱老板被抓之后，黎有望让罗耀宗把旅馆内的一部监听机秘密地移了出来，买通经理，以维修电路的名义，偷偷安装到了平州大酒楼，靠着电话线接入松鹤厅顶上的吊灯中。

对于罗耀宗的军统出身，黎有望并不意外。黄开轩已经暗中查清了他的真实身份，并很早报告了黎有望。

两天前，罗耀宗说将秘密赴一场非同寻常的宴请，主动向黎有望坦陈自己的来历。在此之前，黎有望一直都没点破。罗耀宗那样精通通信情报工作，肯定是受过专门训练的。但这有什么要紧的，黎有望向来主张“举枪抗日即为同志，为我插刀即为兄弟”，压根儿不在乎来历。

罗耀宗说：“我一直跟一个代号‘蛟’的上线单线联络，用电台收听特定波段的信号广播，至于他是谁，在不在平州，我不得而知。恐怕明晚的宴请会见分晓。”

黎有望拍拍他的肩膀说：“那就算是龙潭虎穴，也要去。去了，指不定就真相大白了。”

罗耀宗敬了个军礼，道：“谢谢黎兄信任，你放心，我知道自己站在哪一边！”

罗耀宗这一去，真是见到了令人震惊之人，也听到了令人震惊的消息。

听完了密谋，黎有望和黄开轩沉默了许久，抽烟不语。

最终，黎有望苦笑道：“开轩，直罗山往事真的又要回来了。卫长河是下定决心要跟我们分道扬镳了！”

“老K终于露脸了，竟然是棺材铺的徐老板！军统这是也要跟日本人讲和啊。局势恶化至此，我们该何去何从?”黄开轩很惊讶，似乎万万没想到。

黎有望说:“嗯，这个徐老板，平时你跟他接触多一点，我看他就是个滑头的奸商。真是深藏不露啊。这次若非罗耀宗自曝身份，向我们透风，我们又全无防备地着了他们的道啊。你说，我们下一步该怎么办? 让一帮兄弟各就各位，夺回王怀信的军权，把三个纵队拉回来，先下手灭了卫长河?”

黄开轩说:“如果我们把这一切告诉吕司令，他会做什么样的决定? 是不是还会像在直罗山上那样，息事宁人，丢城避走?”

“他没有退路了。”

黎有望说,“他的女人刘琴秋被刘精忠给绑架了，他能怎么办? 我说唐小姐画出的那张脸怎么这么眼熟，原来是刘精忠这个小兔崽子。他秘密潜入平州，看来真是受韩光义的指派了。”

“卫长河说擒贼先擒王，他们也要抓你和吕司令的。”

“擒贼，擒王。昨天还是一个游击总队的战友，转眼就是贼了。这卫长河也太不地道了。吕天平无处可逃。平州是我老家，我也无处可去。看来，只有等着他们动手，我束手就擒了。”黎有望深深抽了一口烟，突然问，“开轩，你觉得，我们现在出城去找丁聚元会合，一起去投奔新四军如何？”

“丁聚元怕是出不了平州了。”黄开轩沉思良久，说，“他就不该再回来。据说他在城南马场外的坟场埋了一千条枪，神不知鬼不觉地挖了出来。靠着这家底子，他不断拉队伍，已经有上千人马了。目前，他活动在许庄一带，给王文举镇守的莲河带来了不小的压力。”

黎有望哈哈大笑，道：“这小子，贼心不死。你这一说，我更要去找他了。那一千条枪，就是我批给他的，为此吕司令还大发雷霆。他那支队伍，全是我赞助出来的。奶奶的，利息我就不跟他算了，我要找他算本儿。”

“黎司令，你这话是慎重说的？丁聚元孤军在平州打游击，是什么目的，你想清楚了没有？很明显，新四军在江北立足未稳，是想让他牵制住日伪、韩光义。你要是去跟他合兵，别的不说，光是清江城里不断增援的日军就够受的。这是一步险棋，更是一步死棋，是把头送到断头铡刀口里。”

黎有望陷入沉思，最终信服地说：“的确如此。不过，好歹，丁聚元还在打鬼子。城外的队伍想进来，城内的队伍想出去，进也难，出也难。你说说我们现在这算是个什么格局，干在这儿内耗！”

黄开轩突然狠狠地说：“不能干耗着，是时候杀伐决断了。我们可以先杀了许卓城，把媾和的路子堵死，再杀了王怀信，他一变再变，绝不能留。最后再通报吕司令。”

“暂且留着吧。”

黎有望仰望着房梁，慢悠悠地说，“不把他们留着，我们就没法子跟卫长河周旋了。卫长河要投汪，手里没几张牌，何志祥也看不上他。王怀信这张牌，已经是他手里最大的了。韩光义和军统在布一个大局，让卫长河投降，是为了围剿新四军。就为了和新四军这个仇，他们连鬼子也不想打了。我非国非共，只认谁还打鬼子，我就跟着谁去干！”

黄开轩拍了拍黎有望的肩膀说：“黎兄一颗精忠为国的心，我是见证了的。我是从南京的尸山血海里走过来的，倒不是惜命，我这条狗命不值钱，只是经历过恶仗，乃有体悟，为了抗日，曲线救国，也许并不是条绝道。平州怕是要丢了，但是我们的队伍不能轻易丢了。你黎兄可以单枪匹马去找丁聚元讨旧账，但是还有想抗日却不想蹚国共恩仇的弟兄们，你就丢下不管了？他们认的，可是你这个‘黎’字！”

“开轩说得是啊，还有一帮弟兄。这一步要慎重，慎重再慎重。这么着，我们先控制王怀信，拿下徐老板，之后把刘清和这一干人也全控制住，找卫长河摊牌。焦土抗战，绝不投降。你说怎样？”

“要跟他们比谁的动作更快。可是卫长河在平州城里还有周朝的特战营。在平州城里，我们有兵吗？”

“有，朱子松的宪兵营！”

2

第二天一早，黎有望踏着初秋的霜气，带着几个人找到县法院的推事陈世瑜。

这位老中央大学法科毕业的推事，因为上次平州兵变时腹部中枪，精神一直欠佳。这一大早见平时不怎么走动的黎有望登门拜访，拄着拐杖的陈世瑜受宠若惊，不解地问：“黎司令这大驾光临，是为何故啊？”

黎有望问：“陈推事，你是平州城口碑极好的法官。乱世当前，平州危城，但是国家的法度还管不管用?”

“当然管用。”陈世瑜正色回答，“平州虽然是孤悬在江东的危城，但是县法院跟中央最高院之间的联络从未中断。民国法度，一日未废!”

黎有望说:“那好，我要告状，请陈推事法办。”

陈世瑜努力挺直了身体，问:“黎司令也要告状?你要告谁?”

“吕天平和王怀信!”

陈世瑜一听，脸色变了，说:“吕司令是本城军政首长，王怀信是东线指挥，他们都有军籍在身，应该由你们游击总队的宪兵，或者军事法庭按照军法受理。”

黎有望说:“不，都涉民事。我要告王怀信利用兼任军需官之便，私吞新生活运动收缴来的鸦片烟，秘密分销，中饱私囊，毒害民众。另要告发吕天平包庇他。”

陈世瑜十分惊讶，道:“那批鸦片，我们县法院都盖过印戳，令择日销毁，怎么会被王怀信贪墨，又分销掉了呢?”

黎有望让朱子松押着一个老兵油子上前。那人就是曾经撺掇朱子松私吞鸦片的老兵油子。黎有望用枪指着他的脑袋，说:“我有人证。你也可以请法院的书记官到封存仓库去查验。法院已封，能够调得动这些鸦片的人，只有王怀信。因为游击总队有规定，遇有战事，可以提取一定量鸦片作为伤员镇痛之用。他在前线打仗，正好利用这次机会提空了这些鸦片，依靠柳必五留下的分销队伍，把这些烟土全部倒卖掉了。这个姓华的老兵油子，就是帮他做这脏事的人。”

被枪抵着脑袋，那个老兵油子自然是供认不讳。

陈世瑜震惊，问：“那么，黎司令，你要我做什么？”

“一张法院开出的限制嫌犯行动的文书！”

陈世瑜立即会意，转身就领着他们去宅子旁边的县法院开出了法院逮捕令。

王怀信是在被窝里被宪兵们揪出来的。

他问：“谁让你们来找我的？”宪兵说：“奉县法院陈推事的逮捕令。”王怀信说：“是谁向法院告我？”宪兵说：“少他妈废话，我们只是奉命抓你！”

得知王怀信被控制之后，黎有望找到了刚刚到办公室的吕天平。吕天平今天看起来精神抖擞，几天前的倦容一扫而空，心情似乎也不错。

黎有望在办公室门外拦住他，直陈来意："吕司令，刚刚，我奉县法院陈推事的逮捕令，抓了王怀信。"

"为什么？"吕天平的脸色立刻变得阴沉起来，"你这么急着想要回王怀信的兵权？"

黎有望摇摇头说："我有确凿的证据，能证明王怀信有贪污和倒卖烟土的罪行。"

吕天平非常不快，道："这是罪行，但你也要事先通报我。这是我们抗日游击总队的军务，地方法院有什么权力过问？"

黎有望说："他把我们收缴的烟土给倒卖了，戕害的是平州百姓，地方法院自然能管。吕司令莫不是有心要庇护他吧？你若真要这样做，可能会大为寒心。因为，王怀信或许已经把你给卖了，你还当他是心腹之人！"

吕天平突然想通了什么，低声说："有罪当治罪。若你指的是卫长河昨晚的宴请，那么，就暂时别把这件事闹大了。你知道派出罗耀宗做耳目，难道，我就不能请王怀信去一探虚实？不用过虑。这是多方面在给我们放风，要我们像在直罗山那样知难而退。我正要找你商量。不过，王怀信倒卖烟土，我还真不知道。把他带过来问问吧。"

黎有望回身叫等候在县政府门外的朱子松穿便服把王怀信押来，不要惊动旁人。

吕、黎就在县政府的一间秘密办公室内审王怀信。

王怀信坦然承认此事，他仪态从容，端坐如钟，面不改色，道:“不错，我是以前线卫生急需的名义调走了那些鸦片。当初，黄开轩是怎么筹军饷的？我不过是萧规曹随罢了。平州财用吃紧，我领兵在皇桥，既要打仗，也要安抚那些被战火毁了家的难民，不忍向吕司令伸手，只好打那批烟土的主意了。”

“萧规曹随，王师长倒坦诚。”黎有望说，“那些烟土还不是一样为害平州？”

“绝对没有，黎老弟，你说错了。那批烟土，并不是通过柳必五的渠道出去的。我全给了詹耽敏，一手交钱一手交货。我估计现在，它们应该被卖到了周边汪伪县治，或者南京、上海的烟馆里去了。拿到手的八万大洋，一半我散了军饷，一半全发给几个镇的难民了。战火无情啊，他们也要活下去。我知道，倒卖这么多烟土，该枪毙的。我无话可说。不过要枪毙我，一定要把黄开轩、宋醒吾和詹耽敏都给毙了，不然，我是不服的。对了，还有徐永财，烟土要出平州，没有他抬手，走不了。”

轮到吕天平和黎有望两人面面相觑了。

三个男人在屋子里沉默不语，安静的空气之中似乎有刀刃在震颤着呼啸。最后，还是黎有望打破了沉默，“我负责侦缉，既然王师长都供出来了，我就去拿詹耽敏是问。如果不能让他松口，没办法，就只好效仿曹操杀粮官王垕，借王师长肩膀上那颗人头一用了。”

王怀信微微一笑，说：“但借无妨！”

吕天平脸色一铁，瞪了黎有望一眼，道：“到此为止，下不为例！”

3

审完了王怀信，吕天平带着黎有望从秘密会议室出来，柔声相劝：“如果追着这件事做文章，于局势毫无益处。老K能摊开牌设这个饭局，就是为了提醒你我，平州其实是在他的掌控之下。如果我们不走人，他可以推出卫长河，绕开许卓城，直接向汪伪投降。我们知道也好，不知道也罢，必须按照他们画的道走。”

“棺材铺的徐老板就是老K，他倒赚了我们不少钱，一边笑眯眯发着国难财，一边跟我们搞名堂。我直接去会会他，你觉得如何?”

吕天平沉思了一下，道:“可以，不过不要太莽撞。否则，结果难测。毕竟，刘精忠手上扣押着刘琴秋。你最好想想办法，帮我找到刘精忠，把她给营救出来。”

黎有望这才确信，王怀信果然是吕天平派去参加宴席的。吕天平也终于知道是刘精忠扣押了刘琴秋。难怪他能睡得安稳。知道了下落，总比满眼抓瞎好多了。

黎有望想出了一条计策，酝酿片刻，刚准备开口跟吕天平说，一个传令兵匆匆来通报，说卫长河派周朝的特战营到许庄去找丁聚元复仇，就半晌的光景，被打得落花流水。吕天平和黎有望都吃了一惊，卫长河身为游击总队的副司令，不跟吕天平通报也就罢了，周朝的特战营连几百号人的丁聚元游击队也打不赢，真是太跌份了。

此时此刻，在许庄西北二十里地的余官庄，右腿被子弹擦伤的周朝正躺在担架上，满脸的愤恨。他所带出的特战营士兵把枪支放进枪堆里，再退回队列中，脸上皆有不解与恼怒。这些人都是跟了他多年的亲兵。穿着一身灰土布新四军军服的丁聚元，带着胜利者的笑容看着这群俘虏，脸上那条红得发黑的长疤在初冬的阳光下闪闪发亮。

这一仗打得甚为过瘾。

昨夜今晨，特战营的侦察兵确定好丁聚元的准确位置，秘密发报给周朝。周朝请示卫长河，率部连夜突袭余官庄。余官庄是田汉和许庄交界的小村子，是一块下洼地，小河沟汊网状交织。这些河沟并不深，半人高，容易蹚过去。一丛一丛茂密的苇叶之后，是一块一块类似孤岛的水田。本地人习惯称为“垛子”。水田里有汲水的风车，或者翻斗脚踏水车，在空寂的乡间田野里，时不时发出“吱呀呀”的吟诵。

垛子与垛子之间飞翔着各式各样的鸟类：“柴呱呱”、青桩、翠鸟、老鸹子、白鹭……它们如同天然的侦察兵，稍有风吹草动，就从茂密的植被中惊飞而起，给土地的守卫者通风报信。

丁聚元带着七百余人的队伍（对外号称一千五百人）和挖出来的上千条枪转移到了这里之后，立刻意识到这是一块风水宝地。土地支离，意味着易守难攻，不易被整军包围。待在新四军的日子里，经过反反复复的思想教育和学习，丁聚元已经认准了“人民的军队”和“人民子弟兵”这两个根本。

队伍转移到了余官庄，他先是控制住了仅有不到十杆枪的老民兵团，随后挨家挨户广泛宣传，登门告示“我们不是匪，不是杂牌军，我们是共产党新四军，入驻打鬼子的”，向老百姓付钱采办军需，租借空房、谷仓作为军营驻地。在河汉间练兵之余，还让队员到每户人家帮忙挑水、担粮、翻地、育麦种。他还主动协调几个村争水争地的矛盾，那些欺压别人的“刺头”、欺男霸女的泼皮恶棍，都被他强制编进了队伍里。村里历年积累的诸如父母反对的婚事、不赡养老人的无赖、男女不平等的恶俗等，丁大巴子都要出头处理，做得比平州城里热热闹闹的新生活运动还要彻底。

新四军本来早已经打出了名头，守莲河的丁大巴子也是大名响当当，此番他这么一来，作风做派完全不同，乡风随之一新，人人服膺。甚至还有个水灵灵的女子有事没事主动要找“新四军的丁司令”，想随了他做“压寨夫人”，却被丁聚元严词拒绝。总而言之，他在余官庄不过个把月工夫，已经将此地治理得井井有条。

如此一来，想秘密袭击丁聚元的周朝就惨了。

周朝前脚带特战营半夜出平州城，丁聚元后脚就掌握了这一动向。他选出几个老兵，带着百十号精壮分散防守在几个垛子里，周朝的人马在黎明时分刚到，就被好一顿招呼。周朝本意是想重复当初迅速渗透到莲河的战略，谁知未到余官庄，就遭遇恶战。纵然特战营训练再精，也敌不过丁聚元利用地形的优势。既然偷袭不成，周朝就拟撤退。但等天亮后他吹哨收兵时，才发现自己是走也走不了了，身后三面都传来了枪声，可见影影绰绰的人在向自己靠拢，其中甚至还有一些拿着红缨枪和大砍刀的村民。

周朝心里“咯噔”一下：这一带完全“赤化”了。他这才意识到自己中计了，丁聚元用几个火力点吸引住自己，然后大部迂回包抄，自己全营被“包了饺子”。河网之地，不利于迅速转移，这仗没法打，只有束手就擒。

他丧着脸，竖起双手，道：“都是自家人，我们投降，我们投降!”

上午，丁聚元把俘虏的周朝部下集中到余官庄的碾场上。

周朝是被用担架抬上来的。在收编俘虏的时候，他瞅了个空当，准备只身逃走，被丁聚元远远一枪擦中了腿。丁聚元让人把他抬回来处理伤口，颇为得意地跟周朝说：“莲河那一次，你跟着黎有望屁股后面搞突袭，那是偷巧！这次，不会有那么好的运气了。”

丁聚元当着他的面，站在特战营全营的人面前喊话：“我耳朵灵敏，听到周团长说都是自家人。那么，有愿意加入新四军的，留在原地不动；不愿意加入的，去左边空场集合。”空场那边石头碾子上架着几挺轻机枪，黄澄澄的子弹堆积在枪边，几个战士正擦拭着枪械。

丁聚元问了两遍，没有人动身。

丁聚元哈哈笑道：“看样子你们都愿意加入新四军嘛。好，欢迎，热烈欢迎！”

一个膀阔腰圆的特战营营员向前迈出一步，说：“你这是仗势逼人。你要能打得过我，我就投新四军！”丁聚元压根儿不回答他，直接箭步向前，抬起胳膊一抡，轻轻松松地打倒了这个不知天高地厚的小子。丁聚元问他服不服。那人说不服，不投。丁聚元准备再加一点力气，作势欲拧断他的胳膊。那小子龇牙咧嘴，就是不肯说一个“服”字。

“硬气！”丁聚元松了手说，“既然你们不肯过来，那就给我们留点礼。特战营，脱下一身狗皮！”特战营所有人脱掉了外面的军服。躺在担架上的周朝也挣扎着被扒了军服，他不禁骂骂咧咧：“土匪，他娘的一群活土匪！”

很多丁部的战士就拿特战营的人打趣说：“还特战营，八成是炊事班拉壮丁过来的吧？放心脱，我们穿上你们的衣服，绝不给‘特战’两个字丢脸。”

那些已经参军却一直没分到军服的士兵一哄而上，抢光了军服，又纷纷撕下胳膊上“游击总队特战营”的臂章，换上了“N4A”的臂章。

第十八章

解紫密

1

扒光了周朝的特战营的军服，丁聚元既解决了所部大量新收编士兵没有制服的燃眉之急，又狠狠地出了一口几个月前莲河被夺的恶气。接下来，几百号人该怎么处置，他倒没用心想过。跟随他作战的团政委老钟问："老丁，这帮人不肯加入新四军，总不能让他们一直光溜溜地蹲在余官庄的碾子场上。你说该怎么办?"

丁聚元摘下军帽，挠了挠头皮，"娘的，是个麻烦。要是小鬼子，老子就把他们统统给突突了。要是汪伪，每人打断一条腿。怎么说他们也是吕天平的游击总队旗下的。难不成往平州传个信，让黎有望带三箱大洋过来赎人?"

钟政委哑然失笑，“那我们不成了绑票的了?”

丁聚元一拍自己的脑门，“妈个巴子的，丁大巴子啊丁大巴子，政治觉悟低，匪性难改！哈哈!”两人正犯着难。负责电台的传令兵译好了上级电报，迅速到他耳边汇报:“报告队长，军部贺电，祝贺余官庄战斗胜利。同时有命令，留下周部的军械，所有俘获人等不得伤害，火速遣送回平州。此令。另外，还有一封密电。”

丁聚元咧开嘴笑着说:“好，老总的脑袋比我们想得周到。一排长，给这群上门送军械军衣的兄弟一些吃的，让他们边走边吃，礼送到平州边上!”

一排长得令，迅速召集本排人马，给周朝所部分发了一些粗粮馒头，随即荷枪实弹地押送上路。

丁聚元目送这群人灰头土脸地离开余官庄，让传令兵继续说密电。

密电是由早年中央特科编制的“豪密”发送的，必须要指定人译。译出来，费了好一段的时间。电文明示:“黎有望转交给你部的钱壮图同志，伤稍好后，迅速送抵盐州军部。你部留在平州的活动很成功，搅动着江北局势。据悉，平州卫长河发生动摇，极力推进与日汪媾和。江南日军小野师团也已抽调一个满编旅团入驻清江县。你部正处于两股强敌的缝隙中，情况日益危险。你部酌情处置，可随时撤过皇桥、吴家桥，至白马镇与主力会合。以安全为要，切勿冒险。”

丁聚元点火烧了密电，对身边的钟政委说：“首长们是放心不下我们的安危，让我们酌情。钟政委，这个敌情怎么酌？我们就像钢刀一样，插在平州、清江之间，让鬼子汉奸们横竖不舒服。嘿嘿，敌人想让我们走，还是要点能耐的。我们就在这儿舒舒服服地待着。”

老钟说：“那就先把钱同志送走吧。”他一挥手，两个战士搀着一个老农打扮、拄着拐杖的人走过来了。他正是绿柳晴旅馆的钱老板。一见丁聚元，钱老板露出了胜利的笑容，说：“祝贺丁队长，一个胜仗，让顽固派从哪儿来回哪儿去。”

丁聚元板起脸来，一本正经地教训老钱说：“钱同志，我们得把你往北送啊。我知道你的心思，还想潜回平州，去干掉徐永财那孙子。但是这回，可是军部首长的命令。”

老钱点点头：“还有同志战斗在平州，我放心不下。没有南方局的调令，我不能走。”

他呛咳了两声，仰头北眺平州。一行大雁从北向南飞去，在高空中不断变换着队形。

老钱被徐永财的人带出平州时，抱着必死的决心。

四个警察在出发前问徐永财："就是礼送出境，还是处理掉？"徐永财只做了一个"杀"的手势，嘴里却不肯明确表态。警察们就犯难了，把老钱拉到城南坟场附近的密林里商量了半天，决定让天意来裁决。一个人闭着眼睛，随意冲老钱开了一枪。一声枪响后，密林里"啪、啪"闷雷滚，传来了一连串的枪响，一伙人蒙着面大呼小叫地冲着这边跑来，高呼："共产党的武工队来也！"

警察们吃了一吓，不敢查看老钱死活，纷纷抱头鼠窜。

这伙人却并不是武工队，而是黎有望派出来营救老钱的人，为首的，是叶桂材。他查看了老钱的伤势，那一枪打在左肺，因为开枪距离远，伤势并不算严重，断了肋骨，性命无虞。叶桂材就按照黎有望的命令，把老钱辗转交到了丁聚元的手中。一起奉送的，还有一整箱的消炎药品。

叶桂材还顺带传了黎有望的话给丁聚元："拐了我一千条枪，我要讨本儿的。卫长河要派特战营的周朝对付你，你要当心。"

正因为这句话，才有了余官庄之战的胜利。

余官庄一战，规模不大，也并不激烈，死伤只是数人而已，但对平州造成的震动巨大。当周朝带着几百号人衣冠不整、手无寸铁，灰溜溜地从南门回到平州后，卫长河就清楚，必须要拉下脸来，主动去找吕天平摊牌了，久拖下去，对自己非常不利。本来想靠一次奇袭，吃了丁聚元立威，现在，他所部人马，瞬间成了平州的笑柄。韩光义也只能派出一个刘精忠来给自己发号施令，却再也支援不了一杆枪了。他感到自己成了平州处境最危险的人。

入夜，吕天平依旧在办公室办公。见卫长河登门求见，他首先开口："卫师长，你不用解释，丁匪刁滑，我深知。有件事，你能否告诉我，刘精忠人在哪里？"

卫长河苦涩一笑，高手对招，不说废话，他爽快地说："吕司令，刘琴秋女士怎么说也是顾长官的表妹，刘副官奉韩主席的命令行事，不会拿她怎么样的。"

吕天平冷笑一声，"拿刘琴秋当人质要挟我？"

卫长河摇头苦笑，道："岂敢，我真不知道刘精忠把她软禁在哪里。他是来指挥我的，不是我指挥他。吕司令，我们只要你的一个态度。新四军是流寇，北上去了；韩主席收缩到东边海角一地去了。只剩我们在平州坚守，硬扛着日伪的巨大压力。死守孤城，绝无生路，所以才有‘黄雀’计划，我们暂且降了，忍辱负重。日本人一天两天是打不走的，共产党这个心腹之患却在一天天壮大。不如我们曲线救国，借日、汪的兵马钱粮，先把他们肃清，待国际形势有变，我们再举义旗反正，御敌于国门之外。留得青山在，不怕没柴烧啊，吕兄，现在容不得过于爱惜清誉！”

卫长河是动情了，语气之中有了无限的哀求。

吕天平心知他说的并非全无道理。他沉默良久，最终用极小的声音说：“委曲求全，并非不可以。但是长河啊，要慎重，平州，并不只有你我，不要轻易把我，当成你的敌人！”

2

罗耀宗跟着老涂在成堆的资料中研究日军的密码。

罗耀宗发现很多自己百思不得其解的地方，老涂却似乎很有心得。他圈出了一个又一个关键词，在稿纸上写下了一大段一大段的推论，但始终不肯对自己透露半分。罗耀宗无从得知他多大程度上破解了这一密码，更担心他会对自己小心提防。

午夜，两人协同工作时，罗耀宗用铅笔在一张纸条上写下了一个复杂的字——“夒”，交给老涂。老涂一见，微微一笑，伸手相握，“幸会，幸会，多保重！”

第二天下午，黎有望来打探有无收获。老涂才慢条斯理地解释：“美国人把日本人的密码叫作紫电。它们的基本原理，是从德国人的恩格尼玛密码借用而来的，但是做了大量的简化。因为日本人也操作不了这么复杂的密码。虽然他们已做了简化，可对于我们而言，还是很复杂。我在苏联进修无线电时，看过一篇波兰人破译德国人密码思路的秘密文章。因此，日本人修改恩格尼玛密码、重新设置紫密的基本原理，我还是看得出来的，半算半猜吧。我都写在了这里。下一步的工作，快则数月，慢则半载。”

老涂掏出了一沓草稿纸，摊开放在桌上。

“果然，找对了专家。”黎有望被他说得有点兴奋了，“这么复杂的东西，蒋老板也能精通。干脆留下来，弄明白再走。你商铺的经营损失，我补给你。”

老涂摇摇头说：“留下我也不成的，我不通日语，只有通信技术专长。要有一个精通日语、密码学和数学的人，结合日军使用它的频次，耐心地去一点点校正这个密码的准确度。况且，今天下午我要是走不了，真的会死人的。”

黎有望表示理解，说：“那么，我们还是破译不了它？”

老涂说：“中国这么大，一流的人才那么多，一定能找到合适的人接手我的工作，继续做下去。用不了多久，我们就会得到有效的情报的。我想，军统那边路子宽，能找到这样的人。”

他看了一眼罗耀宗。罗耀宗会心地一笑。

老涂继续说：“就目前黎司令手头掌握的这么多材料来看，日本人好像在酝酿南下作战的计划。他们的电报里经常提到南风和东风，这是用以指代作战训练的方向。他们攻占了印度支那，把大量的人员和战备物资往南调集，同时调集夏季作战服装，搜罗有关热带气候、水文和防疫的情报。更明显的是，他们还在积极演练夺岛登陆作战，这是要一直打到赤道线啊。”

黎有望点点头说：“不错，我也看出这些苗头来了。但是困在这个小城里，井底之蛙，目光短浅，我想不通他们南下奔着什么。”

“现在欧战正酣，德国人在西欧屡屡得手。只花了六个星期，就连强大的法国也投降了。不列颠空战，打残了英国。英法在东方的殖民地，成了不设防的肥肉。日本军国主义分子贪婪成性，是不可能不想去争夺的。况且，那里还有大量矿石、石油、橡胶之类的战略资源。”

黎有望不由得叹服，却更灰心了，“日本人往南去攻打这些地方基本会势如破竹。东南膏腴之地全部落入他们手里头，已是铁定的了。他们物资丰沛，回手再进攻中国，就更有实力了。照这么说来，我们的抗战前景不妙啊，是不是会越打越艰难?”

老涂笑着说:“按照他们的意图，应该是这样。不过，世间事，总是祸福相依，正反相合的，虽然英法不济，别忘了，日本人南下的途中，还有美国人，绕不开的。日美会不会交锋呢？这就很难说了。真正的强敌交手，鹿死谁手，靠工业实力硬拼。我看小鬼子有点悬。”

黎有望忍不住眼睛一亮，说:“这么说，只要我们坚持打下去，抗战还是有一线希望的?”

“当然有啊。中国一天不亡，我们就坚持一天，咬牙拼到底，在死路中寻求活路，在黑暗中寻找盟友。兴许是三五年，兴许是十来年，日本法西斯总会有垮台的那一天!”

老涂很真诚地说着这些话，他的眼睛在发光。

黎有望看了下表，说:“感谢蒋老板的辛苦，这两天，你只睡了一个小时。时间太紧了。这样，你去休息会儿，我让人做一顿好饭，醒来吃饱了，我差警卫排送你到城南。”他又掏出一卷钞票，说，“这些是酬劳，你务必收下。”

老涂揉了揉布满血丝的眼睛，摇摇头，用手指做了个枪状，“不必了，我可不想有人因为见不到我而死。至于说酬劳，哈哈，黎司令为抗日出生入死，你又何曾拿过什么钱财？你我抗日的信念决心，是一样的！”

黎有望知道会这样，就凑到他耳边，低声说：“你们的队伍里出叛徒了，姓王！”

老涂笑笑说：“有你黎司令这个生死与共、肝胆相照的朋友在，不怕。让叛徒多活几天。时候不早了，我必须得走了。别忘了捎一句话，木匠请她多保重。”

留不住客，黎有望连忙安排乌力吉带几个快枪手送老涂到城南。

送走老涂后，他就问罗耀宗：“怎样，这个人厉害吧？”

罗耀宗连连点头说：“顶级高手，对无线电行业了如指掌。我自愧不如。我看了他的解密思路，大方向应该是有效的。可惜啊，我也不通日语，数学功力也不够，书到用时方恨少啊。我想，就按他的意见，把他的解密纲要传递给军统吧。他们应该能网罗到合适的人选。”

黎有望怀着幽意笑着说：“耀宗，你真看不出来吗？这个人可是个老牌共产党。”

罗耀宗一愣，说：“这个，我不是太肯定。为抗日出力嘛，就算是共党，也应该精诚合作的。”

“那么，如果军统，你的上司老K传令，明天就要在平州大开杀戒，捕杀共产党，你会站在哪一边？”

“这个，呃……”罗耀宗言辞之间有点犹豫。

黎有望拍了拍他的肩膀，说：“兄弟，不用选。抗日的队伍，一支都不能少；投敌叛国的人，一个都不能多！”

3

丁聚元派人押解周朝的特战营回平州城时，还特派了一个口齿伶俐的战士作为代表，向吕天平递了个信，说因为打小日本需要弹药，向周朝借了一些，人全部送还。基于双方友好关系，新四军暂借平州几个乡镇作为游击队根据地数月，将择吉日挺进清江县境内，迎战日军，力争克复清江，还我河山。

吕天平召集部属，把这封信给大家传阅，“大家看到没有，丁聚元这是刘备借荆州啊。他有胆子打清江？他就是想赖在咱们平州不走！这丁聚元带着百十号人潜伏下来，现在已经滚雪球一般聚了上千人马。他什么时候变得文绉绉起来了？还克复清江，还我河山，他的队伍里有秀才啊。土匪加上秀才，这样的队伍，放在任何朝代都绝对是一个心腹大患，稍稍小觑，就泛滥成灾。”

黎有望说：“吕司令，我不同意。丁聚元口口声声说他在打鬼子啊！我们不帮他一把也就算了，若还准备背后捅一刀子，这样做，太不像抗日游击总队该干的事了吧？”

卫长河针锋相对地说：“黎司令这个意思，把道理讲偏了吧？新四军的防区在江南，一直是我们在江北抗击日寇。他们不遵守战区长官命令，猛力闯入江北，以抗敌为名扩大地盘，招兵买马，其心可诛。我部要据理力争，寸土不让，不能让他们的阴谋得逞。”

黎有望不禁冷笑，说：“阴谋，卫师长你还好意思提‘阴谋’二字，是谁在背后鬼鬼祟祟搞各种名堂，召集起一帮魑魅魍魉，要把平州送入虎口的？须提防，天下没有不透风的墙啊。”

卫长河一拍桌子，倏忽站起，“黎司令，我要提醒你，你身边共匪谍影重重。你的个人言行，也有失党国军人的身份。从你借助谍匪赵松的影响力开始起兵时，你就有严重的通共嫌疑！”

“卫长河，既然把话挑明了，我跟你明说！”黎有望顿时气血上涌，怒不可遏，也站了起来，指鼻而骂，“国共一致对外，这是委员长的命令，要论通共，你得先去重庆拍桌子！我方失去的敌后，新四军冒死前去，有何不可？老子今天就把话摊开跟你说，要是共党抗日，我就通定他们了，总比献城投降的鼠辈光明正大！”

卫长河也被激怒了，“好好，吕司令，诸位，大家今天可都听真了，我们的黎司令自己说要通共事敌了。那么，我也无话可说了。我现在宣读本战区顾司令长官的密令。”他从口袋里掏出一张纸，大声吼道，“鉴于新四军在江北的擅自行动，本战区现阶段暂对江北诸县共产党人员做如下处理意见：一并查明验实，若有犯罪行为，就地处理；无犯罪行为者，一律移送至新四军所部。黎司令，我们是该拿下你，还是送你去丁聚元那里？”

坐在卫长河手边的何辅汉也迅速站起，手按着身边的佩枪。黎有望压根儿不怕何辅汉的出枪速度，只是很奇怪地问：“怎么，想火并？就算我是个通共分子，请卫师长说说，我犯过什么罪？”

卫长河说："纵容手下黄开轩倒卖过烟土，这算不算罪？私纵日军战俘，算不算罪？泄露军情给丁聚元，以致我部突袭功败垂成，这算不算罪？党国信任黎司令，将一方重任托付于你，你这样营私舞弊，以小胜日寇而居功自傲，危险啊！"

坐在长桌最末端、低垂着头的黄开轩鼻子里轻轻哼了一声。他的五根枯瘦的手指，也压在自己的枪匣上轻颤着，像一队潜伏的士兵，随时准备从黑暗中出击。

黎有望摔出了一沓稿纸到桌上，"我花了几个月的心血，拼了几百位兄弟的性命，换来了这份最有用的东西。也算是机缘巧合吧。这里是破解日军电讯密码'紫密'的初步思路，现在，我把它给卫师长看看，我拟把它交给重庆，请他们后续再努力一把。这个，算我将功抵罪如何？"

他一言既出，举座哗然。黄开轩第一个弹跳起来，伸手按住那沓文稿，说："黎兄，你什么时候弄出来的？我竟然毫不知情！"

黎有望摆手，示意他不用大惊小怪。

卫长河也一惊，他在国防部任过职，深知能掌握敌方的密码，战略意义何其重大。他将信将疑地瞪着黎有望，从他手边捧起那厚厚的一沓文稿，翻了翻，深吸了口气，问：“黎司令，你准备将它交给吕司令，还是交给军统？”

黎有望离座，从卫长河手中抽走那沓文稿，环视了座中几位军官，把它揣入怀中，说：“几百个兄弟用生命换来的东西，我岂能轻易托付？若是有人把它当投名状，交到鬼子的手里，我们岂不是前功尽弃了？”

卫长河一怔，道：“黎司令，你把话说清楚点，会有谁把它交到鬼子手里？”

黎有望斩钉截铁地说：“那还用问吗，你怕是投降书都写好了吧？诸位，若说为平州百姓计，我们完全可以把队伍拉出城，像丁聚元一样，在山林、水泽、湖荡、村野之间运动作战，一点一点地积小胜为大胜。若是贪图平州的富庶与安逸，找出各种理由来挑起一片降幡白旗，那就是忘了咱起兵之时的宣誓，也就休怪我黎某人腰眼里这把枪不认人！不管是来自谁的授意，我有一个杀一个，绝不留情！”

卫长河震怒，他反身指着黎有望说：“黎有望，你你你，太猖狂！”何辅汉闻言就要拔枪，却发现对面黄开轩的枪口已经冷冷地指着自己。

所有人的目光都看向司令座上一言不发的吕天平。空气像凝固了一样，冰封了足足一分钟。

吕天平慢悠悠地说：“准许各位佩枪参加军事会议，是对大家的信任，不是方便你们火并的。黎有望少将，你要是真有能耐，把枪掏出来，先把我给打死了。”

众人都自觉羞愧，把枪收了起来。

吕天平睥睨一圈，然后说：“黎司令，你说得是很不错，很勇猛。这样吧，王怀信正在被审查。他麾下的三个纵队，你领一个去，就领原先黄开轩带的那个纵队，到田汉乡去，与守莲河的王文举互为呼应，一是近距离看看丁聚元是怎么带兵打仗的，二是跟在他后面去打清江县的小野师团。即使丁聚元跑了，你也不许跑，打不赢鬼子，不许回来！你有没有这个胆子给我立军令状？”

众人默然。黎有望也默然。

第十九章

讨故寺

1

农历九月十六日，平州城举行都天庙会。全城名流乡董、富绅商贩，都出面张罗，举行迎神赛会。这个习俗，源远流长，据说从明代中期开始，已经沿袭五百多年。

据传，唐肃宗至德二年安史之乱中，乱兵围攻河南睢阳城，守将张巡、许远誓死守城，坚持数月，以待援兵，未能如愿。农历九月十六日，睢阳城被乱兵攻破，张巡投井，许远自刎。因为张巡等死守抗敌，保护身后江淮百姓，百姓纪念张巡，称他为都天大帝。明中叶，平州百姓首先在东门为张巡建庙塑像，香火供奉，祈求他为百姓消灾降福。自此，每年农历九月十六日的庙会一直延续下来。

今年抗击日寇，庙会更要特别举办。詹耽敏出大手笔赞助，为吕天平造势，称吕天平的面容俨然就是庙中张巡的脸，而卫长河的面相一看，便是许远。

老百姓自然附和，称有两位将军转世庇护，定能保平州安稳。也有人冷不丁说：“这两位不是终究丢了睢阳吗？”这话只能小声说。大家有一时热闹，就图一时快活。城外各种力量纠结，城内百姓们则从城东都天庙里抬出张巡和许远塑像，在街上巡游，撒花祈福，点灯、焚香膜拜。各种商贸活动也热热闹闹地举办着，死气沉沉的平州一日间恢复了生气。

王怀信和肖含玉两人逛了一夜的庙会，不胜欢喜，也不胜疲惫。翌日，他在肖含玉温暖的被窝里、在她的臂弯中，被硬生生地揪了出来。

肖含玉被吓得魂飞魄散。在王怀信被抓捕的过程中，她隐约听到朱子松的宪兵们提及黎有望的名字。在惊惧的心情稍稍安定后，她踌躇再三，准备一走了之。他们两人本是半路夫妻。石库门的女子憧憬的只是寻寻常常的小日子，百里来投奔这个大英雄，原以为军队高官太太会像租界里那些别墅里的女主人那样，过打打牌、跳跳舞、养养狗、烫烫头的平静生活，没想到来平州后，就是无尽的刀光剑影和尔虞我诈。而王怀信这个丈夫像是一头蛰伏的猛兽，偶尔露出爪牙来，令人心惊胆战。

肖含玉现在也说不清丈夫王怀信是个什么样的男人：老资格的国军师长、党国罪人、下野军阀、上海滩的枭雄、与外国人联手做军火生意的买办、吕天平的左膀右臂、共产党、贪污犯……在家里翻箱倒柜时，肖含玉看到王怀信在床下藏着一箱一箱的钱财，都惊呆了。她连声念“阿弥陀佛”，想起枕月来家中住的几天，心中一阵恶心，匆忙收拾细软，准备打包走人。

走到门口，肖含玉看到王怀信搁在堂屋桌子上的烟斗，想起这几个月来的点点滴滴，心一下子就软了下来。想来想去，自己这一生似乎就这几个月把女人应该体验到的都体验足了：纸醉金迷中爱上一个谜一样的老男人，烽火之中奔寻心上人，战乱中过上了一点点人模人样的生活，深受宠爱又争风吃醋，最终，还是回归两人世界。与这些甜蜜情愫相比，那些惊吓、惶恐、混乱似乎不值一提。

她想到，经历此劫，王怀信大概是不能再在平州待下去了，若能将他营救出来，说不定他会死心塌地地跟着自己回上海去。凭手头的这些钱，安安稳稳地过鸡毛菜豆腐汤的小日子，苟活于乱世之中也就算了。

想到这一点，肖含玉一咬牙，将行李又放了下来。可两眼一抹黑的平州，该去哪里寻求解救王怀信的办法呢？肖含玉思前想后，一张脸浮现在了眼前。黎有望翻脸不认人，她可以去找白露。她知道白露在平州小学堂教书，就忙不迭地出门，叫个黄包车到了小学堂门口。正值学堂散学，她托黎有望的名径直找到了白露。

白露对肖含玉的到来颇为意外。

肖含玉是个经历过风月场的聪明女子，她知道自己与白露并没那么熟悉，是万不可能直接开口求援的。她兜着圈子问白露：“白小姐，我最近听到些风言风语，说那个许卓城啊，他不是你的干爸，是生父。有没有这事啊？”

白露惊讶地说：“连你都知道了，嗯！”她极不愿提起。

肖含玉匆忙压低了声音说：“怀信说，许卓城到平州来啊，哎哟哟，他这是来捣乱的吗？”白露摇着头说：“你特意找我来说这个的？没别的事，我先走了啊。”肖含玉慌忙挽留她说：“不是，我是想问问，你和黎司令发展到哪一步了？”

白露脸一红，道："他整天忙得见不着个人影。你说，能到哪一步?"

"哎呀，那你得主动些啊。不要因为是女孩子家家，就不好意思。你看，我不是从上海来找到王怀信的吗?"肖含玉鼓动她，"你啊，还是早点嫁了的好。一个女人的命运选择机会有两次，一是生对人家，二就是嫁对人家。黎司令这人不错。我在观音庙里也为他求了张签，签上说他注定是名扬四海之人。"说完，真的从随身的小包内拿出一枚竹签来。

白露收下签，道："谢谢你啊，肖小姐，我们两个人，我清楚的。我并不图他扬名四海的。"她做了个请的姿势，想送走肖含玉。

肖含玉见状，知道时机成熟了，立即泪如雨下，说："不好意思啊，白小姐，我是无事不登三宝殿啊，有急事想求你帮帮忙。"

白露一愣，连忙询问她什么事。

肖含玉道："是为我丈夫王怀信的事。一日夫妻百日恩，你知道的，我们烽火中结了连理，就一生一世不可分割。现在，他犯了事，被县法院和黎司令给抓了起来。没有他，我一个孤女子就活不了了。白露小姐，你和黎司令，是我们夫妻一心想要依靠的。你们是天生的一对。他，他肯定会听你的。放过怀信这一马吧。求求你了，我知道你好心，这城里我两眼一抹黑，除了你，找不着旁人了！”

她把自己手中的一枚金戒指脱了下来，往白露手里塞。

白露这才总算明白了她的真实来意。看了看自己手上的竹签，知道推辞不了，便柔声安慰她，婉拒了戒指，犯着为难含糊地答应了。

总算送走了肖含玉，白露犹豫再三，还是敲门来到校长室。左月潮正在办公，见白露来，和气地问：“白老师，有什么要紧的事吗？”白露说只是想借校长电话用一下，打个电话给黎有望。

左月潮一愣，随即笑笑，把电话推到宽大的办公桌前沿，做了个请的手势。

白露拿起话筒，有点尴尬地冲仍然在签批作业的左月潮笑了笑。他这才一拍脑袋，说：“哦哟，吃饭的时候到了。我先去吃饭了。你慢慢通话，走时记得把门带上就成了。”说完，他就拎起手边的公文包，拿起围巾和礼帽出门去了。

走到门口时，他突然想起什么来，说：“对了，白老师，唐晓蓉唐教员说她家里最近有急事，特告假几日，你能不能帮她代一阵子课呢？”白露连连点头答应。

待左月潮走后，白露匆匆摇通了电话。她知道黎有望的座机，军密3号线。

电话竟然接通了，嘈杂的电磁声中传来了黎有望那略略沙哑的声音：“哪位，何事快讲！”白露说，是我。那声音顿时变得温柔起来，问：“露，你有什么事吗？”

白露的心有点发慌，“没事，就是想你了，想听听你的声音。你还好吗？”

电话那头沉默起来，许久才有一句生硬的，却带着心跳声的回话：“我也是！”

白露的脸瞬间红了，话筒开始像一块烙铁一样发烫。她的呼吸都紧促了起来，迅速挂断了电话。这次通话，她并没能帮上肖含玉的忙。在内心深处，她还真希望黎有望能够除掉王怀信这个叛徒。

2

接到白露电话的黎有望心神也颇不宁静。爱情虽然甜蜜，但他满嘴苦涩，已经来不及品尝这份战火中的恋情了。

寺外的都天庙会很热闹，百姓称颂着千余年前拼死守城的张巡。心思单纯的民众，也是在给整个平州军人鼓气。但这只是属于平州的热闹，平州游击总队上下的分崩离析近在眼前，他处于撕心裂肺的痛苦煎熬、严重焦虑和猜忌的状态中。

形势逼迫，众人都要做最终决断。最近的一次军事会议后，吕天平一贯摇摆的态度发生了重大转变。

吕天平终于撕下了伪装，完完全全地站到了卫长河那一边。

让黎有望带一个纵队出城到田汊乡与丁聚元对峙，这分明是想支走自己。黎有望非常清楚，如今的平州城内，大部分高层都已经暗暗选择了“降”这条路。一向态度模糊的吕天平只是慢慢露出了他的本来面目，或者说，他选择从上海到平州来，其实就是为了准备走这条路。而且是明明白白的，从依靠那个舟先生摆脱76号，到容纳刘清和，迎接许卓城，甚至他多次在公开场合所说的“以军事为矛刃、以和平为盾”，“谋求和平解决之道”……

哪一桩不表明这个“姐夫”意在媾和？

王怀信那种首鼠两端的态度，其实就是吕天平的态度。

卫长河和刘精忠绑架了刘琴秋，似乎是在用刘琴秋要挟吕天平，其实不过是一起演一出戏给自己看罢了。不仅如此，日伪巧妙地使用了心理攻势，一直宣扬“吕黎分化”“吕黎火并”之类的传言，其实就是给自己催眠，利用自己对敌人宣传攻势的逆反心理，让自己对吕天平无条件地信任。

一个面目模糊的姐姐，根本不是他们之间不可敌对的羁绊。什么“千手观音”计划，其实最大的一枚棋子，就是吕天平本人！

但是现在，自己能干什么？

借法院的名义动用宪兵抓捕王怀信，除了冻结三个纵队的兵权，等于什么也没干。最终决定权，还是在吕天平手上。

黎有望恨不得用枪砸自己的脑袋，当初他认为王怀信是共党，认为他不会为难新四军，就这么随随便便地把自己连同部属的兵权全交给了他。结果，交出去容易，收回来难。

吕天平露出真面目的时候，自己连自卫的力量都没有，更别说反手一击了。

卫长河虽然一败再败，但没瘦死的骆驼终究还是骆驼，对于马，依旧可踢可踹。他财大气粗，招兵买马，用周朝、何辅汉两个旅的骨干力量，扩编到四个纵队的兵力，收罗了大量89军被新四军打散的残部。

这么干，是得到吕天平默许的。这绝不是针对日寇，分明是针对自己而来的。

满城皆言降，满城皆摇摆，只有自己誓不降。这就是倒行逆施，就是格格不入。自己孤独的命运，其实从接过赵松的旗帜那一刻开始就注定了。

纠结到最后，黎有望反而释然了，他在脑中想好了自己的几种结局：一是在某个时间点上，被吕天平和卫长河控制，暗中处决，或者交给日伪。不管如何，结果是一样的，那就是死。既然是死，还可以有第二种方式，自己出走，带着一个纵队的兵力，去清江县找小野师团拼命。他知道日军真正的实力，这无异于带着一千多号的兄弟一起去慷慨赴死。或者，干脆，倒不如自己单枪匹马去往清江，打死一个算一个。

轰轰烈烈地开始，轰轰烈烈地结束，也算不辱没大丈夫的名头。

黎有望闭起眼，沉浸在那种场景中：自己提着一把汤普逊冲锋枪，两把盒子炮，骑着一匹白马，风驰电掣地冲向日军的阵地，无数条长枪短炮的火舌吐出，把自己撕裂得粉身碎骨。自己就这样干干脆脆地结束，向平州、向国人昭示抗战不死，中国不亡。

他正自我感动着，有传令兵通报一个衣着破烂的和尚登门，说要求见黎司令，还说是来讨要故刹。

黎有望一惊，慌忙弹跳而起，出门去见那个和尚。

那个和尚很瘦，一脸的风尘之色，穿着一身破烂的僧衣，托着一个紫色的旧瓷钵，在寒风中打着哆嗦。这是个中年人，约莫四十五岁上下，短短的头发有点斑白。他见到黎有望略略一拜，用维阳口音道:“黎司令，贫僧法号明海，原来住持本寺，前些日子归乡去了断尘缘。今日，尘缘已断，四大皆空，大彻大悟，特回故刹，继续舍身事佛。”

黎有望这才想起，他就是慈云寺的住持明海和尚。

当初战火未至，明海在平州住持慈云寺。黎有望与他有过数面之缘。听人说这个英俊的和尚家有妻儿，所以对他印象格外深刻。是他本人没错。

黎有望不禁好奇地笑问:“法师归来，理当远迎。听说法师回老家照顾妻儿了，怎么又突然回来了?”

明海缓缓道:“我刚刚说，尘缘已断，贫僧的妻儿俱已不在矣。”

黎有望能够感受到他心中无限的悲凉，忍不住问:“他们……怎么都不在了?”

明海长叹一声，喃喃自语:“日机轰炸，往大淖中心见我们居住的古庙。一颗炸弹落下来，他们母子终究未逃过此劫。我恰在家外劳作，故而独活，眼见他们化为齑粉矣。一切成住坏空，一切梦幻泡影。六根都清净，原是佛祖考量弟子的虔诚。”

“日军飞机训练俯冲轰炸，是准备用来对付我的！”黎有望喃喃自语，随后问明海，“你回来是向我讨要慈云寺的吗？实话实说，它应该明明白白被标在日本人下一步要轰炸的地图上了。今日你要回来，过不了多久，就会有同样的炸弹落到寺里。”

明海了无所惧，道：“若有炸弹再落下来，也算是如了贫僧所愿。司令请将小庙还给贫僧，我要继续为苍生祈福，为世人种福田。当然，你在平州一天，就可以继续用作军部，能容贫僧归来寄生就行。佛门，毕竟不是滋生杀戮之地。”

若在平时，黎有望一定会把明海这个糊涂和尚骂得狗血淋头：国破家亡，还幻想着躲在庙里苟活，还有脸面对自己死去的老婆和孩子吗？但此时此刻，他倒与明海有了共鸣，悟得世间所在，本来都是暂借之所。有借，自然有还，明海来讨要也是因缘。他心中油然生出无限的苍凉、无限的慈悲。

一僧一军，都是伤心之人，颓然地坐在慈云寺的门槛上，都无话可再说。

3

细细考虑一天后，黎有望决定，既然自己还身负侦缉的职责，那就一不做二不休，追着王怀信的线索查下去。既然王怀信供认烟土让詹耽敏给分销掉了，至少可以追问、控制住老詹这个老狐狸。这是其一。其二，既然刘精忠在平州，罗耀宗也见过他的面，那么，按图索骥，追查刘精忠，找出刘琴秋，也是势在必行的。其三，干掉刘清和，断掉吕天平和76号以及日本人联络的线。其四，轰走许卓城，断了吕天平和汪伪谈判的念想，但留下何志祥，自己来与他周旋，虚与委蛇，争取时间。其五，找到老K，进行谈判，让军统中止“曲线救国”的“黄雀”计划，把平州的力量凝结成一股，拉出平州，去清江县与小野决战。若不能胜，弃城，交由徐永财投降日寇，自己可挟持吕天平退到九龙湖里及湖北沼泽地带，打游击战，哪怕只剩一兵一卒，直至抗战胜利。

想定对策，黎有望决定分步实施，遂亲笔写信给詹耽敏，约请他近日能屈尊一次，为王怀信事，到宪兵营或者县法院接受问话。若执意抗拒，自己将带人上门。

短信写完后，他随即安排警卫火速送到詹府。

詹耽敏年迈，睡眠不好，操办完今年的都天庙会，有点劳神。他起得很早，正在院子里打拳健身。管家报送这封信来，他擦了擦额头的汗，到书房打开信件仔细一看，不禁笑了，“这个不知天高地厚的黎书馆，还想监禁我第二回吗？若不是看在吕天平的面子上，他的名字我都不想听。”随即把信丢在手边，端起一碗豆浆喝起来。

管家又来通报：“枕月小姐求见。”

詹耽敏一愣，随即让管家把枕月请进来。只见枕月穿着一套抗日游击总队的军服进了屋。女人男装，非常怪异。詹耽敏就问：“枕月，你不是说回大后方重庆去了嘛，这么快就回来了？我给孝光的信，你带给他了吗？”

枕月笑笑，拉了拉帽檐，说：“回老爷，前几天我忙着抓一个女共党，还没来得及动身。听说王怀信被黎有望给控制了，成了个废人，我是不是白陪他睡了？”

詹耽敏听她出口这么难听，有点不高兴，道：“枕月，我介绍你为军统做事，是想自己多个耳目，没想到你干特务比演戏还要卖力。你就不要再耽误了，即刻动身去重庆吧。等平州的局势定了，你再偷偷回来。把重庆那边的信，给带回来，你明白吗?”

“我已经是党国的人了，陪不陪你睡，应该由不得詹先生决定吧?”枕月冷冷地说，她指了指桌上的信问，“这封信，是黎有望召你去问话的吗?”

詹耽敏面露愠色，“贱婢子，你别忘了，你的卖身契还夹在我家的牲畜账簿里!”

“我问你，是不是黎有望的信?”

曾经家蓄的倡优居然用这副口吻跟自己说话，詹耽敏简直是怒火中烧。不过，他最终还是强忍住怒火，说:“是，你们难道想拿这封信做文章吗?”

“对，我的詹老爷!”

枕月点点头，微笑了一下，随即从随身帆布军挎包里掏出一把装着消音器的“掌心雷”，迅速对着詹耽敏连开三枪，一枪中额头，一枪中心脏，还有一枪打在他的胯部。两枪致命，一枪泄愤。

詹耽敏根本来不及反应，瞠目结舌，仰倒在了圈椅上，血汩汩地流了满身。

枕月迅速从挎包里拿出一张白条幅，横放在尸体上，条幅上用朱砂笔写着："汉奸投降者，杀！黎！"

她又把黎有望的那封信展开，放到詹耽敏的手里，随即说："老爷，您先听戏，我告辞了！"她起身到了黄铜的西洋留声机边，摇了摇手柄，把唱针放到黑胶唱片边上。

留声机就开始咿咿呀呀地唱起了明星公司灌制的淮戏《风波亭》。做完这一切，枕月看了一眼詹耽敏的尸身，唾了一口，离开了书房。

詹耽敏的死讯在当天迅速传遍平州城，瞬间掀起了一场巨大的舆论风暴。人人都在传说：都天大王镇不住，抗日游击总队内部要火并了，平州将要重新翻腾起民国十六年那样的血雨腥风。

徐永财的警察局第一时间传唤了黎有望。

黎有望也是第一次坐在审讯室被审讯人的位置上。他的面前摊放着一堆照片，都是詹耽敏的死状。徐永财说："黎司令，奉吕司令之命拿你问话，例行公事走程序而已，莫怪。"

黎有望冷冷地说："你觉得，是我杀了詹耽敏吗？"

"朱砂的笔迹很像黎司令手笔，但不是，明显是仿写。本城很多政令是黎司令签发的，甚至亲笔书写张贴的，所以模仿你的笔迹不难。詹老死前没有任何躲避、挣扎甚至举手自卫状态，说明凶手是熟人，在他毫无防备的情况下开的枪。尸体内取出的子弹，应该是6.35毫米的帕拉贝鲁姆弹，四寸勃朗宁M1906手枪打出的。哦，就是俗称的‘掌心雷’。整个游击总队暂没查出有这样的枪。你的传信兵送信后，管家还给詹老送过饭。不是他行的凶。”

“那就去查，之后詹耽敏见过谁。”

徐永财摇了摇头，“管家说没有人了。詹老独自在书房里听着留声机里的戏。但他见过一个穿着游击总队制服的人在院子里一闪而过！所以，不能排除你派杀手秘密跟在传信兵之后，潜入并刺杀詹老的可能性。对吧？”

“对你娘的屁，我要去问问詹府的管家！”黎有望被徐永财激怒了，“我派人去找詹耽敏是为公事，何必要私下暗杀他，对我有什么好处？分明有人在撒谎，在构陷我！”

“杀一人震慑一城，何况是德高望重的詹老。黎司令这是好手段啊！”徐永财垂下眼皮，抠着自己拇指上的死皮，漫不经心地说。

黎有望冷静了下来，他突然意识到与徐永财这么耗着没有任何意义，如果有这么张大网罩向自己，或许这件事，仅仅是一个开头，接下来会有更猛烈的暴风骤雨。他想到了徐永财的刑具房和他擅长的几样“手艺”，知道为自己辩解毫无意义，于是说：“徐局长，既然你这么认为，好吧，请你掂量清楚自己要跟着谁。我要是活不了，你是第一个要被我的兄弟们一块一块把肉割下来的！”

徐永财立刻满脸堆笑，“黎司令息怒，我就是走程序问话，现在问完了。您要去哪里，请随意，要是赏脸的话，晚上留下跟兄弟一块喝个酒。”

第二十章

树降幡

1

在东亚大饭店的松鹤厅，许卓城与吕天平开始关于和平解决平州问题的第四轮，也是最后一轮谈判。

许卓城的气色有点不太好，他脸色苍白，气喘吁吁，也心事重重。几个月前风度翩翩的老才子，像是突然生了什么急病，或者是纵欲过度。谈判双方坐定了，许卓城用一块手绢捂着嘴，开门见山地说："吕司令，看在咱们相识一场的分上，不要再拖下去了，你在等着看，南京也在等着看。你看，拖来拖去，这江北的形势，对你们越来越不利了，是吧？"

吕天平默默地点了点头，表示赞同。

许卓城说:“日本人的‘神光’计划，我已经透露给你了，不用多说。现在，我再告诉你，赵汉生带着武装整齐的三万人马，已经开到了维阳和平州交界处，兵指王文举驻防的莲河要塞。这是第一。第二，小野行男已经把一个旅团秘密地从江南调到了清江县来。一个旅团的日军啊，步兵、炮兵和飞机坦克，应有尽有，小小平州，一支杂牌军队伍，靠什么来挡？韩光义，你指望不上；新四军，你也指望不上。所以，赶快跟我签订协议吧，老吕，从夏天谈到秋天，你再拖下去，恐怕我们都要把命丢在这个平州城了。你总不会像那些无知小民一样，把希望都押在泥塑木雕的都天大王身上吧?”

吕天平仍没有说话，默默地点头。

“你要是肯点头，什么就都好说了。”许卓城终于确认他服软了，立即趁热打铁，“你可以不用通电投降，只要先把城里的旗子上加一个和平建国的黄旗，就是迈出了第一步。然后宣布脱离重庆，不受战区辖制，这是第二步。我力保你平州自治，你若有兴趣到南京任职，职务不变。若想留有余地呢，就继续打着游击总队旗号，待在平州搞你的自治，保存壮大自己的实力，这是第三步。我这是完全站在你的立场上考虑，而且也是你的老友舟先生的意思，你觉得怎样?”

吕天平死死地抿着嘴，沉思了良久，最终还是硬生生地点了点头。

许卓城一下子释然了，无精打采地笑了，“吕兄，我几乎是拿自己的一条命，换了你这三次点头啊。真难啊。谢谢你。口说无凭，我们，签字吧。”

许卓城一挥手，警卫长迅速把早已拟好的秘密协议呈上。许卓城掏出中山装上衣口袋里别着的金笔，迅速地在协议上签下了自己的大名，随后将文件连同笔一起推到了吕天平的面前。

吕天平颤抖着手拿起协议文本，逐字逐句地阅读，最后深深叹息一声，摩挲着那支金笔。他抬起头苦笑着对许卓城说:“若干年前，我还在武备学堂读书，每见书报载李鸿章在某某丧权辱国的条约上签字的时事，就会拍案而起，破口大骂，恨不得生啖其肉。稍长，经历世事不如意者十之八九，我又读到李鸿章说，他那一生最难写的三个字，就是自己的名字。此时此刻，吕某方心有戚戚焉。”

他拈起那支千钧重的金笔，在第一份协议上签上了“吕天平”三个字。

许卓城一阵剧烈咳嗽，道:“很好，吕司令，识时务者为俊杰。且慢，和谈事大，我们还是请两位中间人来做个见证吧。”吕天平一愣，问，谁是中间人。许卓城说:“宋醒吾和唐经方两位商界巨子，够硬了吧?”他随即敲了敲桌子，警卫长将胖乎乎的宋醒吾请进门来。

宋醒吾挂着生意人招牌式的微笑，拱手作揖，“吕司令，许特使，我来做个历史性的见证。”其时，他正春风得意。詹耽敏被刺后，宋醒吾立即身兼了平州商、农、金融三大会的会长，俨然已经坐上平州经济界的头把交椅。

吕天平有点闷闷的，问他:“说好宋、唐两位老板见证，唐经方先生呢?”

宋醒吾掏出金壳怀表看了眼时间，说:“约定十分钟前到的，怕是家中有事耽搁了。没关系，你们双方照签不误，我想，唐纳德唐应该一会儿就到了。不用等他。”

吕天平似乎也不愿见更多的人，毫不犹豫地提起笔，又在另一份文件上签下了自己的名字。签完后，他将金笔连同协议一起丢给了许卓城。许卓城苦涩地笑了笑，指了指手头的协议，道:“吕兄，早知如此，何必这般抗拒呢？拖了这么久，枉死了多少条生命。纵然是救苦救难的观世音菩萨，也不能不垂泪到天明啊。”

吕天平起身，转向窗外，拉开窗帘一角，俯瞰着远远近近炊烟开始升起的平州城，黯然神伤地说：“天，怕是永远也明不了啰。”

正在这时，他突然看到一辆黑色的名爵汽车开到了东亚大饭店的楼下。车门打开，穿着西服的唐经方捂着肩膀匆忙下车。不远处，有三个穿着破烂短衣的人迅速向他围拢而来，在百米的距离上纷纷拔出盒子炮射击。他中了枪，跌跌撞撞地奔逃。

周朝所派遣的便衣队听到枪声，迅速从大饭店厅堂中冲出来，聚拢反击他们。

吕天平连忙推开窗，只听得一个短衣人高声叫嚷：“我们是新四军武工队，受黎有望司令通报，特来锄掉汉奸买办唐经方！”喊完后，这三人便收了枪，从容地退到了附近的巷陌之中，隐身不见。

吕天平大吃一惊，回身对室内的人说：“唐经方先生在楼下遇刺了！”

宋醒吾闻讯，夸张地惊叫道：“是吗，我的天，我的唐纳德！”

他肥胖的身体却像陷在了椅子里，岿然不动。

许卓城则慢条斯理地收拾着协议文件，手颤抖着把金笔插回到自己中山装的上衣口袋里。似乎对于他而言，这世界上只存在着一件事，就是完成协议的使命。

卫长河悄无声息地走进松鹤厅，微笑着说："在外间的茶室，长河欣闻吕司令终于和许特使签订了协议，长舒了一口气，由衷地为平州的和平高兴啊。敢问两位长官，这份协议何时生效呢?"

这是一次最高机密的会谈，但卫长河不请自来的突然出现，并不令吕天平惊讶。不过他对自己岳父的生死漠不关心的态度，倒令吕天平不寒而栗。他环顾厅内，发觉此时此刻并没有一个人关心刚刚遇刺的唐经方。他瞬间了然，看来唐经方遇刺，也是这几个人精心策划的阴谋，要栽赃给黎有望和新四军。他心中不禁为唐经方感到惋惜——唐经方自以为是个纯粹的生意人，在任何情况下都能跟任何人做好生意，却全然不知，国难临头，天底下已经没有任何一笔不沾血的交易了。

吕天平沉默了片刻，回答卫长河说："两个月后!"

卫长河颇为高兴，顺嘴说："看来，又得要再挽留许特使两个月了哦。"

2

平州协议签订的消息，随着1940年冬天的第一场寒风传到了南京。南京汪伪政府上下为之一振。这段时间，他们派出了二十多个特使在华东各地，与各地杂牌军的头目接触谈判，说降、拉拢、收买、威逼利诱，无所不用其极。比起年初，汪伪实际控制的地盘大了一倍，全靠这套“和平建国”的办法。与平州的吕天平比起来，那些杂牌军的头头脑脑，无论是资历、声望还是军衔上，都不是一个量级的。

吕天平的投降，对于汪伪政府而言意义极其重大。

整个南京的大报小报开始了铺天盖地的宣传，欢呼吕中将弃暗投明，并呼吁整个中国东部抵抗的杂牌军将领们尽快效法吕天平之选择，共同融入“大东亚共荣圈”中，携手建国，共克时艰，廓清宇内，清灭共党。这些大报小报不可避免地会流入平州。

为此，吕天平以入寒后平州城内出现鼠疫为由，下达了城禁令，非军事原因，平州内外交通一律管控。

鼠疫确实在平州城内出现过。

年初，赵松尚在世时，平州附近乡镇就有鼠疫迹象。作为接受过现代卫生教育的大学毕业生，赵松十分敏感，担心是日寇投疫，所以参考当年伍连德在东北防疫的办法，以战时手段及时召集乡镇长颁布了成熟的防疫措施，把疫情给迅速扑灭了。有了赵松现成的经验在那里，鼠疫防治并非什么难事。

入冬偶发的鼠疫，只要措施得力，露头即扑，也不会造成全城的传染和毁灭。吕天平的城禁令，在黎有望看来，完全属于欲盖弥彰。

詹耽敏遇刺身亡，唐经方被“新四军锄奸队”打成了重伤。一时间，平州人心惶惶。还有人传说吕天平与汪伪特使已秘密达成了投降协议。黎有望的处境越来越糟糕。

詹耽敏的死没有像黎有望认为的那样那么容易就过去，他远在重庆的小儿子詹孝光披麻戴孝向上司喊冤。重庆因此向战区施压，战区向卫长河下达命令要“尽快破案，还朗朗乾坤以澄明”。

卫长河心知肚明，还有一个多月的光景，无论是重庆还是战区，就都管不着平州地界的事了，可他还是拿着千里之外的令牌，到吕天平的办公室去要挟他剥夺黎有望的所有兵权。吕天平就问他："你打算怎么处置黎有望？"卫长河说："秘密逮捕，就地正法！"

吕天平苦笑说："他只是个嫌疑犯，是我们在背叛他！你们做了什么，我还不清楚吗？"

卫长河就知道吕天平的真实态度了，对这个小舅子，他还是不肯下狠手，只好说："大变已定，刘精忠这小子还是不肯交出刘琴秋女士。司令，我会尽快催他交人，你请放心。"

吕天平斜过头死死地盯着卫长河看了几秒钟，像一块铁一样冷冰冰地说："你一点也不怕黎有望吗？以我对他的了解，他是不会坐以待毙的。况且，他还抱着为抗战而死的决心。"

"我怕。"卫长河坦陈，"他是一个连死都不怕的莽夫，易于被激进思想煽动。所以，必须得送他去死。否则，会坏了'黄雀'计划的大事。"

吕天平垂下头沉默良久，最终说："答应我，不要暗杀他。像他这样的汉子，应该让他死得其所，死在战场上。这是军人该有的死法。一个月后，我们易帜之前，我尽可能把他支出城去。大局已定，没有必要为一头犟牛节外生枝。此外，镇守莲河的王文举还不知道和谈已定的事，你最好亲自跑一趟，跟他说明情况，免得他那边再有变故。赵汉生卷土重来，带着三万人马压着莲河，弄得王文举也很紧张。”

卫长河点点头，说：“好，遵令。”随即起身告辞离去。

卫长河离开后，吕天平拉开抽屉。抽屉里，一支小手枪压着一个笔记本。红色封面。他推开枪，拿起笔记本打开，里面压着几张照片。吕天平捧着笔记本，抽出照片，慢慢地翻看。第一张，是他和黎有望的姐姐黎雨萍1927年3月初在江西的合影。那时候的自己，看起来真是年轻，意气风发，军装笔挺，胸佩刚刚获得的“北伐先锋”勋章。穿着学生套裙的黎雨萍圆圆脸，细细的弯眉，大大的眼睛，书香门第大家闺秀的样子，也正是沉浸在热恋中陶醉的表情。笑容中却略带点忧伤，仿佛是洞悉到一个多月后即将发生的一切。

吕天平又翻看到自己和刘琴秋在上海的合影。

刘琴秋是青春洋溢的美，而吕天平已经略显苍老，满脸沧桑了。之后，是和囡囡在一起，一家三口的合影。刘琴秋和自己秘密结合以来，不要名分，为自己生了女儿，现在却被韩光义给死死控制着。不应该。她不应该有这样的命运。

吕天平痛苦地想到，自己已经负了一个黎雨萍，不能再负了刘琴秋。

最后一张照片，是那张延安保育院小学生的合影。这张来历蹊跷的照片，是王怀信花了五千大洋帮吕天平从徐永财手里买得的。

吕天平拿着照片怔了很久，掏出打火机点燃了照片，把它烧成了一堆灰烬，并用紫砂壶里的茶水，把灰烬变成了一摊永远无法复原的灰浆。

3

不能再拖下去了。黎有望秘密召集他的几个心腹部属，在慈云寺商议对策，也叫上了一向支持他的县府秘书滕勇。他开门见山，直奔主题，说:“盛传吕司令已经和许卓城秘密签订了一份投降的协议，据说，是卫长河胁迫吕天平这么干的。诸位，怎么看?”

“他娘的，老子憋一肚子气老久了!”朱子松一拍桌子，“吕司令是千方百计要整死我们啊，别忘了他是怎么逼走丁聚元的。如果是因为个人意气，那也就忍了。但是如果他要出卖平州，我们这帮兄弟绝对不能答应。”

“刀都架在脖子上了，咱们得干点什么，不然，那么多老广的兄弟千里迢迢来，白白地战死了。”叶桂材恨恨地说，“跟着我投军的这批老广兄弟，都是当年冯子材将军抗法募兵的后裔。我们宁做匪，不投敌！”

他那生硬的广西白话，让黎有望内心一凛。他细细想了想，说：“你们认为自己回各自的队伍里，能把那些兄弟都拉回来吗？”叶桂材说：“怎么不能，我一个招呼，他们都会听我的。”

黎有望摇摇头，冷静分析道：“你们知道王怀信是怎么进去的？倒卖烟土是不是？不是。仅仅几个月，他勾结詹耽敏，利用皇桥周边三个镇的交通之便，还倒卖粮食、药材、布匹……他给三个纵队发了多少军饷你们知道吗？就算你们再回去，三个纵队带得回带不回，我很怀疑。”

众人面面相觑。

滕勇忍不住插了句嘴：“卫司令已经向陈推事施压，王怀信应该很快就能被无罪释放了。警察局负责查办的詹耽敏遇刺案，矛头已经越来越指向黎司令了。”

他这一番话透了底，大家才真正感受到处境比想象的要糟多了。

黎有望没有慌乱，他不动声色地说：“刺杀这件事，就是制造白色恐怖，有第一回，就有第二回、第三回。唐经方被乱枪打残了，他们那边有什么动静？”

滕勇压低声音，喘着粗气说：“听说卫师长在组织人手，秘密查探，准备把城内明的暗的共产党一网打尽。甚至任何有通共嫌疑的人，也都要杀掉。”

“嗯，冲我来的。”黎有望点点头，“弄不好，今晚就是我和大家开的最后一次会了。我们是不是要拟一个互保名单，一旦我们的兄弟中有谁遭受不测，咱们就立即动手，把他们一帮骨干统统都干掉。”

“他们想把猪养肥了再杀，我们不能这么束手就擒，先下手为强。”沉默的黄开轩表态了，“我们先除掉许卓城、李香菊、刘清和、何志祥和王怀信，看看卫长河他们有什么反应。他们要敢再动，就干掉周朝和何辅汉。绝不能手软。既然又一次城禁，大家动不了外围的军力，那么只有这个间隙能痛快动手。”

黄开轩话不多，每次说话都像拿着一把刀子，能把人捅出血来。

黎有望并不完全赞同黄开轩的意见，他说：“卫长河他们也要杀了许卓城啊。我看，还是留着许卓城吧。他活着，或许更有用。至少，日本人不会草率就来执行‘神光’计划，用炸弹轰我们，至少投鼠忌器。”

黄开轩就不说话了，他想，或许是黎有望有私心，因为许卓城是白露的亲生父亲。这点也不好捅破。

“宋醒吾这个两面三刀的奸猾商人呢?”朱子松说，“现在，詹耽敏已死，唐经方重伤，吕天平要是投了降，平州城的生意场，就全是他一个人的天下了。他可是大赢家啊!”

黎有望摸了摸下巴，说:“没什么证据，能证明老宋跟这些事情有直接关联，先放他一马吧。再走几步，就能看出端倪了。”

罗耀宗则问:“棺材铺的徐老板呢，我们该如何处置?他是一手遮天的老K，是我在军统的上线，操盘整个局面。”

“老K，也不急!下一步，我要去亲自会会他。”黎有望说。

滕勇推了推眼镜，忍不住还是问了:“黎司令，您这也不急，那也不急，我真替您急啊，你们还有多少力量能把平州的局面扳过来啊?我大伯特意给您算过一卦，大凶之兆啊。”他的话一出，所有人都屏住了呼吸。

黎有望听他说得情真意切，想起了那位号称“滕半仙”的滕贞吉老先生，忍不住要笑了。刚有点笑意，心中又是五味杂陈。他认真地回答滕秘书：“我们现在的力量是不多了，但你可别忘了，几个月前，我们是如何在平州起兵抗日的。况且，我们已经不是孤军一支了，我们还有友军。”

“谁是我们的友军？”

“共产党啊！他们不会引颈待戮吧？也不会让平州的局势这样恶化下去吧？”

黎有望抱起了胳膊，显得信心满怀。

黄开轩咳嗽一声。罗耀宗默默无语。

这时候，慈云寺内突然响起了隐隐的木鱼声和诵经声，是入住寺内的明海和尚在用一种平和却又苍凉的声调，为死去的妻儿念往生咒。

悲凉的调子，在午夜里，像是一张从黑暗地狱里张出的网，笼罩在这一帮抗日救国军老兄弟的头上。没人再说什么，他们每个人却都格外清楚，过了今夜，平州城就会慢慢变成决战的修罗地。

第二十一章

将亮刀

1

刘清和这一天的心情特别轻松。等了这么久，他终于收到了影佐少将发来的密电："'千手观音'计划已经执行到最后一步，吕天平和许卓城达成密约，愿意归降。对于皇军，黎有望已经毫无价值可言，反而成为隐患，宜尽快解决之。此，我已经知会川岛女士!"

平州城内最近一连串诡异的事件，已经表明那晚十三人的秘密晚宴起作用了，平州将有大变。从"分化吕黎"到"解决黎有望"，这道命令，刘清和等得太久了。对方就像是一头猛虎一样拦在路上，虎视眈眈地盯着自己，随时可以扑上来，自己手握着钢刀却不能轻易刺出去。这让刘清和一直憋屈不已。对于日本人到底能不能得到平州城，他压根儿不感兴趣，他唯一想做的事情，就是让黎有望死在自己的面前。有时候，梦到自己手刃对方，他都会狰狞地从梦中笑醒。但自己的身份是一个特工，没有命令绝不能擅自行动。刘清和对此心知肚明。

影佐的来电，终于给了他这个机会。

下一步，就是如何执行了。刘清和想要找的第一个人，就是李香菊。她也应该收到川岛芳子的命令了，找她商量是唯一的选择。

他邀请李香菊到平州大酒楼自己的客房内一聚。李香菊如约而至。她一进门，就问："你是不是请我来商量杀掉黎有望的事？"

刘清和请她在沙发上坐下，问："川岛女士给你命令了？"

李香菊点点头，说："你是不是一直在等这个命令？不过令你失望了。卫长河说黎有望手里掌握着皇军的密码，在确认黎有望弄到的是否真的密码之前，还不能草率地干掉他。否则，对帝国上下的影响那可就太大了。"

"你在说笑吗？黎有望他们这一群平州城的土包子，怎么可能破解世界顶级的密码？你以为是像杀个人那么容易吗？这是他放出来用以自保的烟幕弹。"刘清和极度不以为然地说，"不管怎么说，黎有望还算是个英雄，到了今天这个山穷水尽的地步，还是不肯投降。你该不会是喜欢上这样一个大英雄了吧？”

李香菊直言不讳地说：“嗯，不错，我对黎有望是有好感，那是女人欣赏男人的好感，但不影响我一枪杀了他。他是中国人，我是日本人。而且，你也知道，我爱的另有其人。”她的声音突然变得很柔软，把身体向前倾，伸出细长的手指触碰刘清和的膝盖。

刘清和冷笑一声，推开她的手，说：“你开什么玩笑啊。你知道我是个什么样的人。我自己都不喜欢我自己，更不会喜欢你！”

李香菊有点恼了，说：“你不喜欢我，为什么还要占有我的身子？”

刘清和有点尴尬，沉默了片刻后，连忙岔开了话题：“无论早晚，黎有望是一定要死的。我设想可以分三步弄死他。第一步，执行‘神光’计划，炸掉慈云寺；就算没炸死黎有望，也会制造一定的混乱。第二步，趁乱设伏，刺杀黎有望，散布谣言，说吕天平派人害死了他，同时把吕天平与许卓城秘密协定的内容公布出去，让和平建国军朝平州奔袭。最后一步，找吕天平谈全面投降，把平州完全交给皇军。你掌握吕、许密约的内容了吗？”

“许卓城信守承诺，除了向南京舟先生方面汇报之外，并没有再向任何人透露秘密协议的内容。”李香菊说，“不过，这个老狐狸活不了太久了，何志祥已经买通了宋醒吾，在他的饭菜里暗暗下了毒，低剂量无色无味的亚硝酸钠。这么多天下来，他的身体，应该快撑不住了。”

“其实日本军部的人就是一帮蠢货，竟然会相信汪精卫说的要招降纳叛，这才将平州问题拖到现在，眼睁睁看着这帮人折腾来折腾去。”刘清和叹息了一声，“这是被我们中国人耍。是我，就不会做这种既当婊子又要立牌坊的事，一支劲旅直取平州。日本人这种头脑，我看他们能蹦跶多久！”

李香菊有点不高兴了，提醒他：“清和君，请你注意谈论大日本帝国的语气！”

刘清和方对李香菊有点好感，随之，就有点鄙夷她了，一个头脑简单的中国血统的女人，靠着色相为日本军方工作，还总以为自己跟帝国的命运紧密相连。就像那些自愿投军的日本慰安妇，草芥一样的生命，却有一种莫名其妙的圣母感。

他站起来，拉开窗帘一角，看到酒楼外黎有望派出的，轮班盯着自己的便衣士兵在烧饼店的炉子上烘着手。高天上开始堆积了密集的彤云，北风呼啸而来。陡然间，刘清和才感觉到从年初寒风中待在北平，到上海，再到平州，这多事的一年，真是惊心动魄。他暗中不断地变换着门庭，寻找可以帮助自己摆脱这个死局的力量。

现在，凛冬又将降临。一切的开始，都将有一个结束。即将要亮出刀子，开始一场了结的杀戮。在寒冬凛冽中开始，也必将在寒冬凛冽中终结，唯一感到冰冷彻骨的，是风雪夜行人。

他突然想起莎士比亚的一句话："自己加于自己的伤害，最不容易治愈。"无端地黯然神伤。

两只胳膊悄无声息地从刘清和的背后缠绕了上来，像蛇一样柔软和纤细的手在他的胸前和胯部游动。一股温暖的气息冲击着刘清和的颈项，非常地酥痒，令人沉醉，令人渐渐陷入其中无法自拔。一个红唇开始在他的腮边亲吻，热烈的情欲像一团火一样被引燃。

刘清和的气息有点粗，微微转过脸迎上那条火苗一般热烈、香软的舌头。一个名字不禁从他的喉头深处滑出："映雪！"

李香菊猛然推开了刘清和。她的整张脸都憋得通红，面目狰狞，在一瞬间变得像夜叉一样恐怖。她厉声说："你还在想着那个女人，哼，刘清和，你是不是觉得我很下贱啊？告诉你吧，黎有望不一定会先死，但是白露嘛，呵呵，有人给我们提供了确切证据，她是潜伏的共党。刀子已经亮了出来，她已经被列为平州易帜前头号的暗杀目标了！你就死了对她的那份心吧。想得到太多的人，到最后可能什么也不会得到！”

2

这一天骤冷。1940年已经跨入最后一个月了。一早，肖含玉就赶到了白露寓所的楼下拍门板。白露握着一只手雷，从二楼的窗子上探出头，见是肖含玉才下楼开门。她诧异地问肖含玉，为什么这么一大早找自己。

肖含玉一见白露，就要塞上一包黑布裹着的东西，并神秘兮兮地连声说："谢谢啊，白小姐，你跟黎司令说了话，还真管用。怀信他，就要被县法院给放出来了！他们已经通知我两天后早晨七点到法院签字领人了。"

她拉开黑布包的一角，里面露出黄澄澄的颜色。显然，是一些黄白之物。

白露十分惊讶。她这阵子帮着唐晓蓉代课，忙着学生们寒假前的事，其实从来没跟黎有望提及王怀信，甚至她还期望他最好一直被关在牢里才好。他若被释放，肯定跟自己半点关系都没有，只不过肖含玉一心认为这是白露的功劳。白露连忙推脱说："没有，没有，不用谢我，没帮上什么忙。"

肖含玉含着泪说："怀信是我唯一的依靠，可在平州，我根本找不着帮手。白小姐这番大恩德，拿什么出来谢你都不为过呀。我知道你人好，先收着，算是娘家人的心意，留着当嫁妆用。我呢，也不会跟公门打交道，白小姐大家出身，又参过军，要是肯的话，后天一早跟我一起去法院帮忙办手续接人可好啊？"

她硬生生地把这包东西塞给了白露。

白露犹豫了片刻，突然想到，王怀信被无罪释放，正好可以找他打探清楚一些问题。如果有蛛丝马迹确认他是个叛徒，理应设法除掉他。想通此节，她就勉强收下了，微微点头，答应肖含玉，后天若无特殊情况，会陪她去法院接出王怀信来。

送走了肖含玉，白露也准备去学校上课了。

进校门前，她在门口那堵水泥墙的公告黑板留言区里，用一支红色粉笔写了一句话:“今日恐有阴雨，望各位教员、学子多多留心!”这是一句寻常的天气预报，每天早上，根据广播里的播报公告天气情况。正常时都用白粉笔写出这句话;用红粉笔留言，代表着有情况，希望能和对方见面商量。这，是她和老谭约定的临时联络方式。

到了中午散学，白露经过门口那堵水泥墙前，看到有人在那段留言下留了个掌印，就问学校的门卫:“怎么有人在留言板上涂抹啊?”

门卫就如实相告:“宽良街的谭傻子来过，想胡闹，被我给轰走了!”

白露就不多问了。

下午，她来到那条废旧的巷子里，确认没人跟踪后，敲响了老谭院子的门。衣冠不整、蓬头垢面的老谭闪身出来，对着白露微微一笑，让她进门。还是进了那个旧屋，老谭说:“你的留言我看到了。正巧，我也有急事要联络你!”

白露匆忙把王怀信的情况向老谭汇报了，说:“最近，我听到各种明的暗的风声，说吕天平已经秘密倒戈，与许卓城签订了投降协议。平州局势陡变，他们准备大肆搜捕、杀害我党同志了。”

老谭说:“不用怕，他们知道多少我们的同志呢?无非是小学堂的左月潮校长，还有五位潜伏的新四军武工队队员。”

白露摇了摇头说：“那也不能眼睁睁等死，我要通知他们。我总觉得我们把敌人想得太愚蠢了，从刘清和的只言片语中，我察觉出他们其实一直在怀疑我的身份。我想，他们既然有本事能把许卓城是我亲生父亲这样的秘事给挖出来，就一定也能查出别的，只是一直引而不发而已。所以，我想趁机去会会王怀信，如果他叛变了，我干脆自我暴露，一定为组织上除掉这个叛徒！”

“组织上不许你这么做！”一个声音突然从内厢房里传了出来。

随之，一个戴着眼镜的中年男子一瘸一拐地走了出来，尽管他的脸上已经满是疤痕和灰尘，衣衫破旧，白露还是一眼就认出来了——是绿柳晴旅馆的老板，她的老上级，老钱。

她难抑激动之情，起身拉着老钱的手说：“老钱同志，我就知道你会无恙归来！是武工队的人救了你吗？”

她简直想拥抱他。至于他是如何神不知鬼不觉又返回城中的，白露压根儿不去想，自己的同志就是这么神通广大。

“王怀信应该是个叛徒，但不能轻易动他。”老钱笑笑，继续说，“是黎有望司令派人救了我，他这人啊，比我想象的厉害得多，其实暗中掌握着一切，却永远不露声色。你恐怕不知道，我失联后，我的上线‘木匠’秘密来平州找过我和王怀信，也是他有惊无险地把‘木匠’给送走了。幸好这样真心抗日的人是我们的朋友。所以，这次南方局和新四军军部让我再次返回平州，只有一个任务，确保黎司令的安全，保护好这颗抗日的种子。”

“那么，我们的秘密电台呢，能不能重新启用?”白露急切地问。她心中有点蒙，老钱的上线居然不声不响地来过平州，自己竟全然不觉。

黎有望是怎么把他给送走的，她也完全蒙在鼓里。

“能啊，按照‘木匠’的指示，它必须要启用。只有启用它，我们的同志，包括你在内才能安全。我们也要亮出我们的剑来。”

老钱信心满怀。他看了一眼老谭，老谭会意地点了点头，眼睛里放出光来。

3

王怀信被法警从法院的禁闭室里领了出来。禁闭的这些日子里，他倒也没闲着，天天练习书法十几个小时，领悟二王行书的真谛。他总结出来十六字箴言:“圆而无法，法在象外，行云流水，不着痕迹。”

县法院的陈世瑜推事是个断案高手，他查起人来，要比黎有望的手段高明多了。王怀信的每一笔贪墨、贩卖、挪用，都明白无误，比王怀信自己记得还清楚。就在收到开释令的当天，陈世瑜还揶揄他说:“我听说王师长在上海秘密入了共产党，可是你做出的事情，却很不像共产党啊。”

王怀信就反问他:“你是不是觉得我像国民党？哈哈，那就对了，我王均如迷途知返又回来了嘛。”

陈世瑜只有冷笑的份儿了，说:“我国司法，五权分立。只认法，不认派!”

王怀信反问:“钱是到我手上了，可是我怎么用的，你查了没？补了吕司令和黎有望拖欠的军饷，添置了十万发子弹和大量军服。不然，我军怎么能安心度过这个冬天？兵一乱，你们在这平州还有太平日子过吗?”他边辩解，边写下了“居安思危”四个大字送给陈推事。陈世瑜心知还有两万大洋的花销对不上，也不跟他争辩，拿出一张开释令交给他说:“好，王师长，本推事正式告知阁下，你暂被开释，可以走了!”

王怀信瞅了一眼那张开释令，搁下笔，活动活动僵硬的手腕，向陈世瑜一鞠躬，说："谢谢陈推事，我还以为能在你这里待久一些，多领悟些书法真谛。你看，什么民国司法只认法，不认派，鬼话吧？威势逼迫下，你还不是得乖乖把我送出去？"

王怀信从禁闭室里走出来，迎接他的，是警察局局长徐永财和卫长河的心腹周朝。周朝向他敬了个军礼，道："恭喜王师长！"

王怀信的眼睛被清晨的阳光刺激得有点睁不开，用手掌遮着，反问周朝："逃过一劫而已，有什么可恭喜的？"

周朝笑嘻嘻地说："韩光义主席已经任命您为原冯沅所部175师师长，恢复少将衔，并已报战区及重庆。您的部属，就是目前在皇桥驻守的游击总队三个纵队兵力。您可以自行扩军至一个国军主力师，作为独立师存在，不再受游击总队节制。"

他随即向王怀信递上委任状，双腿并拢，敬了一个标准的军礼。

王怀信接过委任状，眉头一展，长叹一声："还真是个好消息啊。"

徐永财连忙把王怀信肩头的稻草给拈掉，给他披上一件挂着少将衔的军大氅，笑嘻嘻地说："王师长官复原职，也是党国之幸啊。”王怀信不理他这一套，“那天，从上海来找我联络的那个‘木匠’，你们抓着没有？”

徐永财有点尴尬地说：“呃，就差那么一点点，被人半道截和了。像是，像是黎有望的人！”王怀信立即拉下大氅，“蠢哪，这么一条大鱼，就被你们给放走了。共产党会回来要我们的脑袋的。”

徐永财凑近一点说：“我们最近侦听到，中共的秘密电台又开始启动了，与钱老板的电台是同频。我确信，就是那部我们没有查到的电台。”

王怀信警惕了起来，道：“追查，一定得查个水落石出。这城里的共党不肃清，你我都不可能有好日子过。”

“明白！”徐永财说，“这几天布置好，就到平州小学堂缉拿左月潮和他的同党。不过，鉴于他是个明面上的共产党，我们不能对他怎么样，吕司令的意思是把他礼送出境。”

“礼送出境！那个钱老板也是礼送出境的吧，应该没问题了吧？”

王怀信颇不以为然。

徐永财会心地一笑，“我的几个下属回复说开了好几枪，应该是死透了。对于左月潮，我们同样照办就是了。”

王怀信狐疑地瞟了他一眼，说："这个平州城里，头号的共党还没被挖出来啊。那个刘琴秋松口了吗，吕天平有没有秘密加入过共党，他是不是'沉冰'？"

徐永财犯难了，"的确没有什么直接证据，能证明吕司令加入过共党啊。您在共党待过也没摸个准信出来，凭着现在一鳞半爪的线索，很难认定这事啊。他是个中将，要侦缉他，您知道的，牵一动万，非同小可。"

王怀信颇有点无奈地说："好吧，一切都要秘密行事。放过刘琴秋。还是得从源头，从他前妻、黎有望的姐姐身上查。"

"是，我明白！"徐永财又问，"还有一事，我很想问问，还有大量的共党嫌疑分子和亲共分子，比如说白露和黎有望这一对，我们该拿他们怎么办呢？"

王怀信什么也不想多说，只道："把刀准备好，磨快了，先不急着抽出来。一旦抽出来，就要一刀封喉！"

第二十二章

众生难

1

1940年的12月显得无与伦比地漫长。平州笼罩在一片寒雾之中，阳光透过雾气，呈现出诡异的粉紫色来。上了年纪的老人说，这是兵灾之象，有年头没见了。几十年前，闹太平天国，“长毛兵”从天京渡江北伐清廷，想夺平州，也出现过这般诡异的霜雾。另有老人就说，平州什么时候遭过兵灾？守城的知州曾打得“长毛”的李王不得近城半步。十几年前，国民政府北伐到平州时，领兵的却是土生土长的平州人吕天平，凭着乡情威望，不费一枪一弹，仅靠着喊话就把平州城给拿下了。几个月前，小日本眼瞅着打到城墙根下了，硬生生被黎司令给挡了回去。现在又盛传吕天平签订了和平协议，或许这仗真的是打不起来了。

一城有一城的命，这就是平州城的太平命。

受了太多惊吓的平州黎民，心态变得很诡异，尽管人人都在高呼着抗战杀敌，也巴望着国共两军能多打几个胜仗，但却都放弃了可以战胜日寇的希望。希望本就如喷涌的岩浆地火，地火灭了，大地板结为一片空荡荡的石头之地，了无生气。从贩夫走卒到各级官吏，所有人都等着一个确定的结果。

王怀信提前一天被开释。

他把徐永财送的少将大氅丢到了一个垃圾堆上，裹着被抓进法院前穿的旧大衣，沿着无人注意的巷陌，避开人群，悄悄地返回家中。他已经从徐永财口中获知，就在自己被抓后，詹耽敏被黎有望刺杀身亡。凭他的直觉，就知道这是军统派枕月干出来的。谁去做汉奸，也得讲究一个资格。詹耽敏满嘴仁义道德，为国为民，一旦下了水，太难看。唐绍仪那样的命运摆在前头，这老头儿自己心里没一点数。

经过詹家大门时，看到院门口高挂着一个白色招魂幡，他连连暗叫“晦气”，便低着头绕过正门，来到后街自己的宅院。

宅院的门是半闭的，王怀信蹑手蹑脚绕过影壁，听到屋子里居然有人在说话。两个女人的声音。他屏住气上前查看，竟然是肖含玉和白露在说话。只听肖含玉说："我备了几十样礼，明天去接怀信，法院上下，见者有份儿。他能安好出来，我这颗心啊，也就能放下了。"

屋内的白露在摆弄着那台铁壳收音机，似乎漫不经心地说："最近，有没有什么人来登门找过你先生啊？"

正在摆弄礼物的肖含玉一见白露摆弄收音机，慌忙说："哎哟喂，姑奶奶，别动那东西呀，那是老王的宝贝疙瘩……"

白露就慌忙收了手。肖含玉竹筒倒豆子一般说："老王被抓之前，是有个卖兔子肉的找过他呀。那一伙人呀，罗煞一样凶巴巴的，进门就掏枪。我以为是绑票的，结果呢，就是和老王聊了聊，还送了他这个家伙。老王临走前，要我每天晚上听广播，听有没有什么人念叫金希普还是金普希的一个苏联人的诗……"

白露忙问："是吗？哦，你听到了没有啊……"

肖含玉说："也就是最近几天，天天晚上有人念，什么生活诈骗了你，你也别悲伤什么的。"白露若有所悟地点了点头。

王怀信微微一笑，心中对于白露的真实身份已经全然确定。他矮下身子，缩着头，不声不响地贴着墙脚溜出到大门外。随后，咳嗽一声，用力拍门板，高声喊道：“含玉，含玉，我回来了！”

在内屋听到王怀信的声音，肖含玉飞一般跑了出来，满脸诧异的白露也跟着走了出来。肖含玉扑到王怀信的怀里，说：“怀信啊，不是说明天才放出来的吗？你看你看，都瘦成这样子了！”

王怀信拍了拍她，又把她推开说：“开释令已经发出来了，多关一两天，法院还要供我吃喝，索性就提前把我放了。我怕你担心，就第一时间赶回来看你了。好了好了，我没事了。哎哟，白小姐，你也在啊？”

见到王怀信，白露有点意外，有点尴尬，更十分紧张。

肖含玉就絮絮叨叨地说：“老王啊，你得谢谢白小姐，你说这平州我人生地不熟的，求人都没去处，想来想去，黎司令差的宪兵抓你，我只有求白小姐了。她一说，这不，你就能回来了啊。”

王怀信听了，立刻展眉对白露笑笑，温和地说：“是啊是啊，感谢白小姐，我们夫妻为你们牵了这条姻缘线，既是要命的，也是救命的！”

他的双眼死死盯着白露。

白露听了王怀信这番话，不知他是话里有话，还是实话实说，浑身冷汗如雨，手有点颤抖，心发慌。她原以为自己见到叛徒，一定会怒火中烧，只欲除之而后快，却没想到真的心虚了。白露有点结巴地说:“我也没帮什么忙，但是肖小姐一个人太慌了!”

“对了，白小姐，其实呢，我和黎司令之间本来是如同兄弟，到这一步，仅仅是一些小误会造成的。他必定是听了身边人的谗言，对我有看法了，比如黄开轩这个不动声色的家伙。你既然帮了忙，索性好事做到底，哪天带着黎司令一起再到寒舍来喝一杯。王某自当跟他说明白了，可好?”

王怀信语气十分坦荡，仿佛他受了天大的委屈一般。

白露知道自己没那么好的表演能力，只好推脱说:“我会尽力把他请来。对，我想起来了，王先生、肖小姐，我小学堂里还有课，你们久未团圆，我就先行告辞了啊。”她说着就垂下头，绕过王怀信，步履匆急地往门外走。

王怀信忙说:“哎，别着急走啊，小学堂这会儿应该放寒假了吧，白小姐?”

说话间，白露已经到了门口。她刚要跨出门，王怀信大声说:“白小姐，你听说了吗，我刚到平州时暂住的那家绿柳晴旅馆的掌柜，那个钱掌柜，他失踪了，旅馆也被警察局的人给封了。他究竟是什么情况，是不是暗通日寇啊？”

白露一愣，停在了门口，淡淡地说：“我没听说。”随即，迅速离开了王家。

2

白露心发慌，沿着大路匆匆走。

天冷，一路上的行人还不太多。她遇到了一队戴着防毒面具的士兵，用破布裹着两具尸体往大车上抬。拉车的骡子喘着粗气，在寒风中不断打着喷嚏。这些士兵的胳膊上都佩戴着写有“防疫”两个字的袖套，显然是吕天平所组织的防疫队的人。这些防毒面具，正是几个月前从源田攻城的士兵身上缴获而来的日式面具。

有一个老兵用一根黑木棍拦着路，手上摇着铃，怪腔怪调地喊：“瘟神作乱，火神救难，无常临世，闲人避让！”

这四句话其实就是提醒大家得及时避开的意思，这些尸体连同死者的衣物，都要堆在撒着生石灰粉的大车上，运到城东、城南的坟场，统一烧掉。

白露看着这群人忙碌，感到一种来自肺腑深处的毛骨悚然。她已听说，城里最近有鼠疫暴发。吕天平有文化，懂科学，注重防疫工作，及时采取了控制手段，加之平州无战事扰乱，并没有造成大流行。这些时不时收集一两具尸体的防疫队员，却像城中幽灵一样，让人深感死神近在咫尺。白露慌忙掩着口鼻，绕开他们，小跑了过去。

出了街口向南，白露有两个选择，向西去找老钱和老谭，汇报王怀信提前出来了；向东去往慈云寺，找黎有望，告知他王怀信被开释了。她站在街头稍稍一犹豫，就听到背后响起了摇铃声，那队士兵收好了尸体，正赶着骡子往城南去。

白露扭头看，见仿佛是一队鬼魅跟随着自己，不由自主地向东而去，去慈云寺寻黎有望了。

慈云寺似乎真的变成了一个寺庙，有了烟熏火燎的香火气。警卫们认得白露，直接放行。黎有望办公室所在的院外，乌力吉和鲁培林二人正守在门口下象棋玩。一见白露，鲁培林忙站起来敬礼，说：“嘿，白参谋，您有事找黎司令吗？”

他已经正式被调入黎有望的警卫排了。

白露说:“有事，有急事，十万火急!”

鲁培林就告诉她:“就在三五分钟前，您的同事，嗯，就是那个唐家的二小姐，刚刚进去找黎司令说事。黎司令不让任何外人进。”鲁培林嬉笑了起来，冲着白露挤了挤眼，又说,“不过嘛，您可不是外人，您是我的老师。快进去，别让那个哭哭啼啼的二小姐夺了黎司令的魂。”

他这是向着白露的意思，唯恐唐晓蓉找黎有望是为谈情说爱。

白露顾不得多说，谢过鲁培林，直接往内院里去。她走了几步，不由得蹑手蹑脚靠近黎有望的办公室。只听得一个女子嘤嘤地哭泣着说:“我们家真全乱了，只有黎司令能救救我爸爸。”还真是唐晓蓉的声音。

白露的心扑通扑通跳得更快，不由自主地屏住了呼吸。她联想起唐晓蓉已经请假多日，说是因为家中变故。

“你父亲肯定不是新四军锄奸队刺杀的，他是个开明绅士，暗中帮过新四军不少的忙，给他们提供过紧缺的药品。而且，他还默许你为抗战事业出力，立下了大功劳。这些事，大家是心明如镜的。”黎有望柔声安慰说。

“是我姐夫，是卫长河!”唐晓蓉的声音变得尖锐起来，“他是个伪君子，是一个进入我们家中的恶魔。他和三太太倪子君……私通，被、被我爸爸发觉……”

唐晓蓉的这番话倒是令黎有望和屋外偷听的白露都大吃一惊。

唐晓蓉哭泣着，继续说道：“这本来是家里的丑事，我爸爸虽然怒不可遏，但为了保全唐家，也最终忍了。他说，可以把倪子君送去上海，给卫长河和她另觅一处住所。前提是，他必须要跟我姐爱英离婚。不仅仅为这件事，更因为我爸明确反对他投敌，说家可背，国不可叛，唐家一定要跟他一刀两断。卫长河就恼羞成怒，威胁我爸爸如果不支持他投降日本人，他就要……要毁了我爸爸，毁了我们唐家。他这么说了，也这么做了，让宋醒吾把我爸爸骗出来，然后找人假扮新四军刺杀他。我大姐爱英其实一直隐忍着，但还是经受不住这样的巨变，投井自杀，幸好被家里用人发现，及时救了上来，但已变得痴痴傻傻，如同行尸走肉一般。”

屋内的黎有望沉默不语，屋外的白露想到，一直天真单纯的唐二小姐，家中遭受这样天翻地覆的劫难，的确是不易应对。

唐晓蓉哭泣着说：“没人可以救我们了，除了圣母马利亚，只有黎司令你能不让我们唐家就这么毁了。所以，我来求你。”

黎有望一拍桌子，说：“卫长河这个畜生！斯文败类！王八蛋！叛国，投敌，还乱伦，欺男霸女，我迟早要收拾他。现在这个情况，你不能再待在唐家大院了，赶快搬出来。搬到呃……白小姐那里去住。确保你安全后，我才能动手拿下这个无耻混蛋！”

白露忍不住喊出声：“对，唐老师，先来跟我住！”

她这一声吼刚出口，突然寺庙内传来了雷鸣般“当当”的巨响。

那是归来的明海和尚在寺庙外敲起了那口大钟。不中不晌，为何敲钟？吃了一吓的黎有望慌忙看表，正是上午九点十八分。

大钟先慢敲了九响，随后急促地敲了十八响。钟声从慈云寺的上空向平州城四方传荡，向所有人高呼，向所有人呐喊。

3

将有大事临近，卫长河最近变得特别敏感，也特别迷信。他花了十块大洋，请县政府滕秘书托他大伯“滕半仙”为自己算命，连算三次，得卦都是“大凶”。滕秘书有点尴尬，要把十块大洋退给他。他追加了二十块，请滕勇去求破解之法。滕贞吉就让滕秘书给卫长河带去三个字：合、曰、解，三十块依旧退还。卫长河弄不懂什么意思，追问其意。滕勇说："我大伯说，这是给您求的字签，卫师长您将有三劫，人一口，是名劫；日欲宽，是心劫；牛角刀，是杀劫。他就说了这么多，我拼命追问，也问不出其他了。"

卫长河就自己胡思乱想地猜测。"合"，就是不能再让其他人有什么风言风语了。

平州都在传是他派人假扮共产党刺杀了唐经方。这件事，的确是他秘密安排的。刺客们也拿了钱远走了，有传言出来，显然是共产党的地下分子在散布。他必须迅速动手，肃清共党。为了显示自己的孝道，他还特意高调请来精通外科的马修礼神父，为岳父唐经方全力治疗。马修礼神父同时身兼县福音医院的院长。

令他万万没有想到的是，马修礼居然成功地把三颗子弹都取出来了，把垂死的唐经方给救活了！

身为唐氏家族的掌舵人，唐经方遇刺牵动了家族以及在上海、香港和海外诸多大小股东的心。倪子君所负责的电报机每天都收到大量问询电报，询问他的情况。这些家族大佬和股东的能量，卫长河是非常清楚的。若非平州因为鼠疫而城禁，他们早已经气势汹汹地拥入平州，到唐家大院来兴师问罪了。他们未必都真正关心唐经方的生死，但事关家族的财富布局，他们必然会借此大做文章。

卫长河真是懊恼，身为党国军人，自己搭上了一个最不应该勾搭的女人，倪子君。

这位三姨太，就像是曼陀罗一样美丽而致命，令他如痴如醉。一步走错，步步错，回头已经来不及了。当务之急是要让共产党人把这个黑锅坐实了，背到底。

王怀信出来当晚，卫长河立即在唐家大院的“白金汉宫”设宴，秘密召集徐永财、周朝、何辅汉为他压惊。

王怀信来了后，闷头吃饭、喝酒，不肯多说什么。卫长河食之无味，率先打破冷场说：“算命的说我有三劫，想请王兄帮忙破一破。我们这就算是国共合作，哈哈！”

王怀信夹起一口银鱼，说：“秋后了，没有蟛蟹可吃了吗？我记得那是我到平州吃第一顿庆功宴时，吕司令介绍的菜，印象实在是深刻啊。”

“今年的蟛蟹已经吃完了，等到明年吧。”卫长河叹息，“是，王兄和我现在都像是蟛蟹，拼命过了拦阻，爬过去，却不知道有没有一张更深的网。但是和谈既成，就是地雷阵，我们也得硬着头皮去闯了。”

王怀信头也不抬，道：“你不该派人杀你的岳父，更不该拿黎有望和新四军的名义去干！太直白，太蠢了。我太了解那些共产党人了，他们不好惹。”

“干都干了，后悔也来不及了。”卫长河又叹息一声，“再说唐经方不但同情中共，还暗中支持了他们不少东西，杀了他也没什么不对的。可惜的是，他现在倒没死得了，还在重度昏迷之中，就跟城内的共产党一样，都是大麻烦啊……”

徐永财忙说：“卫师长放心，我已经让人二十四小时盯着平州小学堂了，只等你下个决心，我们就动手抓捕所有的共党。他们那个秘密电台的位置，我们也快侦测出来了。就这几天，我们也会收网。”

王怀信点点头，说：“好，要多备些人手。那么，黎有望你们准备怎么弄？老K有没有什么新指示？”

“徐站长说，到时候，他手下潜伏的十多号伙计，可以参与行动。至于黎有望，他毕竟是战区备案的少将，又一直高呼抗日，在我们没有公开易帜之前，也就是月底新年到来之前，因为一些保密方面的顾虑，不能把他怎么样。”周朝说。

王怀信皱了皱眉头，狠狠地说：“不成！黎有望不死，平州的事，是永远摆不平的。我想尽快到皇桥去，至少要把那三个纵队的人马给控制住了，免得起大波澜，养虎遗患。”

他说这番话时，眼睛却盯向了卫长河。

这句话正说中了卫长河的心思，他随即点头附和：“王兄说得是！但这件事，非常不方便在平州城里做。我已经收到了韩光义主席的密信，在余官村、许庄一带游弋的丁聚元，最近有向东北撤走的迹象。韩主席已经把宋敬涟的77师给秘密压了上去，要报皇桥的一箭之仇。这次，就是天赐良机。黎有望跟丁聚元一个鼻孔出气，一直在眉来眼去。我们可以让他带兵去，就以平息双方矛盾的名义。我想，那时候，就可以轻而易举地解决掉他了。”

“让黎有望重新带兵？你这不是把刀子塞到他手里吗？我跟黎有望交过手，他还是非常善战的，卫师长准备把谁的兵交到他手里去？是周旅长的兵，还是何旅长的兵？”

卫长河呷了一口孙家坊浓烈的玉兰馨酒，说：“是王师长你的兵！”

王怀信一愣，“你疯了吧，那三个纵队，本来就是黎有望的老本，要是再让他带回去，你还指望能在民国三十年的元旦活着易帜？”

卫长河笑着说：“我们赶黎有望出城，给他一个口头命令，让他去皇桥领兵，剩下的就看你王师长的本事了。你已经统兵多日，完全可以以未收到命令为由，拒绝给他人马。他一个光杆司令，要是拉不动一兵一卒，就是进退失据。要么奔忙在平州与皇桥之间，要么自己带着枪去找丁聚元，那时候，要处理掉他，机会太多了。”

王怀信摇摇头，问：“那么，他身上揣着的‘紫密’，你不想要了？”

卫长河说：“他死了，密码破译就跟着他一起消失了。”

王怀信仔细想了想，问：“黎有望和据守在莲河要塞的王文举关系不错，王文举在莲河又发展出了两个纵队。要是黎有望走投无路，找他去借兵怎么办？”

卫长河又呷了一口酒，说：“好办，催促皇协军赵汉生的队伍攻打莲河就成了。何志祥兄会帮忙我们招呼这件事。如果莲河吃紧，王文举自顾不暇，还怎么分兵给黎有望！王师长，你有没有把握把三个纵队牢牢地按住呢？”

王怀信突然觉得，卫长河不愧是搞军事战略参谋出身的，深怀鬼胎。他借这次机会让黎有望去找自己领兵，是制造出矛盾往自己身上引，既能削弱黎有望，也防止自己趁机做大。

这种一石二鸟的计谋，王怀信一想就通，但他无所谓，想破不说破，跟卫长河碰了一下酒杯，随后将烈酒一饮而尽。“好酒！既然卫师长有难处，做兄弟的，当然得帮你扛着。我不入地狱，谁入地狱。喝了这杯酒，咱们就是兄弟，愿兄弟们以后诸事顺利！”

第二十三章

救同袍

1

丁聚元在余官村附近发展出了一支近三千人的队伍。凭借着新四军的号召力和他自身的魅力，短短两个月，这支队伍如滚雪球一般壮大，超出了很多人的预料，也包括丁聚元自己。回顾这一年的生活，他如同做梦一般，年初还在九龙湖二龙山当流寇，年底竟成了新四军的战士，心中半喜半忧。喜的是自己的队伍像做梦一般又回来了，忧的是余官庄附近的地域实在太狭小了，这么一支队伍在这里生存发展，没有太大的腾挪空间。无论是武器还是后勤，都难以为继。

本来，军部的意思，是让他做一个隐形的楔子钉在平州，准备接应从江南后续渡江的新四军力量，未必需要发展得这么大。但大家谁也没想到，他的任务完成得太出色了。

远在盐州的新四军江北指挥部也意识到了危险所在，经过东进前委的讨论，一致决定暂时把丁聚元的支队从平州撤回到盐州白马镇，保存有生力量为要。

收到上级的电文，丁聚元心中五味杂陈。平州这一带，他活动了几年，再熟悉不过了。当时，他自告奋勇带着百十号人留下来，就是想仗着地理优势，为新四军在平州争取一块根据地出来。如今队伍有了，上级让走就得走，甚至还没跟清江县的鬼子干上一仗，他实在有些舍不得。

军人的天职就是服从命令，老总们的命令如此，丁聚元只有执行。上级在电文中明示他，如果要撤走，一定要果断，不要犹豫，也不要贪恋库存的物资和装备，要拿出红军两万五千里长征那样的决心和勇气。特别要注意的，是保密，行动要迅速。平州方面，上级可以确保无事，但是清江和新化方向上，一定要小心提防。

拿着上级的电文，丁聚元觉得老总们有点杞人忧天、画蛇添足。

韩光义和小野行男两只老狐狸的厉害，丁聚元岂能不知。他们磨刀霍霍，做梦都想着全吞了自己的队伍。他也有自己的计划，要拉开阵势压向许庄，做出攻打清江的假象，趁着日军集结部署的时机，把队伍拉走，往东北方向快速转移。再做出一个绕行新化，南下攻击清江的假象，然后折向西北，往皇桥方向去，进入吕天平的防区。料想黎有望不应该为难自己。他还想着去找黎有望喝一杯酒。等大队伍过境后，迅速向东北去，抵达白马镇，与江北主力会师。

这个行军计划很累人，队伍要做长距离的迂回，蛇形前进。只有靠着这种疑兵之行，才可以确保大股人马不失。要完成这种行军，需要有一个强悍的连队来断后。丁聚元精心挑选出了三百壮士，自己亲自担任后卫连的连长，在12月11日秘密开拔北撤。

整个行动初期，进展十分顺利。他大张旗鼓地从许庄进入清江县。忙着在各乡清乡、修筑碉堡和岗楼的日军，迅速将这一情况通报师团长小野行男。听说新四军主动攻击自己，小野行男颇为意外。他把一个满编的武田旅团调到了江北，轻重武器一应俱全，清江港还在源源不断地把武器和补给运过来，支那人敢来挑战，至少得要两个主力师。

他弄清楚是丁聚元的队伍后，看着地图沉默很久，狡黠地笑了笑，对作战参谋说："丁匪这是想溜。很好，我们摆开架势，迎接他。等到他无路可走的时候，我们再出击，给他致命的一击！不用着急，慢慢看，兴许，支那人自己就会帮我们解决问题。"

日军摆出了防御的姿态，丁聚元也得以让队伍顺利开始迂回撤退，向清江、新化交界地挺进。不过，他随后立即意识到，到了新化境内，大股队伍的行动容易引起韩光义部的注意。本来是做出佯攻日寇的姿态，一旦拉开战线，韩部若从背后捅一刀，实在是太危险了。派出去的侦察兵回来复命，也说在前方发现有韩光义的人马在非常诡异地行动。

于是，他当机立断，与政委分头带兵。队伍中两千号穿着军服的人马折向西北，往吴家桥附近游弋，白天潜伏，夜间行军，出其不意地穿插出去，抵达白马镇。

丁聚元自己则带着不足千人、没有军装可穿的队伍，按计划实施南下迂回。他把最大的风险留给了自己。

恰如丁聚元所预料的，果不其然，宋敬涟带着77师主力潜伏在新化界，坐等着新四军出现。为了确保势在必得，韩光义甚至亲自到宋敬涟的师部内坐镇指挥。

丁聚元的队伍一出现，韩光义部就像躲在密林中的猛虎一样扑了上来，发誓要报皇桥一战的血仇。丁聚元在望远镜里看到韩部的兵力之后，骂了一句:“韩光义这个心胸狭隘的老王八蛋疯了，永远长不了记性!”

作为军人，他很清楚，韩光义报仇之心急切，简直是不顾一切。他们全军出击，无形之中就把自己的队伍阵线给拉长了。如果此时的小野行男指挥部属趁乱出击，只要一个大队直插韩军的中部，不但韩光义本人可能会被俘虏，整个韩军防区立刻就会沦陷。丁聚元也知道，小野行男不会那么做，他就是要坐山观虎斗，就是要以清剿新四军为第一选择。

仗一下子打得特别艰苦起来，丁聚元亲自率领的殿后部队，为了掩护大部队撤退，明知是个口袋阵，也要闯，明知寡不敌众，也要打。且战且撤退。

凭着顽强的战斗意志，在付出微小伤亡的情况下，丁聚元部居然慢慢北退到吴家桥附近，只要稍作休整，眼见就可以跳出包围圈，奔向白马镇，与大军再度会合了。在寒风中裹着单薄棉袄的丁聚元，心中燃着一堆火，畅想着到平州根据地后该怎么找老总们汇报战况、总结战斗经验，顺带踏踏实实喝上一口老酒。

想到酒，他不由自主地吞了一下口水。

2

1940年年底这突如其来的一场仗，又一次牵动了整个江北，特别是风口浪尖中的平州城。

得知消息时，黎有望已经给自己的部属分配了一次机密的突袭任务：黄开轩带一个排去宽良街，控制住棺材铺的徐老板，随后去警察局，控制住徐永财，切断对方的联络中枢；朱子松率一个排出其不意占领县政府，控制吕天平和卫长河，切断对方的指挥大脑；叶桂材带人假扮鼠疫防疫卫生队，去王怀信、宋醒吾家中拿人；罗耀宗去平州小学堂，联络左月潮校长和赖贵明；他亲自带人去抓捕和谈代表许卓城、何志祥、刘清和、李香菊一干人等。行动代号为“光耀”，所有人右胳膊缚红色布带，得手后立刻公布“吕许密约”的内容，向平州及全国揭发吕天平和卫长河投敌献城的嘴脸，宣布停止使用“游击总队”番号，恢复“抗日救国军”称号，继续对日本侵略军作战。

万事俱备，只欠东风，黎有望定于12月14日午夜发动“光耀”行动。

黎有望踌躇满志。年初，他是单枪匹马，被卷入丁聚元夺城的混乱之中，现在，他手下有兄弟，有枪，有人马，还得到县府上下、县内正直之士的一致拥戴。若还举事不成，那简直是太可笑了。

可就在这个节骨眼上，罗耀宗通过侦听电台得知丁聚元的人马居然和宋敬涟的77师干上了。江北战事重燃。

黎有望意识到，局势变得微妙了起来。他并不担心宋敬涟会吃了丁聚元。老丁是游击战好手。自皇桥大战以后，江北的国、日、汪防区中有太多空疏区，只要他咬牙坚持，运动穿插，一定能突出重围。他担心的是日本人会趁隙出击，一起围堵丁聚元。他们太善于利用中国人内讧的时机了。日寇大举侵略中国，步步得手，靠的，就是这种看家本事。

果不出黎有望所料，在当晚，他就收到了罗耀宗的第二份汇报，小野行男已经派出了三个联队，从清江县城出发，矛头直指吴家桥南的丁聚元部。老丁危在旦夕矣。

吕天平和卫长河显然也同时得到了消息，他们急召黎有望单独赴游击总队司令部议事。黎有望犹豫再三，虽然众人力劝他不要去，但他最终还是只身赴会了。

等到了县政府，也就是司令部的门口，黎有望才发现这里戒备森严，里外三层重兵把守。都是周朝特战营的人。他冷冷一笑，平州城内的最终对决，就将发生在朱子松的宪兵营和周朝的特战营之间。

县府会议室外面，周朝亲自带着荷枪实弹的士兵担任警卫。看到他那胖乎乎的身形，黎有望就按捺不住心中的鄙夷。见了黎有望，周朝敬了军礼，随后伸手讨要他的佩枪。黎有望一愣，瞪了他一眼。周朝客客气气地说："自上次会议大家拔枪相向以来，吕司令就下令，召开军事会议一律不准佩枪。对不起了，黎司令，这是命令！"

黎有望哼了一声，交出柯尔特左轮手枪。周朝随即为他开门。他大步进入会议室。不出所料，偌大的会议室内只有两个人，吕天平和卫长河。两人都阴沉着脸。

黎有望瞅了他们一眼，挑了张远离他俩的椅子坐了下来。在吕天平开口之前，他从怀中抽出了一张伪《中华日报》丢向了吕天平。

那报纸头条赫然印着："在舟先生及许特使的不懈努力下，平州吕天平率先与南京政府达成和议草案。"

吕天平瞥了一眼报纸，一言不发。卫长河拿起报纸来看了看，笑着说："黎司令难道看不出来吗，这不过是敌人离间我们的宣传攻势。我们今天请你来，就是开诚布公地为你释疑，消除误会的。"

黎有望仰头看着房梁上的吊灯，问："怎么个释疑法？"

卫长河说："以前吕司令不是一直说，想请黎司令带着一支队伍去田汉乡看着丁聚元嘛。现在不用了。"黎有望似喃喃自语地说："我当他说说，没当真。"

卫长河说："现在的军情，不知黎司令了解到了没有。鬼子又上来了，一口咬住了丁聚元。那可是友军新四军的队伍啊。77师的宋敬涟师长有心去救他，却被鬼子重兵挡在了新化北。伪军赵汉生部趁机卷土重来，带着两个师压向王文举团长把守的莲河要塞。战况紧急，战区顾司令和韩光义主席尽释前嫌，让我们游击总队派出一支队伍去吴家桥南解救友军丁聚元部，顺便解除赵汉生对于莲河的威胁。我和吕司令商议了很久，决定派黎司令去执行这次任务。"

黎有望仿佛听到了这世界上最好笑的一个笑话，但他却笑不出来。他扭过头，死死盯着吕天平。只见他如泥胎木塑一样端坐不动。

黎有望质问：“吕司令，去救丁聚元，这是你的意思吗？”

吕天平最终开口了：“是我的意思。丁聚元一定要救。他带领的是一支抗日的队伍。这次行动的代号，就叫作‘光耀’行动！”

这番话，如一记炸雷从天而降。黎有望浑身一颤。

3

黎有望双手一摊，问：“队伍呢？我手头现在没有一点兵力，拿什么去救丁聚元？两位是想让我单枪匹马去找小野拼命吗？那还不如今晚就把我枪毙在这里。”

卫长河笑眯眯地说：“王怀信所部三个纵队的兵力，本来就是黎司令的人马，你可以带出去。王怀信带兵有一套，自从掌握队伍以后，招兵买马，扩充力量，那三个纵队起码抵得上以前的五个纵队了。王怀信现在虽然从法院被保释了出来，但贪墨的嫌疑还未洗干净，被我派人看着。因此，不得不请黎司令再辛苦出马一趟了。”

黎有望点点头说：“那好。不过，卫师长想必也知道，我也是刺杀詹耽敏老先生的嫌疑人。这么放我出城，不太好吧？别忘了，詹家小儿子詹孝光在重庆可是告了御状的!”

卫长河摇摇头说:“徐永财用了手段盘问过詹府管家，他已经如实交代了，詹府小妾、小戏子枕月当天曾化装成士兵找过詹老爷。她应该就是那个刺杀者。或许是因为风月原因，杀死了詹老。哦对了，她的尸体在城北外的野荡子‘死人塘’里被找到了，应该是用刺杀詹老的那把手枪畏罪自杀的。”

黎有望盯着满嘴谰言的卫长河看，心想这帮人疯狂起来，还真是心狠手辣。他立即反问:“卫师长，我听说共产党也有刺杀你老丈人唐经方先生的嫌疑，我还向他们通风报信来着。你为什么又舍得拿游击总队的人马，让我去救他们的队伍?”

卫长河推了推眼镜，也盯着黎有望的双眼看，丝毫不躲闪，笑着说:“我岳父他老人家嘛，平时是有点倾向汪伪的言论，他的商行也跟日本人做着生意。所以，共产党误会我岳父也不奇怪。好在，在我的精心救治下，岳父已经脱险无恙。我在家中做好安保即是。国仇与家恨，是不能并提的。你我都是军人，当以国难为重。日军打的，是中国人的队伍，你说是不是?”

黎有望总算见识到什么是脸不红心不跳，泰山崩而不变色。

接着，卫长河又不急不缓地说：“还有，黎司令，我那宝贝小姨子，晓蓉，她受不了这么大的刺激，有点疯疯癫癫的。如果她遇到你，跟你乱说什么，黎司令一定不要轻信。就像我们没有轻信是你刺杀了詹老一样。要是你知道她去了哪儿，也请尽快送她回唐府，现在外面到处闹鼠疫，她一个姑娘家，不归家在外晃荡着，不安全！”

黎有望嘿嘿地笑了笑，他总算看清卫长河的脸上写满“欲盖弥彰”四个字。这个人，已经令他感到了发自内心的恶心。该说的都已经说完，他起身告辞，对卫长河说：“明天一早，我就带着兄弟们出征了。如果我们能活着回来，一定帮卫师长找到小姨子，告诉她这外面到处都在闹鼠疫，到处都是疯子，得倍加小心。”

卫长河皮笑肉不笑。黎有望径直往门口走。吕天平喝住了他：“站住！这次出征，你只能带一个部下去！”

黎有望愣在那里，不解地反问：“为什么？”

吕天平说：“不为什么，这次‘光耀’行动，将是一场硬仗，输赢只在意志，人多了没有用。”黎有望沉思了片刻。显然，吕天平不愿意自己把几个部将都带出去，怕自己全面掌军不受节制。他冷冷一笑，扭头对吕天平说："好，我就带黄开轩去！"

吕天平说："其他人都可以，唯独'小诸葛'黄开轩不成！"

"你！"黎有望有点恼了，他额头一热，几乎就想跟吕天平立即翻脸，转念想到他既然能报出"光耀"行动代号，就证明已有内鬼向他通了信，自己是砧板上的肉，此刻只有服从的份儿了。最终，他吐出了几个字："好，我带着叶桂材去。他是一员悍将，有过阵地战阻击日军的经验。他最合适。"

卫长河起身，从口袋里掏出两张出城令交给黎有望。黎有望接过，看了一眼吕天平亲批的笔迹，墨迹鲜亮，显然是在会议之前刚刚写好的。一切都是算计好的，一切都是一场阴谋，这更证明吕天平已经下定决心投敌了。他不禁悲从中来，既无心考虑出卖自己的内鬼是谁，也无心考虑该怎么实施行动。

他忍住了眼中的泪，低声对端坐着的吕天平说："吕司令，这次我要是能回来，一定帮你把刘琴秋找到。"

吕天平摇摇头，说："失踪这么久了，不用找了。安心把仗打好！"

卫长河在一边诡笑。

黎有望又说："卫师长，'紫密'的稿本，我出发前交给黄开轩。

我要是回不来，你找他去要，发给重庆，尽快破解！”

脸上还挂着诡笑的卫长河也一僵，露出一丝不易觉察的感情，动容了。最后，他缓缓抬起手，敬了个军礼，道：“好，黎将军。祝君旗开得胜。”

黎有望对吕天平留下最后一番话：“姐夫，我要是活不成，到时候，就把我埋在赵松旁边，不要立什么碑，刻什么字，也别堆坟头，就靠着兄弟埋了拉倒。要是能活着，打完这一仗我就走，彻底解甲归田。”

吕天平忍不住从椅子上缓缓站了起来，走到黎有望面前说，“兄弟此战，事出突然，也事关重大。力争在新年到来之前回来。届时，我将设宴，亲自为你接风洗尘。如不能，可远走高飞。救同袍、打鬼子，有劳你辛苦了！”他给黎有望敬了一个军礼。

黎有望看到他的双眼也似乎湿润了，心中某一块地方被触动了，“远走高飞”四个字，吕天平暗示得太明显了。但他黎有望，岂是畏缩怕死之辈？他恭敬地回了个军礼，不多说一言，推门走入寒风之中。

第二十四章

武死国

1

第二天一早，天未亮，黎有望就带着叶桂材，在周朝特战营的护送下，骑着马，秘密由东门出城去往皇桥。走得太匆急，且知道有内鬼，他也不好多交代什么，只给几个部属都留了一张“阅后即焚”的字条：

我有急事出城，办妥回来再聚。办不妥，且各自为安！

入秋以来，黎有望第一次动身离开平州城。走到东门附近，经过都天大王庙。办完都天庙会后，张巡的一尊塑像还在庙外放着。

想是附近百姓听闻东边日军进犯的消息，请“他”出来镇守东门。“他”白面长髯，头戴金盔，身披麒麟重甲和一件猩红斗篷，脸上肩上都挂着霜气，目光炯然地直视前方，脚下摆满了香火和各种供品。凛凛之气，越过千年，澎湃而来。纵是泥塑之偶，也有英雄气概。

黎有望没有下马，稍稍驻马，朝着都天大王欠身一拜，直奔东门。

在他们前面出城的，是城内防疫队的人，用骡车拉着两具疫病者的尸体出东门外野焚。周朝想驱马上前，让这队防疫兵给黎有望让路。

黎有望挥手制止，道：“死者为大！算了，慢着点。”他打马上前，问在队伍尾巴上一个纱布蒙口的老兵，“这都是得鼠疫死的？”

老兵扯下纱布，摇了摇头说：“伤寒疟疾黄疸，吃不饱，治不了，谁知道，可死的由头多着哩。全都当鼠疫处理掉呗。说到底啊，都是穷死、苦死的！”

黎有望挽起缰绳不语，尾随着这支队伍出了东门。遇门禁盘查，他和叶桂材都拿出了吕天平开的通行令。周朝手头没有通行令，只能送到城门口。

黎有望刚出城，城门就又迅速闭上了。冬日的清晨，薄雾裹城，黎有望回身仰头看了看迷蒙之中的平州城。这平州城的城墙自春秋吴国时开始建筑，经历历朝风雨，在大明万历年加固以防御倭寇，在晨雾中像一头沉睡的蛮牛、一头卧虎。现在，倭寇又一次来到城下，却似乎尚未唤醒沉睡的平州。他长长地舒了口气，恍惚感到一种巨大的悲凉。东门外一箭的平地，正是他当年夺城后枪毙赖贵生的地方。

如今，黎有望真是有点懊恼自己当时的莽撞，却拿真正的投降者毫无办法。在城内时，他一直想着要离开。真的出了城，黎有望并没有感到脱缰的自在，只觉得自己欠了平州一条命。

打马向东并没走多远，黎有望和叶桂材就遇上了焚烧死者的防疫队。

他们把尸体堆在一个干涸的小池塘里，用干芦苇覆盖，倒上煤油燃烧。叶桂材跟在黎有望身后，催着他说："出城见尸，不是吉兆啊。黎司令，我们快走吧。"

黎有望摇了摇头，说："活着的人，也都是在世间匆匆一过。很多人，活着的时候，像是个鬼，倒是死了，却能长在，像个神明，看着你，保佑你。拜一下，愿逝者都安息吧！"

防疫队的士兵点燃了火，瞬间，熊熊的烈火从枯塘内燃烧了起来。烈火烧化了疫者的尸体，也把各种病菌一起焚尽了。黎有望向着火堆拜了一拜，随即带着叶桂材，一起策马向皇桥方向驰骋而去。

天完全亮时，彤云密布的天空中终于落下了入冬以来的第一场雪。

雪花先是如沙粒一般点点降落，随后就变得密实、肥大，最终是纷纷扬扬的六瓣雪，大如席，越下越紧。

黎有望骑着的白马，在雪中喷着热气，像喷着一团火。黎有望看着雪中苍茫的大地，心中油然生出一股林冲风雪夜奔的悲怆感。这令他不由得快马加鞭。叶桂材骑着枣红马，紧随其后。两人在雪后泥泞的平新道上赶了半晌的路，终于赶到了郭店。

郭店、皇桥、吴家桥，王怀信把三个纵队呈“品”字形布防在这三个重要乡镇。

没有人来迎接他们，黎有望只得径直驰马到军营喊话。守门的士兵都认识黎有望和叶桂材，慌忙开门，放他们入营。

黎有望出城前，穿着一双锃亮的德国军靴，一脚踩到泥泞的地上。他解开墨绿的军氅，看了看手表，质问闻讯来迎接的一位值班副官:“上午10点钟了，为什么营地里静悄悄的，大家不按规定时间出操吗?”

那个副官有点胆怯地回答:“王司令不在,下了这么大的雪,大家都猫在营里休整呢。”

叶桂材急了,举鞭要打那个副官,“放你娘的屁,7月里,大雨夹着冰雹下,黎司令还带着大家出操!就这么点雪,你们几个月一枪没放了,就算是养的小猪崽也要出栏了吧,还他娘的休整?”

那个副官说:“王司令跟大家说过,雨雪天不必出操的。”

黎有望憋着气道:“王怀信倒挺惯着你们。他在队伍里有没有设各级的政委、指导员,让他们都出来,我有命令要传达。”

那个副官一脸蒙地问:“政委、指导员,那不是共产党军队里才有的吗?没有没有,黎司令放心好了。王司令没弄这些名堂。”

黎有望长长地吸了一口冷气,说:“共产党的王怀信死透了,直罗山上的王均如又回来了,这混蛋,纯粹是来弄坏我的队伍的。”

他随即对副官下命令:“让司号员吹集结号,全体集合,我要训话!”

那个副官听到了命令,依然站在原地一动不动。叶桂材抡起鞭子来问:“还愣着干吗,快他妈去吹号啊!”副官满脸堆笑地问:“黎司令，您因为何事要大家集结呢？我们目前可都归王司令指挥啊。他怎么没来呢？”

叶桂材急了，大声吼：“王怀信这个贪腐犯给了你们多少饷，你们就听他指挥？他已经在平州被法院抓起来了，黎司令是来带大家去打鬼子的！”

那个副官赔了更多的笑，说：“叶队长，您这么说，那肯定是场大战了。那么，黎司令有没有带着吕司令签发的任职军令呢？”

这一问，把黎有望和叶桂材都问得愣在了那里。

黎有望临危受命，哪里想得到跟吕天平讨要一纸命令出城带兵，何况带的都是自己的老部下。副官按照军法程序问话，完全没有错。但是黎有望也确实被他给惹恼了，他拔出佩枪，指着副官的额头，冷冷地说：

“我是游击总队的副司令。司令长官的命令是有，就写在子弹头上。我扳一下手指你就能读到，要不要看看啊？”

2

在司号兵吹响集结号之前，黎有望心情糟糕地在军营里转了一圈。果然如他所料，军营里隐隐约约传来推牌九、打麻将、掼纸牌的吆喝声。悄无声息地一圈转下来，黎有望的心情更糟糕了。雪已经小了很多，他心里的雪却越下越大。

“嘟——嘟嗒嗒嘟——嘟嗒嘟嘟嗒嘟——”

司号兵吹起了紧急集合号。黎有望也走回覆盖着一层薄雪的操场上，背着手，用手里的马鞭抽着自己的腿。也果然如他所料，士兵们匆匆忙忙从各自的营帐里奔了出来，七零八落地拉扯着枪支，慌慌张张地跑位。有些人衣冠不整，似乎才睡醒，有些人面红耳赤，显然是宿醉未醒，军容军貌，不堪入目。用了十来分钟，这一千五百多号士兵才勉强站成了一个队形。

在半年之前，这帮弟兄跟着自己夺城、守城、攻要塞、打鬼子，打出了“平州抗日救国军”的剽悍之名，如今却是一片狼藉，惨不忍睹。想来想去，不能全怪到王怀信头上，怪自己的意志摇摆不定。对于这支队伍，从来没想过要塑造一个灵魂。

黎有望举起枪，冲着天空连开三枪，清了清嗓子，说：“诸位兄弟，好久没跟各位打照面了，大家别来无恙。小日子过得挺滋润嘛！”众人三三两两言语，没人敢抬头看黎有望。黎有望怒道：“我这趟来，是想带着各位去打鬼子。大家有没有人跟我走啊?”

众人又开始了交头接耳的议论。那个值班副官忍不住代替大家问:“黎司令，哪里来的鬼子要我们去打啊?”

黎有望瞪了他一眼，道:“难道你们不知道?鬼子兵已经又要打到吴家桥了，就在你们诸位的鼻子底下。”

众人面面相觑。有人就在队伍里喊:“黎司令，听说鬼子是冲着新四军的丁聚元去的，不关我们的事啊!”黎有望怒斥道:“吕司令有命令，让我们去解救丁聚元的孤军。”有人就嚷了:“我们可没有收到吕司令的命令!”

值班的副官陪站在黎有望身边，也是一副无可奈何的表情，补充说明:“报黎司令，近日的电文中，的确没有这个命令，连你黎司令要来，司令部也没有提啊。要不，黎司令用我们的电台跟吕司令那边再确认一下?”

叶桂材忍不住骂他:“秘密行动，要是用电台联络，还能保什么密?”有人就议论着:“清江的鬼子是倾巢而出了，足足一个旅团，我们就算上了，也挡不住啊，找死。”

黎有望的心瞬间全凉了。他算是看明白了，这帮人完全不想跟着他去战斗了。他们已经从一支抗日队伍，又变成了彻彻底底的杂牌军了。

他摘下领子上金色的少将军衔领章，压抑着怒火说：“诸位兄弟，自古文死谏，武死国，俗话也说，养兵千日用兵一时。诸位跟着我起兵，仗打得虽不算多，但每一仗大家都是九死一生。今天这次行动叫作‘光耀’。大家都知道新四军跟韩主席刚刚起过摩擦，我们为什么还要拉他们一把？因为他们是抗日的队伍，小鬼子咬上他们了，我们必须得拉一把。不拉，咱中国就少了一伙能打鬼子的兵。咱是救同袍。我知道你们都有些钱了，够吃好喝好，或许也够回老家买上几亩几分地，过个安生日子了。可是，小鬼子不走，我们的日子能安生吗？不可能！”

众人鸦雀无声。黎有望越说越激动：“道理大家都懂，可大家为什么意志全无呢？因为我们没信念，没信仰，贪生了，自然就怕死了。平州起兵时，我黎某几乎是倾家荡产，提着脑袋要拢一支队伍跟鬼子干。到了今天，我怀疑自己路走错了，人带错了。诸位，这次‘光耀’行动，我们输的可能性很大，顶上去的人，多半都会有去无回。但我们即使输了，倒下了，也永远是堂堂正正的军人，不是杂牌军，不是流寇。要是这么缩着头，杂种都不如！今天，我把这个少将军衔给丢了，你们不用管我的身份。吕司令的命令状，我是拿不出，但是，有愿意跟我去打鬼子的，站出来。没人肯去，我就一个人去！”

他把那个金色的领章丢在了雪地里，弃之如敝屣。

有些跟随黎有望作战多次的老兵站了出来，喊：“是黎司令带着我们一起出生入死的，我们只认你！”随着这一声喝，陆陆续续地有人站了出来。但更多的人选择了埋头不语。

叶桂材有点震怒，想扬马鞭抽打那些不愿出列的士兵。黎有望拉住他的胳膊制止了，说：“好，斯巴达三百壮士能却十万波斯兵。还有这么多的血性男儿，我欣慰了。”

随即列队报数，一共有三百二十二个老兵愿意参战。黎有望随即命令副官准备好三天口粮和足够的弹药，立即出发去往皇桥。

皇桥军营所见，与郭店大同小异。黎有望苦口婆心，又募得二百八十七人，急速赶往吴家桥。许是郭店的值班军官与吴家桥的值守军官通了声气，吴家桥军营的军容稍整，所募得的志愿兵也稍多一点，接近四百人。

在吴家桥，值守的军官向黎有望如实汇报，丁聚元部的大部分力量已经在两天前秘密通过吴家桥去往白马镇，被日军咬上的，应该是断后部队。

黎有望就问："丁聚元在不在先撤的队伍里？"那个军官摇了摇头。

黎有望让所有人就在满是残垣断壁的吴家桥休整，吃饱饭，擦好枪，准备夜间行军突袭。他和叶桂材两人则啃着白面馒头，商量着行动办法。

3

隔着三十公里，丁聚元带着人马在日军的重重包围中艰苦穿插。

前两天，丁聚元成功地和宋敬涟的77师兜了好大一个圈子，凭借着机动穿插，找准了宋师两个旅之间的空隙跳到吴家桥，几乎没有交上什么火。他太熟悉宋敬涟的用兵了，心大而行疏，往往会在两个接合部之间留出漏洞。当年在直罗山，许汉山的团就是个大漏洞，差点被三十路军把宋敬涟的师部给端了。

看着作战地图，丁聚元心中那份去找老总们喝大酒的愿望更为强烈了。与此同时，队伍断炊了。他与管蔚然通了一次电，管蔚然说，自己已经带着足够多的好吃好喝的南出白马镇接应他了，请他务必急速行军，赶来白马镇会师。

急速行军，何其之难！地图上不足百公里的直线距离，却成为拦死丁聚元的一堵无形铁墙。为了避免与韩光义部再发生大规模摩擦，管蔚然无法再南突到吴家桥，只有嘱咐丁聚元多保重，还有不足一百公里的路，能咬咬牙走过来，就是新生。

本以为甩掉了宋敬涟，后面的路就只剩下脚程了。丁聚元让战士们窝在芦苇荡里过一宿，平均分配了仅有的口粮，不足的，挖草根、野菜、芦苇根、菌类充饥。

大寒天，万物萧索，可吃的实在太少了，他想着凑合过一夜，明早起来过吴家桥，兴许能靠和黎有望的关系，讨上一碗热粥吃。前天，先头部队能平安地过了吴家桥，无人阻拦，说明黎有望这人还是厚道的，他的部下并不为难自己。

天气越发寒冷了。第二天一早，丁聚元最为担心的事情还是发生了：下雪了。

这些士兵几乎没有什么御寒的衣服，衣服内塞着棉花的极少，棉絮、苇絮、鸡鸭毛、旧纸……能塞的全塞进去了。更糟糕的是，他们脚上穿着的多是单鞋，都破烂不堪，有些士兵穿着的还是草鞋。一下雪，脚在冻土泥巴里行走，冻伤势必加重，也势必造成非战斗减员。丁聚元竭尽可能寻一些包枪支的破帆布来裁开，分发给那些穿草鞋的战士，让他们裹在脚上。

丁聚元打了这么多年的仗，无数次危机临头，唯有这一次，他感到艰苦异常。这种艰苦，甚至超过了在南京城里与日军鏖战的苦。苦到骨头里。但他仍鼓舞自己的战士们说："再坚持一两天，平安过了吴家桥，管政委准备着香喷喷的饺子、馒头、面条在等着我们哩。"

有些在南方打过游击战的老兵就笑着说："丁队长，你可不能这么鼓劲啊！越这么说，我们越觉得饿。在南方的直罗山，我们曾经跟敌人在大山里兜了三个月，连土都吃过。这里水草还很充足，还能在荡子里弄到鱼、鸟蛋和野鸭。蛮好，跟他们兜上半年，都不怕。"

丁聚元哈哈大笑起来，脸上的刀疤比落雪还亮。他心想，你们在南方的时候，敌人之一，或许就是当年的我。这一年的工夫，他感到自己完全是脱胎换骨，没有一支队伍，像这帮兄弟这么能吃苦硬扛，能带上他们作战，是今生最大的荣耀。

在野地里熬过了最难熬的一晚，丁聚元满怀期待地召集大家，准备向吴家桥出发。还没走两里路，就有侦察兵急速跑回来向他报告：“丁队长，有情况，像是有鬼子！”

丁聚元一惊，慌忙从背包里掏出了望远镜，在风雪之中向四周探看。果然，在远处看到了人影闪动。尽管他们披着白色的雪地伪装服，可是披风下不断闪出的黄色军衣、闪着寒光的长刺刀和防风镜，暴露出他们是日军无疑。

丁聚元长吸一口冷气，喃喃自语：“鬼子是什么时候过来的？”

他宁可相信是自己看错了，但是往其他三个方向一瞧，有两个方向上都有大批裹着白色伪装的日军在逼近。

“兄弟们，老冤家小野带着人来找我们了！”丁聚元对着身后的战士们说，“看来，咱们还得送走一批客，才能回家吃饺子啊！”

他立刻召集两个参谋商议对策。没有日军的那个方向正是北方，但围三缺一，这个用兵道理，丁聚元安能不知。那个敞开的口子外，小野必定还设有重兵，走进去就是死路一条。

东南西，往哪个方向攻？丁聚元想了片刻，向西进入平州境；向南是来路，有尾巴扑上来；向东，韩光义不会留一个活口。不管吕天平和黎有望会怎么招呼自己，向西是唯一的活路。

决定好方向之后，就是分拨突围。九百号人分三批，三百人前队，趁着日军包围圈尚未形成，带着重伤员和老兵走；三百人中队，佯向北攻，吸引鬼子注意力后，立刻折向西；三百人后队，丁聚元压阵，轻伤员留下来，保暖衣物、鞋子和食物移交给前队，抱着必死的决心与日军周旋。这个决定一出，众人都不答应，要丁聚元带前队先走。

丁聚元说：“军人该怎么死，老死在猪圈里？放屁！做个军人，就得堂堂正正为国而死！说到死这件事嘛，我都死过好几回了，不多这一回。大家说好了，等我几天，一起在白马镇吃饺子，喝大酒！别他妈娘们儿似的磨叽，要走的快走，留下的准备招呼小野，鬼鬼缩缩地冻了几天，正好舒展舒展筋骨，拿炮弹片子取取暖。”

命令已出，只有执行。

前队人马沿着干涸的河床迅速向西撤离，中队人马楔形向北构筑一个临时的火力点。丁聚元则带着剩下的战士向东扇形展开，利用田垄和河床作为堑壕，准备冲着日军兵力最厚实的部位，打一次出其不意。他们所剩的子弹和手榴弹不多了，每个人都做好了白刃战的准备。

雪越下越大，整个大地都被披上了一层白色的伪装。

日军非常有序且整齐地在雪中逼近。他们都是在东北的白山黑水里训练过的士兵，对于雪地作战十分熟悉，从容不迫地收缩包围圈。在他们的身后，旅团的炮兵联队正将一门门的野战炮褪去白色的伪装帆布，是成排的41山炮和92式步兵炮。指挥先头部队的酒井俊中佐倚着一门大炮，用炮兵镜向前方探看，露出了急欲报仇的邪性诡笑。

第二十五章

孤闯营

1

黎有望电联罗耀宗，要他努力侦听日军及丁聚元的电台，尽可能确定双方的位置。最终，令他大吃一惊的是，日军真的出动了一个满员的旅团，而并非虚夸人数。而且此番，也是小野行男亲自靠近一线指挥。这将是一场会战级的战斗，而不是像前几次作战那样的短兵相接。如果仅仅是为了吃掉丁聚元那不足千把人的队伍，日军不会如此大动干戈。他们是冲着整个江北而来的，趁着皇桥大战后各防区虚弱，露出了想要撕碎一切的獠牙。

收到罗耀宗的回电后，黎有望和叶桂材的额头都冒出了豆大的汗珠。他们都清楚，这番带着千余人的志愿兵去救丁聚元，完全是自寻死路。

一个死差。情况远比黎有望负气出城时想象的严重得多。

这是他作战至今遇到的最为强悍的敌人。他也确认了吕天平和卫长河把自己送到这里，完全是为了逼死自己。在这种情况下，黎有望当然可以选择遁逃，但那将不再是他。自己若像在直罗山之战后那样一走了之，平州将瞬间不再是那个誓死不降的平州。

经过缜密的权衡，黎有望摊开地图对叶桂材说："桂材兄，鬼子兵力如此厚实，如果草率向南突击，你我固然会赢得勇战的英名，但那些跟着我们出来的兄弟都会枉死。不如我们分头行动。你带着大家向南试探进攻；我去莲河，找王文举借兵，经过田汉打到小野的侧后方去。在今天的情况下，只有出奇才能制胜。否则，我们既救不了丁聚元，也不能把小野挡在平州城外。只是，你信得过我吗?"

叶桂材凝视了地图许久，点头说："黎司令，想来想去，唯有此举才能奏效。听说最近几个月来，十八集团军在晋冀地区，多用分头袭击的办法，四处出击，扒铁路，端据点，大获奇功。可以学他们。我听黎兄的。"

"丁聚元的生存能力很强，就算队伍被打散了，我相信他还能坚持战斗十天半个月的。你不要贸然南突那么深，也用用八路军的游击战术。拜托兄弟了！”

黎有望主动伸出手，与叶桂材紧紧相握。

既然如此约好，黎有望也就不再耽搁，与战士们稍作交代之后，骑上自己健硕的快马，迅速驰向莲河。可等他到了莲河才发现，原来王文举也在打着仗。他在莲河镇外的前敌指挥部找到了正指挥作战的王文举，他正用一个日军的炮镜观察对方阵地。

自从那次逃离花街以后，王文举自觉汗颜，一直避着不见黎有望等人，专注经营好莲河要塞，极少去平州城走动、开会。因此，见到黎有望他颇为高兴，拍拍头上的尘土问：“黎司令这是带了多少人马来支援兄弟的？”

黎有望有点尴尬，道：“我，单枪匹马而来……又是伪军打过来了，哪一路的？”

王文举就抱怨说：“还能是谁，老冤家赵汉生呗，听说他是抬棺出战，发誓要拿下莲河。这个狗汉奸，至今后患无穷啊。他们人多粮足，要不是凭借着莲河要塞外小鬼子留下的坚固防线，我老王估计已经成了他的刀下鬼了。”

“你没有向吕司令和卫长河求援吗？何辅汉的人马可就驻扎在你北边不远啊。”

“求了，怎么能不求。”王文举嘟嘟囔囔地说，“他娘的碰上鬼了，与平州的一切联络都断了。电话打不通，电台不应答，派出去报信的快骑一个也没有回来。都在谣传吕司令已经秘密投降了，这老爷变脸太突然了。我回头来抗日也是他请的，他要真下水了，总得给我一个准信儿，让我有个心理准备啊。那我就得拍屁股走人了。落到赵汉生手里，他绝不会像你黎司令这么心慈手软。”

黎有望苦涩地摇了摇头，说：“吕司令还在坚持抗日，就是他派我出击，攻打日寇的。”

这句话说得王文举愣了神，“什么，连小鬼子也打过来了？他们在我们背后吗？”

黎有望就把日军突然围攻丁聚元的情况简单向王文举通报了一下，并说自己受命去解救丁聚元，因为兵力不够，只好来莲河找王文举借兵。听了黎有望的说明，王文举额头也开始冒汗了，苦笑着说：“黎司令啊，你莫不是拿我老王开玩笑吧？眼前的赵汉生都送不走，还要分兵去找鬼子的麻烦？我可以借兵给你，但你放我一条生路，还是让我回西北老家去放羊吧。”

黎有望皱起眉头，想到了当初罗耀宗在平州城北劝退赵汉生的事，说：“我帮你退开赵汉生，你把兵借给我去打鬼子。”

王文举觉得不可思议，说：“黎司令你莫不是看《三国演义》太痴迷，把它当成军事教科书了吧？还真相信凭着一介舌辩之士，就可以说退百万兵的事？”

黎有望咬了咬干燥的嘴唇，道：“试试看吧，留给我们的时间不多了。”

2

听说平州有人来议和，赵汉生颇为兴奋，对着身边的参谋说：“王文举那个老家伙快撑不住了，我方的作战意图基本实现了。要是能趁机收了莲河，也算是一雪前耻。”

他让警卫迅速把莲河方面议和人员请进来。当他抬头看到黎有望时，吓了一大跳。无论如何，赵汉生都没有想到，卫兵嘴里通报的所谓“一个没有佩戴任何军衔的参谋人员”，居然就是大半年之前生俘自己的黎有望。有这个虎胆，自己成为他手下败将也算不屈。

黎有望倒大大方方地先打招呼说:“赵团副别来无恙啊，如今也挂上少将军衔了嘛，可喜可贺啊。”

紧张归紧张，赵汉生毕竟还是坐拥三万人马的主将，他扶了扶自己的少将领章，笑道:“没想到啊，真没想到，竟然是大名鼎鼎的黎大司令亲自来做和谈特使。我老赵真感到，蓬荜生辉，三生有幸。谢谢司令成全。怎么，还想搞一次智取莲河的套路吗?”

在见赵汉生之前，黎有望身上的武器全被收缴了，身后有四个荷枪实弹的警卫看押着。黎有望哈哈一笑，道:“赵军长，你在南京的老母亲现在还安好吧?”

赵汉生把身上披着的裘毛领军大衣脱下，搁在椅背上，自行坐定，说:“还好，托黎司令的福，她老人家十分康健。黎司令说和谈，是想把莲河让给我，还是想让我还人情、收兵回去?要是后者，嘿嘿，黎司令，你可能要白忙了。”

他也不邀请黎有望入座。黎有望就自己动手拉开一张椅子，挨着他坐了下来。动作太大，四个警卫立刻拔枪，被赵汉生挥手拦下。

黎有望瞪了赵汉生一眼,“赵军长，上次罗耀宗在平州城北找到你，究竟说了什么，能让你陡然知晓民族大义，主动退兵?”

赵汉生鼻子皱了皱，反问道：“难道罗耀宗没跟你汇报吗？他说我欠黎司令的不杀之恩一个大人情，我得还啊。我说好，那就还好了。还了，两清。所以，今天我不再欠黎司令任何东西了。”

黎有望习惯性地仰头睥睨他，自言自语说：“赵军长还能这么义气？我想，罗耀宗应该说的是，他是军统南京站的人，如果你胆敢攻城，军统会把你丹凤街49号的家里满门灭口。对不对？”赵汉生的脸“唰”地白了，“你既然知道，还明知故问！辱我？”

黎有望微笑着说：“那么，你今天就不害怕了吗？军统一样会让你死全家的。”

赵汉生摇摇头，佯作苦脸，压低声音说：“不会的，像罗耀宗这样看起来不起眼，却至关重要的人，我是不会放过他的。黎司令不知道吗，军统的老K跟76号通了气，那个罗耀宗是个双面间谍。他，是个共产党。他在军统受训后，被派遣打入江南新四军的通讯科。或许是在那之前，或许是到了新四军以后，他反水成了共谍，又打入到了王文举的团里，执行引导新四军北上的任务。他的代号叫作‘夔龙’。估计在平州，军统马上就要对他清理门户了。黎司令啊黎司令，枉你聪明一世，都被他这个共谍给利用了。”

赵汉生猜想黎有望一定会大惊失色，却没想到黎有望的脸色丝毫不变。他盯着赵汉生的脖子，低声说：“知道，我们还没见面，罗耀宗就主动跟我亮明身份了，开诚布公，肝胆相照。我用人，只要肯抗日，管他什么来路。”

赵汉生被黎有望不动声色的眼光盯得有点发毛。他陡然想通了什么，喝问：“这么说，黎司令明知故用，就是想暗通共匪。甚至，你已经投共了？对不起，黎兄，反共剿共，乃是鄙人天职所系，我可不能让你走了。”

黎有望怒了，喝骂：“狗汉奸，军统不杀你，难道我不能杀你吗？没有枪，我一样能！”说着，他跃身而起，猱臂直扑赵汉生。四个警卫早有防备，举枪指着黎有望。赵汉生瘦弱，力气远不如身强力壮的黎有望大，迅速被他给挟持了。

四个警卫分四面包围了他们，只要赵汉生发令说一个“杀”字，就能开枪击毙黎有望。然而，赵汉生却只是杀猪般地号叫：“好说，好说，黎司令，你们都放下枪，放下！”

四个警卫面面相觑，他们这才看到，黎有望手中握着一柄小小的弹簧刀。正是黄开轩所赠的那把薄而锐的瑞士军刀，暗扣在腰带内侧。在进指挥部前搜身时，他们都没有搜出来。黎有望紧握着军刀，贴着赵汉生的耳边说：“姓赵的，你这狗汉奸也配姓赵？这刀上涂着蛇毒，别说割断了你的喉咙，就是擦伤一点，你也下地狱了！”

赵汉生满脸的惊惧，连说：“别别，黎司令，我撤退，我撤退！上司的命令本来就是让我配合小野，没要我非攻下莲河不可！”

3

在靠近王文举阵地的地方，黎有望最终还是放过了赵汉生。他虽然极度憎恨这个汉奸，但知道当下杀他终是无益。又一次被吓破了胆的赵汉生死里逃生，火速撤军。确如他所说的，若非想找王文举报仇，他才不愿冒险，毕竟也没有得到非拼命攻下莲河不可的命令。

王文举得知黎有望真的是单枪匹马挟持了赵汉生后，惊得是瞠目结舌，也佩服得五体投地。他大赞：“古有春秋四大刺客，也有蔺相如、荆轲劫持秦王。今黎司令孤胆龙威，真是大英雄，大英雄啊……”

黎有望苦涩地一笑，连连说着“侥幸，冒险，不得已”。

眼见赵汉生退兵后，黎有望立刻借用王文举的电台联络叶桂材询问战况，得到的回复是：“丁部受重兵合围，十损其七，丁生死未明，我部已与敌交火，是否撤退？”黎有望回电：“且战，坚持，待我访客后再说。”

这是他们之间的暗语，“访客”就是从田汉方向出平州，寻找并偷袭小野的野战指挥部。叶桂材回电：“明白，我再等三日。”

本来不需要再回电了，黎有望突然想到了什么，多给叶桂材去了一封电：“请火速转告罗，网张欲捕丹鹤。”

叶桂材收到这封电报，有点丈二和尚摸不着头脑，不过命令很明确，他让通信兵给平州的罗耀宗发出了“司令告网张欲捕丹鹤，请确认”的电报。

等了许久，对方传来一封电文，转译后只有两个字：“确认”。

王文举将自己一半的兵力借给了黎有望。此刻，黎有望单骑退万兵的事已经传遍了莲河军营上下。不需要添油加醋，无数的士兵在堑壕里见证了他一人一骑去往赵汉生营中，回来的时候马上居然带着活生生的赵汉生的奇观。

士兵们被这位传奇的指挥官彻底征服了，纷纷争着要跟他一起去打鬼子。黎有望深知他们的信任，也深知这一去远比见赵汉生要凶险百倍，所以只点了一千五百人的队伍，留下一半兵力给王文举守要塞。

在要塞广场上喝完壮行酒，黎有望带着人马向田汉乡急速行军。

雪停了一天，等黎有望再度出发的时候，雪又开始纷纷扬扬落下。埋头行军的队伍蜿蜿蜒蜒，在光秃秃的田野上踩下足印，很快就被落下的雪给覆盖了。大风雪是行军最好的掩护，可以确保自己不被日军的侦察机发现。他们经过了好几个村庄，只有幽灵一般四处耸着的草垛子、空荡荡的石头碾子倔强地孤立在大场上，偶尔有驴鸣犬吠，像是一声声不屈的呐喊。黎有望心中百转千回，他偶尔冒出一种幻觉来，要是在这茫茫大雪之中迷了路，能把这支队伍带到另一个和平的世界里去多好。那么，他就不必要对纷繁错乱的平州事负责了。

为了行军保密，黎有望不让士兵进入村庄，直接在雪地里生火做饭。吃完了战斗前的最后一顿饱饭，他们进入田汉乡最东境。黎有望给大家分了最后三个皮囊的酒。他挑了一个石头碾子站立上去，做最后的作战动员：

“诸位兄弟，以前的作战，我们多是炮灰，这次是我们掌握自己命运的时候！古有唐将李愬风雪夜奔，奇袭蔡州，飞起玉龙三百万，取得奇功。近有去年秋，二十一军147师夜袭马当，击毙日寇三百多人，并焚毁了弹药库，将要塞内的日军大炮掉过头来，对准江中的日军舰船开火，击沉击损敌舰船多艘。此次夜袭战，147师部队没有一人伤亡，此为抗战史上一大奇迹。今夜，你们的任务就是袭击日军指挥部，若能铲除敌酋，定能扭转战局，必将是我中国军民抗战史上又一大奇迹！成败在此一举！"

说罢，举起皮囊来喝了一口，沉声喝道："为抗日的英灵，干！"众人传递着酒囊，各喝一口。

黎有望的作战目标很明确，还是奇袭小野指挥部。这是他深思熟虑的结果。

整个队伍都不知道前进的方向，只是跟着他。而他在赌：小野的指挥部依然设在小王庄附近。这个地名已经在他的心里擦了几千遍，不用看地图，他也知道它在哪儿。日军旅团包围丁聚元，必定是凭借着优势兵力扇形展开的。他们的目标是猎杀新四军，在吴家桥方向上兵力一定很密实，在平州方向上应该是有很大空隙的。

如果让叶桂材在北边佯攻，自己雪夜进军，钻进这个空当里去，就有可能出奇效生俘小野。唯有这样，才能扳回局面。

喝了酒，黎有望觉得自己胸腔中有火在烧，他抹了一把脸上的雪，催促着后队赶快跟上。雪幕加上夜幕，让这支队伍越走越像是一队幽灵。

在小王庄的指挥部，焦急的武田达也大佐看着小野中将在慢慢悠悠地喝茶，烤手。武田不停地用腰上挎着的指挥刀敲打地面，这把刀上铭刻着关西赫赫有名的武田家族的族徽，也沾满了中国人的鲜血。

武田最终沉不住气了，说："将军，丁部已经被全歼，然而平州的黎有望还带着人在北边骚扰我们。您为什么不允许酒井带着炮兵联队去进攻吴家桥、皇桥？"

小野行男喝了一口茶，赞叹说："支那的滇红茶，不错，很有风味。武田君，丁并不是我此行的目标。吴家桥什么的，更不是。我的猎物，是黎有望。而且我要告诉你，他一定不在北边，他应该在西边。今晚就会自己来找我。命令你的士兵，今晚不许睡觉，准备好，我们要打猎了。"

他摇着头，闭眼享受寒夜里浓浓的茶香，嗅到了甜美的血腥气。

第二十六章

殉国者

1

在黎有望寻找小野指挥部之时，平州城内也不平静。激烈对峙的刀光剑影在大雪纷飞之中隐隐约约闪烁。原抗日救国军的人马被限令在12月20日之前集结，移驻出城，驻扎城南外野战军营，名义上号称“随时开拔，支援黎司令”，实际上是腾空平州，为易帜做准备。

卫长河根据自己掌握的情报判断，黎有望必定是有去无回了，要么战死，要么逃跑。

在东亚大饭店里住着的许卓城开始发病，且病得厉害，向南京去电多封，要求回宁治疗，却不被许可，要求他坚持监视吕天平到翌年元月。汪主席和舟先生亲自致电慰问，向他说明：

“日军在完成枣宜会战后，又深陷晋察冀的八路军之战。驻华日方司令部才意识到重庆固然是战争之大敌，但中共乃是抗战之死敌。新年后，他们将把在华作战重心转移到对沦陷区周围和内部的抗日武装，尤其是中共武装的清剿之中。目前，对于非中共系的武装，全力采取怀柔政策。这些队伍成分复杂，基本上都是几年来跟日军作战时溃散或者后撤的杂牌部队，已多半蜕变为割地称雄的新军阀，并无坚定的抗日决心，一旦日军决心清剿，势必都愿向南京投降。淮城胡毓坤部、盐州聂海琉部、海州徐继泰部、皖北王劲哉部、鄂南杨揆一部、浙东刘培善部等，目前都在与我方紧密接触。他们都在盯着平州的吕天平，看他究竟能不能顺利归顺。请卓城兄务必坚持几日，事成必将有重赏。”

许卓城收到这封电报后，心胸大寒。他有非常不祥的预感，自己正被所有人抛弃。自从和吕天平签订了秘密协议之后，他就被何志祥和李香菊变相地软禁了起来。唯一能保证他生命安全的，就是他和吕天平各执一份的秘密协议。如果到了新年，吕天平还不肯易帜，他可以把密约内容公之于世。

他很清楚，如果把密约交给何志祥或者李香菊，自己肯定不能活着离开平州。下水做了汉奸，命不如狗，有用则用，无用则弃。这种命运，他比任何人都明白。

因为黎有望的离开，对于刘清和的监视，也被卫长河取消了。刘清和得以自由活动。

落雪的平州，让他恍惚回到了一年之前的北平。那时，他是一个对自己前途和命运茫然无所知的无名小卒。而现在，他感觉自己最接近完全掌控自己命运的时刻，甚至掌控着整个平州城。他穿着在北平时穿的呢子大衣，吹着口哨，在戒备森严的平州城内肆意乱转，从慈云寺到观音庙，从花街到宽良街，最终来到尚义街小学堂后门边白露的窗下。

是夜，白露家里的灯光在窗上似乎映照出两个人影。另一个人应该不是黎有望，而是个女人。刘清和颇有点得意地吹起口哨，从身上摸出一支烟想抽抽。这时候，有个穿军装的人影闪出来呵斥道：“狗汉奸，从哪儿来到哪儿去，别找麻烦!”他手里似乎有一支驳壳枪。

刘清和仔细一看，竟是当初救了白露的那个小兵鲁培林。他咳嗽一声，心想，黎有望的这条狗倒挺忠于职守的，随即阴郁一笑，迅速转身离开了。

这一夜，还有一伙人不能好好地入眠，那就是黎有望那些慈云寺的部属，黄开轩、朱子松和罗耀宗三人。他们守着与黎有望联络的电台，接待着一位非常不受欢迎的客人：周朝。他带来了一份卫长河手书的命令状：撤销慈云寺司令部，限原抗日救国军全体警卫人员五日之内必须撤出；同时，为了不干扰黎司令前线作战，不得发电向他言及此事，由周朝负责监督。

他们四人就围坐在天王殿里佛祖脚下的八仙桌上喝闷酒。

黄开轩抽着烟，一言不发。罗耀宗时时扭过头去看大殿角落里通信兵守着的电台，等待黎有望发来的信息。朱子松则一杯又一杯地喝酒，也不敬任何人，自斟自饮。

在大殿外的走廊下，站满了荷枪实弹的特战营的人，警惕地逡巡着，盯着满庭落雪的梅树。取暖炭火盆里的木炭，时不时发出“噼里啪啦”的爆燃声。

周朝圆圆的脸上挂着似笑非笑的表情，他吃着素鸡、素鹅，不时抬头在每个人脸上扫视，最终呵呵笑着说：“诸位当中有人想搞兵变，有人是共党，有人是枭雄。恕兄弟得罪，卫司令让我好生伺候着。大家兄弟一场，不要搞得这么难看嘛。”

朱子松冷眼相向，道：“谁他妈跟你这肥脸猫是兄弟，别指桑骂槐的，你把话说明白了，这是准备把我们拉出去都毙了还是怎么的?”

周朝笑眯眯地从口袋里掏出一条红布带搁在桌上，说:“宪兵营，红布带，‘光耀’行动，要造反的那个，是你吧，朱老兄?我们卫司令可是全看穿了!”

“放你娘的屁，你这血口喷人的家伙!”朱子松暴怒。

黄开轩拉住了他，道:“黎司令在前线打鬼子，你们在抄他的家。周兄，这事可不够厚道吧?我们就等一封捷报，等黎司令回来再说，你看如何?”

周朝抬腕看了一眼手表，笑着说:“好啊，我们就一起坐等黎司令的捷报。”

2

丁聚元从雪堆里爬了出来。

日军的攻击像是打开了地狱之门，无数的野战炮从四面八方向自己吐出火舌，在雪地上砸出一个又一个的坑，炸出一个又一个火柱，雪片横飞，血肉也横飞。他大声喊着“大家分散开”，一个猝不及防，一发炮弹落在他背后一块凸起的土丘上，一声爆炸，弹片、气浪夹着雪花把他给掀翻了，他一头栽倒在身前干涸的沟底。接着就是第二炮、第三炮，硬生生地埋掉了丁聚元。

日军的重机枪在“突突”地响个不绝，像一把硕大的锯子，横扫所有的活物。子弹擦着飘雪，发出了比平时更为强烈的“嗖嗖”声，把空气也擦热了。丁聚元努力想从沟里爬出来，但是感到后背剧痛，脑袋被一波又一波的冲击力不断震荡，最终意识开始模糊了。他晃了晃头，拼命挣扎，看到一大队披着白色披风的日军慢慢地冲了上来。他们拉成了几道散兵线，边走边往步枪顶端安装寒光闪闪的刺刀。他们厚实的牛皮作战靴在雪地里踩踏出“咯吱咯吱”的声响，像是死神的脚步声。

不时地，有幸存而蛰伏的战士从雪地里一跃而起。弹尽粮绝，他们只有用刺刀和日军拼命。三五个日军用刺刀插入他们的身体。有战士抱着日军拉响了最后的手榴弹，雪夜之中，轰轰烈烈地牺牲。丁聚元时不时听到喊杀声，他被雪和泥埋着的身体开始剧烈颤抖。又一声炮响，他被震晕了过去。

恍惚间，丁聚元仿佛置身于三年前的南京城。自己举起步枪挡住了日本军曹劈下的刺刀，拼了命去挡，但刺刀力度太猛，还是切中了自己的脸。剧痛，鲜血模糊了他的眼睛，只恍惚看到军曹那张狰狞到极点的脸。他用尽全力把手中的步枪向上顶，刀刃慢慢地从伤口里被顶出去。血流不止。突然，军曹的力气消失了，黄开轩用刺刀从侧面插入军曹的脖子。他立即撕开一只袖子，包扎起自己的脸。

黄开轩拉起了他，在他们的背后，整个南京城正陷入一片杀戮和血海之中……

丁聚元一惊，慌忙挣扎着起来，彻骨的寒冷提醒他自己还活着。他匆忙向前爬出枯沟，看见雪影反光之中有几个人影也在晃动，凭直觉就知道是自己幸存的兄弟。是那些有经验的老兵，知道怎么躲避敌人。他吹了一个呼哨。那些老兵本来就在翻找着丁聚元的尸身，听到他特有的呼哨声，迅速向他这边靠拢。

大家迅速躲进枯沟里，借着雪光说话。丁聚元问："有多少人还在喘气？"

一个老兵汇报："丁队长，连你十七个！"

丁聚元用雪抹了把脸，说："三百弟兄，就这么一眨眼的工夫，全没了。鬼子哪儿去了？"

老兵说："他们向北去了。应该是去追击其余的兄弟了。似乎黎有望的平州兵也出击了，鬼子大队伍要跟他们干一仗，连战场都没来得及打扫。”另外一个老兵就问他：“丁队长，我们仗也打完了，队伍也被打散了，现在该怎么办？丢了枪，化装成老百姓，往白马镇逃吗？”

丁聚元陷入沉思，良久才说：“谁说队伍散了，我们不还在吗？枪绝对不能丢，收集起来，我知道该向哪儿走。”

士兵们纷纷询问他向哪儿走。

丁聚元用一根枯芦苇在脚下的地面上画地图，“上次争许庄，我们与黎有望的人对峙，老黎赶回来跟我喝酒，谈及他偷袭小王庄小野指挥部失利的经过。我们无论向北、向西、向东都会遇上鬼子，都是死路。只有赌一把，向南去，找到小野的指挥部，才能出其不意，绝地求生。我敢打赌，这次他还在小王庄。”

老兵愣住了，问：“就凭我们这么些人？”

丁聚元舔了舔干裂的嘴唇，深深吸了口寒气，点头，“就凭我们，足够了，人多了反而容易暴露。别忘了，我们可是新四军的游击队。”

众人沉默良久，他们是老兵，战场生存能力极强，但也比谁都清楚，要执行这次任务，等于组成了一个敢死队，注定是有去无回。最终，老兵们说："好，干，要干就干他娘的小野这个老鬼子，为牺牲的同志们报血仇！"

方向既定，众人开始准备。分散开，匍匐着从战死的日军身上扒棉衣、棉帽、雪地靴和白色的伪装披风，补充了枪支弹药，也搜罗了不少日军的野战干粮——吃饱了肚皮，浑身上下顿时暖和了不少。一场恶战，人困马乏，丁聚元自己担任警卫，让大家睡了一个小时。醒来后随即上路，向南急行军，奔往小王庄。

一路上，他们遇到三四处日军临时驻扎过的营地。看人马规模，才意识到这次日军出动的军力之厚。向北出击的应该是两个联队，一个步兵联队，一个炮兵联队。后续两个联队，应该是小野的预备部队。丁聚元带着十六个战士在广阔的平原上，小心翼翼地绕开这些日军，终于在黎明时分，赶到了小王庄附近。他躲在一片松树林中，用望远镜仔细察看。那些环形堡垒后，是一丛密集的无线电天线，还有用白布条伪装网罩着的坑道。是小野的野战指挥部无疑。

丁聚元既紧张又欣喜，暗暗道："这得要冲一下，活捉小野，真的死了，也值！"

3

日军的狼狗狂吠。小野行男万万没有想到，丁聚元这个诱饵会跑到自己的指挥部来，而且差那么一点点就要了自己的老命。他亲自点了点这些不怕死的新四军尸体，一共才十六人。他忍不住连抽了两位值班大队长几个耳光。

丁聚元却还没有死，身中数弹，被刺刀从背后刺了一刀，血汩汩流出。

武田大佐抽出指挥刀，准备砍下他的头颅，却被小野挥手制止了。小野命人把丁聚元拖了起来，表情严肃，用生硬的汉语问："你应该就是，丁聚元！"

丁聚元看到大仇家就在眼前，用微弱的力气呵呵一笑，轻声道："有心，杀鬼，无力……回天，哈哈。"他的双眼中燃烧着火焰一般的光。

小野也呵呵一笑，拿起一支炸膛步枪在丁聚元面前晃了晃，叹息说："中国人，你可知道你最勇敢的士兵，使用的却只是这种劣质钢材生产的武器？"

就在十分钟之前，他侥幸逃过了最惊心动魄的死亡。丁聚元带着十六个人悄无声息地摸近了指挥部，瞧准了值班巡逻士兵的空当慢慢往里渗透。到了最挨近指挥部的地方，他们都从地上站起来，排成两个小队，大摇大摆地往里跑步。过机枪碉堡防御圈时，值班大队的少佐打着探照灯朝他们嚷嚷，询问怎么外围巡逻的士兵巡到这里来了。

丁聚元听不懂日语，机智地弯腰鞠躬，招手赔笑，“嗨嗨”地应答。他们仍然是脚步不停地往里跑步。值班少佐这才发现异样，慌忙吹起口哨。

外围防御的日军纷纷冲着黎明的夜幕开枪。一时间，所有的机枪碉堡、工事里都吐出了火舌，大量熟睡的日军士兵提着枪向外拥出，却没人知道敌人究竟在哪儿。

按照事先的分工，战士们分三四人一小组左右散开，扫清最核心的警卫力量。丁聚元则带着四个战士往指挥部内冲。一路惊心动魄的肉搏，反应过来的日军以优势兵力，付出巨大伤亡，逐一杀死了那些老战士。可丁聚元也趁机冲进了指挥部。

小野正靠在椅子上假寐。陪同他的武田达也大佐迅速拔枪自卫。丁聚元举起手中特意挑选的短中正式步枪，冲着身佩中将军衔的小野行男头部开枪。

“砰”一声，枪响了。丁聚元感到手臂震颤，有铁芒刺入手臂及脸，剧痛。

步枪炸膛了。

炸膛的枪救了小野一命。武田和小野都惊了，丁聚元也惊了，顾不得自己受伤，慌忙丢了枪，往怀里摸。

武田迅速用手枪射击丁聚元，连开数枪。冲进来的两个日军警卫从丁聚元背后用刺刀刺入。

小野惊魂未定，但仍高声喊："不要杀他！"

丁聚元已是重伤。

重围之中，其余突袭的战士也都先后牺牲了。他们的尸体被排列在门外的空地上，雪还在落，像是慢慢给他们盖上了尸布。

很多人死不瞑目。很多人死了，脸上还挂着必胜的笑容。

小野出外查看一圈，朝死不瞑目的士兵们敬了个军礼，又返回到指挥部。此刻，丁聚元已经被绑在了椅子上。军医来为他止血急救，最终，冲着小野摇了摇头。

他是必死无疑了。

小野还想再审审丁聚元。这时，一个参谋官匆匆送来一封电报。小野接过看了一遍后，立即转身，面色凝重地对武田达也下令:“武田君，计划变了。华东司令部下令，要我们迅速出击，拿下吴家桥，然后向盐州进攻。务必要趁对方立足未稳，攻下盐州，肃清江北新四军。”

武田一惊，问:“那么平州呢，吕天平和黎有望呢?”

小野看了一眼生命即将消亡的丁聚元，说:“上级转来影佐少将方面的信息，吕天平已经签了秘密协议，同意归顺皇军，我们只要在吴家桥给他一点威慑即可。今年下半年起，八路军在华北四处出击，搅得驻屯军是鸡犬不宁。这样的事，不能再发生在江北。所以你的旅团，一定要在新年后拿下盐州，肃清新四军，保障治安。”

武田的额头上开始冒出汗来，上级的这道命令，简直太强人所难了。他在江南就跟新四军交过手，“肃清”二字，谈何容易!

小野也顾不得武田的感受了，他即刻下令，指挥部立即开拔向北移，尽量靠近酒井俊的联队，由武田负责断后。留下一个中队伏击黎有望。

在撤离之前，小野特意把自己的红茶热了热，端到了丁聚元的唇边，用生硬的中文说:“丁先生，作为军人，我十分钦佩你。喝了茶，坚持一下，给我，带句话给黎有望，劝他，归顺，帝国。来，喝。”

被绑在椅子上的丁聚元失血过多，伤口剧痛，感觉自己浑身冰冷，意识已经开始模糊，但他仍听清了小野的话，冷笑一下，用力啐了小野一口。是一口血，差一点就啐到了小野的脸上。小野把茶放在丁聚元的身边，起身看了他一眼，怏怏地离去。

一位随军记者立即上前，冲着还剩一口气的丁聚元“啪啪”拍了十几张照片。

也不知小野离开了多久，丁聚元从昏迷中醒来，他听到了“噼里啪啦”密集的枪响和爆炸的轰鸣，周身暖洋洋的。他听到了冲锋号声，看到了漫山遍野的新四军战士举着红旗，在向着负隅顽抗的鬼子兵们冲锋。远处的一个山岗上，一个穿着水蓝色衣裳、系着红围巾的女子在向他挥手。丁聚元激动万分，询问一个准备冲锋的战士：“我们胜利了？”

那战士激动地说：“胜利了，鬼子投降了！”

“老丁，老丁！”有人在呼唤自己的名字。丁聚元努力从狂喜中抽身回来，瞬间就感到剧痛和寒冷，一张熟悉的脸出现在眼前，是黎有望的脸。

他嘴唇哆嗦着说：“快，走，老黎！”

黎有望托着他的头，焦急地说：“我们来迟了。天亮了，可又让小野给跑了！你坚持下，我们带你走！”卫生兵在迅速清理他的伤口，但已经无济于事了。

丁聚元费力地摇了摇头，说：“是他，放过，了，你……”

他身上的绳索已经被割断，手摸索着伸向腰部。黎有望顺着一摸，摸出了一颗手雷。

丁聚元笑笑，说：“炸膛了，他娘的，该先，用雷……”黎有望认得这颗手雷，忍不住有泪要涌出。丁聚元说：“别追，去，皇桥。还有……”他的声音已经越来越微弱了。

黎有望俯身将耳朵贴近他的嘴唇。

丁聚元似乎濒于昏死，最后又用尽力气说：“克复南京，要是见到，小月，告诉她，别等我了……”

说完，他微微一笑，带着笑意死去了。黎有望听丁聚元说过，小月，是他在南京城里相好的那个做鸭血汤的小寡妇。

“好，老丁，我一定会告诉她！”黎有望为微笑的丁聚元合上了双眼。

第二十七章

群魔舞

1

1941年的新年越来越近了，前线传回来的消息越来越让人沮丧。日军的广播电台里一个娇滴滴的女播音员公开宣布：

“在吴家桥及田汉之间广阔的平原中，大日本皇军小野师团长麾下的武田旅团长以微小的代价，全歼了流窜中的新四军特遣丁聚元支队，击毙敌酋丁聚元。此役的胜利，标志着皇军在江北‘清乡’工作的开始。下一步，皇军将集结重兵，北伐盐州，一举肃清中共在江北的力量。南京方面敦促盘踞平州的吕天平、卫长河、黎有望部尽快认清形势，早日易帜归顺，为新国民政府及皇军效力，共同致力于维护江北治安，缔造东亚共荣乐土……”

"败了！"卫长河关掉收音机，坐在重伤的唐经方身边，长长叹息，"岳父啊，您也听到了，支持中共新四军的，只有死路一条。您这个开明绅士，走到邪路上去了。"

躺在病床上的唐经方冷冷一笑，用尖锐的目光盯着他看，并不答话。

卫长河被岳父盯得浑身不自在，起身整了整自己的军装，转过脸去，道："我已经下了命令，今天行动，要把城内的共党一网打尽。岳父啊，要是到时候，在他们那里搜查出太多您通共的证据来，我这个做儿子的，会很难堪的。"

唐经方忍不住哼哼一声，轻声骂："哼哼，你要做汉奸、败类，还知道难堪?"

卫长河满脸的悲戚，自顾自地说："自古忠孝难以两全，我选择忍辱负重，就对不住您老人家了！"

话一说完，卫长河迅速转身跳到床上，拿起绒芯枕头就蒙在了唐经方的脸上。唐经方伤势很重，刚刚脱离生命危险，自然没有力气挣扎。几分钟后，就没有了动静。看着死去的唐经方，卫长河长长地舒了一口气，按响床边的电铃。

不一会儿，唐府的老管家推门走了进来。

卫长河脸色沉痛地吩咐:“让三太太倪子君给唐家各地人员致电发丧，就说我岳父经方先生，被中共刺伤后，因伤势太重不治身亡。大少爷年幼，与大太太避居上海租界，平州城禁，就由长婿卫某暂代行安葬。追悼等诸事，延后再说。”

老管家朝着床上唐经方的尸身看了看，面无表情地说声“好”，就退了下去。

此后，按照游击总队卫长河副司令的命令，徐永财的警察局开始在全城颁布告示并搜捕“共党及嫌疑通共分子”，理由是“日本人开始对共作战，为平州安全计，不予日军军事进攻的口实，恳请中共同志主动自首并离境”。

他们的第一个目标，就是平州小学堂里身份公开的左月潮。

这天上午，小学堂里正举行冬学期期末假期典礼。初小和高小的学生们都端坐在雪地里，聆听左月潮校长在台上做慷慨激昂的演讲。

左月潮说:“同学们，虽然现在已容不下一张安静的书桌，但你们还要时刻牢记，不管那些主张投降的人说得多么天花乱坠，中国不会亡，侵略者不会得逞！这个世界有正义。任何时刻，不要失去对胜利的信心，对中国的信心，任何情况下，不要失去对光明的渴望……”

荷枪实弹的警察们拥进了小学堂的广场，徐永财对左月潮出示了告示，笑眯眯地说：“左校长，这次可不是我要为难你。形势所逼，请贵党的同志多多包涵。今天是17日，我们将会尽快把您和您的同志礼送出境。为了平州安全，您自己看吧。”

左月潮向欲冲上来的赖贵明等五位校工摆摆手，戴上了礼帽，严肃地说：“好，临行前有件事。据我所知，游击总队中的王怀信指挥也是我党同志。徐局长，可否让我和他见上一面？”

徐永财微微一笑，他心知左月潮要见王怀信无非是想锄奸，于是说：“不好意思，左校长，他归军队管，我管民事，这事跟我说没有用。这段时间里，您得由我们警察局看护居住，请跟我们走吧。”

所谓“看护居住”，说得客客气气，其实就是关押监禁。

左月潮听了，从容一笑，道：“好，有劳徐局长了。”赖贵明等人见警察押着左月潮，终是按捺不住，想抽出后腰里的枪，却发现每人身后都有两个便衣警察正用枪抵着他们的腰。五个武工队队员都被缴了械，随着左月潮一起被押上了警察局的囚车。

临上车时，赖贵明对着徐永财，冷冷道：“你真以为我们就这么点实力吗？”

徐永财摸了把脸，摇头讪笑，不回答他。

在教师座中的白露眼睁睁地看着自己的同志都被抓捕，犹豫再三，最终还是忍不住站了起来，走到徐永财面前义正词严地质问：“你们这帮懦夫，国共还在合作，你们怕鬼子来打平州，就不惜出卖自己的战友。懦夫，懦夫！”

“哎呀呀，哎呀，要不是白教员挺身而出，我都忘了这茬儿了。”徐永财忙敲了自己脑袋一记，叹息道，“这告示上还说有通共嫌疑的，也一样要请出来。白教员，你不是不知道共产党新四军在皇桥‘摩擦’掉了多少国军。那可都是你爹韩主席的队伍啊。要是还向着他们说话，你这个嫌疑很大啊，要不要跟我们走一趟呢？”

他这番话说得实在是欺人太甚，愿意说白露是汉奸女儿时，就拿“汉奸女儿”说事，愿意说她有“通共嫌疑”时，就说她有“通共嫌疑”。

“走就走，我要跟你们去见卫长河，见吕天平。都说他们已经投降汪伪了，我还要找他们两个叛国贼去问问清楚呢。”白露被彻底激怒了。吓得旁边的一个女教员不停地拉她的衣襟，示意让她赶快坐下。

徐永财有点兴奋，立刻吹起了哨子，说："白教员，可不许血口喷人啊。好吧，既然白教员想去，大家也都听到了，那我就只好勉为其难成全你了。你别说，还真有一桩案子要问到你，唐家二小姐失踪好几天了，有人举报说她在你家里。"

两个站岗的警察立刻背着枪走了过来，徐永财随即对他们下令说："把白露教员带走，到了局子里，我们再跟她好好聊聊。"

2

雪后初晴，周朝押着四个军人游街。

他们穿着整洁笔挺的军装，胳膊上缚着一个红色布条，被用绳索绑着连成一串。一队特战营的士兵押着他们，在平州城内大街小巷走了一圈。一路走着，周朝一路高声喊道："日军已经向吴家桥发动进攻。大敌当前，有些人却想趁火打劫，又想闹兵变。幸好卫司令英明果断，及时发现，及时制止，才使咱平州免遭兵劫。"

最终，他把这四个军人押到小校场。在那里，除了不多的围观民众，还有防疫队的收尸车等候着。拉车的高大骡子鼻孔喷着热气，双眼含着一层水汽，盯着这一群即将厮杀的生物看，仿佛早已看穿了他们的一切把戏。

周朝叉着腰，面对着站成一排的四个军人，拔出身佩的手枪，冷冷走到第一个瘦高的青年军官面前，问:“你是宪兵营三连二排的排长，你告诉我，是谁命令你的排参与兵变的?”

那个青年军官冷冷一笑，看了看白日高悬的天空，满脸都是蔑视，拒绝回答矮他一头的周朝的问题。周朝点点头，毫不犹豫地扣动了扳机。一声枪响，子弹射穿了那个排长的眉心，他重重地向后倒下。

防疫队的人连忙冲上前，用小刀割断他手上的绳子，用肮脏的旧布把他给裹了起来，搬上了骡车。那骡车上还用芦席裹着两个不长的尸体，想必是两个不幸早夭的孩子。

周朝的这一枪，让其余的三个军人都吓破了胆。

周朝喝问:“嘴硬，硬得过枪子吗?”不用等他走到面前，一个人就喊着:“是共产党指使我们干的!”一个人喊:“是朱子松营长下达的命令!”另一个人喊:“是黄副司令让朱营长传达的黎司令的命令!”

周朝得到了满意的答案，哈哈大笑，将枪收入匣中，对围观的民众说："黎有望主使黄开轩、朱子松兵变。这一次，是黎有望！"他挥了挥手，身后一排的特战营士兵迅速举枪齐开火，将剩余的三人都击毙在英烈碑下。有子弹带着血打入碑中。

围观的有见过多年世面的老人，忍不住叹息说："这小校场里头，又要开始不停杀人了！"

这次，刘清和又夹杂在人群中做了一回匿名的看客。他心情愉悦地观看了枪决。终于听到了"黎有望"的名字，他颇为兴奋，把自己的礼帽压低一点，吹了个呼哨。有十个穿着破棉袄的精壮男子就随着他一起离开了小校场。这些人就是按照"千手观音"计划安排，埋伏在平州城内的76号特务。

刘清和带着他们一起去往尚义街的求知书局。那是白露的住所。

楼下的门半掩着。刘清和向这些手下做了一个手势。十个人迅速分工，分头把守住了路口、巷口和后门。有四个人把着门，一个人掏枪踢门，随即五人蜂拥而入。待刘清和进门之后，在楼下警卫的鲁培林已经被缴了枪，让两个人捂着嘴，死死地按在了地上。刘清和俯下身体，在惊恐万分的鲁培林耳边低声说："嘘，看门狗，不出声，没你事；出一声，你必死。”

鲁培林慌忙点头，连大气都不敢出。

刘清和一挥手，两个特务提着枪，蹑手蹑脚向楼上去。不一会儿，楼上传来女子的尖叫，间杂着打斗声。就在刘清和拔出枪准备上楼查看时，两个特务抬着一个女子下了楼。走在后面的特务手上扎着一把刀子，流了不少的血，显然是在楼上与那女子搏斗时受的伤。他一脸疼痛相，强忍着。

那个女子已经被绑了起来，嘴也被堵上了。刘清和拨开她散乱的头发一看，笑道:“果真是卫师长的小姨子，唐二小姐。怎么，你爹唐大老板不幸去世了，你也不回家奔丧，还躲在白教员这里避风啊？哎呀呀，你这算是什么孝顺女儿呢。”

被绑架的女子，正是多日以来被黎有望安排在白露这儿避难的唐晓蓉。

刘清和随即对手下说:“把她送到唐府，交给办丧事的卫长河，算是我的一份礼。”大门外，一辆黄包车停了下来。显然，也是他事先安排好的特务。两个特务把唐晓蓉抬上了黄包车，拉下车篷车帘，押送着她去往唐府。

目送他们远去后，刘清和吩咐受伤的特务自行包扎，又对鲁培林说："我完全可以一枪崩了你，可想你忠心耿耿守卫着白小姐，也算是条汉子，以后老实点，别让我再看到你。"鲁培林已经吓得尿裤子了，哭得一脸泪。

其余的特务询问刘清和："队长，我们下一步怎么办？"

刘清和看了下手表，笑笑说："去警察局，把白小姐接回来。"

3

何辅汉带着所部两个纵队进入莲河要塞，宣布全权接管。

王文举对此丝毫也不惊讶。他已经和平州方向失联多日，就知道传闻非空穴来风：吕天平或者卫长河已经决意投降了。要塞值班的副官以没有收到上级明确命令为由，要求各处防御工事武力阻止何辅汉的人进莲河。

王文举想了想，直接让放人进来，甚至也不发电报去平州请示。他清楚，这是个局，从卫长河把何辅汉部署到五里铺时就开始了。

何辅汉得以顺利地闯入要塞司令部，见到了王文举。

王文举已经换上了一身便装，还是他第一次离开莲河去往上海时的装束，只是外面多披了一件呢子大衣。他坐在指挥部的客椅上等候何辅汉多时，脚边还放着那只随身不离的箱子。一见何辅汉，他就笑眯眯地问："何团长，您是来接管要塞的吗？实在是太好了，我整天揪心这要塞防务的事。您应该知道，赵汉生带着三万大军在几十里地外，整天信誓旦旦说要拿下莲河血耻，我这觉都睡不踏实。终于有人能给我分担去了，谢谢啊！"

见王文举这么客气，何辅汉倒无话可说，伸手不打笑脸人，他也只好笑着说："卫司令就是担心你太操劳，让我部接替你部在莲河的防务，你部可以退驻到五里铺换防。吕司令也同意了。"

王文举也不向他讨签字的公文，只是拱手抱拳说："这官，都是卫司令给的，随便他安排吧。我今年五十岁了，看枪管准星的眼都花了，这精力也跟不上，五里铺就不去了，莲河就全部托付给何兄了。"他这完全是要走人的意思。

何辅汉有点意外，没有想到王文举还真是个滑不溜秋的"混江龙""不得罪"。他手里拿着要塞的值班记录簿，问王文举："王兄，你若要走，得先把话说清楚。如果我没记错，你们莲河要塞常备兵力是三千人，可今天的执勤记录上为何少了一半的兵？"

王文举笑着解释说："何兄难道不知道？四天前黎司令来到我

这儿，调走了一半的人去解救新四军丁聚元部。”

“丁聚元？哼哼，丁聚元已经死透了，怕是尸骨无存。”何辅汉十分不屑地说，“现在，日军已经大兵压进吴家桥，就连黎司令自己也没了音信。你擅自分兵，这是玩忽莲河要塞防务职责。”王文举连忙说：“他说奉了吕司令的命令啊。”

何辅汉就问：“他拿得出一纸命令吗？”王文举笑着说：“他可是游击总队副司令啊，况且，还先帮我退了赵汉生的三万大军。请问，何团长来接替莲河防务，有什么命令公文吗？人在波澜诡谲的江湖，出路可能会有很多，但是退路嘛，往往只有一条。一条出路不通，走走别的出路，没啥问题，但千万不能任性地把退路给堵了。是吧？”

这真的问住了何辅汉，也说服了何辅汉，他一拱手说：“王兄是军中的前辈，我相信你领兵带兵的分寸。恕我不能远送了。”

王文举拎起箱子，抓起桌上的裘皮暖帽，向何辅汉略略鞠躬，就向门外走。何辅汉目送他出门，手一直按在腰佩的手枪柄上，想想他刚才说过的话，笑了，最终没有拔出枪，只理了理自己的八字胡须。

此时此刻，远在平州的吕天平正在自己的办公室内，陪着卫长河静坐。卫长河的胳膊上还戴着黑纱，脸上也挂着几日来操办岳父丧事的倦怠，可是精神很好。相比之下，吕天平倒显得木然，面无表情。不一会儿，吕天平案头的电话机响了起来，他从圈椅里挣扎出来，伸手想去接，却被靠近的卫长河给接了去。卫长河声音低沉地说着“嗯，嗯，好，嗯，知道了，辛苦了”，随后挂了电话。

吕天平问：“是黎有望那边的消息吗？”

“是莲河打来的电话，它与平州之间的通信恢复了。”卫长河摇了摇头说，“黎司令应该是到了皇桥—吴家桥一线，只是依旧没消息。刚刚参谋报告，确认叶桂材战死了。在莲河，您的老朋友王文举怯战，害怕赵汉生的和平建国军攻打莲河，丢下要塞，临阵脱逃了。不过吕司令请放心，现在何辅汉接管了莲河的防务。我们的计划推进得很顺利。”

吕天平苦笑说：“那是你的计划。不要再为难文举了，他也尽责了，就放他远走高飞吧。韩主席那边有什么消息吗？”

卫长河推了推眼镜，说：“韩主席啊，为公事，没有。您要是指望他能出兵夹击日军，救黎有望，那是不可能的。日军确切的目标是盘踞盐州的江北新四军。黎有望救不了丁聚元，还想阻止日本人夺取吴家桥，那是他自不量力、螳臂当车。于私嘛，韩主席倒是来了电，关于他名义上那个女儿的事。”

吕天平摇摇头说：“那我不用关心。”卫长河阴诡一笑，说：“恐怕这一次，您必须要关心了，此事不仅跟白小姐有关，还跟您有关，跟新生活运动有关！”

第二十八章

黯然暗

1

兵败如山倒。黎有望此刻方切身体会到这种滋味。

在从田汊奔向小王庄的途中，想要让一支一千五百人的队伍不被敌军发现，实在是太难了。在靠近小野指挥部的时候，他们终于跟日军接上了火。这个日军中队是小野留下来阻击黎有望的，他们收到的命令就是“且战且退”，所以打了没多久就向北撤去。

天微微亮，黎有望在小野的指挥部里见到十六个新四军战士的尸体，还有只剩下一口气的丁聚元。

丁聚元临终的话提醒自己，这次偷袭不成，是不能追击日军的，必然有一个口袋阵等着自己。看了日军布防的暗堡阵地后，黎有望抽了口冷气，若非丁聚元袭击，自己早就先落在小野布下的网里了。那么现在死的，应该是自己。

日军旅团在清江县内整体向北移动，目标很明确，就是吴家桥。他立即跟叶桂材联络，对方的答复是："力战中，吴家桥危矣！"

黎有望让这支借来的队伍稍作休息后，立即返回平州境内，沿着运粮河急速向北开进。听到要去皇桥打鬼子，与日军一个旅团打硬仗，很多士兵内心生了怯，一路上不断有人开小差离队。黎有望也无计可施。

等赶到皇桥时，一千五百人只剩下不到一千人。皇桥已经乱了套。在镇上，就可以听到吴家桥方向传来的隆隆炮声。日军旅团里配着一个标准的野战炮联队，正在用炮弹开路。天上还不时有一架架俯冲轰炸机掠过。百姓已经四处逃难，十室九空。

已有大量的士兵从吴家桥溃退出来，挤在逃难百姓中。因为负责节制三镇的总指挥王怀信不在，听闻日军要来，士兵们无人管制，每一处军营都炸了锅。队伍混乱不堪，有断腿士兵哀号，求人把他带走，努力往马车上爬，被碾。也有溃兵把价值上百元的步枪以几块大洋卖掉，脱掉游击队员军装。

有个满脸络腮胡须的上尉军官骑马赶至，就要用鞭子抽打卖枪士兵。

黎有望长叹，派人把那被卖掉的步枪强行要了回来，重新塞入卖枪士兵手中，要求他必须跟自己去吴家桥迎敌。在皇桥镇东口，黎有望跳上一辆运粮食的板车车顶上发表演说，努力言说游击队的精神、当日的抗日誓言，用他的信心鼓励士兵，试图把溃散的队伍重新组织起来。他喊道："兄弟们，我们中国的队伍，若听到鬼子来，一把枪都拿得直发抖，还不如回家摸女人奶子去！"

此刻，却没人笑得出来。很多散兵在嚷："黎司令饶过我们吧，吕司令可没有命令让我们跟日本人打！"

黎有望的身影是孤独的。人潮从他身边卷过，他们只想逃难，逃向平州。郭店、皇桥和吴家桥三个镇的纵队本来都是他的部属，但真正的考验临头时，没有成筐成筐的大洋激励，这支队伍溃不成军。

黎有望对自己失望至极，也沮丧至极。他收拢了大概两千人的兵力，由皇桥向东，紧急去救援被困在吴家桥的叶桂材。他已经失去了一个战友丁聚元，绝不想失去第二个。

等到了吴家桥镇外，黎有望舌尖上才真正尝到了“绝望”二字的苦味。

一个联队的日军拦在面前，轻重武器一应俱全，火力之强，令己方抬不起头来。一场恶战。黎有望在白天组织了三次冲锋，都被日军无情地打退。

可日军只是防御，并不向西进攻。

冷静下来，黎有望这才想明白，日军并不是忌惮皇桥的游击总队兵力，而是在他们的作战意图中，并没有准备向平州进攻。

黎有望更清楚，“吕许密约”或许是真的，吕天平已经投降，日军不想再费力攻打平州。在此关头，去救出困在吴家桥的叶桂材显得更为迫切。

那个满脸络腮胡须的上尉官，是跟从叶桂材抗敌的三纵二营的参谋官。他向黎有望建议，运粮河向北流入九龙湖，紧挨着上游的密杨镇有堤坝，是为清江县北部农田冬日蓄水所筑，吴家桥地势低洼，如果我方秘密炸开上游的密杨水库，数万吴家桥的鬼子势必葬身于滔滔洪水中。

黎有望沉思后表示：“此策我又何曾没想过？只是库堤一旦决口，清江、平州几个乡镇都要成为泽国。二十七年五月，蒋委员长为阻止日军西进，下令炸掉黄河堤坝，花园口决堤，洪流踵至，我中国平民百姓死亡近百万，受灾千余万，其悲骇惨痛之状，实未忍溯想。若炸开密杨水库，小野的旅团固为鱼鳖，但我受苦受难的百姓又何止于百倍？我下不了这个手啊。”

既不能炸坝，入夜后，黎有望带着两百人的敢死队，趁着夜色向吴家桥中心突击。他们穿过了日军两个联队之间的空隙。一路上，看到了日军大量的丰田卡车，九一式装甲车，骡马拉的野战炮和数十辆中、轻型坦克。夜幕下，它们如蛰伏之熊罴虎豹，随时准备奔突而出，吞噬众生。

黎有望更加确定，如此之多的兵力已经集结在吴家桥，若小野要攻打平州，大可不必拖泥带水，他的目标，显然是在盐州的新四军。

黎有望既担心叶桂材的安危，也担心起新四军将要承受的重击。

2

在周朝的看管下，慈云寺的司令部被撤销了。警卫排的士兵被赶到了城南外大营，全部缴械待命。黄开轩、朱子松和罗耀宗三人都被隔离审查。

在小校场，三个宪兵营的排长供出了黄开轩和朱子松的名字。这便是罪证。

朱子松被第一个用上了刑，可是任周朝的人怎么殴打，他只说兵变是自己一手策划的，拒不承认黄开轩和黎有望与之有关。

罗耀宗没有受刑，仅仅是被关禁闭。他已经公开是军统的人，卫长河嘱咐周朝，戴老板的人都受过抗刑训练，刑罚无用，此人精通通信，若把脑子打糊涂了也可惜。

只剩下一个黄开轩，此人军中资历深厚，平日素为低调，也不和任何人交恶，很难处理。卫长河也未敢明示用刑。就在周朝犯愁时，徐永财连夜赶到了慈云寺，受命提审黄开轩。重庆方面有人指示他单独与黄开轩交谈。

黄开轩的手上铐着一副沉重的铁链子，他被视为除黎有望之外第二号重要的嫌犯。两个荷枪实弹的卫兵押送他而来，“当啷”的链条拖行声，像是慈云寺的钟响。

一见黄开轩，徐永财连忙请周朝的人打开镣铐，感叹道：“黄副司令，你看看，他们怎么能这么对你！”

黄开轩冷冷一笑，说：“是不该，铐住了我，你们还能问出个屁！”他伸出两根手指做钳状。这是讨烟。徐永财连忙从烟盒里掏出一支烟，并恭敬地点上。

黄开轩直接把一盒烟和火柴都拿了过去。

徐永财也不恼，坐到他对面，从公文皮包里掏出一沓陈旧的材料，笑眯眯地说道："黄司令，想要把你查出来，还真他妈不容易啊。我们直入主题吧。如果我说的没错，请黄司令吆喝一声，叫声好，如何？"

"有屁快放！"

"好，黄开轩，原用名程兴柱，江西龙虎山梨桥县人，十五岁逃家入伍，入赣地方团练，在弁目队受军事训练。后因吕天平带着赣军北伐回江西，你转投他麾下担任勤务兵，一起驻防南昌，一起北伐入平州。你还真是老资格的革命同志啊！"

黄开轩看着窗外漆黑的寒夜，长叹一声道："都是太早以前的事，忘得差不多了。"

徐永财看了他一眼，继续说："如果我说的没错，民国十六年，黄司令在江西就应该是个死人了吧？中央党部调查科的早期资料里有一份名单，上面有九个人的名字，八个人都已经是死人了，而你还活着。这些人是民国十六年'清党'时，上峰密令吕天平要处决的人。”他抽出一份发黄的名单。

黄开轩抽完了一支烟，摸索着想抽第二支，听到徐永财这么说，也是一愣。

徐永财知道自己说中了，微微一笑说：“名单中的第一个人，你有兴趣知道吗？叫作黎雨萍。哎呀，这个名字真熟悉，不正好是黎有望司令的那个姐姐黎带娣、吕天平司令的老相好吗？你当年那个‘程兴柱’的名字，为什么会出现在第九个？”

黄开轩“刺啦”一声划燃了火柴，仰头说：“太久的事，徐局长，不该提的就不要乱提啊。我都为这个国家死过这么多回了，喝了几遍孟婆汤，连亲爹妈都记不得了。”

“徐某肩负清查之责，凡有嫌疑，藏到天涯海角，我也要查个水落石出。”徐永财摇了摇头说，“你若记不得，就让我来提醒你：这个黎雨萍不仅是个女共党，还是个元老级的共党，最迟民国十二年就见到过她参与秘密活动的记录。这九个人，都是共党或者亲共党分子，都是当时的‘清党’中必须要处决掉的危险分子，包括你，程兴柱。吕天平跟黎雨萍有情，有怜香惜玉之心。在行刑时，他买通了刽子手，没有打中黎雨萍要害，但也失了分寸，击穿其脊柱侧边，造成黎雨萍重伤，等于个半死人。他倒是个情种，把她送到上海去医治，人是救活了，但也傻掉了。这么多年，吕天平一直养着她，也算是不离不弃。只是，你凭什么能从枪口下活过来呢？黄司令，你也是吕天平的相好吗？哈哈！”

黄开轩在桌面上掐灭了烟头，反问徐永财：“你这是在提醒我，还是在询问我？”

徐永财翻看手头的资料，后面都是程兴柱改名“黄开轩”重新登记入军籍、效力军队的记录。只有这一段，是他想不通，百思不得其解的地方。

黄开轩将身体向后仰去，两腿伸到了桌子上，对着天花板说：“这些陈年往事，能记起来的，全是血啊。你都不知道，黎雨萍当年是多么风华绝代、光彩照人，还那么聪明，才华横溢，发表起演说来，简直是口若悬河。吕天平那么迷恋她，一点都不奇怪。连我也是。”

徐永财用手头的钢笔敲了敲桌子说：“黄兄，如果你不老实交代，别怪兄弟我没提醒你，可能你会跟小校场上那四位一样被送到鼠疫坑里烧掉的，连一把灰都不剩！”

黄开轩从椅子上跳起来，自己去捡地上的镣铐，说：“哼哼，那好，徐老弟，问不明白的地方，别问重庆的徐长官，直接去找中央的‘二陈’。我懒得跟你这头蠢猪再费口舌。这个党国，一代不如一代。平州的局势，我要是像你这么蠢，一定会找个地方躲起来，看风怎么来，再使帆。”

徐永财一脸木然地看着黄开轩，满脸摸不着底的惶惑。

3

白露被带上警车时，心里一直想着怎么对付徐永财，与潜伏的老钱取得联系。却没想到，一个老警察说了声“得罪”，就用一个黑头罩罩上了她的头。

她随着囚车转了一圈，立即警惕了起来，嚷道：“停车，停车，你们这不是去警察局！”

没有人应答。

最终，警车带着白露在一处地方停了下来。白露用鼻子嗅了嗅，怒吼：“徐永财，你这个混蛋，把我送到观音庙来了！”

押送的警察不理睬她，拉着她往里走，任白露怎样挣扎都无济于事。过了两道门，白露头上的头罩被摘去了，但手上的铐子却没被打开。她想骂娘，想砸东西，却发现有几支冷冰冰的枪口对着自己。在观音大士脚下的三张椅子上，坐着许卓城、何志祥和李香菊三人，大殿里还有十来个全副武装的特务。给自己摘下头罩的人，却是刘清和。在白露眼里，观音庙已经不折不扣地变成了群魔宫。

何志祥先开腔道:“怎样，许特使，你要见的亲生女儿，我们给你带来了。东西是不是可以交给我了?”他却是对着许卓城说话。

许卓城面目憔悴，身体状态非常差，还是强打起精神，用嘲讽的口吻说:“我说想见她一面，可没有让你们把雪子绑架来。”

刘清和说:“干爸，是我擅作主张，把姐姐这么请过来的。”

许卓城冷冷地说:“你倒还有脸认我是干爸，孝顺啊。”

白露立刻啐了刘清和一口说:“无耻的汉奸，谁是你姐姐，你又认谁当干爸!”

李香菊忍不住笑了起来，笑声显得特别诡异:“你们这一家子，还真是笑死人了。许特使，干脆就在观音面前，把恩恩怨怨做个了断吧。快给他们三把枪。”

刘清和瞪了她一眼，对许卓城说:“干爸，何先生只想你把与吕司令签订的秘密协议交给他保管。就这么件简单的事，怎么跟你说起来这么费劲呢。这么拖下去，会要你命的。”

“不成，那份协议我要在新年后到南京亲手交给舟先生，由舟先生呈给汪主席。早于这个时间点，对谁都不好交代。”许卓城铁青着脸说。

何志祥笑了起来，说：“许特使分明是怕我贪功。”许卓城冷冷地说：“我只是想拿着这份协议，换回我的身家性命。”何志祥站了起来，走到白露身边，说：“你也可以拿出来，换你女儿的性命。哦，对，还有个消息，我得告知你们父女俩一声，刘副官！”

刘精忠从观音像后走了出来。

何志祥介绍说：“这位是韩光义主席的副官，他要给大家宣布一个喜讯。”

令人意外的是，刘精忠多日来一直潜伏在这座观音庙内。

可叹黎有望暗中派人满城查找，却忽略了这个他太过于熟悉的地方。刘精忠面无表情地说：“韩主席向吕天平和卫师长下达要求，如果想要和平解决平州问题，在南京和省府之间做平衡，吕天平必须迎娶他的亲生女儿白露，也就是韩映雪小姐为妻。这个要求，卫师长已经通报给吕天平了。他也已表示同意。”

他这番话一出，除了何志祥，在场所有人都惊呆了。

白露自然要嚷:“你们这帮卖国求荣的魑魅魍魉，终于勾结在一起了。我不同意，死也不同意!”

何志祥哈哈一笑说:“很好嘛，老刘备娶了孙家小妹，江北反共救国的同盟才能有保障。”李香菊也笑了起来，说:“在死气沉沉的平州，待得人胃都泛酸了，能听到这个喜讯，还真是振奋人心啊。”

只有白露在高声叫嚷，哭泣了起来。

许卓城也愣住了，方寸全乱，他万万没有想到自己曾经的情敌韩光义，会来这么一手。连刘清和也愣住了，他受日本人和何志祥的双重命令绑来白露，只是想用她要挟许卓城把密约交出来，把平州的任务了结，好择机带着白露远走高飞，没想到自己等来的，会是这个消息。

刘清和恨不得立刻拔枪杀了刘精忠，但转脸见白露哭喊着不从，随即就冷静了下来。

何志祥不喜欢听白露哭喊，下令特务们将白露按住，捆起来，堵上嘴，押送到观音庙后厢房去。白露经历了自己一生中最黯然的时刻。然而，她到了后厢房一看，就停止了哭闹。这里面还关押着两个女子，一个是刘琴秋，还有一个，居然是肖含玉。

第二十九章

死者讯

1

趁着夜色，黎有望带人摸到了离吴家桥镇不远的地方。通过望远镜，黎有望看到整个吴家桥镇算是被日军彻底地毁了。这个连接三县的古镇，里运河上的运粮枢纽，一时繁荣之地，历史上曾经出过状元，也出过忠臣良相，此刻，却完全葬身在一片火海之中。几次大战侥幸存留的最后一片建筑，都被日军浇上油给点燃了。隐约可以听到女人的喊叫和婴儿的啼哭，时不时还有枪响。

很多老家在吴家桥的战士，在黎有望背后泣不成声，骂娘。

依旧见不到一个叶桂材带的士兵，只有一队又一队牵着狼狗巡逻的日军。黎有望带着人马蹚着吴家桥外围的小水沟走，时不时会见到一两具死尸，或是游击总队的士兵，或是死难的百姓。有野狗半夜里觅食，啃吃死尸。到处可见炮弹炸出来的弹坑，可想而知，自己出田汊去偷袭小野指挥部时，叶桂材在吴家桥打得有多惨烈。

黎有望为自己自作聪明的作战决策感到深深的懊恼。

过了低洼地带，突然听到前面有突突的机关枪响。黎有望一惊，匍匐上前侦察，发现一队日军正驱赶着一些军人和百姓往一个大坑里走，大坑周围燃烧着木炭篝火。这里原是吴家桥的砖窑场，利用河道外的优质黏土烧制百里闻名的吴家桥青砖。日军在窑场的高地上架起了机枪，把被俘的士兵和来不及逃走的百姓赶进来屠杀，坑里已经堆了约莫上百具尸体。一个军曹拔出指挥刀，下令开火，随着机关枪的嚎叫，三十多人倒下了。在不远处，日军晃着寒光闪闪的刺刀，驱赶新一批的人入坑。还有至少两百多士兵和百姓在坑外瑟瑟发抖。杀戮是一把利刃，在他们头顶盘旋。

这里，就是后来震惊中外的“吴家桥惨案”的现场。

军曹又下令，机枪却没有响起。不停地杀人，机枪的枪管都打红了，机枪手叽叽哇哇抱怨，负责供弹的装填手懒得换枪管，起身褪下裤子，冲着机枪管撒尿降温，发出“刺刺”的声音。指挥的军曹点了支烟，嘲笑装弹手，并跟身边的卫兵说：“快干完了，干完我们才能回营睡觉！”卫兵说：“把他们都赶到砖窑里堵住，放把火都烧死得了。”

军曹摇摇头，吸了口烟说：“不行，小野将军不允许。那样太不人道，有辱皇军的声誉。”

黎有望忍痛向身后的敢死队战士做了一个分队进攻的手势。借着雪光，这些已经红了眼要报仇的战士，分兵两路向着窑场冲去。

屠杀小队的日军完全没有想到，在自己大军的中心会突然杀出一队中国军人来。猝不及防，撒尿的鬼子还没来得及把裤子提上，就被黎有望举起步枪，一枪击毙。

机枪手在弹斗内匆匆忙忙塞入两排步枪弹，就开枪射击，慌乱之中，机枪卡住了。一个敢死队战士冲上前，用刺刀插入了他的喉咙。包括军曹在内的其余日军，很快就被逐一击毙。

在死亡的边缘捡了一条命回来，原本吓得近乎麻木的俘虏和百姓，纷纷四散逃离。

黎有望抓住一个从坑里爬上来的士兵问：“你是跟着叶桂材队长的兵吗？”

那个士兵衣衫单薄，在寒风中已经冻得近乎僵硬，经过一整天的惊吓，变得尤其狂躁，他说：“是，你是黎有望，带着我们到吴家桥的，自己却跑了。叶队长早死了，我亲眼见他在战壕里，对，战壕里，脑袋被炮弹削掉了，哈哈，全削掉了。快让我逃吧，不逃就没命了。”

黎有望一瞬间如堕冰窟，几乎万念俱灰。这次营救行动，又失败了。他放了那个士兵，转身面向敢死队队员们，冷冷地说：

“对不住兄弟们，叶队长已经牺牲了。不过，我们救了这么多的百姓，就算不得白跑。既然是我把你们带来的，一定会把你们都带回皇桥去！”

听闻有交战的枪声，本来沉寂的日军各营响起了“嘟嘟”的哨声和警戒枪声，连和衣准备睡觉的小野都被惊动了。参谋紧急向他报告说，黎有望带着一队特战人马渗透到吴家桥中心地带搞偷袭，小野一愣，以为黎有望又是来偷袭指挥部，惊出一身冷汗，下令重兵向指挥部附近靠拢。透过野营帐篷的帆布窗口，他用望远镜向黑漆漆的指挥部外茫然地望去，不由得自言自语感慨：

“看来，我还是小瞧了黎有望。此人果然有着狐狸的狡猾、山虎的勇猛，还有猎豹的忍耐。只可惜生在中国。一个名将之坯，空有精湛的指挥艺术也没用，打仗最终打的还是国力。”他向参谋下令，如果在吴家桥围堵黎有望不成功，就请海军航空队的俯冲轰炸机执行“神光”乙本作战计划，务必炸死黎有望。

2

黎有望战死疆场的消息传到平州时，王怀信被软禁着。

12月20日，卫长河突然翻脸，亲自带人到他家里直接把肖含玉给抓走了。卫长河阴沉着脸说：“王兄，左月潮已经被请到警察局里了。他供认不讳，你是‘木师’，也是‘沉冰’。你们共产党不惜采取苦肉计，想借‘黄雀’计划潜入我们的队伍之中来。”

王怀信一听，冷汗从脊背后冒出。他很快就镇定下来，说：“卫师长，你是更相信我的话，还是更相信左月潮的话？你不觉得他这是想借你的手，除掉我吗？”

卫长河狐疑地推了推自己的眼镜，沉思良久，最后问：“你凭什么让我相信？”

王怀信说：“我在共产党内，受的是华东局的指挥，左月潮属于苏省省委指挥，两条线。他一直暴露于众，我们其实互无交叉，他凭什么知道我的身份?”

卫长河想了想，说:“对啊，那他凭什么就知道了?”

王怀信说:“一定是共产党内部给他透风了，想借你的手除掉我。”

卫长河犯踌躇了，继续质问:“不过，我们的‘黄雀’计划是一项秘密计划，共产党是怎么会知道的?”

王怀信叹息一声，说:“党国漏风的事还少吗?别说我们这一层，就是老蒋身边，给日本人通风报信的也不在少数啊。这反而正说明，我们必须把平州的共党都挖清了，才能一步步走下去。否则，十分危险。”

亲手杀死了亲共岳父后，卫长河心绪有点乱，没法细细理顺这些线索。他只好告诫王怀信说:“王兄说的事，我会调查清楚，不过在新年易帜之前，就要委屈嫂夫人一下了。我给你派些人手，加强警戒，如果共党威胁你，不可能只有左月潮这一手的，还会有人来找你麻烦的。”

王怀信不吭声，卫长河说得漂亮，其实分明是起疑心了，要对自己变相软禁。王怀信也不恼，他一生起起伏伏，大风大浪见得多了，自信有把握掌控局面。至于肖含玉被带走，他也不生气，距离新年只有十天光景，等得起，也落得清闲。他打开老涂送的收音机，那个频道每天晚上9点，依旧在一遍遍播报“苏联诗人”普希金的《假如生活欺骗了你》。

那是新四军在召唤着自己把队伍带向盐州。日本人大军压在面前，此时更无可能了。若早些时日，或许王怀信会有所心动。

钱老板已死，他的下线一个都没有被挖出来，只有一个嫌疑人白露，也拿不到实证。王怀信看穿了，卫长河这一派的人其实是色厉内荏、无能透顶。左月潮这一告发，正好说明自己已经失掉中共的信任了。他觉得，自己想要安全，必须有所舍弃，必须要放手一搏，要控制平州，从卫长河手里把吕天平夺下来。否则，自己必然是死路一条，不是被共产党杀死，就是被党国或者汪伪杀死。

每天夜里，他都在摇椅上抄着暖手炉闭目养神，慢慢制订了一个切实可行的计划。22日晚，看着门外几重特战营的警卫在交头接耳，议论着什么，提及黎有望之死。

王怀信赶忙拿了些烟和大洋出门，向他们询问详情。

几个人中，警卫长笑着收下了王怀信的大洋和烟，苦着脸告诉他：“黎司令战死了！有皇桥跑回来的小兵说的。他带着三十个兄弟到吴家桥去救叶桂材，去了才知道叶桂材已经战死了。没办法，只好带着这些兄弟又撤了回来。他在日军千军万马丛中来去自如，真是了不起！”

“那他不是撤回来了吗，怎么又会战死了呢？”王怀信奇怪地问。

“是啊，怎么会战死呢？他回来后，在皇桥，收拢残兵，动员军民，集中物资，组织布防，建了三道防线，以便应对小鬼子再向西进攻。结果呢，小鬼子真被黎司令的气概给吓住了，龟缩在吴家桥一动不动，没再向皇桥走一步。”

王怀信听了并不评论，他心知，日军的目标本来就非皇桥—平州一线。他们果然是想对盐州的新四军作战了。那个警卫长摇头叹息说：“谁都没有想到，挡住了鬼子，休整了两天后，有个伤重要死的小兵跟黎司令说，自己唯一的弟弟被丢在了吴家桥，要是他能活着，家里还能有后。就因为这句话，黎司令自己骑着一匹大马，说要去吴家桥找鬼子把他弟弟要回来。”

“单枪匹马吗？”

“对，单枪匹马，带着一腰的手榴弹，背着把大刀。这一去，就没能再回来!”

王怀信抽着烟不说话。丁聚元、叶桂材都战死了，平州城实质上驱逐了黎有望。王怀信感到他并非为了寻小兵而战死，他那是去找日军拼命，光荣地自杀了。

3

许卓城暗中给了刘精忠重金，只求私下见白露一面。

父亲刘寿良战死后，在昆明读书的刘精忠主动弃学，不远万里回到江北跟从韩光义叔叔投军，军饷微薄，生活颇为清寡，从来没有见过这么大一笔钱。他犹豫再三，还是收下了，同意许卓城见白露最后一面。

许卓城买了些马口铁的水果罐头、好利口的麦乳精，用网兜带着来到观音庙。在刘精忠的监视下，父女俩在一处挂着观音像、烧着香的禅房相见了。

许卓城柔声和气地说:“雪子，这么多年，我对不起你们母女。我现在也只剩下你这样一个至亲了。”他问白露是否愿意跟他去海外，希望白露与黎有望分手，说形势如此，不管黎有望前线归来是胜是负，恐怕都要死无葬身之地。黎有望风头虽劲，但一味猛打猛冲，注定短命。

白露冷冷地问他："许特使，你这是什么意思，劝我投降？你一生，小节有多少亏不谈，想不到晚来更是大节不保，徒然葬送自己的前途。真不明白你何以昏聩至此。"

许卓城流露出英雄迟暮之意，道："你不懂政治，也不懂这人世间不能徒有爱国热情。若我自己不来平州走一趟，恐怕连富家翁也成水中泡影，只能贫病终老。人要吃饭，这是没法子的事。"他边说边摩挲着手上镶嵌着钻石的大方黄金戒指，在白露眼前晃了晃。

金子与钻石的亮色，刺激得白露更不舒服。此人一辈子，全葬送在富贵梦里，人格之堕落，无以复加。她忍不住反唇相讥："你做你的富家翁去吧，做日本人的狗去吧，还要来见我干吗？我们本来也无父女之情，今日更是全尽了。他日你死我不葬，我死你别埋！"

父女相争，声音渐大。

许卓城忍不住说了实话："这城里都在传黎有望已经战死在吴家桥了！你真的还对他有什么眷恋吗？你准备好嫁给吕天平了吗？"

白露听闻消息一愣，随即泣下，喊："你骗我，他不可能死的，不可能的！”

许卓城知道白露对黎有望用情很深，自己成了第一个给她传信的人，更是徒增她的憎恶。可惜黎有望已经战死，和议已成，无论是许卓城自己还是白露，身陷平州已经毫无疑问。他不声不响地把食物留下来，伸手拍了拍白露，用手绢掩住口，起身告辞。

黎有望英勇战死的消息很快就在平州城传开了。

不少士兵亲眼见证了，他背着大刀、骑着白马，向吴家桥日军阵地冲去。尽管没人见到他的尸身，但是无人相信他会是去投降的。日军方面很快也传出消息，说“平州亲共匪酋黎有望只身被击毙在吴家桥东”。

无数人惊愕，无数人惋惜，无数人难以置信，不愿相信。即便是一心盼望着他死的敌人，也暗自感叹。到12月25日这一天，一些学生、乡民自发到布满血迹和弹痕的英烈碑下烧纸钱，默默祭奠这位为平州出生入死、作战了半年的英雄。

尽管警察局派出警力弹压，也无济于事。卫长河只好下令放任不管，只要不集中闹事。

徐记棺材铺徐老板的生意变得特别好。有些讲究的富户还找他定制一些纸马、纸羊、小别墅、洋车、轿子之类的去烧。徐老板笑眯眯地开门做生意，大把赚钱，暗中窃喜黎有望让自己的财运、官运都更亨通；被监禁中的黄开轩用黎有望留下的“紫密”换取了人身安全，他随即将这套东西拍发给了重庆。

戴老板得到后如获至宝，请负责电讯的女上校姜毅英组织人马进行破译，侦听日军情报的有效率大为提升，获得了一个模糊而惊人的结论：“日本人将最迟在1941年年底对美国人动手”，“东风雨”，频次日繁。为此，军统给他遥记了一个大功。

满城哀悼，徐老板独乐。

当天晚上，突然有个高大的汉子，带着八个青壮短衣抬着一口薄木棺材打门。他们都披麻戴孝，表情悲戚。伙计问他们何事，为首的汉子说：“我们要见徐老板，定制全套明器为黎司令遗体做法事。”

伙计慌忙叫出徐老板。徐老板带着枪，满心怀疑地出来问话：“黎司令不是战死在吴家桥了吗，怎么，鬼子把他的遗体送回来了吗？这么大的事，我怎么没有听说？”

一个高大的汉子悲痛地说：“我们都是黎司令的警卫，掐指算来，他牺牲已经有三天了，还没入土。他年纪轻轻战死，也没个后，我们得为他料理后事。这棺材里是他的衣冠，我们要给他做衣冠冢！”

这个汉子正是乌力吉。

徐老板这才释疑，敲了敲那个用弹药箱木板制成的简陋棺材，也作痛心状，道：“一代英雄，名传江北，为国牺牲，你们就这么料理了，太对不起黎司令了。快进里院吧，我送你们一口上好的金丝楠木棺材，明天请明海法师来做场大法事再入土，就算只有衣冠冢，也要轰轰烈烈地安葬！让黎司令含笑九泉，也是我的荣幸！”

第三十章

生者事

1

黎有望的死讯固然令人悲痛，但毕竟让日军“西进”被阻，止步于吴家桥。黎有望死前两天组织了三道防线，与日军在皇桥对峙，这让卫长河可以长舒一口气。小野虽然很疯狂，毕竟没有失智，他要是动用兵力来占据平州，很多事就完全没法推进了。

只要熬过新年，什么事就都好说了。

乱世凶年，风云变幻，民众对于黎有望的集体怀念只有三天。况且还有那么多的平州子弟、乡党死在了吴家桥附近的几次大战之中，家家有丧，户户戴孝。人们需要一点点虚无的纪念来平息心中的悲痛和怆然。

在为以黎有望为代表的前线将士哀悼三天后，28日，吕天平适时地宣布游击总队对日军的皇桥保卫战取得了胜利，准许在皇桥的三分之一的士兵轮替回平州休整。大量的士兵从前线回到了平州城南兵营，白天可以到平州城休假。平州开放了部分城禁和宵禁。

从29日起，平州慢慢陷入狂欢。凯旋的部队受到人们近乎疯狂般的礼遇。人人都吹嘘说，这是史无前例的大捷，五千士兵挡住了日军一个旅团近万人的兵力。人们涕泪交加，纷纷往那些回了城的士兵手中塞鸡蛋。这些士兵似乎转身都忘了，若非黎有望及时到皇桥，他们早不知溃逃到哪里去了，此刻，竟都心安理得地享受民众的膜拜。家家户户都放鞭炮，还拿出酒招待他们，有勇敢的少女，还冲上去给士兵们敬献鲜花，三五成群的人唱着《中华民国颂》，甚至路边玩耍的儿童，也很严肃地打赌，若黎司令还活着，要多长时间能把鬼子赶出中国。

为了防止狂欢过度出现意外，卫长河命令周朝带着特战营全副武装入驻城内军营。

周朝一天都没有跟日军交过火，也四处吹嘘如何辅助黎司令阻挡鬼子，享受着不明就里的民众的吹捧。大家也就这样，很快把那些战死疆场的逝者给忘了。抗战维艰，大江南北战事连连，哀鸿遍野，令人不得开心颜，哪怕是如此虚无缥缈的胜利，也能让人暂时地沉醉。

一些从皇桥前线归来休假的军官，纷纷上门拜访王怀信。

毕竟王怀信认认真真指挥过他们两个月，给他们补发了那么多军饷，还提拔了很多人，也算是曾播恩于他们。对于这些来访的军官，“守卫”王怀信的警卫一开始是来者必挡。奈何王怀信又给他们塞了钱，于是，他们睁一只眼闭一只眼，开门放行。

这八个营、连级的军官找王怀信除了简单说说战事，也不谈别的，只说军饷没着落，自从王司令走了，兄弟们的日子多不好过云云。王怀信也知趣，每个人给了一筒子的光洋。一边看着的警卫，就出手拿过那红纸包着的光洋看，上面也没有什么字迹，遂交还个人。

这些营、连长告别王怀信后，在平州狂欢的大街上转了几圈，确认没有尾巴后，就聚到一个小餐馆里，拆了各自的红包，把散落的光洋各自收好，却没有丢了包光洋的红纸，而是让餐馆跑堂的送一盏玻璃罩的洋油灯来。大家把红纸在灯头上烘了烘，不一会儿他们就看到了一行字:“诸兄弟富贵举事，元月三日午夜动手执行。”

八个军官，每个人红纸上的内容都是一样的。他们会心地互相看了看。

一个长着络腮胡子的年长军官问:“我们帮不帮王师长干这一票?”一个年轻的军官说:“富贵险中求，王师长在皇桥时跟我们说过，与其让吕天平和卫长河把我们卖了，不如我们自己找买家。现在看，他说得太对了。”有人则忧心忡忡地说:“要是黎司令活着，看着我们这么做，他会不会很心寒啊?”

另一位年轻军官说:“黎司令把我们带出来是抗日的，哪想到吕天平和卫长河来，一步步对他紧紧逼迫，等于是害死了他。论理讲，我们曾经是黎司令的兵，应该帮他报仇雪恨才对。投不投汪主席另说，先弄死吕天平和卫长河准没错。这样才算对得起黎司令，你们说不是吗?事成了，愿意留下的，留下来。不愿意的，分了钱走人，再找抗日的队伍去，大家互不为难，也算对得起平州，对得起中国了。”

这番话，合情合理，十分中肯，把他们内心的障碍全都给搬去了。有人应和赞同:“对，干，只是枪呢，枪从哪儿搞?”那个长着络腮胡子的军官说:“不愁，稻河边老军营的防空洞里有一批，城防的民团那儿有一批。这乱世，劝善从良的书不好找，杀人越货的枪可到处是。”他这一说给了大家底气，众人纷纷表态：“好，干，干他娘的！”

一伙人不自觉地嚷嚷的声音大了起来，引得宽良街上那个邋里邋遢的谭傻子跑到他们跟前乞讨说：“军爷好，军爷好，赏点钱娶媳妇呗！”

军官们没防备冒出个人来，都吃了一吓，见是谭傻子，又都松了一口气。有人说：“傻子啊，讨钱是为吃口饭，你却要娶老婆，口气不小啊。这事得找你爹去。这样吧，我们心情好，一人给你一块大洋，你可以到花街去快活几天。”众人纷纷哈哈大笑。

这些军官们真的凑给了他八块大洋。

2

新年一天一天临近，唐经方的丧事也办完了。卫长河又一次在唐府设宴邀请吕天平，名义上是办丧事的答谢宴。

“白金汉宫”偌大的厅堂里，只有他们两人宴饮。

吕天平到场颇感意外，问道："你家的答谢宴，怎么就我一人？"

卫长河摇摇头说："嗐，岳父去世，赶上防疫城禁，也没什么人来吊唁。人死灯灭，人走茶凉，想我岳父也是纵横商场的大亨，却惨遭中共毒手，真是可怜啊。"

吕天平冷笑几声，并不答他的话。

卫长河知道，因为黎有望战死，吕天平心情也不好。他从口袋里掏出一纸公文，递给吕天平，略略倾过身子道："黎司令真是忠勇啊，死得轰轰烈烈！这里是上司的一份嘉奖令：追授黎有望为省保安总司令，兼游击总队正式的副总司令，并追授青天白日勋章一枚，以示嘉奖。吕司令帮他拿着吧，再过两天，它就真的成了废纸一张了。"

吕天平接过这份嘉奖令，随即搁在手边，脸上的表情不知是喜还是悲，长叹道："是啊，再过两三天，我们就全回不去了。"

卫长河自顾自地喝了口酒，哈哈一笑说："回得去，回得去，我们是忍辱负重，曲线救国，奉命执行'黄雀'计划。告诉吕兄一个好消息，根据黄开轩供出的那份'紫电'解密纲要，重庆方面能侦听到一点日本人的计划了，他们可能在明年要对美国人动手。茫茫暗夜里一丝光啊，我们或许将有盟友了！”

吕天平忍不住也跟着笑了，说：“还真是个好消息啊，可惜，我那辛辛苦苦的内弟是听不到了啊。”卫长河举杯，说：“那我们就杯酒传信吧。”

两人沉默了片刻，卫长河像突然想起什么事来，说：“提起黎司令，若非他这次殉国，我一直对他有所误解，以为他是个共党。其实，现在看来，城里最大的共党另有其人，想借我们执行‘黄雀’计划的契机，顺带插入到汪伪那边。”

吕天平心有所感，眯起眼问卫长河：“卫司令，你是指王怀信吗？”

卫长河摇摇头，摆摆手说：“我是指您，吕司令！”

他拍了拍手，两个士兵押着一个被捆得结结实实的女子坐在了吕天平的对面。这个女子正是吕天平一直在找的刘琴秋。

“琴秋！”吕天平倏地站起来，瞪着卫长河。卫长河说：“吕司令不是下令，要在年底之前，把城里的共产党和嫌疑分子都礼送出境吗？实在没有想到，顾长官的表妹刘女士，也是个共党。我们是费了九牛二虎之力才查出来的。”

“无凭无据，你胡说八道什么！是老K造谣的吧？”吕天平厉声质问。

卫长河摇摇头，说：“不是老K。这次，是76号的功劳，他们在上海租界里绑架了《大公报》的主笔，抓了他们不少的记者，挨个儿打一遍，才审出了刘女士的真实身份。我要提醒一下吕司令，还有三天，战区的顾长官就管不着平州了，你的礼送出境令，恐怕就要改成‘就地正法’令了。你应该知道，汪主席眼睛里可一点也容不下中共的沙子，民国十六年，你也亲身经历过了。”

吕天平无话可说，看着眼神迷蒙的刘琴秋。

“顾长官的表妹嘛，刘精忠可不敢对她用刑。”卫长河连忙解释，“所以，我们只是给她注射了一点点讲真话的药剂。化学名称复杂，叫作麦角酸二乙基酰胺。效果不是很好，反复注射，剂量就没掌握好，也没掏出什么来。不过现在，吕兄，你成了本城头号的中共嫌疑分子了。”

吕天平心中一痛，黎雨萍的脸立即浮现到眼前。他保持着镇定，哼了一声，道：“欲加之罪，何患无辞？你早怀疑上我了。韩光义派你来的那一天，就耳提面命了吧？他从直罗山一直怀疑到现在。这个疑心病可真重啊。”

卫长河把玩着手中的酒杯，说：“前女友黎雨萍是老中共，现女友刘琴秋也是中共分子，部将王怀信还是共党，貌似女儿也莫名其妙出现在了延安。吕兄，要说你跟中共没有什么关联，你当我们都傻到家，还是傻成猪了？”

吕天平仰头说：“为了释去你的疑虑，我再次请求解甲归田如何？平州全权交给你卫师长，我不带一根草出城，只求放过我和刘琴秋。”

“不必。我需要现实，不需要真实。”卫长河冷笑说，“我不像韩主席那么顽固。现在这种情况下，也并不在乎你是什么身份。人生如戏台，上了台就要演戏，要演就得演精彩了。”

他稍作停顿，脑子里把要说的话排了个队，用不容置疑的口吻对吕天平说：

“吕司令，这个‘吕许密约’，签字的是你和许卓城。要是新年伊始，没有了你，却由我来率众投降，啧啧啧，这也太难看了，天下人一定以为是我在捣什么鬼，我就是跳进黄河也洗不清了。既然吕司令倡导新生活运动，就要有始有终嘛。国人视结婚为人生中第一大喜事，倒不妨借此推行新生活集体结婚，革除旧俗，鼎新风纪，以求简朴、经济、庄严、隆重。我已经制定了一个平州的《新生活集体结婚办法》，定每个季度的第二个礼拜三为集体结婚日。新年第一天早上宣布易帜，晚上吕司令和韩映雪小姐带头举行集体婚礼，一场喜上加喜的生者事，才是人间的热闹，人间的值得。既遂了多方心意，也让刘琴秋女士的安全有了保障，岂不是二美并举的良事?”

3

白露还没来得及和刘琴秋、肖含玉仔细交流，就被刘精忠单独关在了观音庙的内厢房，也是最为幽静的一间厢房。这里，她很熟悉，就是她母亲白淑怡曾经闭关修行的房间。丁聚元据庙时，也曾把她和母亲两人关在这里。

被关已有几日，她却始终安静不下来，一直嚷嚷着要刘精忠滚出来，要去见父亲韩光义。只是不管她怎么嚷，也没人理睬。包括同样被囚多日的刘琴秋，还有刚刚被抓来的肖含玉也悄无声息。后来，白露向每天定时来送饭的净尘师太悄悄询问后才知道，自打自己见过她们一面后，她们就分别被带离观音庙了。

就是在这令人绝望的监禁之中，白露又一次听到了黎有望战死殉国的消息。她依旧是冷冷淡淡地说“不可能”。尽管许卓城已经向她提起过，但她心存执念，不愿相信这是真的。刘精忠希望她能死了对黎有望的心，服从父亲韩光义的安排，嫁给吕天平。刘精忠给她看了一张伪《中华日报》，头条刊登着：“平州顽酋黎有望战死在吴家桥，江北负隅顽抗者之戒!”报道旁边还附刊了一张照片，一个面目模糊的死者穿着一件满是弹痕和刀伤的军大衣。身量轮廓模糊，但依稀是黎有望。

白露仔细看了看报纸，报道上详细记录了“皇军强势收复吴家桥，首捷展开江北治安战”的整个战斗过程，写道，黎有望想偷袭小野将军指挥部不成，便在吴家桥组织人马负隅顽抗，不料鸡蛋碰在石头上，临死才认识到皇军雄浑的战斗力云云。

白露放下报纸，冷笑说：“这些都是假的，76号写出来骗人的。”

刘精忠就不多说什么了，他把许卓城带来的罐头和麦乳精交给白露，说：“小姐，我这次奉韩主席之命冒险潜伏平州，除了完成我的任务之外，还有一条，就是保障好你的安全。上次在新化，让你在我手里走脱了，这次绝对不会的。平州马上就要有一场大乱。韩主席让我传个话说，你毕竟是他前夫人的女儿，他看着你长大，父女之情，岂是一朝一夕可改变的。他真心希望你能好好生活。他永远是你的父亲。庙里只能吃些素食斋饭。这些吃的，我都冒死替你先取样尝了，许卓城没有下毒。”

刘精忠传达了韩光义的感情，搁下这些铁皮罐头，就转身出去了。门外负责看守的警卫随即把门锁起。刘精忠向他嘱咐，有异常需要立即查看。

刘精忠离开后，白露才失声痛哭，一直哭到了天黑。等泪水都哭干了之后，她才冷静下来，用勺子取食麦乳精，心中酝酿着如何越狱。空空荡荡的室内，没有任何锐器。一只铜勺，是顶不上用的。她的目光最终锁定在许卓城送的这些铁皮罐头上。许卓城把这些罐头提到她面前的时候，曾经在自己面前晃着黄金钻戒，还在罐头上连续拍了拍。这是在向自己暗示什么?

白露慢慢翻看那些铁皮罐头，用手摸索，发现麦乳精的那一罐上有一处被什么东西划过。白露想到了许卓城手上的钻戒，立即明白了许卓城的暗示。她撕开罐子外面的包装纸，用力按下去，一小块月牙形的铁片弹了出来。很好的一把小刀片。

白露抹了把脸，对警卫大声喊:“开门，开门，有毒!”

她打翻了罐头和麦乳精，倒在室内捂着肚子，佯装中毒。

警卫慌忙打开门，探身查看。白露顺势将手中抓着的一把麦乳精扬向他的眼睛，翻身绕到他的颈后，用铁片刺破他的脖子，说："不要动，一动我就割断你的喉咙，你就活不成了！"

警卫的枪刚拔出，就僵在了那里。白露取了他的枪和钥匙，把他反锁在了门内。这个观音庙，她太熟悉不过了，闭着眼都可以走出去。她很快从后门出了院子。

院后有巡逻的外哨，白露贴着墙闭着眼数着他们的脚步，在他们交叉的空当，她从容地绕到正门，疾步离开了这个无数次令她伤心欲绝的地方。

茫茫暗夜，可以去哪儿？

白露冷静地想了想，黎有望在搜捕刘精忠时会忽略观音庙，说明最危险的地方或许就是最安全的地方。她快速地来到了求知书局，用铁片挑开了锁，借着微弱的光向里看。书局里已经乱成一团糟，白露慢慢地上楼，无声无息地来到自己凌乱的床前，搁下枪，坐下。自己被捕，唐晓蓉自然也难逃魔掌。

白露一点也不意外，昏暗之中，她感觉有一只有力的大手伸了出来，从背后一把抱住了自己。那熟悉的力量，熟悉的气息，带着生者的热烈，令人瞬间陶醉，悲喜交集，不愿挣扎。

她忍不住向后倒去，倒在柔美的梦幻和纯粹的甜蜜之中，再也不愿醒来……

第三十一章

易帜日

1

1941年的元旦终于还是到来了。

前一天的夜里，卫长河当着吕天平的面下令，将城内所有的共党及嫌疑分子都“礼送出境”，其中也包括刘琴秋。

卫长河问他要不要跟刘琴秋见一面说点什么，吕天平想了想，摇头说:“你要说到做到，让她平安离开就好。我别无奢求。这时候再见面，徒增伤感罢了。”卫长河说:“吕司令重情重义，卫某着实佩服。旧的不去，新的不来嘛。不过，出了点小意外。韩家大小姐逃婚了。哈哈，我的人正在全城搜查，把平州翻个底儿朝天，也要把您的逃婚新娘给接回来。”

吕天平意味深长地说:“不用搜，她要是想通了，自然会来找我们的。”

元旦凌晨，沉睡之中的罗耀宗被从慈云寺的监禁室内带出。

他问来提人的周朝:“怎么，周旅长，这是要拉我去小校场枪毙吗?”周朝用枪抵了抵他的腰，说:“快走，少废话。军统青浦特训班优等毕业生，新四军江北特派员‘夔龙’。厉害啊，双面间谍，要说死，你早该死了。罗上尉，你他妈也是个神人，到底是哪一派的啊?”

罗耀宗仰头哈哈一笑，说:“这是76号的人给你们透的信吧?都是为抗日做事，哪支队伍抗日，就帮他们尽一份力。谁投降日伪，谁就是我的敌人。你们要想杀我，必须一枪爆头，快哉快哉!”

周朝忍不住嘲讽他:“嘴上痛快，当自己是谭嗣同?你是死是活，还是交给老K说了算吧。我带你去玩点别的。”

罗耀宗被带到了县政府游击总队司令部。

这里灯火通明，卫长河坐等他到，冷笑着直接交代:“罗副官，几个小时前，城内最后一批共党和嫌疑分子都被礼送出境了。你没赶上那趟车，也就是说，没有活路了。我爱惜你是个难得的人才，若肯帮我做事，我可以保你。”

罗耀宗笑笑，没说“不”也没说“好”。卫长河权当他默认了。

卫长河要罗耀宗做的事是，以吕天平的名义给重庆、南京、北平、上海以及徐州战区、韩光义指挥部、日军小野方面发通电：

“根据与南京政府磋商的协议，吕某为四十万军民之安全及江北和平局势计，宣布平州从即日凌晨起脱离重庆政府，归顺南京汪主席政府管辖，一切军民服从汪主席之策令，结束与日本驻华军队为敌，共同缔造东亚共荣。”

周朝的枪口之下，罗耀宗照做了，迅速明码发报给各个方面。但是到了给日本人发报时，他却犯难了。罗耀宗摘下耳机，说：“这番通电如此重要，日军的侦听电台一定会悉数侦听到。我们再给他们发报，岂不是多此一举？”

周朝说：“让你发你就发，哪来他妈那么多的废话！”

罗耀宗双手一摊，说：“对不起，这活我真的干不了，我联络不上日军电台。”

卫长河随即把那套从莲河收集来的密码本丢给罗耀宗，说：“别跟我玩花样，不是说你们破译了日军的密码吗？立即给我发报！”

罗耀宗立刻明白，卫长河这是想通过自己的手向日军暗示，他们的“紫密”已经被中国军方初步掌握。他忍着厌恶和恶心，慢慢寻找频道，佯装翻看日军的密码本。最后，从容不迫地发出了那份给日方的电报。

卫长河询问负责监视的另一位通信兵：“他是在给日本人发报吗？”

那个通信兵是身为通信连长的罗耀宗手把手教出来的。他看得懂罗耀宗发给国内的通电，却完全看不懂罗上尉发报给日军的手法，只好硬着头皮，含含糊糊地说：“是，是的。”

卫长河长长地舒了一口气，对那个通信兵说：“很好，你来负责监听各处的回电。”他又向周朝做了个杀人的手势，下令说，“把罗上尉带走，关好。如果三个小时内，没有收到日军回电应答，你知道该怎么处理他！”

周朝毫不犹豫地说：“是！”便押着罗耀宗起身。

总算把吕天平的通电给发了出去，不一会儿便天下皆知了。卫长河舒了口气，按了按太阳穴，对自己的副官说：“通知县府上下，准备在小校场搞个大会，吕司令将在今天上午宣布正式易帜！”

这位副官还没有走出去，一个军官匆匆跑进来，神情慌张地报告："报，报告司令，军营出，出事了！"

卫长河认出他是特战营一连的连长，眉头一皱，问："慌什么，出什么事了？"

那个连长说："老军营里发生毒气弹泄漏，很多熟睡的士兵中毒了！"

卫长河一愣，急了，问："哪来的毒气弹，哪来的毒气弹？"

那个连长说："应该是第一次城防保卫战时，黎司令缴获日军源田的三颗毒气弹。不知谁给放漏了，坑害了一营的兄弟。"

"黎有望这个混账，死了都要害人！"卫长河忍不住要骂娘，"这件事应该没这么简单，除了中毒的人，还有什么损失没有？"

那个连长支支吾吾地说："有，有人趁乱搬走了黎司令存在老军营防空洞里的东西。应该是一些备用的枪支弹药。具体有多少，我也说不清。"

卫长河立刻警觉起来，道："一定有什么幺蛾子，有人在兴风作浪准备作乱。立刻通知特战营和其余部队，全城戒备，全城搜索。我查了查老皇历，今天是诸事不宜。你们都务必当心，这件事绝对不是偶然事故！"

2

一早，许卓城习惯性地打开收音机，收听南京方面的广播。终于，他听到了娇滴滴的播音员播报：“凌晨，平州军政长官吕天平将军发出通电弃暗投明，按照与我政府的协议，公开宣布归顺汪主席及其国民政府……”

这是许卓城期待已久的消息。他长舒了一口气，立即通知警卫长备车，准备离开平州。警卫长有点犹豫，问他：“需不需要通知何副特使，还有李女士？”

许卓城说：“不用管他们，我们立即走。我急着回南京，把协议交给舟先生。”

所有的行李，许卓城都不带，只披了件大衣，夹了一个公文包，匆匆下楼。到楼下，司机已将车开到了东亚大饭店门前，却不见警卫长跟随。

许卓城也不等，直接吩咐说：“出南门，经莲河要塞，回南京。”司机等这个命令也等了太久，高兴地点头说：“哎，好！”迅速地将车启动，往平州南门开去。

一路上遇到城禁巡逻的士兵盘查，许卓城拿出了吕天平给他签发的通行令，生效日期便是“民国三十年元月一号”。

士兵们无话放行。车眼见到了南城门附近。

因为源田的进攻，这里被战火烧过，狼藉之相还没除尽，一片静寂。

许卓城警惕地看着车窗外，让司机加速通过。突然，有一辆拉着满车稻草的驴车从巷子里蹿了出来，司机猛一刹车，停了下来。许卓城大叫一声：“不好！快走！”

没等司机反应过来，随即有四五个黑衣人从四个方向跑了出来，各用两支驳壳枪向着许卓城的车频频开枪。他们的枪法又准又狠，司机直接被打死了，许卓城也身中数弹。巡逻的士兵和警察听到了枪声，却并不向这个方向来，只是远远地吹着哨子。

一切平静下来后，一个中等身材的男子从巷子里走了出来，丢掉手上的烟头，拉开了满是弹孔的车门，伸手去取许卓城怀里的公文包。意识模糊的许卓城死死抱住沾血的公文包，最终还是被那人抽走了。男子从公文包里取出协议，翻开看了看，俯下身子对垂死的许卓城说：“许特使，你当汉奸的使命结束了！”

这个人，正是何志祥。

许卓城还想把手伸进大衣兜里，何志祥微笑着替他从那里取出了一把小手枪，问:“有什么话要说吗?”许卓城也笑笑，说:“告，告诉，雪子，把我，和她妈妈，埋一起……”

何志祥吸了一口冷气，眉头一展，点点头说:“好。等我们找到她，一定转告!”

此时此刻，在平州城北，一辆囚车拉着几个“礼送出境”的共产党员及“嫌疑分子”，在平州境内兜了一圈，又鬼使神差地返回到平州北城门外不远的一处“死人塘”边。

所谓“死人塘”，是一块水泽淤陷的洼地，周围密布着两人高的芦苇。这里古来是平州一些穷苦人丢弃死尸的地方，也是杀人越货的强盗们抛尸的地方，近来则是平州处决刑事犯死囚或者防疫队处理疫尸的地方。

白日鬼飘行，夜里鬼嚎歌，是平州百姓对“死人塘”最惊悚的感受。

负责看押的军官命令五个士兵，把左月潮等十三位中共党员及嫌疑分子赶下了车，往“死人塘”深处赶。左月潮对那个军官说:“这里是平州城北‘死人塘’，你们说要礼送出境，却兜兜转转，把我们‘礼送’到这里，是什么意思?”

那个军官冷冷地说:“过了昨天子夜，平州已经易帜，按照南京汪主席政府的剿共方略，我们只能把你们礼送到这里。”

左月潮转过头，朝他微微一笑说:“我知道你，你是韩光义麾下特务营营长耿正昌。恐怕，你是按照韩光义主席的命令礼送我们的吧? 唉，相煎何太急啊!”

此人正是在新化城缉拿过黎有望和丁聚元的耿正昌。他同刘精忠一起，带着韩光义的密令来到平州，执行肃清平州共产党的任务。

耿正昌不愿意回答他的话。背着枪的士兵从驾驶室内拖出了一把汤普逊冲锋枪，递给了他。耿正昌拉了枪栓，举起枪，命令他们向“死人塘”深处走，冷冷地说:“相煎何太急? 这算什么。再等几天，我们还要在江南放个大炮仗，给你们这些死硬的共匪听听。那才是真正的礼送出境。你们恐怕听不到了。”

他准备在这些人的背后放冷枪，用几梭子子弹彻底“礼送”他们。

这时候,“死人塘”的芦苇丛间簌簌有响声。耿正昌机警，示意士兵们举枪警戒。两个戴着防毒面具、穿着防疫队白罩衣的人钻出了芦苇丛。

耿正昌看到是城里四处出没的防疫队，感到奇怪，厉声质问："你们这些收尸体的瘟兵，大白天到这里干吗？"

"来帮你们收尸！"

话音刚落，耿正昌背后的苇丛里吐出了火舌。耿正昌还没有反应过来，就和五个士兵一起倒了下去。

那些防疫队队员摘下了日式的防毒面具。领头的，正是绿柳晴旅馆的钱老板。他大步上前，握住了左月潮的手说："老左，我们等他们很久了，幸好没出一点岔子，真是千险万险。"

又有两个人提着汤普逊冲锋枪从藏身的苇间走了出来，刚才，就是他们偷袭得手。

领头的摘下了自己的防毒面具，是一个目光如火一般明亮的年轻人。左月潮看到他的脸，眼睛微微有点潮，拍了拍他的肩膀说："你是张德彬，你终于接过你哥哥的枪了！"

他正是左月潮老部下张德文的亲弟弟张德彬。张德彬语气坚定地说："是黎司令给了我们枪支，训练了我们！"

从死亡线上返回的老武工队队员赖贵明哈哈一笑，也上前，拍拍张德彬的肩膀说："你就念着黎司令的好，忘了师父！德彬可是我新发展的新四军敌后武工队队员，有英烈的哥哥在先，他是当仁不让的后来人。”

面对这些死里逃生的同志，老钱郑重宣布：“各位同志，我代表上级传达命令，你们在平州的任务完成得非常好，出生入死。现在上级要求你们撤离。特别是刘琴秋同志，遭受了非人的摧残。上级嘱咐，一定要安全地把她撤到延安去！”

老钱看了看神志模糊、精神木然的刘琴秋。他脸上满是关切与不安。

左月潮说：“刘琴秋同志受苦了，她的撤离，我完全同意。但是老钱，我走不了啊。我有我的课堂、我的学生们。另外，还有在江西的老朋友要会会。老K。他应该很快就要现身了，十三年前的恩怨情仇，应该有个了结了。”

3

白露得知平州已经易帜的消息后，丝毫没有惊讶，也没有慌张。她一大早起来，梳妆打扮好自己，大大方方地下了楼，推开门。在她的门口，小兵鲁培林正裹着一件军大衣，头戴着一顶黑色老棉帽，也没打绑腿，打扮得不军不民的，倚靠着石头台阶睡觉。脸上还挂着霜，似乎睡了一夜。

白露摇醒他，很惊讶地问："你怎么在这里?"

鲁培林揉了揉眼睛，说："黎司令让我保护白小姐，这平州马上又要兵荒马乱了。几次我都没做好。所以，我就又过来了。"白露问："你不知道黎司令已经阵亡了吗？你的枪呢?"

鲁培林说："知道啊，黎司令太英勇了。他死了，我们也跟着他！我们警卫排的枪都让特战营给缴了，军饷也不发，只有退役。我不想回老家种田了。回去，还得当亡国奴。现在，我更要贴身保护好你。"

白露觉得有点好笑，更多的是感动。她拿出从刘精忠的警卫那儿缴获来的M1911手枪，递给鲁培林，说："拿着，弹匣是满的，防身用。你不用守着我了。藏起来。过几天，一定会风平浪静的，那时候离开平州，远走高飞。"

鲁培林弹跳而起，机敏地接过手枪，爱不释手地摩挲。随后左右一看，迅速把手枪塞到了棉大衣里，露出开心的笑容，向白露道了一声"保重"，用棉帽遮脸，闪身离开了求知书局。

白露挑小巷走，到稻河边的渔船上买了一些鱼，请卖鱼的人杀好，带了回来。她到后院灶台处，把火生得旺旺的，一遍一遍刷锅，倒上油，认认真真烹制出一碗银鱼汤，一条清蒸鳜鱼，一条红烧鲤鱼。屋子内外，便满是生生的气息。

她把鱼一盘盘端到了楼上，放在母亲的遗像前。然后翻出化妆盒，认认真真地描眉，扑上胭脂，咬上唇红，在头发上搽好桂花香的头油，梳成波浪卷，穿上了压在箱底的美国红呢子大衣，仔细束好了腰带。最后戴上巴黎流行的黑色丝绒贝雷帽，上面装饰着一枚缀着水晶的金色“心”形徽章和一束漂亮的鸟尾翎。一圈蕾丝流苏垂下，遮起了她的眼睛和半张脸。

“我先走了，你多保重!”

白露对着母亲的遗像说，穿上了一双高筒皮靴，把那枚金属片夹在左手中指和食指间，手插入口袋里，款款下楼，离开了求知书局。她从容不迫地在平州的大街上走，把这个冬日里灰暗、阴霾的小城顿时照耀得生机勃勃。那些得知平州已降的行人，从没见过这么洋派的一位大小姐，纷纷驻足观看，议论纷纷。

在忠信大道的十字街头，白露突然碰到了在笑呵呵乱走的老谭。他依然在认真扮演着“谭傻子”，穿着一身破烂、肮脏、棉絮外露的长棉褂，头发凌乱，胡须蓬乱，在寒风中哆嗦着。

与白露双目相对的那一刹那，他脸上的表情归于正常，目光中闪出了关切的光芒。显然这几天，他都在暗中打听白露的下落。白露的双眼湿润了，极轻地摇了摇头，随后从口袋里摸出母亲留下的一只金镯，走到老谭面前，塞到他手里，说："傻子，我这几天到观音庙里拜了菩萨，你看看你，又把自己搞成这鬼样子。这个拿着，去剃剃头，刮刮胡子，洗洗澡，买一身新棉袄。小心点，别被地痞抢了，他们抢，你就叫警察。"

老谭努力傻笑着，说："好心姐姐，给我个铐子干吗？你上哪儿，我跟你一块去呗。呵呵！"在接过金镯的瞬间，他用手指在白露手背上按了一下。

白露摇摇头，说："我要去司令部找吕司令喝茶，你自个儿找地方玩去。你养的蝈蝈还能叫吗？大冬天的，别冻死了。"

老谭呵呵笑着说："能能，都好着呢，跑城外玩去了。哈哈，夜里，我一叫唤，它们准都回来。"

白露轻声说"好"，鼻子一酸，松开了老谭的手，大步向县政府方向走去。终于，她的出现惊动了满城在搜查她的几股特务。他们跟上了白露。有人抢夺了谭傻子手上的金镯，仔细看了看，见无异样，便交还了大呼小叫、要张口咬人的谭傻子。其余的人手按在鼓鼓的腰上，大踏步跟随着白露。

街上围观的人越来越多，大家都惊艳白露的美貌，有的说“认出来了，是救国军的白参谋哎”，有的说“小学堂的白教员哎”，个个像见到天女下凡一般凑着看热闹。

那些特务倒没法在光天化日下动手抓人，只好散开一张半圆的人网，不远不近地警戒着，随时准备动手。

白露到达的地方，真的是县政府。

今日上午的县政府有点忙乱，各级公务人员从广播里才听说吕司令已经易帜投降，之前毫无迹象，也无人吹风。大家都不敢相信，一早赶来询问、确认。

有些公务人员在确认消息属实之后，痛哭流泪，挥毫大笔写道:“城已经沦陷，务中华公事、食华民之禄者，安能觍颜事鬼!某请辞公任，回家耕田。”贴在政府前廊柱上。有一个人示范，其余不少人也写了辞职信，贴在柱上，把柱子都贴满了。

滕秘书手忙脚乱地揭下这些辞职信。已有近四成的公务人员宣布辞职了，想去布置易帜大会都找不着人手。

卫长河索性宣布县政府完全军管，各部门公务人员由他从麾下抽调文书官、参谋官暂代。军人们从县政府门口进进出出，场面混乱。

见到白露款款而来，众人都停下来手中的活儿，诧异地看着她径直走到吕天平的办公室去。

跟踪着的那些特务也要进县府，却被滕秘书命令卫兵给拦了下来。

见到白露，吕天平有点意外。

此时，他的桌上堆满了各地的质问电报。全国各地、各个团体、各方人士铺天盖地地指责他，不乏威胁要“为国取其贼头”的。

另有一堆，是伪满洲国和汪伪各地要员发来的贺电，祝贺平州军政“弃暗投明”。

吕天平一封都没有读，他手里捏着养身人丹蜜丸，眼前交替闪过黎雨萍和刘琴秋的面孔：在烟柳河畔侃侃而谈的黎雨萍那样风华正茂，在吕公馆内为自己熨烫衬衣的刘琴秋那样温柔无限，是他戎马半生中唯有的温柔记忆。

人生的至暗时刻，他靠这点点滴滴的回忆才能稍稍打起一点精神来。

几个警卫拔枪要挟持白露，被吕天平挥手制止了。他伸手邀请她坐下，柔声说：“白教员，你来了啊。很巧，我正要找你。”白露冷冷地说：“我知道。”吕天平继续说：“今天早晨，许卓城在城南被几个身份不明的刺客给暗杀了。他们留下口信说，是新四军锄奸队干的。”白露依旧冷冷地说“哦”，表情没有任何的波澜。

吕天平沉默良久，问她：“你主动来找我，所为何事呢？”

“我来跟你结婚。这一身，是我的嫁衣，你的，准备好了吗？”

白露摘下自己的贝雷帽，搁在茶几上，冷冷地说：“我看了老皇历，今天诸事不宜。两天后是吉日，好日子。”

第三十二章

生死限

1

许卓城暴死，白露自投罗网，严重地刺激了刘清和。

平州已经归降，李香菊收到了川岛芳子的指令："平州使命已经结束，可能有动荡期，你尽快撤退。"这个指令只给了李香菊，并不包括刘清和。刘清和收到了76号和影佐少将的指令，内容是："迅速肃清城内共党以及一切服从重庆的人员，建立我方情报体系，耐心迎接皇军入城。"

得到这份命令后，刘清和觉得十分可笑。

自己只有区区一点人，此时此刻与中共和军统同时为敌，简直是活得不耐烦了。自己动身来此地之前所有说好的条件，被影佐当屁一样地无视了，还想把自己像狗一样使唤到死。

易帜的第二天，平州出奇地平静，并没有他想象中那么混乱。越是平静，他越觉得害怕。他预感到自己也将会被这个世界抛弃，必须有所行动，把白露夺到手，然后立刻带着她远走高飞。

正在此时，李香菊来到平州大酒楼的客房找到他，直截了当地说："我们的眼线通过各种线索发现，平州城内马上会发生兵变。支那人内讧起来，一定是玉石俱焚。既然吕天平已经投降，我们的任务就算完了，你跟我走吧。"

刘清和冷笑一声，说："跟你走？继续给日本人卖命？我记得跟你来的许卓城，可没活着回去。我有我的计划，要走你自己走吧。"

李香菊看着一脸傲然的刘清和，有点怜悯他。有半截话，她没有跟刘清和说出口，在川岛芳子的命令后面，还有一条密令："刘清和君在平州的活动太多，暴露我方太多线索。已获梅机关授权，离开平州前，你可相机对之清除，以免其被敌方军统所用。"

她把手伸进自己的提包，犹豫了片刻，最终还是没有掏出枪来。

“有兵变很好。越乱越好。”刘清和并没有觉察到自己背后的杀机，他看着窗外，颇为自负地说，“卫长河控制吕天平的办法，就是把他的老婆刘琴秋给绑架、暗杀了。马上吕天平又要结婚了。有乱好，乱之中，我才能抓到他的新老婆，才能控制住他，保证平州的稳妥。”

李香菊突然笑了，说：“你这个人，谎话都不会说！你所挂念的，无非是那个你永远不会得到的女人。算了，我先撤了。何志祥已经拿到了协议，他计划明天离开平州回南京。我就跟他先走了。今天来见你，权当道个别吧。真心希望过几天，你能活着到满洲新京来找我。”

刘清和不想跟李香菊多言语，与她道别。目送她出了门，下了楼。

天色已暮，对面突然闪来一束光，是有人在对面楼顶打手电。刘清和犹豫了片刻，最终，还是举起自己屋中的手电，朝着对面晃了一圈。

对面瞬间暗了下去。刘清和连忙凑向窗口向下看。随着“砰砰”的枪声响起，刚准备登上黄包车的李香菊，已经倒在了血泊之中。

刘清和不由得闭上眼，喃喃地自言自语说:“傻女人，你知道的太多了。你当自己是日本人，日本人看你连狗都不如。川岛早把你移交到76号的黑名单上了。其实76号的那群狗又算什么，南京的汪主席又算什么，他们一样随时会被日本人给处理掉。亡国奴，汉奸走狗，一个都不会幸免的，谁都没有好下场!”

他拉上窗帘，悄悄退回到沙发中，莫名其妙地号啕大哭起来。

第二天凌晨，在城南的墓地，白露在吕天平和卫长河的监视下，按照许卓城的遗嘱，在距离母亲墓地不远处安葬了他。她并没有把他和白淑怡合葬，终还是觉得他不配。他们特意请明海法师来诵经。看着许卓城的坟一点点堆起，明海法师念念有词，白露耳边却响起了黎有望在枕边温柔的声音:

“欲知前世因，则今生所受者是，欲知后世果，则今生所为者是。你说，我后世会成猪狗还是马牛?”

“你是猪狗，我便是你嘴里的一颗獠牙；你若是马牛，我便是你嘴里的一把青草。”

在这萧瑟、凄凉一片的坟场之中，想及这番话，白露忍不住露出了微笑。

在更远一点的地方，几个戴着防毒面具的防疫队队员正架起干枯的芦苇垛，焚烧街头两具无人认领的尸体，一具是倒毙街头的乞丐，另一具却是个美艳妙龄的女子。

熊熊的烈火燃起，防疫队队员们透过面具上厚厚的镜片互相看了看，皆沉默不语。

2

平州易帜的第二天，全国舆论的浪潮一波一波地传到了这个维系着江北抗战希望之光的小城里。重庆方面宣布吕天平为“叛将”“汉奸”，取消吕天平中将军衔及“游击总队”番号，同时呼吁卫长河等被吕天平所挟持之部属，认清民族及国家之大义，幡然悔悟，摆脱吕天平的控制，早日回归抗战序列，则既往不咎。

吕天平从墓地归来，打开收音机，就听到了这个消息。

名已俱裂，吕天平却没有多沮丧，可以想见，老谋深算的老对手韩光义此刻一定在得意地微笑。一局大棋，韩光义赢在了最后，既保存了所部实力，又避免了承担落水为奸的骂名，甚至把部属的退路都留好了。很高明，或许是来自更高层面的授意。

这就是他们所擅长的“政治”。吕天平早已经深深厌倦。

这时，徐永财求见，匆匆汇报：“司令，别看城内现在静悄悄的，但是很不太平啊。我的眼线说，有一股皇桥前线的军官在搞暗中串联，看来要搞事，这是一件事。连那些蛰伏的帮派分子也在蠢蠢欲动，不知是说为柳必五报仇，还是为别的。这是第二件事。奉命礼送共党出城的韩主席特务营营长耿正昌等几人的尸体，连同他们的卡车，在城北的‘死人塘’找到了，像是遇到突然袭击。我很怀疑是共党所为。这是第三件事。还有……”

吕天平有点不耐烦了，问：“还有吗？所有事，没有实据就不要报告了。”

徐永财说“是是”，还是坚持把第四件事说了：“有人目击，在城南刺杀许特使的不是共党，而是许特使的副手何志祥。几个人看到了，这件事铁板钉钉。不过，我下令去搜何志祥的客房，他人已经走了，估计回南京复命去了。”

“那是他们南京来人之间的事，包括那个李香菊的死，我们都管不着，也不掺和。”吕天平的语气已经清楚地表明，他不想再听了。

徐永财还是坚持说出了第五件事：“司令，还有第五件事：经过慎重考虑，我决定向您递交辞呈，退出警界，归乡种菜去。警察局的大印，我已经交给副局长了，佩枪也归库了。这就是来跟您说一声。”

见到徐永财提交的辞呈，吕天平颇感意外，他说：“县府上下，近一半的公务人员都递交辞呈了。你这是凑热闹，还是另有所图啊？”徐永财表示一心只想回乡种菜。吕天平抽出钢笔，在他的请辞书上签了字，问：“你老家不是在九龙湖边的维阳西岸镇吗，那儿还是日本人的地盘，回不回去，有什么不一样吗？还有，我后天和白小姐结婚，你不喝杯酒再走吗？”

徐永财笑笑说：“吕司令，我是浙江宁波人。”

徐永财走后，吕天平深思良久，随即下令，派人将王怀信带到县政府来居住。然而，派去他宅邸中带人的士兵的回复，却让吕天平大惊失色：王怀信已经失踪了，家里空空荡荡，看守他的警卫都被打死了！

吕天平急召卫长河商议："果然是王怀信要策动兵变，我们该怎么办？"

卫长河倒也不慌张，从容地说："这阵子，吕司令您要承担很多的舆论压力，肯定有点心烦意乱。兵变这样的事，我们军旅生涯里也不是第一次经历，如同牛皮癣，痒了，抓抓即可。他的那个舞女老婆还在我的手上。这个人变来变去，随风倒，靠一点小聪明，是不会折腾出什么名堂来的。"

卫长河安抚吕天平之余，拿出一封密电，说："汪主席对您如期投诚非常满意，即将要给您几个许诺：第一，您的中将职衔不变，加中常委、第一方面集团军司令长官；第二，吕部仍驻平州，每月饷银五十万元；第三，日军攻占吴家桥后不再西进一步，吕部宜与之配合，集中兵力向盐州进军。"

吕天平冷冷地说："礼送刘琴秋的耿正昌死了，你知道吗？你究竟在捣些什么鬼？共产党不是那么好惹的。我真的奉劝老弟，适可而止。"

"耿正昌那是自作主张，我明确要求他礼送出境。他以为我没有这个诚意呢，蠢啊。不过，哈哈，吕兄，您也别太乐观了。过几天，江南会爆发一声大惊雷。您最好趁着刘琴秋没有出现在延安之前，把该做的事情都做到底，赶快跟白露结婚，跟刘琴秋划清界限。我是为您好。许卓城已经死了，韩主席家的恩恩怨怨也就一了百了了。韩主席也对您忍辱负重的姿态表示了肯定，希望您能执行好‘黄雀’计划，配合日方做好剿共。所有战绩，一如在国军之战绩，胜利之日，他当全力保全您。让您和他的千金成婚，就是他深明大义的体现。吕司令，其他事情，都放心交给我的手下去处置，您尽快和白小姐把婚事办了吧，这可是眼前最要紧的事。既然那漂漂亮亮的韩大千金自己找上门来，您就按新生活的标准，风风光光娶了她吧。”

卫长河起身告辞。他吩咐警卫，一定看好吕天平。

此时此刻，在平州城外的莲河要塞，他的亲信何辅汉已经向赵汉生打开了通道。赵汉生带着三万伪军进驻莲河，并借兵一万给何辅汉，集合了共计一万五千人向平州城开拔。

城内有周朝，城外有何辅汉，卫长河踌躇满志，心中对掌控平州全局毫不担忧。

3

黄开轩用黎有望托付给他的“紫密”破解纲要，换来了自己的自由。卫长河和周朝获得授命，开释了他。参与兵变未遂，献秘有功，卫司令特赦。死罪可免，活罪不饶：他被从军队除名了，军职和军籍全部抹光，连一笔退役军饷都没有，只有一笔路费。他被限定时间在平州活动，要求城禁期结束后，立刻离开平州，迅速返回原籍江西梨桥县。

几天里，他获得了一种前所未有的轻松和纯粹的自由。

从十五岁离家从军，到如今漂泊在平州街头，战友要么身陷囹圄，要么相继阵亡，黄开轩有一种前所未有的孤独感。故乡梨桥成了他心中一个模糊的影子。那是大山深处一个闭塞和原始的县寨，边城，有清澈的水和水灵灵的姑娘，还有质朴的汉子、勤劳的山民、多情的少妇……除了闭塞，一切都令人心安。

自己为什么偏偏要离开那里？仅仅是因为阿爸、阿妈供自己读了两年的学堂，会认字和算数，看到了一些山外面带进来的书和报纸，惊讶于世界竟然如此之大，就决心离家，偷偷从家里的篱笆墙后翻了出来？这一走，就再也回不去了。

死亡永远很近，家永远很远。

黄开轩陡然生了思乡之情，越来越强烈。他想到，自己的阿爸、阿妈应该没有过世吧？世道混乱，民生凋敝，托同乡给他们捎过两三回钱和两三回口信（他们目不识丁，写信也是白费劲），应该收到了吧？自己两手空空出来，若是再两手空空回去，虽然无言以对父老，但为国百回征战，也算是圆满吧？

在平州，他永远是飘零异乡客。他心中唯有最后一丝温柔，那就是他第一眼所见即钟情的唐家二小姐：唐晓蓉。唐家的变故，他用脚指头想也能明白其中的蹊跷。

既然无力营救朱子松和罗耀宗，黄开轩也就不准备管他们了。

这两天，他像局外人一样看着平州易帜，凡是有旗杆的地方，都升起了带着黄色“和平建国”小尾巴的青天白日旗。群氓的生活却一成不变，街上冒出很多身份叵测的浪荡汉，漫无目的地游走。一年来与日军出生入死的较量，仿佛是一场可笑的梦。

这日傍晚，黄开轩悠游来到宽良街。

绿柳晴旅馆已被封闭多日，他寻思倒不失为一个临时寄身之所。经过徐记棺材铺的时候，黄开轩想起来，要买点纸人纸马、元宝冥钱之类到那些战友坟头上烧一烧，道声别。

他就上前去打门。拍了很久的门，就在他将要失去耐心的时刻，门开了。

棺材铺的小伙计探头探脑、神情紧张地询问:“黄司令，你今天登门还准备订棺材吗?”他边说边挤眼，撇嘴。

黄开轩早就觉察到了蹊跷，手入腰部，奋力在门上一踢，把那个小伙计和门后的人都撞倒了。他迅速闪身入门，猫着腰一扑，控制了门后的人。那人手里果然持着一把枪，挟持着小伙计。

黄开轩将那人手腕一折，夺了枪，随后拉起他胳臂把他擒住，左手架在了那人的脖子上。他的手心里有一把小刀，可以随时割开那人的脖子。

那人轻声嚷:“黄司令，是我!”

黄开轩借着黄昏的光，认出他是警卫排的一个小卫兵。但他仍然警觉地把枪踢给小伙计，对那个卫兵说:“你们怎么在这里?带我向里面走。”卫兵说:“我们就是按‘光耀’行动安排端了老K，就是这个徐老板的老巢。这事，您被关押着，没法跟您说。”

黄开轩低声说:“向里走，带我去会会他。”他也招呼小伙计跟自己一块进去，但那个小伙计大概被吓怕了，“哇”的一声丢下枪就往门外跑了。

黄开轩只得独自架着卫兵走过狭窄的门店。里面挂满了花圈、纸马、香烛、纸人等明器，显得阴森而恐怖。

平州城所有门店，都是典型的江南古镇格局，前面入口很小，进深很大，会有一进甚至三四进的院子。徐记棺材铺也不例外，二进院内堆满了成品的棺材，满是松香、油漆的味道。再一进，则堆满了半成品，全是木料的味道。那个被挟持的卫兵嚷着：“黄司令来了！”

几个阴影从棺材边闪了出来，都端着短枪，黄开轩借着天光认出，果然都是慈云寺老警卫排的人。按照“光耀”行动，这些人原定是要跟着自己来端了这个军统老K的老巢的。他放了那个卫兵，沉着地对大家说：“怎么，你们不等我命令就行动？徐老板他们人呢？”有个卫兵说：“都捆着呢，就等你来。”

黄开轩点点头，收了掌心里的刀子，说：“带我去见见他。”

跟着卫兵向里走。里院有一根高高的旗杆，挂着“徐寿记”的旗帜。黄开轩经过时拍了拍旗杆，他也认出来了，这是一根伪装成旗杆的无线电天线。旗杆边不远，堆着木料，内里掩藏着一台机器。那是一个柴油发电机组。显而易见，徐老板的无线电靠自备电源发电。使用时，只需用处理木料的声音来掩饰即可。

往第三进院子走时，一个异常高大的身影闪出来了，笑着对黄开轩说："黄司令，我们要举事，就差你一个了！他在等着你。"

不用细看，那人正是黎有望的贴身警卫，蒙古汉子乌力吉。

黄开轩拍了拍乌力吉，心中狐疑全消，说："我被卫长河关押的时候，你们倒也没闲着。'光耀'行动都已经取消了，是谁让你们擅作主张动了军统的老巢！"

"是我！"一个熟悉而低沉的声音从院子里传了出来，似乎带着浓浓的笑意，"开轩兄，我等你好久了。很怕你不来，又怕你真来！"

"黎有望，他娘的！"黄开轩一惊，忍不住脱口而出说，"我就知道你没有那么容易死！死亡没有这么容易把你小子给拿住！"

第三十三章

暴雪至

1

入夜，吕天平突然来到了县府后花园里的房间看望被关押着的白露。他带了点心，在警卫陪同下，悄无声息地进了门。

白露正在静静地看书，见吕天平来本能地摆出自卫姿态，冷冷地问：“你终于来了？”

白露似乎知道吕天平要来。吕天平笑笑，放下点心，伸手招呼她仍坐下，笑着说：“不要怕，我就是来看看你。我们不是就要结婚了嘛。既然你能自己来找我，那么，我来看看自己的未婚妻，不成吗？”

白露哼了一声，起身道：“我给你倒点水吧。”

她挨到了吕天平身边，用暖壶给他倒水。就在她端起杯子捧给吕天平的那一刻，吕天平迅速抓住了她的左手。白露想挣扎，却发现他的力气远比自己想象的大得多，像铁钳一样。这员儒将平时斯斯文文的，常居办公室内办文事，却丝毫没忘记自己是个军人，军事训练一日不辍。白露哪是他的对手。

“想刺杀我。”

吕天平轻松地掰开她的左手，从她掌心里取出那枚铁片，说，“你们的计划太冒险。而且这个手段在观音庙已经用过一次了，不可能成功第二次的。给你送一枚暗器，这也算是许卓城最后的慈悲吧。”

“放开我，你这个卖国求荣的无耻叛徒，狗汉奸！我们白瞎了眼，信任你这么久!”白露痛苦地挣扎，眼中似乎要喷出火来把吕天平烧掉。

吕天平依旧笑笑，松开了手，竟然吟出一首诗来：“春来无酒也微酣，绿树苍烟映碧岚。忽见桃花羞欲笑，心随流水到江南。”

白露顿时愣住了，充满疑虑，压低声音问：“您，是‘沉冰’!”

吕天平笑了笑，没有答是与否，却说：“沉入水的冰山更有力量。这里没有监听，我也不是来钓你话的。我们也认识这么久了，你应该了解我的倾向。钱掌柜让我向你问好。”

他从口袋里掏出了一张纸条给白露。

白露打开一看，的的确确是老钱的字迹：“白露同志好。吕天平是我党同路人，执行‘群蜂’计划。钱某问好。”

白露心中惊骇，原来诸多不可解瞬间明了。老钱他们并没有放弃在平州的战斗。

“昨天，防疫队来给我的办公室消毒。我不但见到了老钱，也见到了左校长。无人遇险。他们都很好。你放心。”吕天平低声说。

她不禁热泪盈眶，向吕天平伸出手。两人重重一握。

“卫长河他们有‘黄雀’计划，我们有‘群蜂’计划。”吕天平继续低声说，“我计划先率部归降，以赢得汪逆信任，成为打入汪伪心脏深处的一把尖刀，联络、策反一些汪伪政府里摇摆不定的人。他们若肯投向我们，必有利于未来的革命形势。最重要的是，要在日军兵锋前，为新四军保留一块可供转圜的屏障，一个能够侦悉日军动态的耳目。凡事皆有利弊，只是权衡，取利大弊小者行之。现在是抗日最艰难的时期，而这种艰难，我都不知道还要持续多久。此时此刻，更要目光长远。”

白露点点头，有点激动地说："那需要我干什么？跟你，假结婚，一起潜伏吗？"这个"假"字，她说得格外重。

吕天平笑笑，取回她手里的纸条，吞到了肚子里，随后摇头说："不，不用，潜伏的人选，我都不声不响地安排好了。除了我和老钱，没有人知道他们是谁，他们将长期潜伏，并且已开始了工作，直至胜利。他们才是真正的'沉冰'。所有我们这些浮出水面来的有故事的人，都得撤离，也包括你。你的目标太明显了，他们怀疑得太多了。你，只需要跟着那个人一起，离开平州。"

"哪个人，跟谁？"白露故作不解。

吕天平双眼盯着白露，依旧微笑道："你说还有谁？黎有望！他能活着回来，真是万幸。我原想赶他一走了之的。既然回来了，他就不应该让你来冒这个险。密谋刺杀我，是没有用的。这城内，还有卫长河、徐永财，等等。屈膝投降的人总会有，否则，各路伪政府也不会越撑越大。投降的鼠辈数也数不过来，杀不完的。"

白露的脸微微红了，点点头说："这完全是我自己的主意。他拦不住……如果能撤走，你会跟我们一起吗？"

吕天平摇摇头说："不会，平州是我的血地，我的家乡。我的爱人刘琴秋，也是咱们的同志。她总算是脱离魔爪，去了延安，我就放心了。现在的我，已经没什么牵挂，也无路可退了。”

白露点点头，想到必然是老钱营救了刘琴秋，她又猜度起吕天平的往事，忍不住好奇地问：“那么，您和黎有望的姐姐黎雨萍女士，当年又是怎么认识的呢？”

吕天平说：“民国十五年冬，我带着北伐部队抵达江西，接防南昌附近。她刚刚从女校毕业，在报社工作，代表进步人士来慰问北伐军。听闻我是平州籍，就与我更亲近了。那时候，正是国共合作时期。我的军中没有共产党员，就请她担任政治教员，宣传革命道理。当时，我单身未婚，她如花美眷，我们彼此一见倾心。倘若不是反动派突然变脸，我们该有多幸福啊。到了民国十六年的四月二十七日，一纸密电到，这一切都结束了。我怯懦，不得不下令逮捕她，并亲自把她送上了刑场。我开始以为，靠耍一点小心机，就能救她于不死，没有想到，为了保住自己的军权，我把她推进了万劫不复的深渊……”

话说到此，他突然止住了。

白露知趣，也就不再追问。两人又一次陷入久久的沉默之中，只有悬着的电灯泡发出不易觉察的“嗡嗡”声，类似于蛰伏的蛇在吐着芯子。

吕天平说:“记得上次开那个新生活运动的会议，你慷慨陈词，英姿勃发，气概上一点不输满座的须眉啊。当年，黎雨萍给我们滔滔不绝地讲工农革命的道理，也像你说妇女的作用那样……好了，不去想这些陈年往事了。这些事啊，待我见着雨萍的时候再说。还有最后一件事需要你的配合。明天晚上，卫长河会邀请我们一起吃饭，说是要给我们办个订婚仪式，其实是试探试探我吕某人的态度。届时，会有汪伪代表和日方代表参加。这最后的一出戏，你陪着我一起，跟他们唱好了。暴风雪就要来了，你自己注意保暖。暴烈的混乱，来如风雪，欲其终止，必需万丈赤焰燃烧。”

白露有一肚子的疑问，为什么是“最后一出戏”，为什么“见着雨萍”……她深感吕天平话中有话，想追问下去，却被吕天平挥手制止。随即，他起身告辞，丢下白露一人发呆，久久回味。

2

3日上午，周朝命人在全城开始大搜查，寻找王怀信的下落。他还让士兵把衣冠不整的肖含玉押上一辆卡车，在全城巡游。

车上，有士兵手持大喇叭宣读：“赤匪王均如，化名王怀信，朝三暮四，屡叛其宗，乃党国之弃子，共党之叛徒。和平初建后，蓄意串联兵变破坏平州共荣之事业，今收押该匪之妻，劝其自首，若不幡然悔改，王某本人及从王某者，一律枪决不赦。”

寒风之中，衣衫单薄的肖含玉吓得瑟瑟发抖，泪流满面。

沿街的民众见到她，无不叹息。众人实在弄不懂，早几天之前，那个还是吕司令的得力助手，守城有功、保卫皇桥有功的王怀信，怎么一夜间就变成了要打要杀的罪人。

贴着封条、空无一人的绿柳晴旅馆里，王怀信静静地站着喝茶。水电全断，旅馆里黑漆漆一片，如同鬼舍。即将参加起义的三十五人连同枪支弹药，全都秘密藏在这栋人去楼空的建筑里。

他粘贴着假胡须，戴着礼帽和墨镜，隐藏在房间的阴影里。这个房间，正是他第一次到平州来，黎有望为他安排的客房。也是他和肖含玉对着月亮成亲、结为夫妻时的那一间。透过法式的百叶窗，他看到了被绑在卡车上的肖含玉。心中波澜，脸上不惊。

王怀信才得到准确消息，韩光义在12月31日夜，已经擢升周朝为175师少将师长。

此刻，他也洞悉了，卫长河不过是利用自己来分化吕、黎二人，逼死黎有望，迫使吕天平投降。所有之前对自己的许诺，就像是一阵寒风一样，刮过即消散。兔死狗烹、鸟尽弓藏的事情，王怀信见多了。幸好自己留着一手，可以冒险一搏，从而全面控制平州。他掏出怀表看了看，才上午8点半，距离大家约定的起事时间，还有十五个小时。王怀信看了看身后房间内的几个军官，大家交换了一下眼神。所有人都在隐忍。

“不急，让卫长河、周朝这帮刚下了水的兔崽子再逍遥一阵子。”

王怀信幽幽地说。

平州就这样平静地度过了投降易帜后的第三天。

傍晚时分，一辆日本军车从平州东门驶入，在周朝特战营军车的护卫下，直接开赴东亚大饭店。日本军车上坐着一位踌躇满志的军官，正是小野师团下辖的武田旅团先锋指挥官酒井俊中佐。他指挥的联队刚刚在吴家桥前线击毙了顽固反日分子黎有望，旋即收到平州方面宣布投降南京的消息。因为这项战功，他被小野将军和华东派遣军司令部挑选为新任特使，到平州与吕天平、卫长河初步接触。

平州方面把为酒井接风的宴会也定在了宋醒吾的东亚大饭店，就在签署“吕许密约”的松鹤厅。酒井俊一下车，卫长河和宋醒吾就满脸堆笑地上来迎接。76号特别指派刘清和负责翻译和警卫工作，他自然也跟随在后。

卫长河跟酒井握了一下手，随即含含糊糊地寒暄一句。宋醒吾则笑眯眯地说：“酒井特使，卫司令是说，我们在平州盼望着皇军的特使很久了！”

刘清和用很低沉的声音，把他们的话翻译给了酒井。

酒井看了看身后慢慢飘起大雪的平州城，并不理睬宋醒吾和卫长河，兀自感叹道：“偌大的平州啊，黎有望的家乡，比我的老家北海道夕张可要繁荣多了，难怪他要豁出命保卫它。小野将军说得不错，把它打烂了太可惜。真没有想到，我们皇军终是这样进来了！”

宋醒吾提醒道：“酒井特使，我们的吕司令正在厅内等着你呢。”

酒井俊这才回过神来，笑着说：“好，好，我这就去见他。”

整个东亚大饭店内部被布置得如盛开的向日葵一般富丽堂皇，极为亲日。大厅内悬挂了巨幅的日之丸旗帜和青天白日旗。易帜当天，宋醒吾在南京的银行业务全部解封，资金开始流转，生意又恢复正常，他对日本人感激涕零。他一路小跑，引导着酒井上二楼，亲自为他推门引路，肥硕的身子显得特别灵活。

酒井进了大厅一看，一个穿着崭新军装、领佩中将军衔的军人在端坐等着他。他身边坐着一位漂亮的女士。两人都没有起身迎客的意思。

另有一张熟面孔，是南京方面的何志祥。何志祥刺杀许卓城之后，为摆脱嫌疑，迅速出城，但仅仅走到了何辅汉所驻守的莲河要塞，就止步不前。坐地向上面汇报了平州方面的情况，并索要官职。南京方面得知了许卓城的死讯后，倒也没有大惊小怪，任命何志祥为秘书长、全权特使，嘱咐他立即折返平州，继续商洽行政交接等方面的事务。何志祥这才大摇大摆地又返回平州。

何志祥热烈地上前拥抱酒井俊，笑道：“酒井太君，别来无恙啊！在南京，你介绍的那些东瀛女子，实在太让人销魂了，哈哈。”

对于何志祥莫名的热情，酒井俊有点尴尬。他完全记不清自己是在南京什么样的场合下见过何志祥，兴许是作为师团代表，到南京庆祝汪政府成立大典的时候，何志祥曾作为政府副秘书长，挥金如土地邀请这些日本军人到俱乐部去纵欲狂欢过。

主宾咸至，卫长河招呼大家入座起菜，服务生次第进入，摆放好一桌淮扬精品菜，色香味俱全。卫长河向大家一一介绍在座者的身份，随后端起酒杯致祝酒词，喜气洋洋地说：

“酒井特使，何特使，诸位，战争让一切情感变得浓烈，生死爱恨，无不醇烈如酒。长河是个军人，更爱饮的，却是这杯和平的酒。经过多方的努力，今天，平州和平的日子终于到来了，来之不易啊。我们和酒井太君算是不打不相识。为了喜上加喜，吕司令决定在今天和韩映雪小姐订婚，三天后，也就是元月6日，正式举办结婚仪式。所以，这一杯酒，不仅是为酒井太君接风洗尘，也是见证他们永结同心的喜酒！”

刘清和面无表情地把这段话翻译给了酒井俊。他边翻译，边盯着笑盈盈的白露看。白露似乎陶醉在了这一订婚仪式中，温柔地倚靠在吕天平的身旁，仿佛一个等待这一天很久的女人，既美艳无双又幸福无比，一点都没有把刘清和放在眼里。

偶然四目相撞时，她的眼中就满是冰冷的光。这令刘清和瞬间肝肠寸断。

尽管刘清和的翻译含含糊糊，酒井俊还是听真了，吕天平要和身边的女子订婚。他真的颇为高兴，只有丧失了斗志的军人才会迷恋温柔乡，于是对吕天平的猜忌立刻瓦解，他笑嘻嘻地端起酒杯到吕天平的身边敬酒。

3

守在窃听机旁边的黎有望摘下了监听的耳机，瞬间沉默不语。

在他身旁同样监听着的黄开轩，也摘下耳机，安慰他说："黎兄，女人水性杨花，自古如此。况且，白露小姐未必知道你还活着。还有三天，他们才结婚，我们是不是可以提前行动，把她从吕天平手里抢回来？"

黎有望摇了摇头，说："不必了。我能活着从酒井的炮口下回来，连我自己都没有想到，何况是她。"

此时此刻的黎有望，额头上多了一道深深的血疤，像破败的军旗一样鲜亮。黄开轩盯着他看了一眼，一时间竟觉得战死的丁聚元附魂到了他身上……

那一夜，黎有望寻找叶桂材不得，带着敢死队的弟兄们退回到了皇桥。

日军并没有像他们所预料的那样尾随追击，更证实了日军无意于攻取皇桥。确认了这一点，黎有望的内心反而羞愧难当。一次出击，丁聚元、叶桂材以及几千的士兵都战死了，唯有自己靠着敌人的仁慈才得以偷生，他不甘心。

到了第三天的傍晚，布置好防线及诸事后，黎有望一人一骑，背着长枪、大刀和手榴弹，迎着风雪，向吴家桥西的日军阵地而去。

在靠近日军阵地的田野和树林边缘，黎有望就遭遇到了流弹。他的战马仰头一啸，为他挡住了那一梭子子弹。马头中弹，当即栽倒在堆满尸体的战场上。日军前线指挥官用望远镜看了一眼，以为是对方一个冒失的侦察兵，只令炮兵补了一炮，随即派出了一小队士兵去查看死活。那队士兵把晕厥的黎有望叫醒，却没有补枪，也没有一刀刺入他心脏。

黎有望悠然醒转，想拔枪与他们拼命。士兵中领头的一个，竟用生硬的汉语说：“黎司令，我是坂冢，我们，都是你的俘虏!”

他这才认清楚这些士兵竟然都是他释放掉的那批俘虏兵，领头的，正是坂冢小次郎。

坂冢有点痛心疾首地比画着，说：“你是英雄，自杀的，不应该，你，回去，活着，战斗!”

一切或许是冥冥中的天意，黎有望长叹一声，解下了身上的装备，在这队日军的掩护下一步一步走回了皇桥。他欲哭无泪，却感觉到自己的脸全湿了，触手一摸，原来是额头被炮弹碎片划出了一道深深的创口，正汩汩地流着血。

坂冢等人用另一具身材相仿的死尸向上司交了差，有人认出了黎有望身佩的那把柯尔特左轮手枪。于是，黎有望光荣战死的消息瞬间传遍了江北。

生死原来只是一念之间的事，黎有望算是真的看破一回。他秘密返回了平州。城禁之日，唯一能自由出入的只有防疫队。而防疫队的每一个人，都是黎有望不动声色地精心安排的，都是赖贵明秘密发展的新的武工队队员。

他们中的领头者，就是张德文的胞弟张德彬。张德彬把黎有望装入尸袋中，用骡车拉着，骗过了周朝手下在城门口的盘查，秘密地返回了平州。

黎有望一瞬间走了神，黄开轩提醒他说:“黎兄，快听!”

他回过神来，慌忙把耳机戴上，窃听器内传来了吕天平的声音。

此时的吕天平已经离座，到酒井身边回敬。他说:“鄙人肝脾不佳，不善饮酒，刚才你敬我一杯，我得服一记药丸才能回神。酒井特使此来，我得舍命陪君子。这是鄙乡的玉兰馨酒。我们老平州的乡俗，立约，要两人共饮大碗酒。酒井特使，我们共同干了这碗如何?”他双手上捧上一碗酒。

酒井俊到中国沦陷区，最害怕的事不是打仗，而是跟各地降将们喝酒。每次众人轮番来给他敬酒，都搞得他酩酊大醉。经刘清和一翻译，他痛苦地端起吕天平的酒碗，勉为其难地喝了一半，并双手捧着再返给吕天平。吕天平一饮而尽，鞠躬返座。卫长河鼓掌，哈哈大笑说:“认识吕司令以来，我头一回见他喝酒这么豪爽。缔造和平，迎娶佳人，这是人逢喜事精神爽啊!”

返回座位的吕天平似乎在忍着某种痛苦，面部抽搐，却努力平静地说:“卫老弟，诸位，乞降之将，有何喜可言啊。吕某从军，与多少骨肉兄弟共饮过歃盟酒，今天这顿酒，与入侵之敌同饮，也是此生不能有二了。只因兵临城下，才有城下之盟。我国百年无宁日。辛亥以来，吕某偶见光明，可内外倾轧，信念一灰再灰。国弱民贫，力不胜人，即便遭受欺凌，摇白旗投降，输了脸皮也并不是丢人的事，但是如果我们把骨头都输了，这才令人痛心。吕某无能，孤掌难鸣，从动念复伍回乡，带领这支队伍之日起，就知道这必定是一趟死差，但仍知其不可为而为之。国难至此，于我个人，已是无力回天，但是凡有一点骨气的中国人，还有的选，还可以求活路，还可以，抗争到底……”

他的话没有说完，脸色越发铁青，气越喘越粗，最终力不能支，一头栽倒在了桌上，砸得桌面一震。包括白露在内，众人都大惊失色。

白露愣住了，第一反应是去搀扶他的胳膊，大喊：“吕先生，吕先生！”

吕天平的鼻口都渗出了血，显然是中毒症状。白露慌忙翻他军服下的口袋，找出一个人丹小铁盒，悄悄揣进自己的口袋里。

卫长河看出端倪，大声呼叫：“吕先生中毒了，他中毒了，快请医生，快请医生！”

酒井也经历了生平最为惊悚的时刻，他也看出吕天平是中毒的表现。自己刚刚和吕天平一起喝了酒，大拇指头还沾着那碗酒的酒水。他连忙抠自己的喉咙，并伸手去拔佩枪。身为日方代表，最高贵宾，全席唯有他可以不交佩枪入席。

酒井慌慌张张拔枪不及，他左手边的刘清和却一跃而起，抢过他的枪，把他架起来，大呼："日本人毒死了吕司令！"

"砰砰砰"，他连开三枪。一枪打向何志祥，另一枪打向卫长河，还有一枪射向宋醒吾。

"这就是投降的下场！"刘清和架着酒井挨到了白露的身边，"映雪，快跟我一块走！"

第三十四章

最暗夜

1

刘清和一跃而起，卫长河凭本能的反应钻到了桌面下，躲过了致命的一击。何志祥的注意力全被吕天平的暴死吸引，来不及躲避，被一枪击中前胸。宋醒吾头部中弹，像个漏爆的啤酒桶一样，“嘭”一声倒了下去。

刘清和有力地架着酒井俊，向着东亚大饭店外走去。不知为什么，白露选择跟从了他。她比任何人都清楚，是吕天平选择了自杀，毒药就在那个装着人丹的圆铁盒内。她晃了晃，还有至少两粒。

吕天平刚才说最后一番话时，悄悄抓起她的手，放在了口袋外。她一定要把这个药神不知鬼不觉地丢掉。她战战兢兢地跟从着刘清和，挡在了他的身后，防止有人从背后开枪射击。

三人就这般阵势，在警卫们的枪口下一步步离开东亚大饭店。

刘清和扭头对白露说：“出饭店往北走，在稻河岸一个码头上有条船，我们押着这个小鬼子走。”

白露质问：“我为什么要跟着你？”

“我想做个好人！”刘清和说，“我知道，你是共产党。我们去盐州投降新四军，走不走？”

白露一愣，无从判断他的话是真是假，但还是跟着他往前走。她别无选择。

周朝的人马早已把东亚大饭店里三层外三层包围了，几百条枪对着他们。被挟持的酒井用生硬的中文惊恐地说：“不开枪，不，开枪！”

死里逃生的卫长河，匆匆跑出来，下令：“不许开枪，放他们走。这个刘清和是共党。他和那个女共党联手毒死了吕司令！”

周朝立即会意，指示准备进入埋伏点的狙击手将枪收起来，只带人尾随着他们。

刘清和也听到了卫长河的话。这本来纯粹是他自己个人所为，但是卫长河意欲嫁祸共党，这一说，是给了自己一条生路。尽管挟持着酒井俊，刘清和还是很快到了稻河边。果然有一条船在等着。一条城中罕见的、装着柴油马达的小船。

刘清和架着酒井上船，高声嚷:“所有人等不得靠近，靠近我就杀了酒井!”

已有卫长河命令在先，自然没有人敢靠近。刘清和挥着枪，指向白露说:“还等什么，快跟我走吧!”

白露冷静地将小铁盒丢进了河里，笑着说:“刘清和，我不能走，我已经属于黎有望了。”刘清和勃然大怒说:“他死了，你快下来！若不下来，我就开枪了!”

这时候，一个穿着大衣的影子，突然从码头的黑暗处闪了出来，举起一把手枪对着刘清和和酒井俊连开数枪。几乎在一瞬间，白露尖叫:“鲁培林，别开枪!”

已经迟了。酒井先中枪，子弹穿过他身体，打进了刘清和的身体。两人没有来得及反应，都瘫倒在了船上。

听见码头上有枪声，周朝立刻下令身边那些端着枪的士兵开枪射击。士兵们迟疑了，说:“白、白小姐靠得太近。”周朝冷冷地说:“连她一块打死!”

士兵们开枪了，鲁培林用手枪还击，很快弹匣打空。他匆忙拉着白露边往河里跳，边兴奋地高呼："老子跟踪这混蛋几天了。这次，总算是为国锄奸了！"

与此同时，鲁培林感觉自己身体一沉，似乎被什么击中了，带着冰碴子的河水瞬间包裹住了他。借着眼角余光，他看到白露也落入水中，心中泰然。

终于，一切光荣地结束了，河水温暖得无与伦比……

卫长河让人沿河搜索刺客和白露的尸体，自己脑子里飞快思考如何善后。这时，一个传令兵骑着马飞速来报，县政府、唐家大院和发电厂同时发生爆炸，似乎是传闻中那些闹兵变的人开始行动了。

卫长河略一沉思，吩咐周朝领一队人去县政府，自己则带着一队人马回唐府一探究竟。

大院门口迎接他的，是唐家的老管家。

卫长河忙询问："府上发生了什么事？"老管家说："有人往院墙内扔炸弹，幸未伤及人。"卫长河问："凶手抓住了吗？"老管家说："抓住了，在任道堂内等候发落。"

卫长河好奇心起，吩咐大部人马在府外等候，自己带着四个贴身警卫跟随老管家到了任道堂。堂内灯火通明，却空空荡荡。

卫长河一愣，厉声问老管家：“老唐，人在哪儿？”

这时候，一大伙便衣从四面拥进来，各持长短枪支对准了卫长河和四个警卫。卫长河惊了，问：“唐管家，你这是要干什么？勾结丘八们造反吗？”

那个白发老管家温和的脸，瞬间变得像寒霜一样冷，高声说：“带上来！”

两个士兵带着三个女子进入任道堂。卫长河仔细一瞧，是老婆唐爱英、唐经方的三太太倪子君，还有一直被监禁着的二小姐唐晓蓉。唐晓蓉满眼怒火地瞪着自己，手里端正地捧着一个牌位，正是岳父唐经方的灵牌。

卫长河瞬间明白，自己掉入老管家不动声色的算计之中了。

“这些都是帮会里的兄弟！”

一贯恭顺的老管家，此刻无比威严，道：“卫长河，我们唐家虽是富户，但是一直任道为大，几代老少，接济乡里，扶助忠义，为国为民，一日不怠。乱世之中，少爷努力撑持家业，始终恪守家国信念。他，却惨死在你的手下。我是亲眼目睹，却无能为力。我是看着少爷长大的，你杀了他，就像杀了我亲儿子一样。几日前，你还算是中国军人，本来，我只打算隐忍作罢。可今天，你已经是汉奸走狗，为唐家，为国家，我怎么能再忍下去？不得已，铤而走险。平州已经变天，公道却自在人心，卫长河，今天就是了结之日！”

“你区区一个老蠢夫，懂什么国家大义，我身上可担系着党国的重任，你竟敢对堂堂国军少将动用私刑！”卫长河急了，争辩道，“唐经方勾结共党，暗中支持新四军，企图，企图以抗战之名……”他突然发觉自己没法说下去了，“企图对抗皇军”，“企图抵抗汪伪”？最终勉勉强强说，“企图攻打国军抗日的队伍，私据地盘，扩大实力。”

“这些，是对少爷的欲加之罪。他拦住你投降敌伪的路了。卫长河，你欺灭亲长、谋杀岳父，大逆不道。这世道，总要有一种规矩。家有家的规矩，江湖有江湖的规矩，庙堂有庙堂的规矩。什么好处你都想要，什么规矩你都不想守，那只有让生死规矩来管你了。这规矩有个好处，没那么多选项，只有两个，不是‘生’和‘死’，而是‘受死’和‘去死’！”

老管家从唐晓蓉手中捧过唐经方的牌位，正声说：“我唐家是青帮‘和’字堂的分舵，我已经飞鸽传书唐门诸位长辈、公司各股东、帮中长老，将你的恶行公之于众。他们一致同意，授权于我，将你绳之以家法。卫长河，今天，你逃不脱了。你这个恶贯满盈之徒，怎么能不死!”

卫长河被押到院子里，面对一排黑洞洞的枪口。天空终于又一次飘下了大片雪花，撒纸钱一般。他抬头看了看那一排躲在屋檐下的鸽舍里“咕咕”叫唤，互相挤着取暖的鸽子，油然感到人生莫名地荒诞，自己竟然死在了一群鸽子脚下。这个封建、腐朽、保守、黑暗、堕落的大家庭早该被砸得稀巴烂了，悔不该迟迟未动手。

在最后的时刻，卫长河突然想起来滕贞吉给他算的那三个字，不禁困惑了起来，又隐隐觉察到了个中的玄奥。

枪声响起，他听到倪子君在隐隐地冷笑，也听到发妻唐爱英瞬间恢复了神志，撕心裂肺地哭喊：“别杀我丈夫，求求唐叔了！饶了他这回，不要杀我丈夫!”

2

在确认了卫长河的死讯后，王怀信才让手下发动对周朝所部的进攻。

周朝在平州拥兵三千人，王怀信只有三十五人，他却不慌不忙。卫长河之死，是他算计好的事情。深谙“江湖”之道，是王怀信得以在平州立足的另一法门。唐管家所用的枪支，是他担任军需处处长时暗暗增购赠送给帮会兄弟的。关键时刻，派上了用场。

午夜时分，平州城内枪声大作。王怀信在小校场与周朝交火。双方在大雪纷飞的黑暗街道上都不敢贸然冲击，僵持了起来。县政府的炸弹是王怀信引爆的，为的就是把周朝吸引过来，在中途利用并不宽阔的街道进行伏击。

周朝自然也算到，蛰伏的王怀信会搞声东击西战术。他把肖含玉绑在自己队伍的最前列。肖含玉已经被折磨得脱去了人形，披了件旧棉袄，被两个士兵拖着前行。

周朝大声嚷:“王怀信，老子就知道你会在这时候出来搞事。你的女人在我手里。你投降吧，别想着吕司令了，他已经莫名其妙中毒死了！骗你是孙子！”

王怀信在黑暗中听到这句话，有点疑惑，更多的是感到悲凉。以他对吕天平的了解，选择这个时候自戕，肯定是深思熟虑的。

王怀信却并没有因为心中的悲凉就乱了方寸，他让人喊话说：“周某人，你也别想着卫长河了。他已被唐家处决了。他亲手杀了唐经方，罪有应得！”

周朝听了这话，也是将信将疑。这时候，一个跟从卫长河的警卫慌慌张张地跑过来哭嚷着报告：“报告师长，卫司令，他，他没了！”

周朝完全不相信自己的耳朵，要这个警卫连说三遍才弄明白原委。他问：“那个混账老管家呢？他一定是被王怀信撺掇，才敢对卫司令下杀手的，没抓起来毙了？”警卫哆哆嗦嗦地说：“他们都是帮会里的人，举着唐老爷灵牌断事的，完全属于唐门家事。枪毙了卫司令后，所有跟随的人不问，各发银圆五块。大家也都散了，没人敢管人家家事。”

周朝真想拔枪毙了这个警卫，或者让他把五块大洋给交出来，一块一块吃下去。想想，最终还是放过了他。他不禁悲从中来，泪流满面，道：“卫师长，可惜您一世英武，忍辱负重，为国为上，居然死在这些宵小手里！”

他努力使自己平静下来，用枪指着肖含玉的头，说：“王怀信的女人，快叫你男人在三分钟之内放下武器投降，否则，我不客气了。”意识迷糊的肖含玉吓坏了，哭喊着：“怀信，怀信，救救我吧，可怜可怜我，救救我！”

午夜飞雪中，这凄厉的求救声显得特别刺耳。

由于发电厂也被预先爆破，平州已经彻底陷入黑暗之中。不断有听到枪声的士兵，按照事先的约定，趁着夜色向王怀信身后汇集而来。他们大多都是从皇桥前线轮替回城的人，还有的，是周朝所部被策反的投奔王怀信的人。

三十五人的队伍迅速发酵成了三百多人。

王怀信旁边一个长着络腮胡须的军官询问：“王指挥，怎么办，天寒地冻，我们不能一直和他们僵持在这里。再拖下去，天就要亮了，天亮了对我们很不利啊！”

王怀信沉默良久，冷冷地说：“上机枪，把她打哑了！做我的女人，就是一场孽债。欠她的，下辈子我再还吧。”

那个军官得令，拉动了手头“捷克造”的枪栓，循着声音开了火。

肖含玉立刻没了声音。周朝差点中弹，慌忙躲到掩体后，喘着粗气骂道：“王怀信这个老鬼，连自己的女人都杀，看来真的是疯了！打照明弹，给老子硬冲锋，一个活口都不要留！”

天空中射出一颗又一颗的照明弹，在雪夜之中把平州的巷陌照得通明。

这个杀戮之夜，全城愈发死寂，仿佛是一座堕入阿鼻冰封地狱的空城，空空荡荡全无一人，只有无数的死魂灵在屏息等待。

在不足两百米的街面上，双方开足了火力对射。战了半个多小时，人数占优势的周朝却落了下风，他举起望远镜看了看，责问身边的参谋官：“怎么回事，王怀信的人怎么越打越多了？营区备战的兵怎么还没过来？”

参谋说：“报告师长，营区里也炸营了，刚准备互相动手，突然来了一个上峰的命令，所有人不得轻动。”周朝问：“谁的命令，吕司令和卫司令都死了，还有哪个上峰能下命令？”参谋吞吞吐吐，说：“好像是，好像是黎司令的命令。”

周朝一听就恼了，“放你娘的屁，黎有望早死了！”

两人正争着，有一个传令兵举着令旗快步跑来说：“周旅长，省保安总司令黎有望少将让我传手令，请你部立即停火，停止内讧，原地待命。”

周朝一愣，接过他手中的纸一看，果然龙飞凤舞签署着“黎有望”的大名。与此同时，王怀信那边的火力也慢慢弱了下去，应该也收到了同样的命令。

“见鬼了，他居然还活着！”周朝一时间不知道该怎么办，只得让士兵次第停火。他让人喊话：“姓王的，黎司令下令我们停火，老子不跟你打了。你撤不撤？”

王怀信那边的回复是沉默。

几个士兵把两挺重机枪推了上来，周朝立刻有了底气，把肖含玉的尸体踢到一边，高喊：“活捉王怀信，替卫司令报仇！活捉者赏五千块！”他又打出了两发照明弹，街道一片通明，两挺重机枪吐出了烈焰火舌，层层压制对方。

一拨士兵受到鼓动，奋力冲锋，很快被王怀信部打出的交叉火力网所吞噬。一个侥幸逃脱的年轻士兵趴在落满白雪的街道上，拖着长长的血迹向后慢慢爬去。王怀信从己方的火力网后站起来，举起一杆步枪，狠狠地扣下了扳机。

照明弹慢慢熄灭了，街面又恢复了黑暗。但在这黑暗最为浓稠的时刻，又有两颗照明弹连续从居中的一条巷陌里射出，瞬间照亮了平州。

马蹄声响，如寺中敲钟。一匹战马从巷子里徐徐走了出来，铁塔般的乌力吉，背着把钢刀，牵着马。

马上则骑坐着一位军官，他用沙哑的嗓子喊:“我是黎有望!所有士兵，立刻放下你们手里的枪，原地听命，把主战的王怀信和周朝两人给我押上来，带到慈云寺!”

一瞬间，原本枪声大作的战场变得寂静无比。

3

周朝声嘶力竭地冲着部下叫嚷:“我们是78师的兵，卫司令在，听卫司令的；卫司令死了，由中央党部的特派员老K给我们指令!”

他身边的士兵还是纷纷放下了枪。有几个胆大的，把他给拿下了，押送到了黎有望的马前。周朝知道抗拒是无力的，此刻马背上的黎有望，并不只是目前平州军衔最高的指挥官这么简单。

他能活着归来，不管是哪一派的士兵，都已把他看成一个图腾、一尊神了。

黎有望在马上睥睨着周朝，说："韩光义已自顾不暇，你和卫长河推行离间和分化的每一步，都是老K指使的吧？"

雪已全停，士兵们燃起了火炬。火光中的周朝点点头又摇摇头，他实在没有勇气抬头看黎有望的目光。

黎有望又问："老K，他还在平州？"周朝想摇头，最终还是点了点头。黎有望点了点头，说："好，你马上随我去慈云寺指认。"他随即又想起了什么，问："你的人搜到了白小姐没有？"

周朝摇了摇头，说："搜了很久，只见刘清和、酒井特使和一个姓鲁的小兵三具尸体，并没见到白小姐。"

黎有望仰头，深深吸了口冷气，哀伤地说："今夜，死的人太多了。"

跟随王怀信的士兵也陆陆续续围了过来，他们中那个长着络腮胡须的军官出列，向黎有望敬了个军礼，道："黎司令，我们已经执行您在皇桥的安排，控制住了投降汪伪的周朝全军。平州顺利光复了。"这些军官，都是黎有望在从皇桥潜回平州之前，秘密安排好的。

黎有望看了看不远处那个被王怀信所毙杀的年轻士兵的尸体，慢慢抬起手回了一个军礼，极为感伤地说："辛苦了。王怀信人呢?"

那个军官脸微微一红，说："我们没留神，让他溜走了。"

黎有望心里明白，王怀信带着他们，宣称是为小校场上被周朝枪毙的四个弟兄报仇。他们是故意放他走的。"算了，就由他去吧。天快亮了，我们一起去慈云寺。"

周朝顿时吓得面如土色。他这才注意到那些跟随王怀信的军官和士兵，胳膊上都束着黑纱。他们都瞪着周朝看，目光之中尽是复仇的怒火。

周朝拔出枪来，顽抗道："黎司令，我不去慈云寺，我不去。你的人，一定会吃了我!"

黎有望慌忙挥手，喝令："周朝，快把枪放下，我们按公论事!"

他的话还没说完，就有一发冷枪放了出来，击中周朝的后脑勺。周朝一怔，慢慢瘫倒在了地上。黑暗之中，已经无从寻到是谁开的枪。

最为诡异的是，子弹是从周朝身后士兵当中射出的。

跟从王怀信的人，都举起自己手中的枪，以示与己无关。

黎有望骑马绕着周朝尸体走了一圈，高声喊："够了，都够了，统统回营待命！"

天将破晓，晨曦透过薄薄的云发出微微的光。黎有望独自骑着马，踩着脏兮兮的积雪、薄冰和血迹向着慈云寺而去……

出乎所有人的意料，王怀信并没逃走。

黎有望离开后，他从暗巷里走出，跨过周朝的尸体，在角落里找到肖含玉的尸身，脱下军大衣将她裹好，默默地抱了起来，往善贤街自己的寓所走去。

双方士兵收起了弹药和枪械，三三两两地往营地归去，没人说话，也没人再去理会王怀信。

天初亮时，王怀信抱着肖含玉走到了寓所前。推了推门，他才发现大门已经被詹家人用几层铁锁链给锁死了。

王怀信苦笑一声，坐在台阶上，抱着肖含玉，倚门闭目休息。

"你回来了！"有人叫道。

王怀信睁开眼一看，竟然是宽良街的谭傻子站在了自己面前。

此刻，他的表情看起来一点不傻。王怀信笑了笑，在胸口摸了摸，掏出怀表，交给他说："来，伙计，拿去，当了，把自己收拾得体面一点。"

谭傻子接过怀表，说："谢谢，放下她吧。她已经死了。"

王怀信冲他摆了摆手，说："你是傻子，你不懂。"

谭傻子就无声无息地离开了。

王怀信刚刚闭上眼睛，又听到"嘚嘚"的马蹄声，"吱吱"的车轱辘转动声，伴着极轻的脚步声。他忍着倦意，睁开眼，看到三个防疫队队员牵着一辆骡车站在自己的面前。他们都戴着日式的防毒面具，套着白粗麻布外罩，像是一群催命的无常。

"她不是鼠疫死者。这城里压根儿就没他妈的鼠疫！"王怀信冲着他们又摆了摆手，"收尸的，滚开！"

三人中为首的一个摘下自己的面具，正色对他说："'木师'，给你这个叛徒一次坦白的机会。不然，我们就要收两具尸体。"

王怀信这才看清楚，说话这人是"绿柳晴"的老钱。另外两个人也摘下了面具，王怀信却不认识——他们一个是张德彬，一个是赖贵明。他们宽大的外罩下隐约可见腰部鼓鼓囊囊，显然，都带着枪。

王怀信夸张地笑了起来，问老钱：“原来是你。坦白什么？我自己现在都弄不清我究竟叫王怀信，还是叫王均如。”

赖贵明怒了，骂道：“不管叫什么，你都是个朝三暮四的叛徒！”

王怀信仰头看天，自言自语：“叛徒，我？弄不明白。麻烦你们送我去吕天平那边问问吧！”他把手迅速伸进怀中肖含玉的身侧，似乎是想摸出一把枪来……

不一会儿，骡车就载着两具尸体继续去往交战的街巷里，收殓这最暗、最长一夜中殉难的死者。骡车厚厚的帆布下，那男人的手紧紧握着女人泥泞而纤长的手。

第三十五章

黎明前

1

一夜间，慈云寺内的梅花就开放了，在日光中熠熠生辉。明海大早起床，早把寺里庭院的雪扫净了，到后厨去揉面、切面、调料、煮面。两个年轻士兵把旗杆上“万”字的佛幡降了下来，重新升起了“抗日救国军”的那面军旗。

一面伤痕累累、满是弹孔的旗帜，上面还有赵松的手书和血迹，依旧倔强地迎风招展，发出“哗哗”声，仿佛是不屈的呐喊。

黎有望拍拍身上的雪，慢慢走到旗杆下目送着旗帜升起，叹息一句：“光复了！哪怕就这么短短的一天，也真的好啊。”

还未进入寺门，刚刚从县政府监禁所被释放出来的罗耀宗就向黎有望报告，并郑重给了他几封材料。罗耀宗侦听到，何辅汉已经向赵汉生让出了莲河要塞，数万伪军已经兵临城南，只是因为未明平州城内的局势，不敢贸然行动。

与此同时，在皇桥方向，因为酒井中佐完全失联，不明就里的武田达也受命率领一个联队的日军向西进军。平州—郭店一线兵力微薄，全部向日军投降。

黎有望明白，自己只有十二个小时了，来不及组织城防，也来不及布置工事，唯有撤退一条路了。他随即向罗耀宗下达了撤离的命令。

终于要离开这座城，黎有望感到一丝轻松。他继续向寺里走，遇见两个士兵用担架抬着奄奄一息的朱子松出来。

朱子松一见黎有望，瞬间笑了，想撑起来敬个军礼。黎有望摇摇头说："尽快先出城，养好身体，我们再杀回来！"

庭院内一些士兵把香炉的香灰铲出来，抱出大批的文件投入其中焚烧。烟火缭绕之中，黎有望听到有人在吹口琴，不太成调，但听得出心态悠然。

所吹奏的，是弘一法师的《送别》。

黎有望扇扇鼻子边的香火烟，见正是黄开轩坐在大雄宝殿的门槛上吹奏，就挨着他坐了下来，很好奇地问黄开轩："子亭兄，你什么时候学会这个洋玩意儿的？"

黄开轩停下来，说："在南昌的时候，从一个洋鬼子身上搜到的。琢磨了十几年，一直行军打仗，没琢磨出门道。最近被革了军职，闲了，才琢磨出名堂，不光是吹，还要吸，就跟人喘气一样。"

黎有望哈哈一笑说："你该买本教程，那样学起来很快。"

黄开轩没接他的话茬儿，问："白露找到了没有？"

黎有望一怔，摇摇头，却很坚定地说："来不及细细找了。她一定死不了！"

黄开轩又问："周朝呢，你没带他来指认谁是老K？"

黎有望说："他死了。"

黄开轩若有所悟，问："你不信棺材铺的徐长寿就是老K？"

黎有望说："他是个提线木偶。老K，才是他身后那个提线的人。一切都被他暗中操纵着。区区一个上校，调动不了卫长河、刘精忠、何志祥、刘清和等人犯那么多的险，得是更有资历的人。所以，我把徐长寿给放了，没必要得罪军统。老K另有其人，子亭，你这么聪明，还看不出来老K是谁吗？"

黄开轩笑了笑，说:“所以，你早看出来了。下一步准备怎么办?”

“撤啊，鬼子和伪军都到城边上了。守不了。真的要去打游击了!”

黎有望顿了顿，又低声说:“黄兄，其实一个人的字迹很容易模仿、伪造，但是他画出的图很难模仿，况且还画得那么准确、那么漂亮。”

黄开轩笑了，说:“因此，你确认是我?地图测绘，可是很平常的军事技能啊。”

“很多事，单独看，看不出端倪。串联在一起看，想要隐藏真相，就很难了。从直罗山，到伪造赵松信件，从莲河拍出去的密电，到不断给我们发信，牢牢操控着平州的布局，人为棋子，你为执手。厉害。”黎有望从怀里掏出一幅地图，“不过，你给我的二龙山工事图真好，马上，它就要派上大用处了。”

黄开轩郑重致谢:“谢谢你把‘紫密’纲要托付给我，于国于私，它更重要。它也让我换回了自由身。”

“你为党国，我为中国。”黎有望拍了拍他的肩膀，“只是你有你的使命，我有我的信念，这样就足够了。我们是并肩战斗至今的兄弟，况且，你还曾多次救我，毒死军统叛徒救下我，困新化时救过我，在望江楼更别说，嘿嘿……”

黄开轩笑笑，什么都没说。

黎有望掏出一份罗耀宗刚刚送来的材料，说：“卫长河逼着罗耀宗给日军发通电。罗耀宗使了个小计策，以老K的名义跟他的上线联络了一次，请示行动。江西梨桥大山窝里的方言做成的密码底本，指人专译，别人看不懂，罗耀宗却破得了。鬼才啊。回电内容如下：‘K，停用“黄开轩”身份，启用“杨德胜”身份，赴江南活动，执行“黄雀”计划，C。’弄了半天，你才是‘黄雀’计划真正的核心啊。真是有眼不识泰山。电文我转给你了，怎么办，你自己决定吧。”

黄开轩一愣，从口袋里掏出纸烟和火柴，取一支烟递给黎有望。他接过那纸电文，划了一根火柴点燃，让它烧成灰烬。又燃上烟，吸了口说：“倦了，退了。没什么决定，就想跟着明海，在这庙里先静静地待着再说。”

黎有望直说“可惜”，又说：“太多往事，我还是弄不明白。所以，请了一位老朋友来一起聊聊。”

说话间，一个身着长衫、手持礼帽的人，不声不响地从大雄宝殿里走出来，坐在了黄开轩的左手边。

黄开轩一看，竟然是小学堂的校长左月潮。

“程兴柱老弟，别来无恙。”

左月潮只是说话，并不看着黄开轩。面前，一队士兵捧着诸多阵亡将士的灵牌，正绕过大殿往后走。左月潮致注目礼。

“我曾经是黎雨萍的同窗，也曾默默喜欢过她。她在我的影响下参加了革命，但比我要积极得多。我记得，当年，你应该是最后一个加入我们小组的。我参加的秘密集会不多，对你印象没那么深。民国十六年，‘清党分流’的那一天，我原可以走脱的，但是不放心雨萍，还是进去了。你也在场。最后，我们一起上了刑场。那九个人里，我是第四个。吕天平对行刑的刽子手们做了一些安排。即使这样也没用，唯有我和雨萍两人幸存。我更侥幸一点，心脏生得有点偏。轮到你的时候……嗯，你应该是在刑场被特赦了。理由是年纪太小。个中真正的缘由，不用我来点明了吧？”

黄开轩冷冷地说：“是，没错，我就是中央党部调查科安插进去的人，先是为党国监视吕天平这样的军阀出身分子，后来就奉命侦缉你们共党分子了。你们的死，与我有关。可我真的一点都记不起来，左校长是当年的哪一个了。”

“你不用记得。十几年沧桑变化，若非黎司令，我也不可能认出你。”左月潮起身，戴上自己的礼帽，“若非吕天平亲手把雨萍的日记交给我，我也不能弄清往事。我不是来寻仇的。抗战至艰，我们都还活着，还有悔改的机会。”

说完，他起身，从怀中掏出一个红色封面的笔记本，走到焚烧文件的香炉面前。黎有望一惊，那正是他丢失的那本姐姐的日记。他开口想要，欲言又止。火焰正炽，左月潮略一犹豫，将本子投了进去。随后，他戴上礼帽，大踏步离开了慈云寺。头也不回。

2

天空中传来了“嗡嗡”的引擎声。

不用抬头，黎有望就知道，是日军派出了侦察机。明海从后厨为黎有望和黄开轩端来了两碗面。然后，抬头看了看侦察机，口呼“阿弥陀佛”。

黎有望和黄开轩两人接过面来，像两头饿狼一样吃完了面。吸面声“呼噜呼噜”，比飞机引擎声还响。黎有望不由得连声大赞：“这个味道对，这个味道好！”

明海低下头，笑眯眯地说：“嚯，都吃光了？鬼子的飞机还没走呢！”

黎有望抹了抹嘴，“别管那劳什子飞机，飞那么高，他们能看见个屁！”

明海叉着手说：“吃完了？该走的就上路吧。愿意留着的，去扫扫庭院。”

这分明是在逐客了。

黎有望笑笑，也不多说，嚷着：“兄弟们都撤了，得把清静还给佛祖，把寺庙还给明海法师！”

那些忙活完的士兵就排起队，在乌力吉的指挥下有序离开了慈云寺。

黄开轩把口琴揣入衣兜，拿起了一把扫帚，送黎有望出寺门。行到天王殿时，黎有望想起来什么，伸手插入口袋。沉默的黄开轩突然说：“黎兄，‘光耀’行动不是我出卖给卫长河的。像是吕司令自己洞悉的，顺带还做了其他什么安排。”

黎有望一愣，伸手拍到黄开轩的掌心里两根小金条，道：“姐夫死了，我也死了一次。难过。不去想这些了。两条鱼拿着。一贫如洗，佛祖也不肯收容啊。”

黄开轩没有拒绝，笑笑，收下了金条。黎有望晃了晃手里的刀子，说：“这个，我就不还你了。关键时刻，真能救命，比枪好使！”

黄开轩也一拍脑袋，从衣襟里掏出封没封口的信，递给黎有望说：“这封信，是明海让我交给你的。他让你别急着看，机缘到时，你自然想看。”黎有望回看了一眼寺内，骂道：“明海这个怪和尚，死了老婆孩子后，整天神神道道的！”

黎有望阔步迈出寺门。黄开轩执帚，欲关寺门。黎有望将信揣入怀中，回视一眼。黄开轩笑笑，挥手作别，“保重。照顾好她。”

黎有望不解，想问是谁。黄开轩已经重重地闭上寺门。

告别了黄开轩，黎有望疾步来到小校场。

一些泥瓦工在用泥灰抹平英烈碑上的铭文，也把弹孔和血迹都抹平了。军械厂的工匠在用重锤砸着那些不能带走的辎重、武器和机械。黎有望特别爱骑的那辆日军摩托，已被砸成了废铁。重炮、部分电台和电话，也被砸得七零八落。

他暗自叹一声“可惜了”，大步向县政府而去。

县政府里也是烟雾缭绕，留守的公务人员在焚烧着大量的文件。秘书滕勇出门迎接黎有望。他一见黎有望就控制不住自己的激动，伸手想拥抱他。

黎有望哈哈一笑，与滕秘书熊抱了一下。看着滕秘书那残缺了半年的左耳，黎有望忍不住说：“光复只有一天，马上还得撤退。滕秘书，你是助我们起义的大贵人。马上汪伪就要来了，怎么，不想跟着我一起去打游击吗？听说，你们这些留下的，南京出了调令，要去伪中央任职。还恋着那高官厚禄？”

滕勇推了推眼镜，微笑着说：“想是很想跟你走啊。可是呢，黎司令有能耐，是座大冰山，可以勇往直前地冲撞敌人。我们没能耐，浮不出水，只能做冰下的那部分，暗暗托举着冰山移动。不敢忘赵县长、吕司令之志，终有一天，我们会一起把敌人撞得粉身碎骨的！”

黎有望听出他话中有话，也就不勉强，拍了拍他的肩膀，到县府内查看了一圈。

战死将士的坟都平掉了，吕天平、鲁培林等人也被葬入其中。平坦坦一片地，唯有黎有望记着。看诸事妥当后，他无声告辞离去。

稻河边的军营里燃起了熊熊大火。

士兵们放火烧了不能带走的装备和补给，防止落入敌手。到了中午，所有愿意跟随黎有望撤退的士兵悄悄集合了起来。罗耀宗找黎有望报数，有一千七百六十二人，远远高出黎有望的预估。其余周朝所部人马，选择脱去军装、上交武器离队。

黎有望也不着恼，不灰心。愿者随，不愿者走。他看了看名单，留下的都是精华，将来的战斗会更加艰难和痛苦，唯有勇者能坚持下去。

中午时分，又满天阴霾，似要落雪。黎有望带着所剩士兵，带足粮食和弹药，向城北撤去。很多百姓躲在屋子里，透过窗户和门缝向外探看。“黎司令果然活着，可惜这么快又要走了。”很多人在暗自叹息，暗自落泪。

队伍来到城北，过最后一座大石拱桥时，黎有望下了马，在桥栏杆边向稻河里望去，河面一如既往地平静如砥，在冬日的光芒下跳动着金子般细碎的光。这些光拼起了一张脸，白露那圣洁的笑容，令黎有望有点黯然神伤。他的唇齿间依旧回荡着她舌尖的清香，还有一碗鱼汤的温暖。他比任何人更坚信，白露还活着，正如白露曾经坚信自己没死一样。

罗耀宗走到黎有望的身边，悄声问："黎司令，心里还有什么牵挂吗?"

黎有望苦涩一笑，摇头不答。此时此刻，平州已恢复了生机。远远响起洪亮的钟声。是慈云寺的钟声。黎有望循声望去，或许是明海和尚，或许是黄开轩，在向自己道别。

"黄开轩"应该不是他的真名。他究竟叫什么，左校长口中的"程兴柱"？叫什么也无所谓了，至少曾是兄弟。

司号兵吹一遍号，下令队伍加速撤离。行将出北城门时，一个戴着学生帽、穿着男式学生套装的人追上来，嚷着要求加入队伍。

黎有望仔细一看，这人面目清秀、细皮嫩肉，竟是唐家二小姐唐晓蓉，不禁正色说："二小姐，你知道我们要去哪儿吗？要去打仗！好好回家，或者回上海租界去。安心待着，保护好自己。"

"黎有望，你算是死而复生了，还是这种见识?"唐晓蓉脸色一绷，嗔道，"那个家，我不想待了，得空逃出来了。我跟你一起，也算并肩战斗过很多次吧。远的不说，难道城中的防疫队，不是我这个新生活运动的卫生秘书长，帮着你悄悄组建的吗？”

一改往日的细语羞涩，这咄咄逼人的语气，倒是真镇住了黎有望。她的目光瞟向河对岸，黎有望这才远远注意到稻河对岸，几个戴着防毒面具的防疫队队员，拉着骡车，正在河沿上挥手。其中一人手上，还挥动着一条红丝巾。

黎有望见之，心中万千念头在胸口狂奔，一念起，万念生。那是白露的丝巾？她还活着？

军号催促，容不得黎有望多想了。他只有冲他们挥了挥手。再见了，同志。

“况且，我知道你要去哪儿！”唐晓蓉瞬间恢复了少女般狡黠的微笑，“你要去九龙湖里投奔新四军！”

黎有望挠了挠头皮，下了马，无奈地对她说：“那好，上马吧，到时候在湖荡子里打游击，没吃没喝，你自然会回来。”

队伍继续前进。

出城门时，黎有望突然听到背后传来俯冲轰炸机尖锐的啸叫，满城的防空警报声大作。他让士兵们迅速出城隐蔽，自己择一处高地用望远镜向后望去。那三架俯冲轰炸机却不是冲着自己的队伍而来，只在城内西南方向投下了几颗炸弹，然后迅速拉升，离开。

那是慈云寺的方向。爆炸声如同雷鸣，闷生生，次第传来。

黎有望浑身冷汗出如浆。陡然间，才想起明海让黄开轩转交的信，慌忙取出打开，见信中如是说：

黎司令好，你看信时，贫僧应已涅槃。其实，我是“千手观音”和“神光”计划的最后一枚棋子。日寇和汪伪囚禁了我的老婆孩子，逼我回平州来谋你。谋得，他们能活；谋不得，他们万无活路。敌寇在城中还有眼线，知你活着，密令我羁你于寺中，以钟声为号，派飞机轰炸，做最后一击。抗战苦海，纵身为僧众，亦有家国之责。愿司令此去，伏魔不屈，普济苍生，善哉，我佛慈悲！明海顿首。

3

傍晚，黎有望带领队伍抵达九龙湖边。汤汤湖水，层层苇障，一望无垠。

马背上的唐晓蓉问牵着马的黎有望："没有船。黎司令，你准备沿着湖边走，还是飞过去？"

黎有望没有回答，只是把手指塞进嘴里，对着天空吹了个很长的呼哨。

身旁牵着马的罗耀宗，哈哈一笑，也把手指塞进嘴里吹响了呼哨。无数的水鸟被惊出了青纱帐。许多士兵嘻嘻哈哈，纷纷效仿。

不一会儿，湖荡里划出了几十条船。一个新四军军官伫立在领头那条船的船头。那人身材瘦削，戴着一副黑框眼镜，腰间挎着一个木质的驳壳枪盒子。

"黎司令，一别数月，天地玄黄，别来无恙。"

船还没完全停靠，那个新四军军官一跃，鹄身跳到了岸上。阔步上前，与黎有望双手相握。

"管指挥，无力固守桑梓，丢城弃地，连枪都丢了，实在是惭愧啊。残兵败将，只望贵军不弃，能包容我这支不成器的杂牌队伍。"

黎有望表情严肃，也有诸多无奈。来接应的人，正是管蔚然。

管蔚然哈哈大笑，拔出了自己的佩枪，赠送给黎有望，道："哪里的话，抗日的队伍，无论是大是小，无论敌前敌后，无论打阵地战还是打游击，都是主力。黎司令要是不嫌弃，从今日起，就用我这只盒子炮吧。早盼望着你们加入我新四军。我真的等了兄很久！”

黎有望脸上鲜亮的疤痕，让管蔚然不由得想起那位战友，在白马镇没有等到的丁聚元。握着他的手更为用力。

天空中又响起了闷雷般的“嗡嗡”声，依旧是日军的侦察机在盘旋侦察。

罗耀宗催促说：“两位指挥，事不宜迟，让我们的队伍赶快上船吧，保不准鬼子的轰炸机就要跟来了！”

黎有望和管蔚然几乎同时说了“好”。

士兵们飞速蹚过冰冷的湖水，按照班排秩序上船，满了一船，立刻撑篙划桨出发。几十艘船很快就消失在沿湖丛丛莽莽的芦苇荡深处。

等到日军侦察机盘旋一圈后再看，只有无边的苇涛和一湖广阔的水。夕阳如血，劲风吹来，芦苇一波接一波起伏，像是无数卫国之义勇在匍匐行军……

尾声

据最近陆续披露的部分历史档案资料记录

1941年元月3日，江北地方武装指挥官、中将吕天平在投降南京汪精卫伪国民政府后，在欢迎宴会上被日伪投毒杀死。此事引起轩然大波，大量观望摇摆中的地方武装立场发生动摇，对日伪开始选择不合作或者反抗态度。

1941年元月4日，南京汪伪政府特使何志祥，在平州遭遇不明分子枪击后胸部中弹，经过当地医院美国传教士、医生马修礼主刀救治，最终脱险。伤愈后，他回到南京继续担任伪政府秘书长，其后，经历过多次暗杀皆侥幸存活。由于汪伪内部派系倾轧，他于1944年11月宣布辞去伪职，移居香港，后又移居加拿大，1980年病故。

1941年元月5日，在平州地方宣布投降汪伪政府后，原国军89军78师师长何辅汉率部进入平州，宣布承担“治安肃共”职责。汪伪政府于元月10日宣布全面施政平州，原警察局局长徐永财为平州首任伪县长，原国军韩光义部脱队军官刘精忠出任伪警察局局长，何辅汉出任平州城防司令。1941年2月，何辅汉率部万余人向新四军发动进攻，遭到新四军痛击，几乎全军覆没。

1941年元月6日，震惊中外的皖南事变爆发，新四军滞留在江南泾县地区的军部，遭受国民党政府第三战区顽固派的伏击而损失殆尽。不久，新四军宣布在江北重建军部，继续对日伪作战。浴火重生的新四军在战斗中不断扩充力量，在广阔的九龙湖地区建立了龙湖支队，指挥官为“李雄川”。

1943年4月，江北国军总指挥韩光义中将在其老家淮城西北一带，与新四军一部发生严重摩擦，其军部两千余人被新四军生擒后又很快释放。自此，韩光义在军中一蹶不振，晚年退居台北。

黎雨萍烈士，中共早期党员。1923年1月在法国旅学途中，经同学左安平介绍加入中国共产党。1924年回国投身大革命，在南昌建立共产主义革命小组。1927年5月，遭叛徒出卖后被捕，旋即与左安平等八位烈士一起被秘密杀害。

左月潮烈士，中共早期党员，生年及籍贯皆不详，为平州地下党教育界杰出代表，一生致力于国民基础教育和平民教育。1944年8月，日方以其“秘密进行支日敌对教育”“未按支和亲善教育大纲实施教学”“利用课堂、讲台煽动反对东亚共荣”“推行日语教育不力”等理由，将其逮捕杀害，并曝尸以警示所有“支那人中精神之反抗者”。其牺牲后，整个中国教育界为之哀恸，连伪政府报纸都发出“孔子门生、教书何辜”的叹息。重重的舆论压力之下，日方不得不将他收尸厚葬。

钱壮图烈士，中共早期党员，长期从事地下工作，并取得了卓越的功绩。1943年6月在潜伏平州期间，因电台泄露，不慎被日伪逮捕，很快遇害。残忍的日本特高课特务将他的头颅割下来，悬挂在平州南城门。其妻王真兰女士得知他的死讯后，悲痛欲绝，千里寻夫，孤身找到日军指挥官武田达也，犯险索要丈夫头颅，并收殓安葬在平州。1943年7月初，新四军武工队秘密潜入平州，击毙日方及汪伪特务多人，为他报仇。其中包括伪县长徐永财、伪警察局局长刘精忠。

罗耀宗烈士，新四军通信领域卓越专家。1942年11月，因军部转战黄淮，他指挥、掩护电台转移，在九龙湖北盐州宝灵集，遭遇日伪伏击。在突围战斗中，不幸中流弹牺牲，年仅二十八岁。

谭培伟烈士，中共早期党员，长期从事地下工作，以“谭傻子”身份掩护，长期潜伏平州，抗日中屡建奇功。1948年初，他作为特使去说服国民党江北将领赵汉生起义时，为赵汉生设计出卖，被军统逮捕，送至南京后秘密杀害。后赵汉生被解放军俘虏，作为战犯宣判，1951年病死在上海狱中。

小野行男，日本九州岛人，日军师团长，早期担任日军驻法使馆武官。“九一八”事变爆发后，应召赴华参与侵略战争，曾在东北、华北、江南及江北等多个地区指挥侵华日军作战。因其作战方式多变、诡谲，在日军中有“九州之狐”的绰号。1941年12月，日本偷袭美国珍珠港，太平洋战争全面爆发。小野随“马来之虎”山下奉文转战中南半岛及缅北等地。1945年8月，在菲律宾吕宋岛率部向盟军投降。战后，因其“约束部下不力”导致师团所至之处发生过“广子屯惨案”“西郭峪惨案”“吴家桥惨案”“坦若羌惨案”等屠杀平民事件，在远东国际军事法庭被起诉。国民党反动派发动内战后被秘密特赦，短期担任过国民党政府国防部特别高参。1948年返回日本后，全面反思战争，致力于中日友好事业。1976年，病逝于九州岛家中。

武田达也，日本关西人，日军独立旅团长，长期指挥对新四军作战，多次组织对盐州等地区“大扫荡”，号称有“三破盐州”之功，有“江北第一屠”的恶名。1945年初，恶贯满盈的武田晋升少将后不久，在江北新化“视察地方特别防务”途中，遭遇新四军特遣武工队伏击身亡。

2012年—2018年黄孝阳构思提纲

2019年7月—2020年8月陶林初稿

2020年8月—10月黄孝阳一稿修改

2020年11月—12月陶林二稿修改

2020年12月27日黄孝阳不幸逝世

2021年1月19日陶林三稿修定

图书在版编目（CIP）数据

队伍. 至暗黎明 / 黄孝阳，陶林著. — 北京：北京十月文艺出版社，2021. 7
ISBN 978-7-5302-1810-5

Ⅰ. ①队… Ⅱ. ①黄… ②陶… Ⅲ. ①长篇小说—中国—当代 Ⅳ. ①I247.5

中国版本图书馆 CIP 数据核字（2021）第 055806 号

队伍 至暗黎明
DUIWU ZHIAN LIMING
黄孝阳 陶林 著

出　　版 北 京 出 版 集 团
　　　　 北京十月文艺出版社
地　　址 北京北三环中路 6 号
邮　　编 100120
网　　址 www.bph.com.cn
发　　行 新经典发行有限公司
　　　　 电话（010）68423599
经　　销 新华书店
印　　刷 河北鹏润印刷有限公司
版　　次 2021 年 7 月第 1 版
　　　　 2021 年 7 月第 1 次印刷
开　　本 850 毫米 ×1168 毫米 1/32
印　　张 19.5
字　　数 320 千字
书　　号 ISBN 978-7-5302-1810-5
定　　价 86.00 元
质量监督电话 010-58572393
如有印装质量问题，由本社负责调换。